D1693911

Aquilias
verlorene Tochter

Das Geheimnis der Phoenixmagie
Band 1

Lia Stricker

© 2022 Lia Stricker

Buchsatz von tredition, erstellt mit dem tredition Designer

ISBN Softcover: 978-3-347-65818-9
ISBN Hardcover: 978-3-347-65820-2
ISBN E-Book: 978-3-347-65821-9

Druck und Distribution im Auftrag der Autorin:
tredition GmbH, Halenreie 40-44, 22359 Hamburg, Germany

Für Dich

viel Spaß

beim Lesen

Lia

Prolog

Kennst du diesen einen Moment im Leben, wenn man sicher weiß, dass von jetzt an nie wieder etwas so sein wird wie bisher?

Ich hatte diesen Augenblick, als ich gerade einmal fünf Zyklen alt war. Ich war aus meinem Bett gekrochen, weil ich mal wieder nicht schlafen konnte und schlich mich durch die Flure. Die Ereignisse des vergangenen Tages hallten noch immer in meinem Bewusstsein wieder und ließen meinem Geist keine Ruhe. Meine Schwester Lucca und ich hatten unseren Lehrer erneut zur Weißglut getrieben - darin waren wir wirklich sehr gut.

Aber was konnte man auch erwarten, wenn zwei fünfjährige Mädchen von einem alten, tattrigen Mann unterrichtet wurden? Diesmal konnte sich unser Lehrer jedoch nicht wieder beruhigen, sodass er zu unseren Eltern ging und noch am selben Nachmittag seine Anstellung bei uns aufgab.

Heute frage ich mich, ob die Ereignisse dieser grauenhaften Nacht anders verlaufen wären, wenn unser Lehrer noch bei uns gewesen wäre. Denn auch wenn er nicht richtig mit uns umgehen konnte, so verstand er sich doch auf die Kontrolle seiner Fähigkeiten. Anders als meine Schwester und ich. Wir hatten erst vor einigen Monden zum ersten Mal unsere Fähigkeiten eingesetzt - aus Versehen natürlich - und dabei fast einen ganzen Wald dem Erdboden gleichgemacht.

Vollkommen in Gedanken versunken, bemerkte ich nicht, wohin ich ging, bis meine Füße plötzlich auf feuchtem Gras standen. Ich lief in die Mitte des Innenhofs und ließ meinen Blick zu den Bäumen schweifen, die den Garten umrahmten. Natürlich konnte ich in der Dunkelheit nichts erkennen und so beschloss ich, mich schließlich ins Gras zu legen und zu den Sternen hinaufzublicken.

Mein weißes dünnes Nachthemd zog sich sofort mit Wasser voll und schon nach wenigen Wimpernschlägen war mein Rücken klitschnass, aber das war mir egal, ebenso wie die Tatsache, dass das Gras grüne Flecken hinterlassen würde und meine Mutter dadurch wieder wissen würde, dass ich nachts nicht im Bett war. Ich war zu fasziniert von dem Himmelsspiel über mir, um mir über irgendetwas dergleichen Gedanken zu machen.

Der Nachthimmel war wolkenlos und ich hatte einen perfekten Blick auf die Sternendecke. Der Vollmond schob sich langsam in mein Blickfeld und fasziniert beobachtete ich, wie er seinen Weg über unsere Dächer fortsetzte. Um mich herum zirpten Grillen ein Wiegenlied. Ich fühlte mich vollkommen sicher und spürte wie mich nun doch die Müdigkeit drohte zu übermannen.

Doch ich spürte auch noch etwas anderes.

Etwas, das ich noch nicht genau benennen konnte. Es kam mir bekannt vor und doch kam ich nicht darauf, was genau es war.

Plötzlich zerriss das Knacken eines brechenden Astes unter einem schweren Stiefel den Frieden der Nacht. Ruckartig setzte ich mich auf und ließ meinen Blick erneut zu den umstehenden Bäumen schweifen, konnte jedoch noch immer nichts erkennen. Mühsam rappelte ich mich auf. Meine Glieder waren bereits kurz davor gewesen, einzuschlafen.

Still stand ich mitten im Innenhof und schloss meine Augen. Tief ein- und ausatmend ließ ich meine Sinne schweifen, genau wie ich es gelernt hatte.

Zuerst kam ich nicht viel weiter als bis zu dem Gras unter meinen Füßen, also holte ich noch einmal tief Luft und ließ mich ganz in meine Magie fallen. Langsam breitete sich ein Bild vor meinem inneren Auge aus. Ich sah das Gras, das den Boden bedeckte, ich spürte die Bäume, die um mich herum standen, unbeständig, unbeugsam und alt wie die Zeit selbst.

Die Gewissheit, sie würden noch viel länger als ich hier sein, erfüllte mich. Die kalten, starken Mauern des Palastes ragten dahinter auf. Auch sie würden noch viel länger als ich existieren, wenn sie entsprechend behandelt würden.

Hinter mir kroch eine Spinne in eine der Mauerritzen und suchte sich einen neuen Schlafplatz. Auch sie wurde von dem plötzlichen Geräusch gestört. Die Grillen waren verstummt, doch ich spürte ganz genau, wo sich jede einzelne von ihnen versteckte. In den Ästen der Bäume schliefen Vögel und Käfer hatten es sich hinter losen Rindenstücken gemütlich gemacht. Ich ließ meine Magie über sie alle gleiten und spürte, was sie fühlten. Sie reagierten auf mich und zeigten mir ihre Zuneigung mir gegenüber. Außerdem machten sie mich auf die Präsenz aufmerksam, nach der ich eigentlich gesucht hatte.

Dort war sie.

Zwischen den Bäumen verbarg sie sich im Schatten, doch ich hatte sie trotzdem gefunden. Jetzt, wo ich wusste, wo sie war, öffnete ich meine Augen und sah sie direkt an. Eine Minute verging und dann noch eine, in der sich keiner von uns beiden rührte. Die Anspannung war nahezu greifbar und als ich die Stille nicht mehr aushielt, machte ich den ersten Schritt.

»Es ist unhöflich einer Dame im Schatten aufzulauern.«

Die Gestalt im Schatten ließ ein leises Schnauben hören, bevor sie antwortete: »Das wäre es in der Tat, jedoch nur, wenn Ihr auch wirklich eine Dame seid. Seid Ihr eine wahre Dame?«

Jetzt musste auch ich grinsen.

Sie ging einige Schritte und als der Vollmond Enis Gesicht beleuchtete, konnte ich sein Lächeln auch sehen. Enis ist ein Hexer und einer unserer besten Wächter. Deswegen wurde er auch von meinen Eltern zu Luccas und meinem Leibwächter ernannt. Er trug die dunkelblaue Uniform der Palastwachen. Die silbernen Knöpfe waren ordentlich poliert und reflektierten das Mondlicht.

»Was tust du hier Enis?« Auch wenn ich die Antwort bereits erahnte, wollte ich sie von ihm bestätigt wissen.

»Es ist meine Pflicht, auf Euch aufzupassen, Prinzessin«, antwortete er und deutete dabei eine leichte Verbeugung an.

Ich zuckte zusammen. Es war mir unangenehm, von ihm oder sonst irgendwem mit meinem Titel angesprochen zu werden. Lucca ist die Ältere von uns beiden und würde einmal Königin werden. Ich werde immer nur die zweite sein und damit habe ich mich bereits abgefunden. Um so unangebrachter finde ich es immer von allen, mit Prinzessin angesprochen zu werden. Schließlich habe ich einen Namen.

»Du weißt ganz genau, dass ich es nicht mag, wenn du mich so ansprichst«, stieß ich aus. Empört verschränkte ich die Arme vor der Brust.

»Ich weiß, dennoch tue ich es gerne, *Prinzessin*.« Diesmal betonte er meinen Titel, damit ich ihn auch sicher nicht überhöre.

Als wenn ich das jemals könnte. Meine Sinne sind geschärfter als die der meisten anderen und so hörte ich selbst das Schnarchen meines Vaters aus seinen Gemächern, wenn ich mich konzentrierte.

»Was macht Ihr überhaupt hier draußen zu so später Stunde?«, schlug Enis ein unverfänglicheres Thema an.

»Das gleiche habe ich dich auch schon gefragt.«

»Und ich habe Euch geantwortet. Jetzt seid Ihr dran.«

Wenn er sich da mal nicht täuscht.

»Ich bin dir keinerlei Erklärung schuldig, geschweige denn eine Rechtfertigung«, gab ich trotzig zurück.

Normalerweise bin ich nicht so vorlaut, sondern eher wortkarg. Lucca ist die Schlagfertige von uns beiden. Dabei fällt mir etwas ein.

»Woher bist du dir sicher mit wem du redest?«

Normalerweise waren Lucca und ich nicht auseinanderzuhalten und wenn wir uns bemühten, konnten wir den meisten vorspielen, die jeweils andere zu sein. Es gibt kaum einen, der uns auseinanderhalten könnte. Darum packte mich jetzt die Neugier. Vergessen war seine Frage und dass er mich heimlich beobachtet hatte. Ich brannte darauf, zu erfahren, wie er mich auf Anhieb erkennen konnte. Lange ließ er mich zum Glück nicht auf eine Antwort warten.

»Es war die Art, wie Ihr in die Sterne saht«, erklärte er mir.

Das verstand ich nicht und legte den Kopf schräg.

»Eure Schwester scheint mir nicht eine so starke Verbindung zu den Sternen zu haben wie Ihr. Ich sah Euch bereits häufiger die Sterne beobachten. Ihr wirkt dabei viel ruhiger und selbstbewusster als sonst. Reicht Euch das als Erklärung?«

Jetzt war er es, der den Kopf schräg legte.

Ich musste mir eingestehen, dass er absolut recht hatte. Meine Verbindung zu unseren Wurzeln war schon immer ausgeprägter als Luccas. Sie verstand nie, warum ich nachts stundenlang einfach nur zu den Sternen hinauf blicken konnte. Lucca war ein echter Wildfang. Sie brauchte immer Action und Bewegung.

Oft wird uns gesagt, wir seien wie zwei Seiten des gleichen Amuletts. Lucca ist die ungestüme, wilde, unaufhaltsame Seite und ich die ruhige, berechnende, kontrollierte Seite. Bisher versuchten wir immer, das abzustreiten und je häufiger wir es hörten, desto mehr versuchten wir dagegen anzukommen. Doch je mehr wir versuchten aus diesem Käfig auszubrechen, desto mehr wurden wir zu dem, was sie in uns sahen. Es scheint ein endloser Kreislauf zu sein, aus dem wir nicht mehr herauskamen und niemals herauskommen würden.

Ich war vollkommen in Gedanken versunken, als plötzlich der Boden unter meinen Füßen zu vibrieren begann.

Eine Explosion sorgte dafür, dass alle Tiere des Innenhofes mit einem Schlag wach waren und flüchteten.

Der Geruch von Rauch wurde vom Wind an uns heran geweht. Irgendwo musste etwas brennen, doch ich konnte nicht sagen, wo es war. Ich schloss meine Augen und wollte erneut meine Magie nutzen, um die Ursache für diese Unruhe zu finden.

Noch bevor ich mich richtig konzentrieren konnte, packte mich Enis grob am Handgelenk und zog mich zu den Bäumen. Darauf war ich nicht vorbereitet, weswegen ich anfing zu stolpern. Enis zog mich kontinuierlich weiter mit sich und so fing ich mich schnell wieder.

Kaum hatten wir den Wald erreicht, erschütterte eine weitere Explosion den Garten. Ich stolperte über eine Wurzel und fiel der Länge nach in ein weiteres Wurzelgeflecht. Ein stechendes Pochen breitete sich von meinen Handballen und meinen Knien in meinem Körper aus.

Enis ließ mir keine Zeit, über meine Verletzungen nachzudenken. Er griff erneut nach meinem Arm, zog mich auf die Beine und gemeinsam rannten wir durch die Bäume auf einen Ausgang aus dem Garten zu.

Besser gesagt, Enis eilte voraus und zog mich hinter sich her. Mir blieb nichts anderes übrig, als ihm zu folgen. Er hielt meinen Arm so fest, dass ich mir sicher war, es würden blaue Flecken zurückbleiben. Aber ich war mir auch sicher, dass ich froh sein könnte, wenn ich diese Nacht überhaupt überlebte.

Eine erneute Explosion erschütterte die Nacht und der Boden unter mir begann zu beben.

Von der Mauer vor uns fielen einzelne Kieselsteine herunter. Vielleicht hatte ich mich getäuscht. Vielleicht würde die Mauer doch nicht länger als ich existieren.

Wir erreichten eine Tür, die uns zurück ins Innere des Palastes führte. Drinnen mussten sich meine Augen nicht erst an andere Lichtverhältnisse gewöhnen.

Die Lichter, die normalerweise die Nacht über in den Fluren des Palastes brannten, waren erloschen.

Enis fluchte neben mir. Ich konnte ihn verstehen. Diese Lichter waren magisch. Sie sollten eigentlich nicht einfach so ausgehen.

»Hör mir jetzt ganz genau zu, Micah.« Enis kniete sich vor mich hin, sodass wir nun auf Augenhöhe miteinander waren.

Er konnte sich meiner ungeteilten Aufmerksamkeit sicher sein. Ich war mir bewusst, wie ernst die Situation war, sonst hätte er mich nicht bei meinem Namen angesprochen.

»Micah es ist meine Pflicht dich und deine Schwester zu beschützen. Momentan sind wir zu weit von Lucca entfernt, als dass ich euch beide gleichzeitig beschützen könnte. Darum werde ich jetzt zuerst dich in Sicherheit bringen und danach zu deiner Schwester gehen und sie zu dir bringen. Hast du das verstanden?«

Ich nickte. Ein Kloß bildete sich in meinem Hals und die kalte Hand der Panik schloss ihre Klauen um mein Herz. Meine Schwester war ganz alleine in unserem Zimmer am anderen Ende des Schlosses. Ich hätte auch da sein sollen. Wäre ich nur nicht aufgestanden und in den Garten gegangen, dann wären wir jetzt zusammen und Enis hätte uns beide beschützen können. So war er mir gefolgt und musste meine Schwester ganz allein lassen. Tränen stiegen mir in die Augen und verschleierten meine Sicht.

»Micah, sieh mich an«, sanft hob Enis mein Kinn an, sodass ich ihn in die Augen sehen musste.

Er hatte Mühe, seine Kräfte zu bändigen. Ich sah, wie in seinen Augen ein Sturm aus Blitzen tobte. Er würde alles dafür tun, dass mir nichts passierte. Ich versuchte, den Kloß herunterzuschlucken und blinzelte die Tränen weg.

Als meine Sicht wieder klarer wurde, nahm ich all meinen Mut zusammen und nickte. Das reichte Enis und er richtete sich wieder auf. Aufmerksam beobachtete er die Gänge zu unserer rechten und linken.

Wenn wir nach rechts gehen würden, kämen wir zum Ballsaal, von da aus würde uns eine Treppe direkt in die Küche führen und dort gab es einen Gang zu einem Schutzraum. Doch dieser Weg war lang und gefährlich. Da wir nicht genau wussten, wo sich die Angreifer befanden, konnten wir es unmöglich riskieren, durch die große offene Fläche des Ballsaals zu laufen. Andererseits sah die Alternative auch nicht viel besser aus.

Nach links führte uns der Flur direkt zum Eingangsbereich und vermutlich zum Hauptangriffsziel der Eindringlinge.

Ich konnte es in Enis Gesicht ablesen, er rang mit sich. Eines war sicher: Hier bleiben konnten wir definitiv nicht.

Wir standen wie auf dem Präsentierteller und es wäre nur eine Frage der Zeit, bis sie uns finden würden. Ich spürte die Gefahr, die uns umgab. Sowohl vom Ballsaal als auch aus der Eingangs-halle strömte sie uns in heißen starken Wellen entgegen.

Aber ich spürte auch eine kühlen Luftzug und der kam nicht von draußen. Es gab einen Weg, der für uns sicherer war als die Alternativen und es war kein Weg, den Enis kannte.

Lucca und ich hatten ihn erst vor zwei Wochen bei einem unserer Streifzüge durch den Palast entdeckt. Ich ging auf die gegenüber-liegende Wand zu und missachtete dabei den Protest von Enis hinter mir. Mit etwas Kraft drückte ich gegen einen losen Stein in der Wand. Kurz darauf schwang eine kleine Tür unter mir auf. Sie war gerade groß genug, dass Enis hindurch kriechen konnte. Auch ich musste mich bücken, um hindurch zu passen.

Ich sah die Überraschung in Enis Gesicht. Auf meinem breitete sich ein leichtes Grinsen aus.

Lucca und ich kannten Geheimnisse unseres zu Hauses, von denen niemand sonst wusste.

Aus der Eingangshalle drangen Stimmen und schnelle Schritte kamen auf uns zu. Wir krochen in den Geheimgang und hörten noch, wie die Alarmglocke anfing zu läuten, bevor die Tür hinter uns wieder ins Schloss fiel.

Der Gang lag in vollkommener Dunkelheit vor uns und Stille umhüllte uns. Wir lauschten gespannt auf die Geräusche, die durch die Wand drangen. Doch die Mauer war einfach zu dick und wenn wir nicht die Tür öffneten, würden wir nicht hören, was da draußen vor sich ging. Doch das wiederum würde den Angreifern verraten, wo wir waren und das war nicht geplant.

Diesmal griff ich nach Enis Hand und zog ihn hinter mir her. Ich brauchte kein Licht, um mich im Tunnel zurechtzufinden. Meine Füße führten mich zielsicher hindurch, ohne dass ich einmal ins Stolpern geriet. Anders als Enis. Hier war er es, der nicht aufhören konnte, mit seinen eigenen Füßen hängen zu bleiben.

Wieder konnte ich es mir nicht verkneifen, zu grinsen. Ich sollte eigentlich starr vor Angst sein. Doch in diesem Geheimgang innerhalb der Mauern, die meine Vorfahren erbaut hatten, fühlte ich mich sicher. Ich spürte, wie sie bei uns waren und mich leiteten. Lucca zog mich immer damit auf, dass ich glaubte, unsere Ahnen zu spüren.

Lucca.

Ich begann zu stocken und wurde langsamer, bis ich schließlich stehen blieb. Meine Schwester war ganz allein. Ich konnte ihr nicht helfen.

Was, wenn wir nie wieder gemeinsam durch die Geheimgänge schleichen werden?

Wenn wir nie wieder gemeinsam unsere Eltern ärgern würden?

Wenn sie mich nie wieder aufziehen könnte?

Ich musste zu ihr.

Jetzt.

Enis lief fast in mich hinein, als ich anhielt. Scheinbar konnte er sich denken, was ich vor hatte. Er packte mich grob an meinen Schultern und drehte mich zu sich um. Die Blitze loderten immer noch in seinen Augen, aber da war noch etwas anderes, was ich nicht benennen konnte.

»Ich weiß, was du vorhast, Micah. Du musst mir vertrauen. Ich werde deine Schwester beschützen, sobald ich weiß, dass du in Sicherheit bist.«

Ich schüttelte den Kopf. Er konnte sie nicht beschützen.

»Sie ist meine Schwester. Es ist meine Aufgabe auf sie aufzupassen.«

Er begann mich zu schütteln. »Komm zur Vernunft Micah. Du kannst sie nicht beschützen. Überlass das mir. Das ist meine Aufgabe.«

Ich riss mich von ihm los und rannte weiter durch den Gang. Ohne meine Führung hatte Enis Schwierigkeiten mir zu folgen. Vor mir lag der Ausgang. Durch diese Tür gelangte ich wieder auf einen Flur. Hier lagen Trümmer der Tür auf dem Boden verstreut.

Wir waren jetzt auf der anderen Seite der Eingangshalle. Vorsichtig schlich ich an die Wand gedrückt in ihre Richtung.

Ich hörte Stimmen, konnte jedoch nicht herausfinden, woher sie kamen.

Plötzlich legte sich eine verschwitzte Hand auf meinen Mund und jemand drückte mich an sich. Ein raues Lachen erklang, erbebte den Körper, der mich hielt, als ich versuchte zu schreien und um mich zu schlagen. Er hob mich hoch und trug mich mühelos ins Foyer.

»Seht mal, wen ich hier gefunden habe. Dachtest wohl, du könntest uns ganz allein überwältigen, was? Tja, falsch gedacht, kleine Prinzessin.«

Der Mann begann laut zu lachen und seine Freunde stimmten mit ein. Erst jetzt konnte ich erkennen, wie viele es waren. Vier kamen von beiden Treppen aus dem ersten Stock heruntergelaufen, fünf kamen aus dem Gang zum Ballsaal und drei kamen hinter uns aus dem Gang. Zwei weitere standen zwischen den Resten der großen Eingangstür. Das würde zumindest eine der Explosionen erklären. Sie hatten die Flügeltür irgendwie aufgesprengt.

»Sie ist nicht allein.«

Enis stand mitten im Flur, ein Schwert in der Hand. Blitze zuckten über seinen Körper. Er war kurz davor, seine Kraft zu entfesseln und wie ein Wirbelwind alle zu töten, die ihm im Weg standen. Das hatte ich bei ihm schon oft beobachtet. Die anderen Wächter hatten auf dem Übungsplatz keine Chance gegen ihn, wenn er erstmals richtig wütend wurde. Und jetzt, daran gab es keine Zweifel, war er richtig wütend. Und er würde sich nicht zurückhalten, wie gegen seine Freunde. Er würde sie alle töten.

Doch noch bevor er auch nur einen Schritt in unsere Richtung machen konnte, ragte eine Schwertspitze aus seinem Brustkorb. Seine Augen weiteten sich und unsere Angreifer begannen zu lachen. Mit einem Ruck wurde das Schwert wieder aus ihm herausgezogen. Enis befühlte mit der freien Hand die Wunde und starrte ungläubig auf das Blut auf seinen Fingerspitzen. Sein Schwert fiel ihm scheppernd aus der Hand und er fiel auf die Knie. Den Blick stur auf mich gerichtet, sagten mir seine Augen alles, wofür ihm bereits die Kraft fehlte.

Ich sah die Trauer, dass er sein Versprechen nicht halten konnte, dass er mich nicht beschützen konnte, dass er meine Schwester nicht retten konnte und die Resignation, dass er nun hier sein Ende finden würde. Aber da war noch etwas anderes in seinen Augen, es war Hoffnung.

Hoffnung, dass trotz allem alles wieder gut werden würde. Hoffnung für unser Königreich. Hoffnung für unsere Zukunft. Und dann zog sich der Schleier des Todes über seine Augen und seine Blitze verstummten.

Ich hörte weder den Aufprall seines Körpers, noch das Lachen seines Mörders. Ein dumpfer Schmerz breitete sich in mir aus und umschloss mein Herz, verbarrikadierte es hinter einer dicken

Mauer, verschloss meine Gefühle. Eine Kraft baute sich in mir auf, an der ich bisher nur an der Oberfläche gekratzt hatte. Sie übernahm die Kontrolle über meinen Körper, füllte auch den letzten Winkel aus und schwoll immer weiter an.

Ich begann zu schreien und meine Magie bahnte sich einen Weg nach draußen. Sie schoss durch alles und jeden in meiner Umgebung.

Ich spürte die Siegessicherheit, die Angst, die Verletztheit, die Trauer, die Hoffnung, die Zuversicht und noch vieles mehr eines jeden. Und ich spürte ihre Lebensenergie. Ich wusste, wie viel Zeit einem jeden noch bleiben würde.

Doch diese Zeit war nun um.

Dafür sorgte ich.

Niemand der Angreifer in der Halle würde überleben. Meine Magie verzehrte sie alle und ich konnte sie nicht aufhalten, selbst wenn ich es gewollt hätte.

Dies war der Moment, in dem ich wusste, dass von nun an nichts mehr so sein wird wie bisher.

Die Welt um mich herum begann sich zu drehen und als meine Magie auch den Letzten von ihnen aufgezehrt hatte, breitete sich eine undurchdringliche Schwärze von den Rändern meines Sichtfeldes aus und verschlang mich, führte mich in ein Reich ohne Träume.

Kapitel 1

Die Erzählungen über diese grausame Nacht verursachen noch heute Angst und Schrecken, bei jedem, der sie hört oder erzählt. In dieser Nacht sind nicht nur zwanzig Angreifer gestorben, sondern auch viele gute Wächter, Zofen und Diener.

Ein Schleier der Trauer verbreitete sich im ganzen Land. Was jedoch alle Lux am meisten schockierte, war der Tod meiner Schwester. Ich selbst erinnere mich an die Geschehnisse nach meinem Zusammenbruch nur noch schemenhaft.

Ich weiß, dass mich andere Palastwächter in der Eingangshalle zwischen all den Toten fanden. Sie versuchten von mir zu erfahren, was passiert war, aber ich konnte nur weinen und bekam kein Wort über meine Lippen. Erst Wochen später schaffte ich es, mit meinen Eltern über das Vergangene zu reden. Noch am selben Tag erfuhr ich, dass meine Schwester verschwunden sei.

Unser Zimmer war vollkommen niedergebrannt und die Wächter vermuteten, dass es die Magie meiner Schwester war, die das verursacht hatte. Auch meine Eltern waren davon überzeugt. In dem Zimmer fand man zudem die verkohlten Überreste zweier Männer, das ist zumindest die Annahme. Eine Identifikation war ausgeschlossen. Dafür war das Feuer zu stark gewesen.

Es bestand die Möglichkeit, dass meine Schwester überlebt hatte und sich irgendwo versteckte. Mein Vater sandte Soldaten ins gesamte Königreich aus und ließ alle nach der verschollenen Prinzessin suchen.

Erst nach einem Mondzyklus und einem Tag der endlosen Suche war klar, dass sie nicht mehr bei uns war. An diesem Tag trug ich ein schwarzes, langes Kleid und ein schwarzes Tuch über meinem Gesicht. Meine Mutter trug ein ähnliches Outfit und mein Vater einen schwarzen Anzug. Alle im Land trugen schwarz und die

Trauer, als mein Vater offiziell den Tod meiner Schwester verkündete, war überwältigend.

Ich hatte in diesem einen Zyklus gelernt, meine Magie auszusenden und nach ihrer Energie zu suchen. Eine tiefe und unbeschreibliche Verbindung hatte sich zwischen mir und unserem Land aufgebaut. Ich konnte spüren, wie es mir helfen wollte, meine Schwester zu finden und wie es um sie trauerte, als wir die Suche beendeten.

Unserem Volk saß der Schrecken tief in den Knochen und der Verlust baute sich ein Nest tief im Herzen eines jeden und verweilte dort. Unheilvoll drohte es jeden zu zerreißen, der es wagte, an diesen Tag zu denken. Und doch verlangte mein Vater, dass diese Nacht und ihre Opfer niemals vergessen werden.

Er rief den Tag der Erinnerung aus. Ein Tag, an dem sich alle an die Verlorenen erinnern sollten und ihre Opfer gewürdigt werden. In jedem Mondzyklus wird im gesamten Land dieser Tag zelebriert und in jedem Zyklus um Punkt Mitternacht stehe ich vor dem Palast und lasse meine Magie durch das Land streifen, in der Hoffnung vielleicht doch eines Tages ein Zeichen oder einen Hinweis von meiner Schwester zu finden. Und jedes Mal wurde ich enttäuscht. Ich fand nichts dergleichen und spürte nur die Trauer unseres Volkes und den Kummer des Landes.

Sieben Mondzyklen nach dem Todestag meiner Schwester begann ich von ihr zu träumen. In meinen Träumen wuchs sie heran wie ich, wurde älter und schöner. Sie lebte in einer Welt weit entfernt von mir, wo ich sie niemals würde erreichen können. Sie lachte und weinte, war wütend und aufgeregt. Sie liebte und wurde geliebt.

Anfangs waren diese Träume nichts weiter als das, Träume von einer verlorenen Schwester. Doch mit jedem Zyklus, der verging, in dem meine Kräfte wuchsen und ich lernte sie besser zu kontrollieren, wurden die Träume klarer.

Manchmal sehe ich, wie sie an einem Tisch sitzt und etwas in ein Heft schreibt, wie sie mit anderen Mädchen in unserem Alter lacht und wie sie einem Jungen hinterher sieht, wenn sie glaubt, er würde es nicht bemerken.

Meinem Vater erzählte ich nie etwas über meine Träume. Er verstand meine Kräfte nicht so wie meine Mutter. Ihr schilderte ich alles, was ich sah, bis ins kleinste Detail.

Zumindest tat ich das früher. Jedes Mal, als ich ihr von dem Leben meiner Schwester erzählte, sagte sie mir, dass das einfach nur Träume waren und ich sah Tränen in ihren Augen aufsteigen. Sie versuchte immer für mich und meinen Vater stark zu bleiben und keine Schwäche zu zeigen, doch ich sehe, wie schwer es ihr fällt, an Lucca zu denken oder ihren Namen zu sagen.

Am Tag der Erinnerungen werden jedes Mal die Namen all derer genannt, die ihr Leben bei der Verteidigung unseres Palastes verloren hatten. Auch der Name meiner Schwester fällt und meine Mutter zuckt bei ihrer Nennung immer zusammen. Es ist schwer daran zu glauben, dass es ihr gut ginge, wie sie es versuchte allen zu zeigen, wenn man sie hinter verschlossenen Türen weinen hört oder den Schmerz in ihrer Seele spürt.

Vor zwei Zyklen erlaubten mir meine Eltern, die Phoenixakademie zu besuchen. Für alle Lux galt eine Schulpflicht vom siebzehnten bis zum neunzehnten Lebenszyklus. Auch wenn nur drei Mondzyklen verpflichtend waren, wurden die meisten bereits vorher auf Schulen in ihren Heimatstädten unterrichtet.

Die Phoenixakademie wird von der königlichen Familie finanziert und allen Lux ist es erlaubt, sie zu besuchen. Hier sollen die Kinder aller Völker lernen, miteinander umzugehen und die Traditionen und Kräfte der anderen kennenzulernen.

Auch wenn Aurora vor tausend Mondzyklen die Völker vereint hat und sie heute in den Städten gemischt leben, gibt es noch immer Ausschreitungen zwischen ihnen. Meine Eltern setzen sich stark dafür ein, dass Frieden herrscht und gehen mit gutem Beispiel voran.

Sie haben nicht innerhalb ihrer Rasse geheiratet, wie viele es immer noch tun. Während mein Vater einer der legendären Sternenkrieger ist, gehört meine Mutter zum Volk der Walküren. Meine Schwester und ich sind wie unser Vater als Sternenkrieger auf die Welt gekommen.

Aber lange bevor wir geboren wurden, vermuteten viele, dass es keine Kinder aus der Verbindung des Königs und der Königin geben würde. Dass unser Volk eines Tages ohne Thronerben sich erneut gegenseitig auf dem Schlachtfeld nieder streckte.

Dann wurden sie überrascht von der Ankündigung der Geburt von Zwillingen. Seitdem sind sie der königlichen Familie wieder wohlgesonnener und als wir diesen schrecklichen Angriff der Schattenkrieger, wie sie sich selbst nennen, überlebten, war ihr Vertrauen gestärkter als je zuvor.

Umso erstaunlicher war es für mich, wie die anderen Schülerinnen und Schüler mich in meiner ersten Woche an der Phoenixakademie behandelten. Sie zeigten mir keinerlei Respekt und beschimpften mich aufs Ungeheuerlichste. Damit hatte ich nicht gerechnet. Nicht einmal die Lehrenden standen mir zur Seite. Ich wollte damals meine Schulzeit vorläufig beenden.

Doch kurz bevor ich alles aufgab und schon vor dem Büro der Direktorin stand, regte sich wieder meine Magie. Ich spürte den Geist meiner Ahnen. Sie waren enttäuscht von mir, weil ich es nicht schaffte, mir den Respekt meiner Mitschüler zu verdienen. In diesem Augenblick wurde mir klar, dass die anderen lediglich darauf warteten, dass ich versagte und diesen Gefallen wollte ich ihnen nicht tun. Ich machte auf den Absatz kehrt und erkämpfte mir die Achtung all jener, die mich testeten.

Ich wurde zur besten Schülerin, lernte Kontrolle über meine Magie und meine Gefühle und wurde sogar noch im selben

Mondzyklus zur Schülersprecherin gewählt. Auch fand ich drei sehr gute Freunde, die mir helfen, wo sie können und dafür sorgen, dass niemand mehr vergisst, wer ich war.

Aktuell stehe ich kurz vor dem Abschluss meines zweiten Mondzyklus auf der Akademie. Am Ende einer jeden Schulphase müssen die Schülerinnen und Schüler einige Prüfungen bestehen. Diese bestehen aus einem praktischen und einem theoretischen Teil.

In der Theorie müssen wir einen Fragebogen ausfüllen. Es wird unser gesammeltes Wissen der gesamten Schulphase abgefragt. Dabei geht es neben der Geschichte Aquilias und der Lux auch um allgemeines Wissen in den Bereichen der Mathematik, der Natur und ihrer Gesetze und Sprachen. Für mich und einige andere ging es auch um Diplomatie und Kommunikation, aber das ist abhängig von unseren jeweiligen Wahlfächern.

Im Praxisteil der Abschlussprüfung müssen wir dieses Mal gegeneinander antreten und unsere Fortschritte in einem magischen Duell unter Beweis stellen. Das Ganze ist immer eine große, aufsehenerregende Veranstaltung, bei der Freunde und Familie zusehen dürfen. An den ersten beiden Tagen kämpfen die Erstklässler gegeneinander, am dritten und vierten Tag dann die Zweitklässler und den Höhepunkt bildet das Turnier der Drittklässler, für die das gleichzeitig auch ihre Abschlussnote beeinflusst.

Als Schülersprecherin muss ich zudem den Überblick über alles behalten. Es gibt zwar Organisationsteams, die die detaillierte Planung übernehmen, doch ich wache über alles.

Normalerweise verlaufen die Abschlusstests ohne großes Aufsehen, aber seitdem ich auf der Schule bin, besucht auch ein Großteil des königlichen Hofstaats die Feierlichkeiten, angeführt von meinen Eltern, dem König und der Königin der Lux.

Ich bin gerade dabei, einen letzten Rundgang über das Kampffeld zu wagen, als ich meinen Namen höre.

»Micah warte. Micah«, brüllt Levi lauthals über den Platz.

Ich bleibe stehen und drehe mich zu ihm um. Gerade noch rechtzeitig, um zu sehen, wie er auf dem losen Sand ausrutscht und der Länge nach im Dreck landet. Ein Lachen kann ich mir nicht verkneifen und ich sehe, wie auch sein Körper von Lachen geschüttelt wird.

Levi ist mein bester Freund und ein Puk. Er ist dafür bekannt, dass er nur Unsinn im Kopf hat, aber er schafft es immer, mich zum Lachen zu bringen und wenn ich mal wieder verzweifle, holt er mich wieder zurück aus meiner schlechten Laune. Ich bin ihm sehr dankbar dafür.

Vor allem, da er mit seinen Kräften nicht nur mich wohlgesonnen stimmen konnte, sondern auch jeden anderen. Er ist ein Meister der Streitschlichterei, obwohl er und seine Artgenossen meistens die Auslöser für Streitereien sind.

Er stützt seine Ellbogen in den Sand und legt sein Kinn auf seine zusammengefalteten Hände. Mit seinen Beinen pendelte er auf und ab. So liegt er häufig auf dem Boden und sieht dabei so unschuldig und verletzlich aus, dass ich mich sofort dazu ermutigt fühle, mich neben ihn zu legen. Oft liege ich auf dem Rücken im Gras und erzähle ihm von meinen Träumen, während er so neben mir liegt und mich aufmerksam mustert.

Manchmal frage ich mich, wie viel er mir wohl glaubt oder ob er sich insgeheim der Meinung meiner Eltern angeschlossen hat.

Abrupt höre ich auf zu lachen und mustere ihn aufmerksam.

Irgendwas ist diesmal anders.

Er wirkt...ernst und das passt einfach nicht zu seiner sorglosen und frohen Persönlichkeit.

Ich habe Levi noch nie so gesehen und ich kenne ihn schon seit fast zehn Mondzyklen. Sein Vater besucht als Gesandter der Puks oft unseren Palast und nimmt gerne seinen Sohn mit, seitdem er gemerkt hatte wie gut Levi und ich uns verstehen.

»Was ist los Levi?«

»Nichts ist los. Was soll denn los sein?«, fragt er mit unschuldiger Miene.

Ich sehe ihn misstrauisch an. »Du kommst doch nicht ohne Grund den weiten Weg vom Schulgebäude hierher, nur um ein bisschen im Sand zu liegen.«

»Also, erst mal liege ich nicht im Sand, sondern im Dreck. Du solltest aufhören immer so gehoben zu reden. Das macht es uns normalen Lux schwierig dir zu folgen.«

Ich verdrehe die Augen. Er kann mir sehr gut folgen.

»Und zweitens: Darf ich nicht den *weiten Weg vom Schulgebäude hierher*«, zitiert er mich theatralisch, »auf mich nehmen, um meiner besten Freundin Gesellschaft zu leisten?«

»Doch natürlich darfst du mir Gesellschaft leisten. Ich freue mich sogar sehr über deine Anwesenheit.« Ich lächele auf ihn hinab.

Aufmerksam hebt er eine Augenbraue, ein neugieriges Funkeln erscheint in seinen Augen und seine Muskeln spannen sich leicht an. Jetzt kommt die Frage, die er mir am liebsten stellt.

»Hast du wieder von Lucca geträumt und mir noch nichts davon erzählt?«

»Nein, keine neuen Träume«, resigniert lasse ich den Kopf hängen.

Auch wenn mich diese Träume manchmal die Nacht hindurch wach halten, kann ich nicht genug von ihnen bekommen. Auch nach fünf Mondzyklen glaube ich noch immer daran, dass mir diese Träume das Leben meiner Schwester zeigen, dass sie nicht, wie alle glauben, beim Angriff vor dreizehn Mondzyklen verstarb.

Levi zuckt mit den Schultern, dreht sich um und setzt sich mit dem Rücken zu mir in den Sand. Dass er auch die Arme vor der

Brust verschränkt, sehe ich an der Spannung seines dunkelblauen T-Shirts über seinem Rücken.

Ich seufze leise.

»Und was stimmt jetzt nicht?«, frage ich ihn und vielleicht kann er in meinem Tonfall hören, dass ich eigentlich keine Lust auf seine Spielereien habe.

»Nichts«, gibt er spöttisch von sich.

Wieder verdrehe ich die Augen. Wenn ich mich mit Levi unterhalte, kommt diese Bewegung sehr oft vor.

Ich gehe auf ihn zu und umquere ihn in sicherem Abstand. Wer weiß schon was er in seinem verrückten Gehirn gerade ausbrütet. Sobald ich in seinem Blickfeld erscheine, dreht er sich wieder von mir weg.

Erneut versuche ich mich vor ihn zu stellen, aber immer wenn ich fast am Ziel bin, dreht er sich einfach weiter im Kreis, sodass ich wieder seinem Rücken gegenüber stehe.

Wir wiederholen diese kleine Albernheit, jedoch komme ich mit jeder Runde ein Stückchen näher an ihn heran. Mit jeder Umdrehung gehe ich etwas schneller und er dreht sich schneller von mir weg.

Auf einmal verliere ich den Boden unter den Füßen und stürze geradewegs auf ihn drauf. Zusammen landen wir im Sand, wobei er unter mir liegt.

Schnell stütze ich mich auf meinen Armen ab, um etwas Abstand zwischen uns zu bringen.

Ich spüre, wie sich seine Brust unter mir schnell hebt und senkt. Sein Atem streicht warm über meine Wange. Ich rieche sein Shampoo zusammen mit seinem natürlichen Minzgeruch.

Seine blauen Augen nehmen die Meinen gefangen und ich verliere mich in ihnen, stürze hinein in eine andere Welt.

Er hat mir schon oft erlaubt, in seine Seele zu blicken, aber diesmal ist es anders als sonst. Was sich dort vor mir ausbreitet, ist anders als alles, was ich bisher sah.

Ich lasse mich tief fallen und nehme alles auf, was er bereit ist mir zu zeigen. Sein gesamtes Wesen breitet sich vor mir aus. Dort sehe ich seine natürliche Gelassenheit, seine Coolness, seinen Scharm, seine Gefühle, die er unter der Maske des Scherzes zu verstecken versucht, die ich aber dennoch sehen kann.

Aber dort ist auch eine Verletzlichkeit, die so groß ist, dass sie droht, alles andere zu verschlingen. Mir ist nicht bewusst gewesen, wie viel er trotz unserer so lange bestehenden Freundschaft noch immer vor mir versteckte. Und dann sehe ich das Herz seiner Seele. Es strahlt aus seinem tiefsten Inneren heraus, mit einer solchen Vielfalt.

Ich ertappe mich dabei, wie ich es beobachte, wie ich mich vollkommen in seinem Anblick verliere.

Noch nie habe ich mich so tief in die Seele eines anderen vorgewagt. Nachdem ich beim Angriff der Schattenkrieger die Kontrolle verloren hatte, schwor ich mir nie wieder so tief in eine fremde Seele einzutauchen.

Und hier bin ich nun.

Ich liege auf dem Kampffeld der Akademie kurz vor der Abschlussprüfung auf meinem besten Freund und bewundere das Herz seiner Seele, den Funken seiner Magie, die Ader seiner Existenz.

Langsam ziehe ich mich zurück. Wenn ich ihn jetzt ruckartig und unbedacht verlasse, könnte ich ihm unbeschreibliche Schmerzen zufügen. Die Farben seiner Emotionen überdecken sein Seelenherz und ein intensives Blau verschließt alles vor meinem Blick.

Seine Augen sehen mich noch immer aufmerksam an.

Erst jetzt wird mir bewusst, dass ich immer noch auf ihm liege.

Schnell stehe ich auf - ich springe beinahe von ihm runter und gehe einige Schritte zurück. Er liegt noch immer auf dem Rücken und starrt an die Stelle, wo soeben noch meine Augen waren.

Ich räuspere mich und er erwacht aus seiner Starre. Während ich mir den Sand vom Kleid klopfe, setzt er sich auf. Noch immer lässt er mich nicht aus den Augen.

»Was hast du gesehen?«, will er schließlich wissen.

Ich sehe auf. Eine nachdenkliche Miene breitet sich auf seinem Gesicht aus, aber da ist auch Angst.

Hat er Angst vor dem, was ich vielleicht über ihn erfahren haben könnte?

»Wie viel willst du, dass ich gesehen habe?«, frage ich ihn schließlich.

Er zuckt mit den Schultern und sein misstrauisches Gesicht weicht seinem typischen Grinsen.

»Ist mir eigentlich egal. Ich vertraue dir.«

Es ist ihm nicht egal und das wissen wir beide. Ich reiche ihm meine Hand und ziehe ihn auf die Beine, als er danach greift.

»Du hast überall Sand in deinen Haaren...und an deinen Klamotten.«

Er sieht an sich herunter. »Und wessen Schuld ist das wohl? Meine jedenfalls nicht.«

Mit den Händen fährt er durch seine Haare und Sandkörner rieseln zu Boden. Die an seiner Hose und seinem T-Shirt beachtet er nicht.

»Wir sollten zurück zur Akademie gehen. Es sollte bald Essen geben.« Als ob Levis Magen lediglich auf sein Stichwort gewartet hätte, knurrt er lautstark.

Wir brechen beide in schallendes Lachen aus. Nur schwer können wir uns wieder beruhigen.

»Wann immer Ihr soweit seid, My Lady.« Grinsend hält er mir seinen Arm hin, damit ich mich einhaken kann.

Ich lasse einen abschließenden Blick über das Feld und die Tribüne schweifen. Mit einem Nicken befinde ich es bereit für die morgigen Festivitäten. Ich greife nach seinem Arm und gemeinsam gehen wir zurück zum Schulgebäude.

Das Gelände der Phoenixakademie ist riesig und scheint für ein ungeübtes Auge nahezu endlos. Die älteren Schülerinnen und Schüler wissen, dass das Gegenteil der Fall ist. Zwar ist das Grundstück wahrhaftig sehr groß, jedoch nicht unendlich.

Bei verschiedenen Trainingseinheiten sind wir schon oft auf die Grenzmauern gestoßen, die die Schüler der Akademie drinnen und Fremde draußen halten sollten. Die meisten von uns wissen jedoch, wie sie diese Sicherheitsmaßnahmen der Schulleitung umgehen können und sich einen erholsamen Nachmittag oder Abend außerhalb dieser Mauern machen können. Aber auch innerhalb der Mauern kann man viel Spaß haben.

Es gibt Ställe mit Pferden zum Ausreiten, eine Schwimmhalle und einen großen Teich zum Schwimmen, Sportfelder zum Austoben, eine riesige Sporthalle zum Abreagieren, einen wilden Wald zum Erkunden, ein Heckenlabyrinth zum Verlaufen und weite mit Gras bewachsene Flächen zum Entspannen.

Unsere Stundenpläne können wir weitestgehend selbst zusammenbauen. Natürlich gibt es ein paar Pflichtfächer wie Geschichte, Naturwissen und Magie, aber auch viele Wahlfächer wie Tanzen, Musik, Kampfkunst, Reiten, Schwimmen, Klettern und vielem mehr.

Auf meinem Stundenplan stehen zudem noch Völkerrecht und Diplomatie, als Vorbereitung auf meine zukünftigen Pflichten als Königin der Lux.

Der Campus ist so aktiv wie seit langem nicht mehr. Die Luft ist gefüllt mit Anspannung und Aufregung.

Auf unserem Weg zurück zum Hauptgebäude begegnen Levi und ich einigen Erstklässlern, die aufgeregt miteinander über die Gründung der Lux diskutieren. Als wir an ihnen vorbei gehen, werden sie auf uns aufmerksam und erkennen, wer wir sind. Sofort stehen sie auf und stellen sich uns in den Weg.

Abrupt bleibe ich stehen und zwinge Levi ebenfalls anzuhalten.

»Micah, Micah, bitte kannst du uns helfen? Wir wissen nicht weiter«, bettelt eines der drei Mädchen.

Die anderen sowie die zwei Jungen, die zur Gruppe gehören, nicken eifrig.

Ich lächele.

»Was wisst ihr denn nicht?«, frage ich das Mädchen, das den Mut hatte, mich anzusprechen.

Viele Erstklässler zögern oder versuchen es gar nicht erst. Aber sie sprach ohne Scheu mit mir, sogar ohne meinen Titel zu verwenden.

»Ich denke, das dürfte vieles sein«, raunt Levi mir ins Ohr.

Als Antwort entziehe ich ihm meinen Arm und knuffe ihn in die Seite. Er beugt sich weg, ist aber nicht schnell genug.

»Es geht um die Vereinigung der Völker, also die Gründung der Lux. Haben zuerst die Dschinns, die Walküren oder die Gestaltwandler unterzeichnet?«, wissbegierig wartet das Mädchen meine Antwort ab.

Beim genaueren Hinsehen erkenne ich, dass sie eine Walküre ist. Die anderen vier sind Dschinns und Gestaltwandler. Es überrascht mich nicht, dass sie mich ausgerechnet zu den drei Völkern befragen, denen sie selbst angehören.

»Ich glaube nicht, dass ihr jetzt schon wissen müsst, in welcher Reihenfolge der Friedensvertrag unterzeichnet wurde. Außerdem musstet ihr eure Theorieprüfungen nicht letzte Woche schon schreiben?«

Das Mädchen lässt den Kopf hängen.

»Ja, mussten wir, so wie alle anderen auch. Wir hatten uns einfach nur darüber unterhalten und konnten in unseren Büchern dazu nichts finden«, gibt sie zu.

»Deswegen haben wir dich gefragt. Wir hatten gedacht, dass du das vielleicht wüsstest«, ergänzt einer der Dschinns.

Natürlich kenne ich die Reihenfolge, in der die siebenundzwanzig Völker das Friedensabkommen unterzeichneten und damit das vereinte Volk der magischen Geschöpfe, die Lux, gründeten. Aber mir ist auch klar, worauf diese jungen Schülerinnen und Schüler hinauswollen.

»Ist es denn wirklich so wichtig, welches eurer Völker den großen Vertrag zuerst unterzeichnete? Von Bedeutung ist doch nur, dass sie alle unterzeichneten und wir seitdem in Frieden miteinander zusammen leben.«

Diese Antwort hört man in der Akademie immer, wenn man diese Frage stellt. Damit wollen die Lehrenden erreichen, dass wir uns nicht gegenseitig damit aufziehen, wann unser Volk den Vertrag unterzeichnete.

Lediglich die königliche Familie kennt noch die exakte Reihenfolge, aber auch nur, weil der Vertrag bei uns im Schloss aufbewahrt wird und wir ihn von Kindesbeinen an auswendig lernen, einschließlich der Unterschriftenreihenfolge.

Betrübt lassen sie den Kopf hängen. Sie hatten sich wohl mehr von mir erhofft.

»Müsst ihr euch nicht auf eure Duelle morgen vorbereiten?«, versucht Levi das Thema zu wechseln.

Eine meisterhaft gelungene Leistung. Sofort ist die schlechte Laune vergessen und sie diskutieren wieder aufgeregt miteinander, wer von ihnen wohl gegen wen antreten wird.

Levi nimmt meinen Arm und zieht mich sanft von ihnen weg, weiter in Richtung Hauptgebäude.

»Eine sehr diplomatische Antwort, die du da gegeben hast, Micah. Vielleicht solltest du aber das nächste Mal deine Worte den Zuhörern entsprechend wählen«, weist Levi mich auf mein Versagen hin.

Müde lächele ich ihn an. Ich weiß auch ohne seinen Hinweis, dass ich die Kinder enttäuscht habe.

Die Sonne steht schon sehr tief und verschwindet fast hinter dem Schloss ähnlichen Hauptgebäude der Akademie, welches dadurch unheimliche lange Schatten auf die Fläche davor wirft.

Wir sind nicht die Einzigen, die sich auf dem Weg zum Essen befinden und so schließen wir uns unseren Mitschülern an und gehen gemeinsam mit ihnen durch das große hölzerne Eingangsportal.

Kapitel 2

Die Mensa ist bereits brechend voll. Fast alle Stühle sind belegt.

Ich sehe mich nach freien Plätzen um, als mich Levi auf unsere Freunde aufmerksam macht.

An unserem Stammtisch im hinteren Teil der Mensa sitzen Alivia und Jaxon und halten nach uns Ausschau. Wie sie uns noch nicht bemerkt haben, ist mir ein Rätsel. Schließlich sind weder Levi noch ich besonders unauffällig.

Levi sticht mit seinen einzigartigen feuerroten Haaren sogar unter den meisten Puks hervor und die haben fast alle rote Haare. Und ich werde nahezu überall angestarrt.

Die Schülerinnen und Schüler, die uns am nächsten sind, haben ihre Gespräche unterbrochen und beobachten uns oder besser gesagt mich aufmerksam. Sie warten gespannt darauf, dass ich etwas mache, worüber sie später tratschen können.

Das Gerücht, ich wäre mit Levi zusammen, macht schon seit einigen Wochen die Runde und jetzt erwarten sie eine Bestätigung unsererseits. Aber sie würden keine Bestätigung bekommen, denn es läuft nichts zwischen Levi und mir.

Ich habe keine Zeit für einen festen Freund. Und selbst wenn ich die Zeit aufbringen könnte, würde ich nicht riskieren, meinen besten Freund zu verlieren.

Gemeinsam steuern wir den Tisch mit unseren Freunden an. Eine Gasse des Schweigens begleitet uns.

»Hey Livi, Jaxon«, begrüße ich die Sirene und den Dschinn.

»Micah, da bist du ja endlich.« Alivia steht strahlend auf und umarmt mich, danach zieht sie mich neben mich auf einen freien Stuhl.

»Und ich bin mal wieder unsichtbar«, murrt Levi hinter uns.

»Nein, bist du nicht, Kumpel. Du weißt doch wie die Mädels sind.« Jaxon klopft neben sich auf den Stuhl und Levi lässt sich schwerfällig fallen.

»Haben wir was verpasst?«, fragt Levi mit bereits vollem Mund.

Er schaufelt sich einen Löffel Kartoffelbrei nach dem anderen in den Mund, als hätte er seit Tagen nichts zu Essen bekommen.

Alivia schüttelt den Kopf. »Aber wir scheinbar.« Sie zieht mir einige Sandkörner aus den Haaren.

Ich werde rot und Levi fängt an zu lachen, mit vollem Mund, wohl bemerkt, sodass er aussieht wie ein erstickendes Eichhörnchen mit vollen Backen.

Als er sich dann auch noch verschluckt, fangen auch Alivia und Jaxon an zu lachen. Ich beobacht lächelnd, wie sich meine Freunde über Levi lustig machen und ihn aufziehen, wie er das nicht auf sich sitzen lassen kann und mit frechen Bemerkungen kontert.

In solchen Momenten kann ich meine anderen Probleme vergessen, meine Sorgen, meine Träume, meine Eltern.

In solchen Moment kann ich einfach nur ich sein, Micah, eine Schülerin der Phoenixakademie.

Ein Schrei zerreißt die fröhliche Stimmung.

Plötzlich ist es ganz still in der Mensa.

Irgendwo fällt ein Teller zu Boden und zerspringt.

Jemand beginnt zu weinen.

Ich stehe auf und suche nach der Ursache der Unruhe.

Am Büfett sehe ich ein erstarrtes Mädchen und einen weinenden Jungen, der vor ihr zusammengekauert auf dem Boden hin und her wippt.

Schnell gehe ich zu ihnen. Vom Mensa Eingang kommen bereits einige Lehrer, doch ich erreiche die Beiden vor ihnen.

Ich berühre das Mädchen an der Schulter, dabei fällt mir ihr Geburtsmal am linken Oberarm auf, eine silberfarbene Trinität.

Sie ist eine Laima, eine Personifikation des Schicksals. Durch bloße Berührung können sie die Zukunft eines anderen sehen und wenn sie ihre Kräfte noch nicht richtig unter Kontrolle haben, zeigen sie diese Zukunft auch denjenigen, den sie berühren.

Der Junge zu ihren Füßen ist ein Elf. Er hat schreckliche Angst. Was auch immer sie ihm gezeigt hat, es muss fürchterlich gewesen sein.

Das Mädchen ist immer noch in Schockstarre, also knie ich mich erst mal neben den Jungen.

»Sieh mich an«, fordere ich ihn sanft auf.

Es fällt mir leichter, die Seele eines anderen zu berühren, wenn dieser mir in die Augen sieht. Er schafft es nicht, die Augen zu öffnen, sondern kneift sie nur noch weiter zusammen.

Dann eben auf die harte Tour. Ich schließe meine Augen und spüre tief in mich hinein. Meine Magie lodert wie ein Feuer in meinem Inneren, droht damit, alles zu zerstören, wenn ich sie nur einen Moment nicht zurückhalte.

Ich ziehe an einem kleinen Teil und bilde daraus einen silbernen Faden. Er ist hauchzart und kaum zu sehen, doch das reicht mir.

Langsam führe ich diesen Faden zu dem Elf vor mir. Er hat keinerlei Schutz um sich herum aufgebaut und so ist es mir ein Leichtes, seine Seele mit meinem Magiefaden zu berühren.

Ich durchstreife sanft und vorsichtig seine Seele auf der Suche nach dem Grund seiner Angst.

Dort ist sie, stark wie ein Wasserfall droht sie alles mit sich zu reißen. Das zu bändigen wird nicht leicht sein. Doch beim Näherkommen sehe ich den Ursprung der Angst.

Es flimmert und flackert, aber das ist eindeutig eine Zukunftsvision und sie zeigt, wie er von Flammen eingekesselt sterben wird, langsam und sehr qualvoll. In dieser Vision ist er nicht viel älter als jetzt. Wenn mir so etwas gezeigt werden würde, wäre ich auch vor Angst gelähmt.

Ich lenke meine Magie über den Wasserfall direkt auf diese Vision zu. Dort angekommen, spanne ich ein Netz und verschließe so seinen Zugang zu dieser Zukunft.

Auch wenn Laimas die Personifikation des Schicksals sind, heißt das noch lange nicht, dass ihre Zukunftsvisionen immer wahr werden müssen.

Der Wasserfall aus Angst wird wieder zu einem ruhigen Fluss und ich ziehe mich aus der Seele des jungen Elf zurück.

Als ich meine Augen wieder öffne, sehe ich direkt in seine braunen Augen. Noch immer ist da ein Nachhall der Angst, doch damit wird er selbst fertig werden.

Ich nicke ihm zu und helfe ihm beim Aufstehen. Die Lehrer haben uns mittlerweile erreicht und die Laima ist aus ihrer Starre erwacht.

Sie stammelt, dass es ihr leid tue, dass es keine Absicht war, dass sie das nicht gewollt hatte.

Uns braucht sie das nicht zu erzählen.

Wir wissen nur zu gut, dass es nicht leicht ist, seine Kräfte zu kontrollieren, wenn sie so mächtig sind wie ihre.

Die Lehrer versuchen sie zu beruhigen, doch erst als sie sieht, wie der Elf aufsteht, beginnt sie zuzuhören.

»Wir sollten die beiden ins Krankenzimmer bringen. Dort werden sie sich schon wieder erholen«, schlägt einer der Lehrer vor.

Die anderen nicken zustimmend und so stützen sie die Laima und den Elf beim Weg aus der Mensa und zur Krankenstation.

Unsere Krankenzimmer sind oft gut besucht, da sich beim Kampftraining oder den Magiestunden oder während der Freizeit viele verletzen.

Ich beschließe sie später zu besuchen. Vielleicht kann ich ihnen beim Heilungsprozess helfen. Außerdem muss ich gucken, dass meine provisorische Blockade bei dem Elf hält.

Erst jetzt bemerke ich, dass mich alle anstarren.

Sie wissen zwar über meine einzigartige Magie Bescheid, doch wie ich sie einsetze, haben die meisten noch nie gesehen.

Dabei sieht man als Außenstehender lediglich eine Sternenkriegerin, die mit geschlossenen Augen einem anderen gegenübersteht oder wie sie ihrem Gegenüber tief in die Augen sieht. Und trotzdem scheint es eine große Attraktion zu sein.

Alivia, Jaxon und Levi kommen mit unseren Tabletts auf mich zu. Wir hatten alle noch nicht aufgegessen, aber mir ist der Appetit vergangen und meine Freunde haben wohl beschlossen, dass es besser wäre, von hier zu verschwinden.

Dankbar gehe ich mit ihnen aus der Mensa, nachdem wir das dreckige Geschirr weggestellt haben.

Die Blicke unserer Mitschüler folgen uns, bis wir um eine Ecke im Flur gehen und damit aus ihrem Blickfeld verschwinden.

Erst jetzt merke ich, dass sie nicht die einzigen waren, die mich nicht aus den Augen lassen. Auch meine Freunde beobachten mich aufmerksam.

»Was ist? Hab ich was im Gesicht?«

Schuldbewusst wenden sie ihre Blicke ab.

»Wollt ihr mir verraten, warum ihr mich beobachtet oder tun wir jetzt einfach so als wäre es nie passiert?«

»Wir wollen nur sichergehen, dass mit dir alles in Ordnung ist. Du siehst etwas verstört aus«, traut sich Jaxon die Gedanken aller in Worte zu fassen.

Ob mit mir alles in Ordnung ist?

Ich habe gesehen, wie ein junger Elf vermutlich bald qualvoll verbrennen wird, wie seine Angst ihn zum Weinen gebracht hat und wie eine Laima aufgrund ihrer Vision erstarrte.

»Ja, es geht mir gut«, lüge ich sie an.

Sie nicken und scheinen mir zu glauben.

Außer Levi, er behält mich weiterhin im Auge. Das wird auf ein weiteres langes Gespräch im Mondschein hinauslaufen.

Wir folgen dem Flur bis zu seinem Ende, wo uns eine gläserne Tür wieder nach draußen bringt.

»Also, der Abend ist noch jung. Was machen wir jetzt?«, fragt Alivia voller Tatendrang.

Die letzten Sonnenstrahlen kämpfen sich einen Weg auf das Schulgelände, aber in ein paar Stunden wird es stockfinster sein.

»Wie wär's mit schlafen?«, schlägt Jaxon vor.

Während Levi nahezu immer etwas essen könnte, schafft es Jaxon überall einzuschlafen, auch zu den denkbar ungünstigsten Augenblicken.

Einmal ist er mitten im Geschichtsunterricht eingeschlafen und dabei so laut mit dem Kopf auf der Tischplatte aufgeprallt, dass sich selbst unser Lehrer erschrocken hatte. Jaxon ließ sich davon jedoch nicht beirren und schlief einfach weiter. Er wurde schon auf eine Art Schlafkrankheit getestet, allerdings ohne Erfolg.

Alivia hingegen ist das komplette Gegenteil. Sie will andauernd etwas machen und ist ständig voller Energie und Tatendrang. Nichts kann sie aufhalten. Levi scherzt oft, dass Alivia Jaxon etwas von ihrer scheinbar endlosen Energie abgeben soll, aber kein Lux kann Energie von einem Lebewesen auf ein anderes übertragen.

Naja außer mein Vater, der als Sternenkrieger die Fähigkeit hat Energie zu manipulieren und Königin Aurora, die Gründerin der Lux und letzte bekannte Besitzerin der Phoenixmagie.

Die Phoenixmagie ist die mächtigste Kraft in Aquilia. Mit ihr kann man alles machen.

Aurora benutzte sie damals, um Frieden zwischen den magischen Völkern zu schaffen, aber sie kann auch für dunkle Zwecke verwendet werden und vernichten.

Das ist auch der Grund, warum vor dreizehn Mondzyklen Schattenkrieger unseren Palast angegriffen hatten. Sie wollten unbedingt an die Phoenixmagie herankommen, von der vermutet wurde, dass meine Schwester sie innehat.

Aufgrund der Zerstörung, die sie in unserem Zimmer angerichtet hatte, zweifelt heute niemand mehr daran, dass sie die Trägerin war.

Wie genau sich die Phoenixmagie vererbt, wissen selbst die ältesten Lux nicht.

Es heißt, dass Aquilia ein besonderes Kind bei seiner Geburt auswählt und ihm die Gabe schenkt, ein Kind, auf dem eines Tages die Hoffnung aller Lux liegen wird.

Bei Luccas und meiner Geburt stand wohl schon von Anfang an fest, dass die Erstgeborene die neue Trägerin der Phoenixmagie werden wird.

Irgendeine uralte Prophezeiung, deren genauen Wortlaut nur sehr wenige kennen, hat das vorhergesagt. Angeblich stammt diese Prophezeiung aus Auroras Feder selbst.

Mein Vater erzählte mir einmal die Geschichte einer verlorenen Prinzessin, die sich in der größten Not ihres Volkes erheben wird und sie erneut ins Licht führt, wie es Aurora vor so langer Zeit selbst getan hatte.

Für mich war das immer nur eine Gutenachtgeschichte und da meine Schwester starb und damit auch die Phoenixmagie aus unserer Generation verschwand, habe ich schnell aufgehört, darüber nachzudenken.

Frühestens meine eigenen Kinder könnten für die Erfüllung der Prophezeiung in Betracht gezogen werden und bis es so weit ist, werden noch viele weitere Mondzyklen vergehen.

Ich bin so in meinen eigenen Gedanken versunken, dass ich gar nicht mitbekommen habe, wie Alivia vor mir stehen bleibt. Ich laufe in sie hinein und wir fallen beide hin.

»Also haben wir uns dazu entschieden, uns hier ins Gras zu setzen? Find ich gut«, kommentiert Jaxon mit verschlafener

Stimme.

Er legt sich neben uns ins feuchte Gras und beginnt sofort zu schlummern.

»Na, das hat ja diesmal lange gedauert«, scherzt Levi auf Jaxons Kosten, der davon jedoch nichts mehr mitbekommt.

Auch er legt sich neben uns und schaut in den dunkler werdenden Nachthimmel.

Die Sonne ist nun vollständig untergegangen und nur noch ein schwacher rosafarbener Streifen am Horizont zeugt von ihrer Existenz.

Auch Alivia und ich lassen uns rücklings ins Gras fallen, dabei achten wir darauf, dass unsere Köpfe zusammen mit denen von Levi und Jaxon in der Mitte liegen. Unsere Beine strecken wir nach außen hin weg.

Alivias kurze, pechschwarze Haare haben sich um ihren Kopf verteilt und bilden einen Kreis der Dunkelheit auf dem Grün des Grases. Ihre grünen Augen blicken in die Endlosigkeit des Himmels. Auf ihrer sonnengebräunten Haut hebt sich ihre zweite Tätowierung ab. Ein goldenes Rankenmuster verliert sich zu beiden Seiten ihres Haaransatzes und verläuft über ihre Stirn, sodass es aussieht wie ein filigranes Stirndiadem.

Alle Adeligen werden mit diesem zusätzlichen Mal geboren.

Früher, vor der großen Vereinigung, wurden die Völker von ihren Adeligen regiert. Heute ist dieses Rankenmuster nur noch ein Symbol für ihr blaues Blut, auch wenn es nicht wirklich blau ist, bei den meisten jedenfalls.

Die Adeligen sind nicht mehr ganz so mächtig wie früher. Sie sind eher repräsentierender Natur.

Als Zeichen des Respekts haben sie jedoch einen Platz im Rat des Königs und finden damit Gehör bei ihm. So ist es für sie leichter, Anliegen, die ihre Völker betreffen, dem König vorzutragen und direkt mit ihm über eine Lösung zu diskutieren.

Die meisten Adeligen eines Volkes haben unter sich eine Familie ausgewählt, die stellvertretend für sie alle zum Rat geladen wird.

Jaxons Mutter kommt für alle Dschinns zu uns und Alivias Mutter, um die Sirenen zu vertreten. Das Stirnrankendiadem, wie es allgemein genannt wird, bekommen nicht nur gebürtige Adelige, sondern auch jene, die sich diesen Titel anheiraten.

Auch die Mitglieder der königlichen Familie tragen es, nur ist unseres nicht golden, sondern silbern. Auf meiner blassen Haut fällt es kaum auf, außer es wird wie jetzt von Mondlicht angestrahlt, dann wirkt es lichtreflektierend. Auch meine silber-blonden Haare strahlen im Licht des Nachthimmels.

Wenn ich jetzt statt meinem dunkelblauen Kleid ein silbernes trüge, würde ich aussehen wie ein Stern am Nachthimmel, zumindest behaupten das meine Eltern.

Mein Blick schweift zum Himmel über mir. Die ersten Sterne erkämpfen sich ihren Platz am Himmelszelt. Das Gras unter mir ist noch warm vom vergangenen Tag, doch die ersten Tautropfen werden von meinem Kleid aufgesogen. Mein Rücken wird nass und plötzlich liege ich nicht mehr auf dem Schulgelände, sondern im Innenhof des Palastes.

Ich versuche mich zu erinnern, wie ich hierher gekommen bin. Ein brechender Ast erregt meine Aufmerksamkeit und ich richte mich auf.

Die Dunkelheit zwischen den Bäumen schleicht sich langsam über den Boden auf mich zu. Angst umklammert mein Herz.

Ich versuche wegzulaufen, kann mich aber nicht bewegen. Meine Füße sind mit dem Boden verwachsen. Ich kann sie nicht befreien.

Die Schatten kommen immer näher. Sie haben mich fast erreicht und ich kann nichts tun, um sie aufzuhalten.

Sie werden mich verschlingen und ich werde in ihnen zu einer Vergessenen.

Niemand ist bei mir.

Niemand kann mir helfen.

Ich bin ganz allein.

Verzweiflung gesellt sich zu der Angst und versperrt mir jeglichen Zugang zu meiner Magie.

Gleich haben sie mich erreicht.

Es gibt kein Entkommen mehr.

Ich werde mich nicht verteidigen können.

Die Schatten sind undurchdringlich. Sie umhüllen mich jetzt vollkommen. Ich kann nichts mehr sehen, nichts mehr fühlen und falle in ein unendliches Loch.

Meine Versuche, die Dunkelheit weg zu blinzeln, sind hoffnungslos. Es ist aussichtslos, wortwörtlich.

Erst als ich aufhöre, mich zu wehren, als ich mich auf die Dunkelheit und ihre Geheimnisse einlasse, spüre ich, dass ich doch nicht allein bin.

Jemand ist bei mir.

Die fremde Präsenz wird stärker, je weniger ich mich konzentriere.

Kämpfe weiter, schreit eine Stimme in mir. *Du kannst jetzt nicht aufgeben. Du hast sie fast gefunden.*

Wen gefunden?

Wen suchst du denn?

Die Stimme antwortet mir?

Ich kann mit ihr reden, sie kommt nicht aus meinem Inneren. Sie gehört nicht zu mir, sondern zu dieser Präsenz und sie kommt mir bekannt vor.

Woher kenne ich sie nur? Ich komme nicht drauf.

Wen suche ich?, frage ich sie.

Das musst du doch am besten wissen.

Aber ich weiß es nicht.

Doch du weißt es. Konzentriere dich. Wen glaubst du, verloren zu haben?

Ich habe viele verloren.

Wer ist verloren und doch nicht verloren?

Wer ist bei dir und doch so weit entfernt?

Nach wem sehnst du dich, wer ruft dich tief in deinem Inneren?

Wer sagt dir, dass du nicht aufgeben darfst?

Wer zieht dich vom Abgrund weg, wenn du springen willst?

Wer ist tot und doch am Leben?

Meine Schwester.

Lucca.

Die Dunkelheit zieht sich zurück. Blinzelnd öffne ich meine Augen und sehe wieder den Sternenhimmel über mir. Ich liege wieder bei meinen Freunden im Gras auf dem Gelände der Akademie.

War das alles nur ein Traum oder ist das wirklich passiert?

Ich drehe meinen Kopf, um mich nach den anderen umzusehen.

Jaxon schläft immer noch, Alivia und Levi sind in ein Gespräch über die morgigen Duelle vertieft.

Es scheint alles normal zu sein.

Habe ich es mir wirklich nur eingebildet?

Das andauernde Träumen von meiner Schwester, gepaart mit den Ereignissen des heutigen Tages und der Aufregung auf das Kommende, müssen wohl der Auslöser gewesen sein. Das hat mich scheinbar mehr mitgenommen, als ich anfangs vermutete.

Alivia und Levi sind nun zu ihren eigenen Duellen gekommen.

»Ich hoffe, ich muss nicht wieder gegen eine Nixe kämpfen«, beschwert sich Alivia.

»Diese Nixe hatte dich in der letzten Prüfung aber ordentlich aufgemischt«, wirft Levi ein.

»Kann schon sein. Ich erinnere mich nicht mehr.«

»Du hast ja auch ganz schön was abgekriegt«, murmelt Jaxon verschlafen. Seine Tiefschlafphase ist wohl beendet.

»Naja, *so* schlimm war es nun auch wieder nicht«, versucht sich Alivia zu verteidigen.

»Oh doch. Sie hat dich förmlich zerlegt«, fällt Levi ein. »Wenn die Zeit nicht abgelaufen wäre, hätten sie dich direkt aufs Krankenzimmer bringen können.«

»Dabei fällt mir ein, ich wollte noch zu dem Elfen und der Laima von vorhin und gucken, wie es ihnen geht«, werfe ich ein.

»Warum? Glaubst du, du könntest ihnen besser helfen als die Krankenschwestern?«, fragt mich Jaxon mit geschlossenen Augen.

»Hey, mach dich darüber nicht lustig. Du solltest die Ausmaße ihrer Kräfte doch am besten von uns kennen«, verteidigt Alivia mich.

Jaxon brummt zustimmend.

Letztes Mal mussten wir gegeneinander kämpfen und ich habe ihn bereits nach seiner ersten Offensive mit Hilfe meiner Kräfte kalt gestellt. Diese Niederlage hat er lange nicht verkraftet.

Andere Dschinns haben sich danach über ihn lustig gemacht, bis ich sie selbst meine Magie spüren ließ. Seitdem gehen mir diese Dschinns aus dem Weg oder sehen schnell weg, wenn ich in der Nähe bin.

Angst ist auch eine wirkungsvolle Waffe, aber keine, die ich oft einsetzen möchte.

»Ich werde dich begleiten. Die Jungs können ja schon zurück in ihr Zimmer gehen«, bestimmt Alivia kurzerhand.

Wir stehen auf und verabschieden uns vorläufig von den Jungs. Ihr Zimmer liegt etwa fünfzig Schritte von unserem entfernt, wir werden uns also nachher nochmal sehen.

Gemeinsam schlendern Alivia und ich zurück zum Hauptgebäude.

»Sag mal, Micah«, beginnt Alivia, bricht jedoch ab, als sie meinen nachdenklichen Gesichtsausdruck sieht.

»Was denn?«, ermutige ich sie mir ihre Frage zu stellen.

»Ach nichts Wichtiges. Ich wollte eigentlich nur wissen, ob es jemanden gibt, gegen den du morgen auf gar keinen Fall antreten möchtest?«, weicht sie aus.

Sie wollte etwas anderes wissen, doch ich bin dankbar, dass sie mir gerade keine ernsthaften Fragen stellt. Ich habe einfach keine Energie mehr, um mich jetzt noch mit so etwas zu beschäftigen.

»Zum einen gäbe es da eine Sirene, der ich ungern auf dem Feld begegnen würde.«

Sie lächelt.

»Zum anderen einen Puk, gegen den ich wohl verlieren würde und einen Dschinn, den ich ungern noch einmal vor allen besiegen möchte.«

Alivia bleibt abrupt stehen. »Du glaubst du würdest gegen Levi verlieren?«

Auch ich halte an und drehe mich zu ihr um. Ein Grinsen stehlt sich über meine Lippen, als ich ihr antworte.

»Vielleicht nicht direkt verlieren. Aber er würde vermutlich so lange zeit schinden, bis die Lehrer den Kampf abbrechen und als Unentschieden einstufen.«

Sie lacht und wir gehen weiter.

So genau hatte ich noch gar nicht über den Wettkampf nachgedacht. Es ist unsere zweite Praxisprüfung. Aber dieses Mal würden wir erst auf dem Kampffeld wissen, gegen wen wir antreten.

Letztes Mal erfuhren wir es bereits am Morgen des jeweiligen Kampfes und konnten uns dann entsprechend vorbereiten.

Diesmal werden wir mit allem rechnen müssen.

Ich fürchte mich nicht vor dem Kampf.

Letztes Mal habe ich auch mit Leichtigkeit gewonnen, wieso sollte es diesmal anders sein?

Kapitel 3

Auf der Krankenstation erfahren wir, dass Jacklyn, die Laima, und Olif, der Elf, bereits wieder auf ihre Zimmer geschickt wurden. Den beiden scheint es besser zu gehen und da die Schwestern nichts weiter für sie tun können, bekamen sie etwas zum Einschlafen und sollten die Nacht in ihren eigenen Betten verbringen.

Damit ist meine Chance, ihnen unauffällig zu helfen, verstrichen.

Wenn ich ihnen auf ihren Zimmern einen Besuch abstatte, erinnert das stark an Stalking, meint Alivia.

Also beschließen wir auch zurück zu gehen. Auf dem Weg begegnen wir noch einigen Nachteulen, darunter einige Erstklässler, die vor Aufregung nicht schlafen können.

Wir versuchen, ihnen Mut zuzusprechen und sie ins Bett zu kriegen, damit sie morgen ausgeschlafen sind. Endlich erreichen wir die Hütten der Zweitklässler.

Die Zimmer der Schülerinnen und Schüler der Akademie befinden sich hinter einem Hügel, etwa acht Minuten zu Fuß von dem Hauptgebäude entfernt. Auf einer großen weiten Fläche sind hunderte von Hütten in ordentlichen Reihen aufgebaut.

In jeder Hütte befinden sich zwei Schlafzimmer für je zwei Schülerinnen oder zwei Schüler. Zudem sind sie alle mit zwei Badezimmern, einer kleinen Küchenecke, einem Essbereich und einem Wohnzimmer bestückt.

Als Erstklässler wird man von der Schulleitung zusammen mit anderen aus seinem Volk in ein Zimmer untergebracht. Nach Möglichkeit wird eine Hütte mit vier Mitgliedern des gleichen Volkes gefüllt, sollte das nicht gehen, werden zumindest nicht die Elemente miteinander gemischt.

Also jemand, der aus einem Volk des Feuers stammt, wird nicht mit jemandem aus dem Volk des Wasser zusammenwohnen. Lediglich wir vom Element der Energie, also die Sternenkrieger, Laimas und Todesengel, sollten sie mal auf die Akademie kommen, werden oft zu den anderen vier Elementen gesteckt, um Lücken zu füllen.

Angeblich sollten wir uns mit allen vertragen, da ein Teil unseres Elements auch in den anderen auffindbar ist. Der Beweis für das Gegenteil konnte heute in der Mensa beobachtet werden.

Als Zweitklässler darf man sich dann aussuchen, mit wem man in ein Zimmer und eine Hütte will, natürlich immer noch Jungen und Mädchen getrennt.

Erst in der dritten Schulphase dürfen die Hütten gemischt werden, also dass zwei Mädchen und zwei Jungs sich eine Hütte teilen.

Nachdem die Schulleitung uns zwei Phasen lang hat kennenlernen können, ist sie der Meinung, dass wir verantwortungsbewusst genug sind, um gemischte Hütten zu bewohnen.

Darauf freuen Alivia und ich uns schon. Wir bewohnen seit Anfang an das gleiche Zimmer und in der nächsten Schulphase gehen wir dann zusammen mit Jaxon und Levi in eine Hütte. Darauf haben wir uns bereits am Anfang dieser Schulphase geeinigt.

Wir betreten die Hütte und das Licht geht an. Das bedeutet, dass Addison und Joyce noch nicht hier sind.

Die Wila und die Fee treiben sich vermutlich noch bei ihren Freunden rum. Ironischerweise wohnen diese in der Hütte von Jaxon und Levi. In der nächsten Phase tauschen wir also einfach nur die Hüttenpartner.

»Ich bin total k.o. Macht es dir etwas aus, wenn ich schon ins Bett gehe?«, fragt mich Alivia.

»Natürlich nicht. Ich komme auch gleich nach.«

Sie nickt, wünscht mir eine gute Nacht und verschwindet im Flur.

Die Hütten haben alle den gleichen Grundriss. Im Erdgeschoss befinden sich die kleine Küche, die Essecke und das einladende Wohnzimmer, das von einer riesigen Sitzecke dominiert wird. An den Wänden befinden sich Bücherregale und Kerzenhalter, von denen auch das Licht ausgeht. Außerdem besteht eine Wand komplett aus Fenstern und eröffnet den Blick auf die Veranda, die die gesamte Hütte umrundet.

Eine Treppe im Flur führt in die erste Etage, wo sich auf jeder Seite ein Bad und ein Zimmer befinden. Alivia und ich wohnen auf der rechten Seite, während Addison und Joyce die linke Seite als Domizil haben.

Ich gehe in die Küche und lasse über einem Feuer etwas Wasser aufkochen. In einer Tasse gieße ich mir zwei Teeblätter mit dem brodelnden Wasser auf. Der süße Geruch nach Aprikosen und Zimt erfüllt sofort die Küche. Vorsichtig nehme ich einen Schluck aus der Tasse, nur um mir die Zunge zu verbrennen.

Verdammt tut das weh.

Mit meiner Teetasse in der Hand gehe ich vorsichtig zur Sitzecke. Jetzt bloß nichts verschütten. Ich schaffe es, mich hinzusetzen, ohne dass etwas aus der Tasse überschwappt.

Für eine Prinzessin bin ich manchmal ganz schön tollpatschig. Über mir höre ich, wie Alivia das Badezimmer verlässt und ins Zimmer geht. Dort läuft sie noch einige Male auf und ab. Ich lausche aufmerksam ihren Schritten während ich meinen Tee trinke.

So verarbeitet sie immer etwas und da ist es am besten, wenn man sie in Ruhe lässt. Ich frage mich, was sie wohl bedrückt und bin versucht, meine Kräfte nach ihr auszusenden. Doch mein Versprechen hält mich davon ab. Als wir uns kennengelernt haben und ich mit meinen Kräften noch recht willkürlich nach den

Gefühlen anderer tastete, musste ich ihr versprechen, das niemals ohne ihre Einwilligung bei ihr zu machen. Und ich habe auch vor, mich an dieses Versprechen weiterhin zu halten.

Also verzichte ich auf meine Kräfte und lausche weiterhin ihren unruhigen Schritten. Mal werden sie leiser und ich denke, dass sie sich jetzt gefangen hat, doch im nächsten Moment sind sie wieder so laut wie am Anfang. Meine Teetasse ist inzwischen leer und ich überlege mir noch einen zu machen.

Die Eingangstür öffnet sich und Addison und Joyce kommen kichernd und albernd herein. Sie erschrecken, als sie mich auf dem Sofa entdecken, fangen sich aber gleich wieder.

»Hallo Micah. Mit dir haben wir gar nicht gerechnet«, eröffnet mir Joyce unverblümt.

»Was machst du hier?«, fragt mich Addison.

»Ich wohne hier«, antworte ich mit scherzhaftem Unterton.

Sie fangen an verrückt zu kichern.

Was ist bloß los mit den beiden? Normalerweise fangen sie nicht bei jeder Kleinigkeit an zu kichern.

Ich beobachte aufmerksam, wie sie sich gegenseitig stützen, um den Weg zum Sofa ohne hinzufallen zu packen. Schwerfällig lassen sie sich in die Kissen fallen.

»Wir hatten eine absolut atemberaubende Nacht«, schwärmt Joyce.

Addison schnappt nach Luft und schlägt Joyce sanft auf den Oberarm. »Joy Joy so etwas kannst du doch nicht Micah erzählen, sie will das bestimmt gar nicht wissen.«

»Wieso denn nicht?«, fragt Joyce unschuldig.

»Sie ist unsere Prinzessin, Dummerchen«, erinnert Addison sie.

Obwohl wir uns nun schon seit einer Schulphase eine Hütte teilen, sieht Addison in mir immer noch nur ihre Prinzessin. Dabei gebe ich mir solche Mühe, für sie mehr zu sein. Ich versuche meinen Mitschülern zu zeigen, dass ich mehr sein kann als ihre

Prinzessin, dass ich auch ihre Freundin sein kann, dass ich ihre Freundin sein möchte.

Bei den meisten tragen meine Bemühungen auch Früchte. Vor allem bei jenen, mit denen ich Unterricht habe und jene, die älter sind als ich.

Auch Joyce sieht in mir häufiger ihre Freundin als ihre Prinzessin. Bei Addison habe ich jedoch keine Chance. Sie schmettert jegliche Annäherung meinerseits ab, wie einen tödlichen Angriff auf ihr Leben.

Die beiden sind schon wieder in wildes Gekicher ausgebrochen und kugeln sich auf dem Sofa. Zum Glück ist es so groß, dass sie nicht herunterfallen. Langsam kommt mir der Verdacht, sie hätten etwas genommen, aber in der Phoenixakademie gibt es keine Drogen und der Alkohol ist sicher bei den Lehrkräften weggeschlossen.

Ich überlege schon, meine Kräfte einzusetzen, als beide plötzlich ganz ruhig werden. Sie setzen sich auf und sehen mich ernst an. Hier stimmt eindeutig etwas nicht.

Warum benehmen sie sich nur so komisch?

»Was ist los mit euch beiden?«, beschließe ich der Ursache auf den Grund zu gehen.

Sie antworten mir nicht, sondern starren nur stumm geradeaus. Ich folge ihren Blicken direkt nach draußen auf unsere Veranda, entdecke in der dunklen Nacht jedoch nichts. Mein Blick schweift zurück zu Addison und Joyce. Sie sitzen immer noch exakt gleich da.

»Was seht ihr? Was ist da draußen?«, versuche ich es erneut.

Doch ich erhalte keine Antwort. Ich stehe auf und gehe zu den Fenstern. Ich stehe genau im Blickfeld von Addison und Joyce, doch meinen Augen gelingt es nicht, die Dunkelheit zu durchbrechen und so kann ich nicht erkennen, was sie sehen.

Ich drehe mich um, um sie erneut zu fragen. Doch sie sind weg.

Ein kühler Luftzug weht durch die Haustür herein. Die Kerzen halten flackernd stand. Kurzerhand beschließe ich, ihnen zu folgen. An der Treppe bleibe ich kurz stehen und überlege nach Alivia zu gucken, doch dadurch würde ich nur kostbare Zeit verlieren.

Ich renne die letzten Schritte bis zur Tür und bleibe auf der Veranda stehen. Was ich dort sehe, lässt mich erstarren.

Sie kommen alle aus ihren Hütten heraus mit leeren Blicken und laufen steif den Weg zum See entlang. Kaum einer ist noch richtig angezogen. Viele Mädchen sind barfuß und in dünne Nachthemden gehüllt und die meisten Jungs tragen den Oberkörper frei.

Es sieht aus, als stünden sie alle unter einem Bann, aber ich habe noch nie von einem gehört, der stark genug ist, sie alle auf einmal zu verzaubern. Es gibt einige Sprüche, die jemanden alle eines Elements kontrollieren lassen, aber hier laufen die Elemente so vermischt im Gleichschritt, dass sie alle unter dem gleichen Zauber stehen müssen.

Ich sehe Levi und Jaxon aus ihrer Hütte treten und sich den Massen anschließen. Kurzerhand geselle ich mich zu ihnen und versuche mit ihnen zu reden, aber es ist, als ob sie mich gar nicht hören könnten. Auch von den anderen reagiert keiner auf meine Versuche, sie aufzuwecken.

Vorsichtig, um keine unnötige Aufmerksamkeit zu erregen, drängle ich mich nach vorne. Das ist leichter gesagt als getan. Sie laufen alle so dicht beisammen, dass ich kaum Lücken zum Durch-schlüpfen finde.

Unser Weg führt uns weiter zum See.

Wann werden sie aufhören zu laufen?

Sie werden doch nicht direkt ins Wasser gehen und darin ertrinken, oder doch?

Ich muss sie vorher aufhalten.

Unbedacht auf meine eigene Deckung zu achten, schubste ich mir den Weg nach vorne frei. Sollen sie doch versuchen mich aufzuhalten. Doch niemand reagiert, wenn ich ihn grob aus dem Weg ziehe. Sie gehen einfach weiter zum See.

Panik beginnt sich in mir auszubreiten. Wenn ich sie nicht aufhalten kann, werden sie alle sterben.

Wer würde so etwas nur tun?

Schattenkrieger, schießt es mir sofort durch den Kopf.

Natürlich sind sie die einzigen, die von hunderten Toten Lux profitieren könnten.

Mittlerweile renne ich abseits der Gruppe. Ich kenne eine Abkürzung zum See. Wenn das wirklich ihr Ziel ist, werde ich dank ihr noch vor ihnen ankommen, hoffentlich.

Über dem Himmel erstrecken sich dunkle Wolken und ersticken jeden Funken Licht, der versucht, mir den Weg zu leuchten. Dennoch schaffe ich es, ohne über Wurzeln zu stolpern zum See.

Er liegt ruhig und betörend vor mir und erstreckt sich in der Dunkelheit in unendliche Weiten. Normalerweise ist das Wasser klar und man kann den Grund erahnen. Heute Nacht ist es pechschwarz und wird alles erbarmungslos verschlucken, was sich in es hinein traut, auch meine Mitschüler.

Dort kommen auch schon die ersten den Weg von den Hütten herab. Ihre glasigen Augen blicken direkt auf das dunkle Wasser, in das sie gleich hineingehen werden, um darin zu ertrinken. Ich renne los und komme rechtzeitig vor ihnen am Wasser an.

Die vordersten Schüler sind noch etwa dreißig Schritte von mir entfernt und kommen unaufhörlich näher.

»Bleibt stehen. Wacht auf. Ihr müsst anhalten«, brülle ich ihnen entgegen.

Meine Stimme kommt zwar bei ihnen an, doch sie zeigen keinerlei Reaktion, kommen einfach immer näher.

Noch zwanzig Schritte trennen sie von mir und dem Wasser hinter mir. Mir bleibt keine andere Wahl, als meine Kräfte gegen sie einzusetzen. Damit breche ich zwar die Schulregeln, aber es ist die einzige Möglichkeit sie zu retten.

Noch fünfzehn Schritte. Ich schließe meine Augen, konzentriere mich auf das Feuer in mir. Mit nur einem Faden werde ich diesmal nicht sehr weit kommen. Ich lotse einen großen Teil meiner Magie zu den Schülern.

Sie prallt einfach an ihnen ab. Ein schwarzer Schleier umhüllt jeden einzelnen und wehrt meine Magie ab wie ein Schutzschild. Das muss es sein, was sie kontrolliert. Durchbreche ich diese Rüstung, sollten sie wieder zu sich kommen.

Ich konzentriere mich zunächst auf den Schüler, der mir am nächsten ist. Seine Seele ist vor mir unter dem schwarz verborgen. Ich versuche, mit einem Magiefaden hindurch zukommen.

Keine Chance.

Mein Faden umwickelt ihn, doch er kann die Rüstung nicht durchbrechen. Zehn Schritte trennen ihn vom Wasser. Mir läuft die Zeit davon. Ich kann nicht jeden einzeln befreien.

Ich nehme noch etwas mehr von meiner Magie und lasse sie wie Nebel über den Boden wabern. Immer mehr schwarze Gestalten tauchen im silbrig blauen Nebel meiner Magie auf. Ich lasse sie langsam an jedem verzauberten Mitschüler hinaufkriechen.

Die Magie, von der sie eingeschlossen werden, ist stark. Ein Bann, den ich noch nie erlebt habe. Das spricht nicht nur eine einzelne Person.

Meine Magie umhüllt die schwarzen Kokons. Noch fünf Schritte trennen den Tod und meine Mitschüler.

Ich atme aus.

Was ich jetzt vorhabe, könnte sie, mich oder uns alle umbringen. Aber es besteht auch die Chance, dass ich sie damit retten kann.

Ich lasse meine Magie auf die Rüstungen einschlagen, lasse sie von allen Seiten auf meine Mitschüler los. Es zeigt keine Wirkung. Die Kokons bleiben bestehen und führen sie in den See.

Das Wasser umschließt die Füße der ersten und droht sie mir zu entreißen. Das kann ich nicht zulassen. Ich muss sie retten.

Meine Magie schlägt unaufhörlich auf sie ein. Ohne Unterlass bearbeitet sie die Hüllen, versucht sie zu zerbrechen. Ein einziger Riss reicht und sie kann sie befreien.

Keine Chance, dieser Bann ist zu stark für mich.

Micah hilf uns, höre ich Levi in meinem Inneren rufen.

Ich weiß nicht wie.

Meine Magie ist nicht stark genug.

Schweiß perlt von meiner Stirn und verbindet sich mit dem Boden unter mir. Das Wasser umschließt die ersten schon bis zu den Hüften und sie werden nicht langsamer. Ich hole auch noch den letzten Rest meiner Magie aus meinem Inneren und verteile sie auf den Lux.

Kommt schon, wehrt euch, bitte. Ich schaffe das nicht alleine.

Sie stocken.

Es war nur ein kleiner Moment, doch sie haben mich gehört. Sie sind noch immer da drin. Noch kann ich sie retten.

Ich konzentriere mich noch stärker, sehe sie deutlich vor meinen geschlossenen Augen, schwarze Gestalten umhüllt von silberblauen Schleiern. Ich spüre wo jeder von ihnen ist, jetzt muss ich nur dafür sorgen, dass sie bleiben wo sie sind. Ich hole tief Luft und lasse meine Stimme auf meiner Magie gleiten. So wird sie ihre Seelen erreichen.

»Mein Name ist Micah Andriana Devin Arien, ich bin eine direkte Nachfahrin der Phoenixkönigin Aurora, die uns alle vereinte. Ihr seid ein Teil von mir, wie ich ein Teil von euch bin. Zusammen kann uns niemand vernichten. Zusammen können wir uns allen Gefahren in den Weg stellen. Als euer aller Prinzessin und zukünftige Königin befehle ich euch, auf euer Herz zu hören, auf eure Seele. Sie wird euch die Wahrheit zeigen. Eure Prinzessin befiehlt euch, stehen zu bleiben. Jetzt!« In das letzte Wort lege ich all meine Angst, meine Wut, meine Trauer, aber auch meine Hoffnung.

Und es wirkt.

Die Kokons bekommen Risse. Sie sind klein und kaum auszumachen. Doch groß genug, dass meine Magie eindringen kann. Sie schlüpft durch die Löcher, die meine Mitschüler ihr geschaffen haben. Sie breitet sich innerhalb der Schatten aus und bildet einen Schutzwall zwischen den Seelen der Lux und der Macht, die versucht, sie zu kontrollieren.

Sie werden langsamer und bleiben schließlich stehen. Einige sind schon bis zum Hals im Wasser. Doch sie sind noch nicht befreit. Wenn ich meine Magie jetzt zurückziehe, werden sie weitergehen.

Ich lasse meine Magie leuchten. Erst ganz schwach. Sie kämpft gegen die Schatten an, die versuchen, sie zu verschlingen. Das silberblaue Licht flackert unter der schwarzen Macht.

Konzentriere dich Micah. Du kannst das schaffen, flüstert mir eine fremde Stimme zu.

Es ist die gleiche Stimme, die mir sagte, dass Lucca noch lebt. Ich weiß nicht, von wem sie stammt, aber sie gibt mir die Kraft durchzuhalten und meiner Magie noch einmal einen kräftigen Energieschub zu geben. Sie leuchtet heller, die Kokons bekommen krachend größere Risse, werden schwächer und mit einer Erschütterung wie von einer Explosion zerbersten sie schließlich ganz.

Meine Magie rieselt wie Schnee in sanften Flocken auf uns nieder. Meine Mitschüler erwachen aus ihrer Trance, kommen zu sich und sehen sich verwirrt um. Stimmen werden lauter. Sie reden wild durcheinander, suchen nach einer Erklärung, warum sie im Schlafanzug am See sind. Ihre Erinnerungen scheinen wie leergefegt zu sein.

Vor meinen noch immer geschlossenen Augen sehe ich ihre bunten Seelen in den unterschiedlichsten Emotionen und Stärken aufgeregt flackern. Noch immer rieseln silberblaue Funken auf sie hinab. Wenn das Ganze nicht so eine schreckliche Situation wäre, könnte ich diesen Anblick genießen.

Ich lasse meine Magie in mich zurückgleiten. Hole mir jedes noch so kleine Fünkchen zurück und flicke sie in meinem Inneren mit den zurückgebliebenen Resten zusammen. Erst als ich mir sicher bin, alles einsammelt zu haben und die Schatten wirklich weg sind, öffne ich meine Augen.

Mittlerweile haben sich die üblichen Gruppen gebildet. Noch immer reden alle wild durcheinander. Keiner weiß, was passiert ist, aber alle wollen eine Antwort. Erst jetzt bemerke ich, dass nicht nur Schüler verzaubert wurden, sondern auch unsere Lehrer hier sind.

Diejenigen, die bereits im Wasser waren, versuchen sich zu trocknen. Ich suche mit den Augen nach meinen Freunden, kann sie aber nicht entdecken.

Ist die Nacht noch dunkler geworden?

Die Welt um mich herum beginnt sich zu drehen. Schwankend versuche ich das Gleichgewicht zu halten, doch der Boden hat andere Pläne. Er verschwindet unter mir und ich kann mich nicht mehr aufrecht halten.

Jemand ruft meinen Namen.

Erschrocken holen manche Luft.

Jemand schreit, jemand weint.

Ich nehme alles nur aus weiter Ferne wahr, habe Schwierigkeiten meine Augen offen zu halten.

Kalte Hände berühren meine Arme, streichen mir Haarsträhnen aus dem Gesicht, schütteln mich sanft. Immer wieder dringt mein Name zu mir durch, doch ich weiß nicht, wer mich ruft. Jemand braucht Hilfe, jemand soll wach bleiben, soll nicht gehen, soll nicht aufgeben, nicht aufhören zu kämpfen.

Ich kämpfe gegen die Dunkelheit an, doch sie ist stärker als ich. Meine Versuche, meine Mitschüler zu retten, haben mich schwach gemacht. Ich versuche nicht einzuschlafen, doch die Müdigkeit ist zu groß. Sie lockt mich, sagt mir, dass es leichter wird, wenn ich ihr nur nachgebe.

Ich spüre, wie mich jemand hochhebt und wegträgt. Verschwommen nehme ich die besorgten Blicke meiner Mitschüler wahr. Mein Körper hängt schlaff in den starken Armen. Ich habe nicht die Kraft meinen Kopf an seine Schulter zu legen, geschweige denn mich zu wehren. Noch immer lockt mich die Erschöpfungen mit Versprechungen.

»Halte durch Micah«, raunt jemand an meinem Ohr.

Ich versuche es, will ich antworten, doch kein Wort schafft es über meine Lippen. Der Wind frischt auf und Gänsehaut überzieht meine nackten Arme.

Mein Körper erschaudert. Ich werde dichter an die muskulöse Brust gepresst. Dann lässt der Wind nach und eine wohlige Wärme breitet sich um uns aus. Durch meine flackernden Lieder erkenne ich Kerzenlicht.

Es ist heller als gerade eben noch. Wir sind im Hauptgebäude angekommen. Noch immer folgt mir Stimmengewirr, doch ich kann nur Wortfetzen heraushören.

»Was ist passiert...?«

»Warum kommt sie nicht zu sich...?«

»...der König und der Königin...«

»Leg sie hier hin.«

Sanft legt mich jemand auf ein Bett, darauf bedacht, mich nicht zu verletzen. Ich spüre, wie mich jemand untersucht. Die Müdigkeit ist stärker als ich und nimmt mich mit in die Dunkelheit.

Hallo Micah. Ich habe schon auf dich gewartet.

Kapitel 4

Hallo Micah. Das hast du gut gemacht.

Wer bist du?

Hast du das immer noch nicht herausgefunden?

Ich habe eine Vermutung.

Hat dich dein Gefühl schon einmal enttäuscht?

Nein, noch nie.

Warum vertraust du ihm dann nicht?

Ich habe Angst.

Wovor?

Vor dir.

Sie lacht. *Vor mir brauchst du keine Angst zu haben.*

Wie kann ich mir da sicher sein?

Habe ich dir bisher etwas getan?

Nein, aber du bist auch noch nicht lange hier.

Wieder lacht sie. *Meine liebe Micah, ich hatte dir mehr zugetraut. Erinnerst du dich etwa nicht mehr an mich?*

Doch du warst da, als ich im Gras eingeschlafen bin. Du hast mir gesagt, dass meine Schwester noch lebt.

Das meine ich nicht. Grabe tiefer. Erinnere dich. Du kannst das.

Du kannst das...dieser Satz, den habe ich früher schon oft gehört.

Ja, aber wann hast du ihn das erste Mal gehört?

Ich war kurz davor, die Akademie zu verlassen.

Früher.

Als ich das erste Mal auf einem Pegasus fliegen sollte.

Früher.

Der erste Tag der Erinnerung.

Früher.

Der Tag, an dem die Schattenkrieger unseren Palast angriffen, als Enis starb.

Früher.

Als meine Schwester und ich zum ersten Mal unsere Kräfte einsetzten.

Früher.

Es gibt kein früher. Das war das erste Mal, dass ich dich gehört habe.

Das stimmt nicht und das weißt du auch. Erinnere dich. Es ist wichtig. Du kannst das.

Du kannst das...Als ich geboren wurde. Meine Augen waren geschlossen, aber ich konnte meine Schwester, meine Eltern, die Lux, das Land, alles ganz deutlich sehen. Und da war noch etwas. Es versteckte sich vor mir, versuchte mir auszuweichen.

Das warst du. Du warst da, als ich geboren wurde. Du warst schon immer da. Versteckt in den Schatten meiner Seele.

Ich würde es nicht verstecken nennen. Aber ja, ich bin immer bei dir.

Warum? Wer bist du?

Das hatten wir doch schon Micah.

Du hast mir nicht geantwortet.

Weil du die Antwort schon kennst. Wieso sollte ich dir etwas sagen, was du schon längst selber weißt?

Ich weiß es nicht, Aurora. Ich weiß es nicht.

Sicher?

Ja...Nein...Ich weiß es. Du bist Aurora.

Sie nickt und tritt aus den Schatten. Sie strahlt in silberrotem Licht. Ihre feuerroten Haare umschweben ihren Körper wie ein Umhang im Wind. Sie trägt ein silbernes langes Kleid, mit roten Flammenmuster.

Was machst du hier?

Ich bin bei dir. Sagte ich doch schon.

Das ist keine Antwort. Warum bist du bei mir?

Das solltest du selbst am besten wissen.

Du sprichst in Rätseln.

Du sagst, ich spreche in Rätseln. Doch du verstehst sehr gut, was ich dir sagen will. Stell dich nicht dumm an, Micah. Dafür bist du viel zu schlau.

Du bist meine Vorfahrin, meine Kräfte verbinden mich mit Aquilia und den Geistern der Vergangenheit, also auch mit dir.

Siehst du. War das jetzt so schwer?

Ich weiß es nicht.

Hör auf das zu sagen. Du weißt viel mehr als du denkst.

Das ergibt keinen Sinn.

Das glaubst du häufiger und doch kann ich dir versichern, dass alles, was passiert einen Sinn hat, einem höheren Zweck dient.

Auch der Tod meiner Schwester?

Sie ist nicht tot, das weißt du.

Warum? Warum musste sie gehen? Warum musste sie mich verlassen?

Erinnerst du dich noch daran, wie du warst?

Wie ich wann war?

Als du mit Lucca zusammen warst.

Das ist so lange her. Ich erinnere mich nicht.

Das ist eine Lüge. Micah, ich bin ein Teil von dir. Du kannst mich nicht belügen, auch wenn du es noch so sehr versuchst. Aber ich werde dir auf die Sprünge helfen. Das kann schließlich nicht ewig so weiter gehen. Du warst immer die kleine Schwester, standest immer in ihrem Schatten. Sie hat den Ton angegeben, sie hat dich mitgezogen. Sie ließ dich nicht reifen, wachsen, erblühen.

Ich bin doch keine Pflanze.

Und doch bist du zu einer wunderschönen und starken Blume herangewachsen.

Und dafür musste meine Schwester sterben? Damit ich aus ihrem Schatten trete?

Sie ist nicht tot. Wie oft willst du das noch von mir hören?

Bis ich es selbst wieder glaube.

Du hast nie aufgehört, daran zu glauben.

»Komm schon, Micah. Du musst aufwachen, wir brauchen dich hier. Das kannst du mir doch nicht antun.«

Wer ist das?

Du bist schon zu lange hier. Deine Erinnerungen an dein Leben verblassen. Unsere Zeit läuft ab. Hör mir genau zu. Deine Schwester Lucca lebt. Du musst sie finden und nach Aquilia zurückbringen. Sie muss zur Akademie gehen und lernen, ihre Kräfte zu kontrollieren. Nur gemeinsam könnt ihr die Schattenkrieger aufhalten, bevor sie die Lux und alles Leben auf Aquilia vernichten.

Die Schattenkrieger aufhalten? Sie sind doch schon längst aufgehalten. Und wo soll ich meine Schwester finden? Ich habe doch bereits auf ganz Aquilia gesucht. Sie ist nicht hier. Aurora, lass mich nicht mit so vielen Fragen zurück. Antworte mir bitte.

Vertraue auf deine Freunde, vertraue auf deine Magie.

Aurora, warte, ich schaffe das nicht ohne dich. Du hast dir die Falsche ausgesucht.

Doch sie hörte mich nicht mehr. Aurora und ihr Licht sind zurück in den Schatten, wo sie herkamen. Ich bin allein in der Dunkelheit meines Geistes.

Wieso bin ich hier?

Erinnerungen durchstreifen meinen Geist. Eine leere Arena, vorbereitet für die Abschlussprüfungen. Ein rothaariger Junge liegt lachend im Sand. Ein junges Mädchen steht erstarrt über einem am Boden liegenden weinenden Jungen. Ein Mädchen mit schwarzen Haaren liegt lachend im Gras und blickt in die Sterne. Ein Junge schläft unter dem Sternenhimmel. Heißer Tee verbrennt meine Zunge. Jemand geht unruhig über mir auf und ab. Zwei Mädchen kommen lachend in den Raum, erstarren und gehen nach draußen. Dort schließen sie sich anderen an und gehen stur zum See.

Die Verzauberung, der Bann.

Ich habe ihn mit meiner Magie gebrochen, bevor sie starben, und bin danach wohl bewusstlos geworden.

Wie lange ist das her?

Doch höchstens ein paar Stunden.

Ich habe jegliches Zeitgefühl verloren. Durch den dichten Schleier der Dunkelheit versuche ich, mich nach oben zu kämpfen. Wie zähflüssiger Schleim klebt sie an mir und hält mich davon ab aufzuwachen.

Dann eben anders.

Ich gehe nicht nach oben, sondern lasse mich tiefer fallen, immer tiefer in meine Seele hinein. Ein silberblau leuchtendes Feuer empfängt mich, bereit alles zu tun, was ich ihm befehle. Was wir diesmal machen werden, habe ich schon oft getan.

Ich betrete die Flammen und lasse mich von ihnen umhüllen, bis ich mit jeder Faser meines Seins mit ihnen verschmolzen bin. Ich spüre, wie sie nach mehr lechzen und immer höher schlagen, wie sie gegen den unsichtbaren Käfig, mit dem ich sie unter Kontrolle halte, ankämpfen und versuchen, ihn zu durchbrechen.

Ich spinne wieder einen einzelnen Faden aus dem Feuer und führe ihn sanft durch die Barriere. Nur mit meiner Führung ist es meiner Seelenmagie möglich, diesen Käfig zu verlassen.

Der Faden schlängelt sich mühelos durch den dunklen Schleim und führt einen Teil meines Bewusstseins mit sich. Wir verlassen meinen Körper und schweben über ihm im Zimmer.

Er liegt in dem einzigen belegten Bett in der Krankenstation. Neben dem Bett steht ein leerer Stuhl, vermutlich für Besucher. Ich begutachte mich genauer.

Meine Haut ist blasser als sonst, meine Haare werden vom Mondlicht durch das gegenüberliegende Fenster angestrahlt und fließen wie ein silbrig blonder Wasserfall über das Kissen. Meine Augen sind verschlossen, doch meine Lieder flackern leicht. Meine

Hände sind ordentlich neben meinen Körper gelegt, der eingesunken und schwach in den weißen Lacken wirkt.

Ist doch mehr Zeit vergangen als ich dachte?

Habe ich die Prüfungen verpasst?

Die Zeugnisübergabe?

Den Abschlussball?

Sind bereits Ferien und keiner ist mehr in der Akademie?

Nein, das kann nicht sein, dann wäre auch ich nicht mehr hier. Meine Eltern hätten mich dann schon längst in den Palast zurückbringen lassen. Dort würden dann Tag und Nacht irgendwelche Ärzte um mich herum wuseln.

Oder ist das längst geschehen?

Wurde mein Körper in die Akademie zurückgebracht, weil meine Eltern bereits gestorben sind und die neue Königsfamilie mich nicht bei sich im Palast haben will?

Meine Angst wächst und ich verliere zunehmend die Kontrolle über meinen Magiefaden. Er wird zurück in meinen Körper gezogen, zusammen mit meinem Bewusstsein.

Die Bilder werden von der Dunkelheit abgelöst, die wiederum vom silberblauen Feuer vertrieben wird. Mein Bewusstsein ist wieder in einem Stück. Vorsichtig löse ich es von meiner Magie und verlasse die Flammen.

Ich könnte jetzt hier bleiben. Im Herzen meiner Seele und in der Bewusstlosigkeit verschwinden. Aber dann würde ich nie herausfinden, was passiert ist. Und ich könnte meine Schwester nicht nach Hause bringen.

Die Schattenkrieger würden die Lux überrennen und Aquilia zerstören. Das kann ich nicht zulassen.

Ich lasse meine Magie in ihrem Käfig zurück und bewege mich langsam durch die Dunkelheit. Mein Ziel kenne ich. Es steht klar vor meinen Augen. Sich durch den Schleim zu kämpfen, ist jedoch durchaus schwieriger alleine, ohne magische Unterstützung. Doch ich komme voran. Einen Schritt nach dem anderen. So schnell gebe ich nicht auf.

Für meine Schwester, für meine Freunde, für meine Eltern, für mein Volk und die Zukunft von ganz Aquilia.

Ich öffne die Augen.

Kapitel 5

Strahlendes Licht der Sonne blendet mich. Wild blinzelnd versuche ich, meine Augen an die Lichtverhältnisse zu gewöhnen. Ich liege noch immer im Bett der Krankenstation, doch um mich herum ist ein Sichtschutz aufgestellt. Hinter diesem höre ich das Stöhnen und Ächzen anderer Verletzter.

Wie viel Zeit ist vergangen seit dem Geschehen am See und meiner außerkörperlichen Erfahrung bis zu meinem Erwachen?

Ich versuche, mich in meinem Bett aufzurichten und schaffe es, mich gegen die Kissen an das Bettgestell zu lehnen. Mein Körper fühlt sich eigenartig fremd und steif an, als ob er lange nicht bewegt worden wäre.

»Jetzt halt doch endlich mal still«, ruft jemand aufgebracht auf der anderen Seite der Krankenstation.

Jemand anderes schreit schmerzerfüllt auf und etwas knackt ohrenbetäubend laut.

Danach ist es still, lediglich ein leises Schluchzen erfüllt noch die Station. Die Tür wird aufgestoßen und schlägt krachend gegen die Wand.

»Schnell, wir brauchen heißes Wasser und Verbände«, befiehlt jemand Neues.

»Legt ihn hierhin«, das ist die gleiche Stimme, die ich gerade eben schon gehört habe.

Scheinbar herrscht reges Treiben hinter meinem Blickschutz.

Wie hatte ich nur bei diesem Lärm schlafen können?

Ich schlage die Decke zurück und lasse die Beine über die Bettkante hängen. Meine Zehen berühren den kalten Steinfußboden. Langsam lasse ich mich heruntergleiten und teste, wie viel Gewicht ich schon tragen kann. Ich schaffe es aufzustehen und auch stehen zu bleiben. Meine Beine halten meinen Körper.

Ein dünnes weißes Nachtkleid reicht mir bis zu den Knien. Es besteht aus einem einfachen Stück Seidenstoff und schmiegt sich meinen Bewegungen an. Gehalten wird es von zwei dünnen Trägern, von denen mir einer gerade von der Schulter rutschen will. Fahrig schiebe ich ihn zurück.

Vorsichtig wage ich einen Schritt und dann noch einen. Nachdem ich mir sicher bin, nicht gleich wieder umzukippen, greife ich nach dem Vorhang und schiebe ihn zur Seite. Mein Blick fällt auf ein gefülltes Krankenzimmer. In fast jedem Bett liegt ein verletzter Erstklässler. Einige stöhnen und krümmen sich schmerzerfüllt, andere sind schon ins Reich der Träume übergegangen.

Um sie herum wuseln vier Krankenschwestern und versuchen sie zu beruhigen und zu versorgen. Der Blick eines Schülers fällt auf mich und er keucht erschrocken auf.

Eine Krankenschwester wird auf ihn aufmerksam und folgt seinem Blick zu mir. Auch sie hält die Luft an und stoppt mitten in der Bewegung. Immer mehr werden auf mich aufmerksam.

Ich muss einen beängstigenden Eindruck machen, wie ich hier vor meinem Bett stehe, den Vorhang in der Hand, mit bleicher Haut, einem weißen Nachthemd und lose herunterhängenden silberblonden Strähnen.

Beiläufig lasse ich den Vorhang los und schiebe mir eine Haarsträhne hinters Ohr. Diese Bewegung löst die Schockstarre der Anwesenden und trotz ihrer eigenen Schmerzen fangen die Erstklässler an, sich wie wild zu freuen und zu lachen. Sie klatschen sogar in die Hände.

Ich weiß nicht, was ich davon halten soll und blicke hilfesuchend zu den Schwestern. Zwei von ihnen kommen sofort zu mir geeilt, während die anderen beiden weiter die Verletzungen versorgen. Sie greifen jede nach einem meiner Arme und schieben mich sanft zurück aufs Bett. Dann schließen sie den Vorhang. Die Stimmung dahinter ist schon deutlich besser.

»Wie geht es dir?«

»Seit wann bist du wach?«

»Was ist passiert?«

Sie löchern mich abwechselnd mit Fragen, stellen dabei jedoch die nächste so schnell, dass ich auf die Vorhergehenden nicht antworten kann.

Selen, eine Nixe mit dunkler Haut, blauen Augen und blauen Haaren, und Darya, eine Nymphe mit tümpelgrünen Augen, meeresgrünen Haaren und heller Haut, sind schon länger als ich auf der Akademie und zwei unserer besten Krankenschwestern. Sie bemerken, dass ich ihnen zwar antworten will, aber nicht zu Wort komme und unterbrechen ihren Redeschwall.

»Entschuldigt bitte, Euer Hoheit«, beginnt Selen plötzlich förmlich. »Wir wollten Euch nicht so überfallen. Eure Bewusstlosigkeit hat uns alle in Sorge versetzt und wir wussten nicht, ob Ihr jemals wieder aufwacht.«

»Wir wussten nicht einmal, warum Ihr plötzlich bewusstlos wurdet«, ergänzt Darya.

Ich nicke. »Wie lange war ich weg?«, ich muss unbedingt wissen, wie viel ich verpasst habe.

»Nicht lange«, versucht Selen mich zu beruhigen.

»Nur zwei Tage«, erklärt Darya.

Sie wird mir eher das sagen, was ich wissen will. Selen will mich schonen, aber das kann ich aktuell nicht gebrauchen.

»Zwei Tage«, überlege ich laut, »das heißt, dass heute der dritte Tag der Abschlussprüfungen ist. Die Zweitklässler sind vermutlich gerade mitten im Kampf.«

»Sie haben vor einer Stunde begonnen«, bestätigt Darya.

Selen bestärkt sie nickend.

»Dann sollten Sie, Selen, zurück zu den Verletzten gehen. Die brauchen Sie jetzt mehr als ich. Darya ist ja noch bei mir und wird mir helfen.«

Selen will widersprechen, doch Darya hält sie davon ab und erinnert sie an ihre Pflichten als Krankenschwester der Akademie.

Sie nickt, verabschiedet sich mit einer leichten Verbeugung und verschwindet auf der anderen Seite des Vorhangs, wo sofort das Stimmengewirr anschwoll.

Jemand sagte, dass man dem König und der Königin Bescheid geben solle. Ich stutze. Meine Eltern sind wirklich wieder gekommen und sehen sich alle Wettkämpfe an.

Meine Aufmerksamkeit richtet sich zurück auf Darya, die immer noch vor mir steht und mich aufmerksam mustert. Sie wartet auf ein Zeichen der Schwäche und des Unwohlseins meinerseits. Aber es geht mir gut.

»Ich fühle mich besser. Ich werde nicht gleich wieder bewusstlos«, beruhige ich sie.

Ein Stein fällt ihr vom Herzen. Sie beobachtet mich zwar immer noch aufmerksam, aber wartet nicht mehr auf ein Zeichen. Wir sind jetzt bereit, die Fragen der anderen zu beantworten.

»An was kannst du dich noch erinnern?«, beginnt sie und wechselt dabei so natürlich ins Unförmliche, als hätte sie noch nie anders mit mir gesprochen.

»Es war Nacht und ich hatte gerade eine Tasse Tee getrunken«, beginne ich ihr alles zu erzählen.

Von Addison und Joyce, die nach Hause kamen und sich ihre Stimmung von fröhlich kichernd zu beängstigend abwesend wendete. Davon, wie ich ihnen nach draußen folgte und ich sie alle im gleichen Zustand zum See laufen sah und wie ich sie mit meiner Magie aufweckte.

Darya hört aufmerksam zu, nickt bedächtig und fragt ab und zu nach Details.

Danach erzählt sie mir, woran sie sich persönlich erinnern kann.

»Ich weiß noch, wie ich hier in der Krankenstation die letzten Vorbereitungen für die Wettkämpfe traf, als ich plötzlich eine Stimme hörte, die nach mir rief. Ihr Gesang war so betörend, dass ich mich nicht dagegen wehren konnte. Ich wollte unbedingt zu ihr und ihr jeden Wunsch erfüllen.«

Jeder hatte diese Vision. Sie sahen den Weg, den sie nahmen, und in ihrem Unterbewusstsein wussten sie, was sie taten und wehrten sich dagegen, doch hatte man sich einmal auf den Zauber eingelassen, konnte man ihn nicht mehr abwehren. Doch dann haben sie meine Stimme gehört.

Was ich sagte, drang so tief in sie ein, dass sie sich gegen den Bann stellen konnten. Die Erschütterung, als meine Magie den Kokon zerbrach, spürten sie tief in ihren Seelen. Doch der Nachhall verklang schnell und Unruhe breitete sich aus.

Levi war der erste, der mich wirklich wahrnahm und er war es auch, der mich auffing und zur Krankenstation trug. Er weigerte sich lange von meiner Seite zu weichen, doch als am nächsten Morgen meine Eltern eintrafen, zog er sich zurück. Seitdem kommt er in jeder freien Minute und sieht nach mir. Heute ist jedoch der Tag, an dem er selbst kämpfen muss, weswegen er wohl erst später kommt.

Die Abschlussprüfungen wurden nicht verschoben, auch wenn viele darum bettelten. Sie seien zu schwach und zu zerstreut, um zu kämpfen. Doch die Direktorin und die Lehrerschaft waren davon überzeugt, dass die Wettkämpfe eine gute Ablenkung für alle waren. Bis zu meinem Erwachen würden sie sowieso nicht erfahren, was passiert war. Als wenn ich das so genau wüsste.

Aufgrund von Daryas Erzählungen und meinen eigenen Erfahrungen tippe ich auf eine Art Kombinationsmagie. Sie ist äußerst selten, sehr kompliziert und erfordert eine Menge Erfahrung. Aber sie ist nicht unmöglich.

Vermutlich hat eine Sirene mit ihrem betörenden Gesang die Lux manipuliert und ein Hexer ihren Zauber verstärkt. Aber sicher bin ich mir nicht. Es scheint, als würde noch eine Komponente fehlen, damit der Zauber komplett ist.

So tief, wie ich in Gedanken versunken bin, bemerke ich nicht die plötzliche Stille im Krankenzimmer. Es ist eine andere Art von Stille als ich aufgewacht bin. Diese war erfüllt von Staunen, diese jetzt ist ehrfürchtiger Natur.

Darya erhebt sich vom Stuhl und stellt sich neben den Vorhang. Sie greift danach und schiebt ihn zur Seite. Damit gibt sie mir den Blick frei auf die Personen, die soeben den Raum betreten.

Meine Eltern, der König und die Königin der Lux suchen sich einen Weg durch die Betten und herumstehenden Utensilien. Wer ihnen im Weg sein könnte, springt schnell zur Seite. Aber dafür haben sie sowieso gerade keinen Blick.

Sie sehen nur mich an, wie ich hier auf der Kante meines Bettes sitze. Meine Mutter rafft ihr violettes, bodenlanges Seidenkleid und kommt auf mich zu gerannt.

»Eine Prinzessin rennt nicht in der Öffentlichkeit, es sei denn, es ist unvermeidbar«, kommt mir sofort eine von Mutters Lektionen in den Kopf.

Ich lächele.

Diesmal ist es unvermeidbar.

Ich gleite vom Bett und laufe auf sie zu. Wir fallen uns in die Arme und sinken gemeinsam zu Boden.

Die Röcke ihres Kleides bauschen sich um uns herum auf und ich sitze mehr auf ihnen als auf dem Boden. Mein eigenes Kleid schmiegt sich weiterhin an meinen Körper. Ich spüre, wie meine Mutter zu schluchzen beginnt und rede auf sie ein.

»Es geht mir gut, Mom. Ich bin bei dir. Du hast mich nicht verloren.«

Sie denkt an Lucca. Den Verlust einer weiteren Tochter hätte sie nicht verkraftet.

Mein Vater kommt zu uns und umarmt uns beide. So sitzen wir zusammengekauert wie eine normale Familie auf dem kalten Boden der Krankenstation, während die Sekunden verstreichen und zu Minuten werden.

Die Umstehenden haben wir längst ausgeblendet und sie tun so, als würden sie jeden Tag sehen, wie sich ihre Herrscher mit Freudentränen in den Augen um den Hals fallen.

Mein Vater erinnert sich als erster von uns wieder an seinen Stand und daran, dass wir nicht allein sind. Er räuspert sich und erhebt sich. Meine Mutter löst sich nur vorsichtig von mir. Sie hat Angst, dass ich verschwinde, wenn sie mich zu schnell loslässt.

Schließlich schaffen wir es, uns aufzurichten und hinter dem Vorhang zu verschwinden. Darya hat sich bereits unauffällig ihrer Arbeit gewidmet und lässt uns Zeit zum Reden. Mein Vater bugsiert mich wieder auf das Bett, gestattet mir aber selbst du entscheiden, ob ich sitzen oder liegen möchte.

Ich entscheide mich dazu, meine Beine unter mir zu falten und ein Kissen auf meinen Schoß zu legen. Meine Mutter legt mir noch eine Decke um die Schultern und achtet dabei gar nicht auf meine Proteste, die zugegebenermaßen nicht sehr überzeugend waren. Dann setzt sie sich auf den Stuhl und mein Vater baut sich hinter ihr auf.

In ähnlicher Pose hängt ein Gemälde von ihnen im Palast. Wobei auf dem Gemälde meine Mutter nicht so verweint aussieht wie jetzt. Ihr Augen-Make-up ist verwischt von ihren Tränen und einzelne blonde Strähnen haben sich aus ihrer eleganten Flechtfrisur gelöst. Dadurch sieht sie viel zugänglicher aus, als normalerweise.

»Wie geht es dir, Micah?«, fragt mich mein Vater.

Langsam kann ich diese Frage nicht mehr hören, doch sie wird mir noch sehr oft gestellt werden, bis die ganze Sache endlich vorbei ist.

»Es geht mir gut, Vater. Ich fühle mich besser«, antworte ich ihm. Er nickt beruhigt.

Meiner Mutter reicht dies jedoch noch nicht. »Bist du dir sicher? Du solltest dich nochmal hinlegen und ausruhen. So etwas verkraftet man nicht so leicht.«

»So etwas, Mom? Weißt du denn, was genau passiert ist?«

Sie schüttelt den Kopf und blickt auf ihre im Schoß gefalteten Hände.

»Deine Mutter macht sich nur Sorgen um dich, Kind. Wie wir alle«, mischt sich mein Vater ein.

Jetzt senke ich den Blick. »Ich weiß, Vater. Es tut mir leid. Ich wollte euch keinen Kummer bereiten. Ich wollte nicht, dass das passiert.«

»Das wissen wir doch, Schatz.« Meine Mutter greift nach meinen Händen und drückt sie sanft.

Als ich aufblicke, sehe ich in ihren Augen wieder Tränen, die sie jedoch wacker zurückhält.

»Kannst du uns erzählen, woran du dich noch erinnerst? Du weißt, jedes noch so kleine Detail kann uns helfen, die Schuldigen zu finden und nach unseren Gesetzen zu bestrafen«, drängt mein Vater.

Ich nicke und erzähle ihm alles, was an diesem Abend geschah, eine Geschichte, die ich wohl auch noch sehr oft wiederholen werde. Meine Eltern hören aufmerksam zu.

»Ich glaube, dass auch wenn es sehr ungewöhnlich erscheint, eine Art Kombinationsmagie für den Bann verantwortlich war. Ein Hexer oder eine Hexe und eine Sirene, die zusammen meine Mitschülerinnen und Mitschüler dazu bringen wollten, sich zu ertränken. Aber damit das funktioniert, müsste noch ein drittes magisches Geschöpf mitgewirkt haben. Ich komme nur nicht darauf, welches«, beende ich meine Erzählung

»Zu diesem Schluss sind wir auch schon gekommen«, bestätigt mein Vater. »Eine Sirene und ein Hexer oder eine Hexe haben sich gegen uns verschworen. Wir ließen deine Mitschüler, die du gerettet hast, befragen und sie erzählten alle die gleiche Geschichte. Aufgrund dessen konnten wir jedoch noch die dritte Partei dieses Zaubers ermitteln. Wir vermuten ein Irrlicht dahinter.«

»Ein Irrlicht?«

Sie nicken.

»Irrlichter sind Kreaturen der Energie. Sie führen andere Lebewesen in die Irre«, erklärt mir meine Mutter.

»Ich weiß, was Irrlichter sind. Das heißt ihr geht davon aus, dass eine Sirene die Bewohner der Akademie mit ihrem Gesang betörte, ein Irrlicht ein Bild vom See in ihren Geist einbrannte und ein Hexer oder eine Hexe diese Zauber verstärkte?«

Wieder nicken sie.

Das ergibt Sinn. Diese Dreierkombination aus Wasser, Energie und Feuer kann sehr mächtig werden.

»Aber warum war ich von diesem Zauber nicht beeinflusst?«, frage ich meine Eltern.

Meine Mutter sieht hilfesuchend zu meinem Vater auf.

»Das wissen wir nicht, Kleine. Vielleicht weil du ein Geschöpf der Energie bist...«, versucht er zu erklären.

Ich erinnere mich, dass auch die Laimas unserer Schule durch den Zauber manipuliert wurden und mache meine Eltern auf dieses Detail aufmerksam. »Sie sind auch Geschöpfe der Energie. Hätte das Gleiche dann nicht auch für sie bedeutet?«

»Vielleicht bist du einfach mächtiger als deine Mitschüler. Du lässt dir nicht so leicht etwas einreden wie sie«, schlägt meine Mutter vor.

Mein Vater nickt bestätigend. Ich verliere mich in meinen Gedanken.

Ist meine Magie wirklich stark genug, um einen solch mächtigen Angriff abzuwehren, ohne dass ich etwas davon mitbekomme?

»Wir sollten zurück zu den Wettkämpfen und verkünden, dass du auf dem Weg der Besserung bist. Das wird allen Mut machen«, beschließt mein Vater und bringt mich damit auf einen anderen Gedanken.

»Ich würde gerne mitkommen. Sie brauchen hier jedes verfügbare Bett für die Behandlung der Verletzten.«

Meine Mutter schüttelt den Kopf. »Nein, mein Schatz. Du musst dich ausruhen.«

»Mutter, bitte. Ich habe mich zwei Tage lang ausgeruht. Ich will mit meinen Mitschülern reden, ihre Kämpfe beobachten und meine Freunde sehen.«

»Jetzt fehlt nur noch, dass du selber antreten willst.«

»Aber ich will kämpfen. Vielleicht noch nicht heute, aber auf jeden Fall morgen.«

»Nein, das kommt nicht in Frage«, dröhnt mein Vater mit tiefer Stimme.

Mit dieser Stimme redet er mit aufmüpfigen Ratsmitgliedern oder ungehorsamen Generälen.

Hinter dem Vorhang wird es wieder still. Jeder hört jetzt gespannt unserem Gespräch zu.

Ich richte mich auf und sehe ihm direkt in die Augen. »Vater, ich bin alt genug, um meine eigenen Entscheidungen zu treffen, um selbst zu wissen, ob ich stark genug bin oder nicht. Außerdem bin ich ihre Schülersprecherin und das bedeutet, dass ich immer mit gutem Beispiel vorangehen muss. Mal ganz abgesehen davon, dass ich zudem auch ihre Prinzessin bin, ihre zukünftige Anführerin. Ich kann und werde ihr Vertrauen in mich nicht damit schmälern, dass ich mich meiner Verantwortung entziehe, die Abschlussprüfung abzulegen.«

Absolute Stille herrscht. Man könnte ein Blatt fallen hören.

Meine Mutter sieht mich stolz an, doch ich starre nur mit meinem Vater um die Oberhand.

Schließlich gibt er nach und nickt. »Du hast recht.«

Hinter dem Vorhang atmet jemand laut aus. Jemand beginnt zu applaudieren und andere steigen mit ein. Bis die Schwestern wieder für Ruhe sorgen können, erfüllt der Jubel bereits die gesamte Krankenstation.

Meine Eltern lächeln und auch ich kann nicht anders. Es erfüllt mich mit einem wohligen Gefühl, dass meine Mitschüler ihre Verletzungen vergessen können, um mir zu applaudieren. Ich gebe zu, dass ich es ein wenig zu sehr genieße, von ihnen so gefeiert zu werden.

Darya kommt mit einem Kleid und einem Kästchen in unsere kleine Runde.

»Entschuldigt bitte die Störung, Eure Majestäten. Ich dachte mir, dass Ihr, Hoheit, vielleicht etwas anderes zum Anziehen wünscht«, bittet sie, ihr unerlaubtes Eindringen zu entschuldigen.

Ich nicke ihr zu und bedanke mich für die Sachen.

Die kleine Kiste legt sie an meinem Fußende ab und das Kleid hängt sie an die Vorhangstange. Danach verabschiedet sie sich mit einer Verbeugung und geht wieder zu den Verletzten zurück.

Meine Eltern stellen nicht in Frage, dass sie mir scheinbar unaufgefordert etwas anderes zum Anziehen bringt. Vermutlich konnte Darya sich denken, dass ich hier so schnell wie möglich wieder raus will.

»Wir warten vor der Tür auf dich. Es wäre wohl am besten, wenn wir gemeinsam zum Kampfplatz zurück gehen«, schlägt mein Vater vor.

Er ist wieder ganz in seiner Rolle des Königs aufgegangen. Meine Mutter erhebt sich und beugt sich zu mir herunter, um mir einen Kuss auf die Stirn zu geben. Danach lässt sie sich von meinem

Vater nach draußen führen. Ich schließe einen kurzen Moment die Augen.

Vielleicht sollte ich doch noch nicht zurück unter die Leute gehen. Seit dem Moment, als ich Addison und Joyce nach draußen gefolgt bin, hatte ich keinen Moment mehr Ruhe. Meine Gedanken schwirren wild in meinem Kopf umher.

Andererseits haben gerade mehrere Erstklässler und vermutlich auch einige Zweitklässler meine Rede vor meinem Vater gehört, wie viel Wert könnten sie noch auf mein Wort geben, wenn ich jetzt hierbleibe.

Ich stehe auf und befühle den Stoff des Kleides. Er schimmert in herrlichen Blautönen und fließt durch meine Fingerspitzen. Ich streife mein Nachtkleid ab und tausche es mit dem Seidenkleid. Der lange Rock weht bei der kleinsten Bewegung um meine Beine. Er mündet über meinen Hüften in ein gestärktes Mieder, das sich an meinen Oberkörper anpasst, mir dabei aber nicht die Luft abschneidet. Gehalten wird dieser Traum aus blauem Stoff von einem einzelnen Träger über meinem rechten Oberarm, sodass mein Geburtsmal am linken Arm frei liegt.

Die silbernen Sterne erstrecken sich von meinem Ellbogen bis zu meinem Schlüsselbein und scheinen von selbst zu funkeln, wenn sie Licht reflektieren. Es ist nicht ungewöhnlich, dass sich ein Geburtsmal so weit ausbreitet, da es mit der Magie seines Trägers wächst.

Meine Magie ist stark, darum ist mein Sternenmuster groß. Als ich klein war, bestand es lediglich aus einem kleinen Ring aus Sternen, der sich um meinen Arm kringelt. Mit der Zeit breitete es sich dann immer weiter aus. Jetzt fehlen mir nur noch Schuhe und etwas, mit dem ich meine Haare bändigen kann.

Ich öffne das kleine Kästchen. Darya hat an alles gedacht. Darin befinden sich dünne hellblaue Sandalen, die ich mir an die Füße schnüre. Sie passen perfekt zum einfachen Stil des Kleides, obwohl es auf den ersten Blick sehr aufwändig wirkt. In dem Kästchen befinden sich zudem eine Haarbürste, Haarspangen und -bänder und ein kleines Diadem.

Woher Darya das alles so schnell gezaubert hat, ist mir ein Rätsel, aber vermutlich wartete sie nur darauf, es zu holen, wenn ich endlich meine Bewusstlosigkeit besiege.

Nachdem ich meine Haare gebürstet habe, flechte ich die Bänder zusammen mit einigen Strähnen zu kleinen Zöpfen. Die Spangen lasse ich in der Box zurück, aber ich beschließe, das Diadem zu nehmen, obwohl es bei meiner Haarfarbe kaum auffällt. Vorsichtig stecke ich es in die Frisur und betrachte meine Erscheinung dann im eingebauten Spiegel der Box.

Meine Mutter würde mir empfehlen, ein wenig Farbe ins Gesicht zu pinseln, um meine Augen zu betonen und die Blässe zu vertreiben, aber ich finde es gut so, wie es ist. Ich sehe auch schon viel besser aus.

Meine Haut ist nur noch ein paar wenige Nuancen von ihrer natürlichen Farbe entfernt, Augenringe haben sich zum Glück keine gebildet und das Gesamtbild wirkt dank der anderen Frisur nicht mehr so eingefallen.

Ich hatte recht. Das Diadem verschwindet fast vollkommen in meinen Haaren, doch wenn die Sonne im richtigen Winkel darauf fällt, leuchtet es, wie mein Geburtsmal am Arm und das auf meiner Stirn. Ich schließe die Kiste und stelle sie auf das zusammengefaltete Nachthemd auf den Stuhl.

Sie werden wohl später auf meinem Zimmer sein und ich werde nie erfahren, wer sie dorthin gebracht hat. So geht das hier häufiger mit meinen Sachen, aber auch mit den Sachen der anderen Akademiebewohner.

Tief durchatmend ziehe ich den Vorhang beiseite und durchquere die Krankenstation. Mir folgen die Blicke eines jeden

Anwesenden bis zur Tür. Diesmal applaudieren sie mir wenigstens nicht. Vor der Tür warten wie versprochen meine Eltern auf mich.

Mein Vater streift sich gerade eine Falte aus dem perfekt sitzenden Anzug und meine Mutter versucht, die herausgefallenen Strähnen wieder an ihren Platz zu bringen.

»Brauchst du vielleicht eine Haarspange«, mache ich auf mich aufmerksam.

Erschrocken zucken beide zusammen. Sie sind wirklich nicht gut drauf, wenn sie sich so aus dem Konzept bringen lassen. Synchron richten sie ihre Blicke auf mich und mustern mein Auftreten.

Ich drehe mich um die eigene Achse, um ihnen die Möglichkeit zu geben, mein Aussehen von allen Seiten abzunicken.

»Du siehst schon wieder viel besser aus«, bemerkt mein Vater.

»Das macht das Kleid«, streife ich sein Kompliment ab.

»Kann schon sein«, murmelt er mehr zu sich selbst als zu mir.

»Lasst uns gehen«, schlägt meine Mutter vor. Sie hakt sich bei meinem Vater unter und ich folge ihnen durch das Hauptgebäude.

Wir kommen an einigen Verletzten vorbei, die gerade zur Krankenstation kommen oder versuchen, von dieser zu ihren Zimmern oder zur Arena zu gehen. Jeder von ihnen tritt uns aus dem Weg und verbeugt sich vor meinen Eltern. Als ihre Blicke mich treffen, lächele ich ihnen zu. Ein erleichterter Ausdruck huscht über ihre Gesichter, bevor sie sich noch tiefer vor mir verbeugen.

Ich hasse es, wenn sie sich vor mir verbeugen. Während der Schulzeit machen sie es nicht mehr, außer sie wollen etwas von mir oder versuchen, mich zu verspotten.

Diesmal nehme ich dieses Zeichen des ehrfürchtigen Respekts jedoch dankbar an. Es zeigt mir, dass sie sich wirklich Sorgen um mich gemacht haben und das berührt mich zutiefst. Wir treten durch das Hauptportal nach draußen und überqueren die Wiesenflächen zum Kampfplatz.

Schon vom Weiten kann ich die weißen Zelte, die rund um den Platz aufgebaut wurden erkennen. In ihnen können sich die Schüler umziehen, bevor sie in die Arena müssen.

Zwei Zelte dienen auch als Ersthelferzelte. In ihnen befinden sich die letzten zwei Krankenschwestern der Akademie, um die schwersten Verletzungen schnellstmöglich zu versorgen. Die meisten müssen danach gar nicht mehr in die Krankenstation, sondern können direkt auf ihre Zimmer gehen oder auf die Tribüne, die auch wir gerade ansteuern.

Um den Sandplatz herum befinden sich erhöhte Sitzmöglichkeiten für die Schaulustigen. Die Ränge sind bis auf den letzten Platz mit Eltern, Geschwistern, anderen Schülern und Familien gefüllt. Die Abschlusskämpfe sind wie jedes Mal ein Besuchermagnet.

Jedoch wird die ausgelassene Stimmung dieses Mal von einer Unruhe überschattet, die ich nicht genau benennen kann. In der Mitte der Tribüne befinden sich drei besondere Stühle, die auf einer kleinen Erhebung mit einem Stoffdach überspannt ausgerichtet sind.

Dort sitzt die königliche Familie. Mein Vater in der Mitte, meine Mutter rechts von ihm und ich links.

Normalerweise jedenfalls.

Momentan sind die Stühle leer und immer wieder huschen die Blicke der Zuschauer vom Kampf in der Arena zu ihnen. Ich kann noch nicht erkennen, wer sich gerade in der Arena misst, aber sie werden ihren Kampf gleich unterbrechen müssen. Hoffentlich lenkt unser Erscheinen sie nicht zu sehr ab.

Wir stellen uns vor einer kleinen Treppe auf, die uns direkt zu unseren Sonderplätzen führt. Mein Vater geht zuerst hinauf, gefolgt von meiner Mutter. Oben angekommen bitten sie um einen Moment der Ruhe und eine Unterbrechung des Kampfes.

»Verzeiht bitte unsere Dreistigkeit, euren Kampf zu unterbrechen, aber in Anbetracht der besonderen Umstände versteht ihr sicherlich unser abruptes Auftreten«, beginnt mein Vater.

Die Menge wird ruhig und die Geräusche des Kampfes verstummen. Er hat nun die Ungeteilte Aufmerksamkeit der Anwesenden.

»Wie ihr alle wisst, gab es vor zwei Tagen einen Angriff auf die Schülerschaft und die Beschäftigten der Akademie. Die Schuldigen konnten leider entkommen und uns fehlt jede Spur zu ihnen. Jedoch kann ich euch versichern, dass wir alles in unserer Macht stehende unternehmen, um sie ihrer gerechten Strafe zuzuführen. Gegen diesen Zauber war leider niemand immun. Niemand konnte sich gegen den Bann wehren. Niemand, außer Prinzessin Micah. Sie setzte ihr Leben aufs Spiel, um alle zu retten. Dabei verwendete sie so viel Magie, dass sie in eine unerklärliche Bewusstlosigkeit fiel.«

»Wir sind euch allen dankbar für euer Mitgefühl und eure Sorge um eure Prinzessin, Mitschülerin und Freundin«, fährt meine Mutter fort. »Umso erfreulicher ist es, euch heute etwas Besonderes zu verkünden.«

Das ist mein Stichwort. Ich raffe mein Kleid, atme tief durch und gehe die Stufen zu meinen Eltern empor.

»Prinzessin Micah ist aufgewacht und bei bester Gesundheit«, verkündet mein Vater in genau dem Moment, als ich die letzte Stufe nehme und neben ihm zum Stehen kam.

Zunächst blendet mich das Sonnenlicht, doch die Jubelrufe der Anwesenden und ihren Applaus kann ich trotzdem hören. Ich spüre, wie mir ihre Freude und Erleichterung in Wellen entgegenschlägt, wie sie aufstehen und sich kaum zurückhalten können. Langsam gewöhnen sich meine Augen an die Lichtverhältnisse und ich kann erkennen, wessen Kampf wir soeben unterbrochen haben.

Aus der Arena strahlen mir die Gesichter meiner zwei besten Freunde entgegen. Alivia und Levi müssen gegeneinander antreten. Ich nicke ihnen zu und nehme die Freude in mich auf.

Der Applaus will nicht abschwellen.

Meine Eltern setzten sich auf ihre Stühle und ich richte mein Wort an die Anwesenden.

»Danke, vielen Dank. Am liebsten würde ich das Vergangene ungeschehen machen. Doch das steht nicht in meiner Macht. Lasst uns also gemeinsam nach vorne schauen und mit den Abschlussprüfungen fortfahren. Ich bin mir sicher, dass die Erstklässler einmalige Kämpfe abgeliefert haben und auch die vergangenen Zweitklässlerkämpfe nicht weniger spannend waren. Ich selbst werde morgen ebenfalls meine Prüfung ablegen. Doch nun konzentrieren wir uns auf den Kampf, den wir unterbrochen haben.«

Ich nicke Alivia und Levi zu. Sie gehen in Kampfposition und ich setzte mich neben meine Eltern.

Meine Mutter wirft mir einen aufmunternden Blick zu, doch meine Konzentration richtet sich ausschließlich auf meine Freunde. Auf der Tribüne ist es nicht möglich zu verstehen, was die Kämpfenden unten bereden, doch ich sehe, dass sie sich gegenseitig viel Glück wünschen.

Ein Gong erklingt und der Kampf geht weiter.

Anfeuerungsrufe werden laut und vermischen sich. Ich selbst kann mich nicht entscheiden, ob ich für die Sirene oder den Puk bin.

Alivia startet mit einem direkten Nahkampfangriff. Sie hat einen gebogenen Dolch in der Hand und zielt damit auf Levis Arme. Er weiß worauf sie hinaus will und scheint ihre Angriffe vorhersagen zu können. Jedes Mal, wenn ihre Klinge auf ihn zurast, ist er bereits außerhalb ihrer Reichweite. Wie er das macht, ist mir ein Rätsel.

Alivia wird noch ihre gesamte Energie verbrauchen, wenn sie weiterhin versucht, ihn so zu treffen. Er ist schneller als sie. Sie versucht es mit einem Täuschungsmanöver und deutet einen Angriff auf seinen linken Arm an, dabei holt sie ein zweites Messer heraus und wirft es auf seine rechte Seite.

Doch Levi ist ein Puk, sie sind die Meister der Täuschung und so hat er ihren Plan lange durchschaut, bevor sie ihn ausführen kann. Er bückt sich und tritt etwas Sand auf. Eine Staubwolke bildet sich vor Alivia und sie zieht sich hustend zurück.

Als sie sich den Sand aus den Augen gerieben hat, ist Levi verschwunden.

Die Menge hält die Luft an.

Einige beginnen Levi auszubuhen und als Feigling zu beschimpfen. Doch hinter seinem Verschwinden steckt ein Plan. Er zieht sich keineswegs zurück und gibt damit den Kampf auf.

Alivia weiß das und bleibt in Angriffsposition. Den Dolch vor ihrer Brust, bereit zuzustechen, dreht sie sich um die eigene Achse und mustert den Boden der Arena aufmerksam.

»Wonach sucht sie denn auf dem Boden?«, nuschelt mein Vater vor sich hin.

Ich lächele.

Sie sucht nach Levis Spuren. Er ist zwar gut darin, von einem Moment auf den anderen zu verschwinden, doch Alivia ist eine ausgezeichnete Fährtenleserin. Sie wird ihn aufspüren.

Plötzlich erscheint Levi hinter ihr und rennt auf sie zu. Die Menge beginnt zu schreien, sie soll sich umdrehen. Doch Alivia hat sich schon längst zur Seite abgerollt, sodass Levis Angriff ins Leere geht. Er rennt an ihr vorbei gegen die Wand und zerfällt dort zu Staub.

Levi setzt seine Magie ein und zaubert aus Sandkörnern Abbilder von sich selbst. Alivia kennt auch diesen Trick und weicht der nächsten Levi Imitation aus, bevor er sie angreifen kann. Immer mehr kommen aus allen Richtungen auf sie zu und versuchen sie einzukesseln. Levi plant, sie solange mit diesen Illusionen anzugreifen, bis sie vollkommen außer Puste ist. Doch dafür hat er sich die falsche Gegnerin ausgesucht.

Alivia breitet ihre schwarzen Federschwingen aus, stößt sich vom Boden ab und fliegt hoch in die Luft.

Die Menge jubelt. Eine Sirene fliegen zu sehen, ist ein seltener und wunderschöner Anblick. Alivia verbringt sehr viel Zeit damit, ihre Flügel zu pflegen und so glänzen sie heute bedrohlich im Sonnenlicht. Sie schwebt über dem Feld und die Illusionen stehen unter ihr.

Mittlerweile sind sie zu einer Gruppe von zwanzig Levis angewachsen, ob der Echte unter ihnen ist, kann ich nicht beurteilen. Sie versuchen, nach Alivia zu greifen, doch sie fliegt zu hoch. Alivia schlägt kräftig mit ihren Flügeln und erzeugt einen starken Wind, der die Puks von den Füßen holt und sie gegen die Arena Wände schlagen lässt. Dort zerfallen sie zu Staub.

Alivia sinkt auf den Kampfplatz und eine Sandwolke versperrt uns die Sicht. Das Publikum ist außer sich. Viele sind aufgesprungen und versuchen zu erkennen, was da unten vor sich geht.

Ein Gong erklingt und bringt alle zum Schweigen.

Der Kampf ist beendet, doch durch die Sandwolke können wir nicht erkennen, wer gewonnen hat. Ich nicke einer Reihe von Feen zu, die im Publikum sitzen. Mit Hilfe ihrer Magie der Luftmanipulation lassen sie die Sandwolke verschwinden.

Auf dem Kampffeld stehen sich Alivia und Levi schwer atmend mit je einem Dolch in der Hand gegenüber. Keiner von beiden blutet oder hat aufgegeben. Die Zeit des Kampfes ist abgelaufen, es ist ein Unentschieden.

Das Publikum jubelt.

Meine Freunde lösen sich aus ihrer Starre, stecken die Dolche weg und geben sich die Hand. Sie drehen sich zu uns um und verbeugen sich.

Beim Aufrichten sehen sie mich direkt an und in diesem Moment wird mir klar, dass sie mit Absicht ein Unentschieden heraufbeschworen haben. Sie wollen nicht wissen, wer von ihnen besser ist.

Sie haben es für mich getan, weil ich der festen Überzeugung bin, dass wir besser als Team sind statt als Einzelkämpfer.

Ich nicke ihnen zu und sie verlassen gemeinsam den Kampfplatz.

Kapitel 6

Die darauffolgenden Kämpfe sind nicht so mitreißend wie der Sirenen-Puk-Kampf, wie er von vielen genannt wird.

Pflichtbewusst bleibe ich auf meinem Platz sitzen, applaudiere den Gewinnern, bedanke mich bei den Verlieren und verfolge jeden Kampf aufmerksam. Insgeheim würde ich aber gerne zu meinen Freunden gehen und mit ihnen über das Geschehene reden. So viel ist passiert und wir konnten uns darüber noch nicht austauschen.

Der letzte Kampf des Tages wird kurz vor Sonnenuntergang beendet. Die beiden Gestaltwandler haben sich gegenseitig ganz schön zugerichtet. Sie bluten aus mehreren Wunden und werden von zwei Freunden zu den Krankenschwestern gebracht. Da keiner von beiden freiwillig aufgeben wollte, wurde der Kampf frühzeitig als Unentschieden beendet.

Meine Eltern erheben sich und ich tue es ihnen gleich. Das Publikum folgt unserem Beispiel und wartet bis wir die Tribüne verlassen haben. Sobald ich die ersten Stufen hinab gehe, höre ich sie schon aufgeregt miteinander diskutieren. Sie debattieren darüber, welcher Kampf wohl der Beste war, welcher der Schlechteste und welche Kämpfe sie morgen noch sehen werden. Meinen Namen höre ich beunruhigend oft heraus.

Hinter der Tribüne warten meine Eltern auf mich. Sie verabschieden sich von mir, um sich frisch zu machen und für das Abendessen umzuziehen.

Meine Mutter empfiehlt mir, mich ebenfalls umzuziehen, da heute Abend noch einmal viele Blicke auf mich gerichtet sein werden. Die Nachricht, dass ich aufgewacht bin, wird selbst die Verletzten dazu bringen, zum Essen zu kommen.

Auf dem Weg zu meiner Hütte bedanken sich einige bei mir, sagen mir wie froh sie sind, dass es mir besser geht und beteuern, dass sie sich schon auf meinen Kampf freuen. Ich versuche mich nicht in Gespräche verwickeln zu lassen und wimmele sie möglichst schnell ab.

»So sieht man also aus, wenn man zwei Tage durchgeschlafen hat«, höre ich eine vertraute Stimme hinter mir rufen.

Ich bleibe stehen und drehe mich um. »Das solltest du aber nicht versuchen nach zu machen, sonst wachst du vielleicht nie wieder auf, Jaxon.«

Meine Freunde kommen auf mich zu gelaufen und Alivia fällt mir in die Arme. Sie drückt mich so fest an sich, dass ich glaube zu ersticken.

»Ich krieg keine Luft«, würge ich hervor.

»Entschuldige.« Sie löst sich von mir und geht ein paar Schritte zurück.

Ihre Hände liegen noch auf meinen Schultern und sie mustert mich von oben nach unten und wieder zurück.

»Jetzt lass sie doch endlich mal los. Sie gehört dir nicht alleine.« Levi versucht sie sanft von mir zu lösen und umschließt mich mit seinen starken Armen.

Er riecht noch nach Schweiß und Sand klebt an ihm. Weder haben sie sich umgezogen, noch waren sie duschen. Es scheint fast so, als hätten sie auf mich gewartet.

»Wir dachten schon, du würdest nie von da oben runter kommen«, bestätigt Levi meine Vermutung.

»Ich konnte mir doch die anderen Kämpfe nicht entgehen lassen. Auch wenn keiner an euren heranreichte, wobei ihr ja nicht wirklich gekämpft habt.«

Er lässt mich los und wechselt einen flüchtigen Blick mit Alivia.

»Du hast das gemerkt?«, fragt sie mich leise.

Ich nicke. »Anfangs war es mir nicht klar, doch je länger der Kampf ging, desto offensichtlicher wurde es.«

»Haben es deine Eltern auch bemerkt?«

Ich schüttele den Kopf. »Nein, ich denke nicht, dass es irgendjemandem sonst aufgefallen ist. Ihr wart wirklich gut.«

Sie atmen erleichtert aus.

»Hattet ihr Angst sie würden es merken und euch durchfallen lassen?«

»Um ehrlich zu sein, ja«, bestätigt Levi.

Ich lächele.

Auf so eine Idee konnten nur die beiden kommen. Einen Kampf so zu inszenieren, dass er für alle echt wirkt, ist nicht einfach.

»Und du willst morgen wirklich kämpfen?«, meldet sich Jaxon zu Wort.

Ich nicke. »Ich muss einfach. Es würde sich falsch anfühlen, die Prüfung ausfallen zu lassen.«

»Du weißt aber, dass dir da niemand irgendwelche Vorwürfe machen würde?«

»Doch, ich würde mir selbst welche machen.«

»Jeder weiß, was du getan hast. Du musst nicht kämpfen«, protestiert Jaxon.

Mir kommt ein Gedanke, dem ich auf den Grund gehen muss. »Hast du schon gekämpft, Jaxon?«

Er senkt den Blick.

»Ja und er hat verloren«, antwortet Alivia für ihn.

Also hat er keine Angst davor, wieder gegen mich antreten zu müssen. Aber warum will er es mir dann ausreden?

»Lasst uns in unsere Hütte gehen. Wir müssen dringend reden. Allein, ohne neugierige Zuhörer.« Ich deute mit dem Kopf auf die

Schüler, die sich in gewissem Abstand um uns versammelt haben.

Levi, Jaxon und Alivia scheinen sie jetzt erst aufzufallen und so gehen wir zurück zu Alivias und meiner Hütte. Addison und Joyce werden nicht da sein. Sie sind für die Organisation und Vorbereitung des Abendessens zuständig und haben damit alle Hände voll zu tun. Uns wird also keiner belauschen.

Wir verteilen uns auf dem Sofa im Wohnzimmer und drei Blicke richten sich aufmerksam auf mich.

»Wie geht es dir wirklich?«, traut sich Alivia schließlich den Anfang zu machen.

Ich seufze. »Ich weiß es nicht. Ich versuche stark zu sein, für meine Eltern und die anderen, aber innerlich bin ich verunsichert und unruhig. Mich quält, dass ich nicht genau weiß, was passiert ist. Ich mache mir Sorgen, dass die Akademie angreifbar ist und dass ich das nächste Mal vielleicht nicht helfen kann«, antworte ich und bin zum ersten Mal an diesem Tag wirklich ehrlich.

Ich überlege, ob ich ihnen auch von meiner Begegnung mit Aurora und den Erkenntnissen über meine Schwester berichten soll, belasse es aber erst mal bei dem Gesagten. Über die anderen Punkte muss ich mir vorher selbst klar werden.

»Du wirkst stark, das kann ich dir versichern und deine Ansprache bei dem Kampf hat uns Mut gemacht. Deine Stimme hat man auf dem ganzen Platz gehört. Sie hat uns Hoffnung geschenkt und uns bestärkt«, versichert mir Jaxon.

»Als du dann auch noch sagtest, dass du selber kämpfen willst, sind die Leute fast durchgedreht. Alle freuen sich schon auf deinen Auftritt. Sie sind gespannt, ob du dich verändert hast. Viele vermuten, dass du deinen Gegner in wenigen Sekunden fertig machen wirst. Wir haben alle die schiere Kraft deiner Magie gespürt, als du uns von diesem Fluch befreit hast. Dein Gegner kann sich warm anziehen. Gegen dich wird er keine Chance haben. Aber du solltest nur kämpfen, wenn du dir auch wirklich sicher bist, dass du das packst. Es gibt einige, die munkeln, dass du immer noch schwach bist. Sie behaupten, sie hätten Risse in deinem starken Auftreten gesehen. Risse, wo keine waren, wohlgemerkt. Aber sie zweifeln an der Echtheit deines künftigen Kampfes. Es heißt, dass die Leitung es dir leicht machen wird. Um die Akademie brauchst du dir keine Sorgen machen. Seit dem Angriff wurden die Sicherheitsmaßnahmen verstärkt. Neue Zauber wurden über die Hütten gelegt, der Schutzschild um das Gelände wurde verbessert. Sie haben alle Register gezogen, um zu verhindern, dass so etwas noch einmal vorkommt. Aber sie glauben, dass nach deinem Auftritt keiner mehr so schnell die Akademie angreifen wird.«

Ich starre Jaxon perplex an. Alivia und Levi teilen meine Überraschung. So viel haben wir ihn noch nie an einem Stück reden hören. Normalerweise ist Jaxon eher wortkarg und versucht so wenig Energie wie möglich durch Reden zu verbrauchen. Aber dieser Jaxon hier vor uns ist ein anderer.

»Was? Ich hab nur gesagt was ich denke und mitbekommen habe?«

Levi erwacht als Erster aus seiner Starre. »Da hast du aber ganz schön viel mitbekommen, Alter.«

»Die Leute reden viel und unbedacht, wenn sie denken du würdest ihnen nicht zu hören oder schlafen.«

»Du meinst, du hast sie belauscht?«, stellt Alivia fest.

Jaxon zuckt nur mit den Schultern. »Womöglich.«

Levi fängt an zu lachen, Alivia stimmt mit ein und Jaxon zuckt wieder nur die Schultern, bevor er auch anfängt zu lachen. Von meinen Freunden angesteckt, kann ich nicht anders als auch ausgelassen zu lachen.

Es dauert lange, bis wir uns wieder beruhigen, vor allem, weil Levi immer wieder Jaxon nachäfft und wir so nur noch stärker lachen. Es tut gut, so ausgelassen zu sein und die Sorgen für einen Moment zu vergessen.

Doch tief in meinem Inneren spüre ich, dass uns das Schlimmste noch bevorsteht. Auroras Worte spucken in meinem Kopf herum.

Vertraue auf deine Freunde, vertraue auf deine Magie.

Schlagartig wechselt meine Stimmung. Ich werde ernst und gehe zum Fenster. Mein Blick schweift über die im Schatten liegenden Hütten. Meine Freunde verstummen.

»Ist alles in Ordnung, Micah?«

Ich sehe im Spiegelbild der Glasscheibe, wie sie mich besorgt beobachten. Levi will aufstehen und zu mir kommen, doch da drehe ich mich schon um.

»Ihr solltet duschen gehen und euch für das Essen umziehen.«

»Willst du damit etwa sagen, dass wir stinken? Sind dir deine verdreckten Freunde nicht gut genug?«, scherzt Levi.

»Ja, Levi, ich will damit sagen, dass du stinkst, nach Schweiß und Dreck. Mit so etwas werde ich sicher nicht zum Essen gehen«, werfe ich zurück.

Levi lässt die Schultern sinken und ein Schluchzen erklingen. Jaxon legt ihm beschwichtigend einen Arm um die Schultern und ich denke schon, dass ich vielleicht zu weit gegangen bin, als sie plötzlich beide aufspringen und auf mich zu rennen. Sie wollen mich umstoßen, doch ich hechte zur Seite weg. Sie landen auf dem Boden und ich stehe neben Alivia über ihnen.

Die Arme vor der Brust verschränkt lächle ich auf sie hinab. »Da müsst ihr euch schon was besseres einfallen lassen.«

»Aber wir hätten dich fast gehabt«, gibt Levi lachend vom Fußboden zurück.

Sie drehen sich um und sehen uns an. Seit dem Kampf gegen Jaxon letztes Mal versuchen die zwei mich zu überraschen und zu überwältigen. Es ist scherzhaft gemeint, doch für uns alle ein ungemein nützliches Training.

Meine Reflexe sind seitdem weitaus besser als jemals zuvor und sie werden mit jedem Versuch kreativer. Eine Niederlage lehrt mehr als zwei Siege.

»Vielleicht sollten wir uns doch etwas frisch machen. Wir wollen unsere Prinzessin schließlich nicht blamieren«, steht Alivia mir bei.

»Nein, dafür braucht sie unsere Hilfe wirklich nicht«, gibt Levi zurück.

Er streckt uns eine Hand entgegen in der Hoffnung, dass wir ihm aufhelfen. Ich bin versucht, ihm diesen Gefallen nach seinem letzten Kommentar zu verweigern, aber Alivia ist schneller als ich und hilft ihm auf. Ich ziehe stattdessen Jaxon hoch.

Levi drückt mich noch einmal fest an sich. »Sei bitte wach, wenn ich dich das nächste Mal sehe. Nochmal halt ich das nicht aus«, flüstert er mir ins Ohr.

Ich nicke an seiner Schulter und drücke ihn. Wir lassen uns zeitgleich los und prompt verwickelt mich Jaxon in die nächste Umarmung. Er sagt mir nichts, doch ich spüre, dass er sich auch Sorgen um mich gemacht hat. Ich erwidere seine Umarmung mit derselben Leidenschaft. Es tut gut zu wissen, dass man so geliebt wird.

Die Jungs verabschieden sich von uns und gehen in ihre Hütte. Nachdem die Tür zugefallen ist, gehen Alivia und ich nach oben. Alivia geht zuerst duschen, ich setzte mich in der Zwischenzeit auf mein Bett und hole mein Notizbuch aus der Nachttischschublade.

Alivia bezeichnet es als Tagebuch und vermutlich ist es auch eins. Ich zeichne in ihm all meine Gedanken und Gefühle auf, skizziere was passiert ist. Bilder von einzelnen Erinnerungen füllen statt Worten die Seiten des Buches. Diesmal habe ich viel zum Nieder-schreiben.

Meine Gedanken schweifen zurück zum Vergangenen. Ich skizziere zwei Personen, die im Sand der Arena liegen und sich in die Augen sehen. Um sie herum erscheinen die Bilder eines

Mädchens und eines Jungen, ein Wasserfall der Angst, eine Gruppe Freunde liegen auf Gras und bewundern den Sternenhimmel, eine Königin umschlossen von einer mächtigen Kraft und alles wird überschattet von dem unbezwingbaren Kokon eines dunklen Bannes, doch eine Flamme der Hoffnung, eine Flamme der Magie bricht Risse in ihn.

Alivia kommt in unser Zimmer, eine Melodie summend, als ich gerade das Buch an seinen Platz zurück lege. Ihre Haare sind noch nass und sie ist in ein Handtuch eingewickelt. Ich stehe auf und gehe ins Bad.

Die Spiegel sind beschlagen und meine Gestalt versucht durch den Schleier zu blicken. Ich erkenne, dass auch auf meiner Haut und meinem Kleid Sand klebt und beschließe ebenfalls duschen zu gehen.

Das heiße Wasser löst Verspannungen meiner Muskeln, von denen ich nicht wusste, dass ich sie habe. Ich stehe lange unter dem Strahl und lasse ihn all den Dreck und Schmutz der vergangenen Tage abspülen.

Zurückgehaltene Tränen finden ihren Weg und vermischen sich mit dem Wasser auf meinen Wangen. Ich weine um all das, was passiert ist und was hätte passieren können, trauere um die Verlorenen und die, die wir noch verlieren werden.

Ein Klopfen an der Tür reißt mich aus meinen Gedanken.

»Alles in Ordnung da drin? Bist du noch da Micah?«

»Ja, alles gut. Bin gleich fertig.«

Das war glatt gelogen. Ich würde noch ewig brauchen, bis meine Haare wieder halbwegs trocken sind. Das Wasser versiegt und ich wickele mich in ein Handtuch ein.

Alivia kommt herein. Sie hat zwei Kleider in den Händen und hält sie abwechselnd vor sich. »Was meinst du? Das grüne oder das rote?«

Beide Kleider sind bodenlang und wunderschön, aber im Schnitt komplett verschieden. Das grüne Kleid hat einen ausladenden Rock mit mehreren Schichten Stoff und lange, durchscheinende Ärmel. Das Rote hingegen liegt eng an, ist schulterfrei und hat einen beeindruckenden Ausschnitt.

»Kommt darauf an, was du vor hast. Das Grüne betont deine Augen, drückt dafür aber eher Zurückhaltung aus. Mit dem Roten wird kein Junge seine Blicke von dir wenden können.«

Sie verzieht anzüglich den Mund, überlegt kurz und wählt schließlich wirklich das rote Kleid. Ihre Haare sind bereits fast trocken, während meine immer noch Wassertropfen fallen lassen. Ich wringe sie aus und wickele sie in ein Handtuch.

Mit der richtigen Frisur wird keiner bemerken, dass sie nicht richtig trocken sind. Wir cremen uns ein und probieren eine neue Lotion aus, die nach Lavendel und Zimt riechen soll.

Alivia schminkt sich auffallend stark. Sie betont ihre Augen, rötet ihre Wangen und legt Lippenstift auf. Sie achtet immer auf ihr Make-Up, benutzt jedoch selten so viel. Ich selbst trage lediglich etwas Lidschatten auf und verzichte auf weitere Verzierungen.

Danach helfe ich ihr in das enge Kleid und schließe den Verschluss am Rücken. Nicht nur vorne ist der Ausschnitt bewundernswert mutig, sondern auch hinten. Ein langer Schlitz vom Boden bis zum Oberschenkel ermöglicht ihr die nötige Beweglichkeit.

Ich ziehe mein Kleid vom letzten Abschlussball an. Es besteht aus mehreren hauchdünnen leichten Lagen weißen Stoffs, der von eisblauen Lagen durchzogen ist. Das Oberteil schmiegt sich an meinen Oberkörper an und wird wieder nur von einem einzelnen Träger über der rechten Schulter gehalten. Dazu ziehe ich weiße Riemensandalen mit Eiskristallen an.

Alivia trägt rote elegante Schuhe, mit einem halsbrecherisch hohen Absatz. Dadurch ist sie fast einen ganzen Kopf größer als ich.

Ihre Haare sind nun vollständig getrocknet. Ich flechte ihr zwei Strähnen von vorne nach hinten und stecke es mit einer roten Kristallbrosche fest.

Meine Haare sind immer noch feucht, doch Alivia flechtet sie zu einem langen Zopf, den sie über meine Schulter fallen lässt. Sie steckt kleine Eiskristalle hinein, sodass er funkelt und glitzert. Unsere Stirndiademe und Geburtsmale sind gut zu sehen.

Alivias Geburtsmal sind zwei ausgebreitete meeresfarbene Federflügel, die einen Ring um ihren Oberarm schließen.

»Wir sollten jetzt losgehen. Meinst du, die Jungs warten schon auf uns?«, fragt mich Alivia.

»Ich denke schon. Die sind doch meistens schneller als wir.«

Wir verlassen das Badezimmer.

»Warte kurz«, hält mich Alivia zurück, als ich schon in den Flur gehen möchte.

Sie läuft zu meinem Kleiderschrank und holt etwas heraus. Dass sie sich an meinen Sachen ohne zu fragen bedient, stört mich schon seit langem nicht mehr.

»Dreh dich um«, fordert sie mich auf.

Ich folge ihrem Befehl. Sie hält eines meiner Diademe in der Hand. Es ist ein silbernes mit Eiskristallen und das Gleiche, dass ich letztes Mal zu diesem Kleid trug. Vorsichtig steckt sie es mir in die Frisur.

Ein Blick in den Spiegel zeigt, dass es sich deutlicher von meinen Haaren abhebt als das von Darya.

Das liegt aber vor allem daran, dass es größer ist als das andere. Die Kristalle liegen in einem silbernen Rankengeflecht, das etwa drei Finger hoch ist. Auch wenn es so auffällig ist, ist es wunderschön.

»Jetzt bist du fertig«, meint Alivia.

Wir verlassen unser Zimmer und gehen nach unten. Alivia ist noch etwas wackelig auf ihren hohen Schuhen unterwegs, wird aber mit jedem Schritt sicherer. Bei der Treppe will ich ihr helfen, doch sie winkt ab.

»Bist du sicher, dass das die richtigen Schuhe für ein Essen im Freien sind?«

»Das ist egal. Es sind die Einzigen, die zu diesem Kleid passen. Also werde ich schon irgendwie klarkommen.«

Ich zucke mit den Schultern. Sie hat schon recht. Die Schuhe passen perfekt zu dem Kleid. Doch deswegen würde ich es mir nie freiwillig antun, sie anzuziehen. Die könnten auch als Folterinstrumente zugelassen werden.

Wir verlassen die Hütte und tatsächlich warten die Jungs bereits auf uns. Sie haben sich über die Verandabrüstung gelehnt und starren auf die gegenüberliegenden Hütten, aus denen aufgehübschte Lux kommen. Die Mädchen tragen unterschiedlich lange Kleider und die Jungen haben sich dunkle Hosen und Hemden oder sogar ganze Anzüge angezogen.

Paare nehmen den Weg zum Essen gemeinsam, andere gehen in Gruppen oder einzeln auf dem Pfad. Jaxon und Levi hören die Hüttentür und drehen sich zu uns um, nur um gleich darauf mitten in der Bewegung zu erstarren.

Ihre Augen sind geweitet, ihre Münder stehen offen. Bewunderung ist ihnen ins Gesicht geschrieben.

»Wow«, bringen sie gleichzeitig heraus.

»Mund zu, sonst kommen Fliegen rein«, bemerkt Alivia und drückt sanft Jaxons Kinn nach oben, sodass sich sein Mund schließt.

Er schüttelt den Kopf. »Ihr seht umwerfend aus.«

»Danke, ihr seht aber auch nicht schlecht aus«, gebe ich zurück.

Sie tragen beide dunkle elegante Hosen und weiße Hemden. Ihre Haare sind ordentlich gekämmt und liegen elegant an. Würde ich es nicht besser wissen, könnte ich sie fast für Prinzen halten.

Jaxon hängen einige braune Strähnen in die Stirn und über seinem goldenen Rankenmal, das ihn als adeligen Dschinn kennzeichnet. Alivia streicht sie ihm aus der Stirn und verliert sich in seinen Augen.

Levi räuspert sich und deutet mit dem Kopf auf den Weg. »Wir sollten langsam losgehen. Unsere Prinzessin kann doch nicht zu spät zum Essen kommen.«

Unsere Freunde fangen sich wieder und Jaxon hält Alivia einen Arm hin. Sie hakt sich bei ihm ein und sie verlassen die Veranda.

»Darf ich?« Levi bietet mir ebenfalls seinen Arm an und ich nehme ihn dankend an.

»Sicher doch.«

Wir schließen zu dem Dschinn und der Sirene auf und nehmen zusammen mit den anderen Schülerinnen und Schülern den Weg zum Hauptgebäude.

Kapitel 7

Noch bevor wir um das Gebäude herumlaufen, können wir schon aufgeregte Gespräche hören. Angestrengt werden dieselben Themen wie nach den Kämpfen debattiert und wieder fällt beunruhigend oft mein Name.

Wir gehen um die letzte Ecke des Hauptgebäudes und sehen auf eine unzählbare Anzahl von runden Tischen, die mit weißen Tischdecken bespannt sind und auf denen sich ordentlich angerichtete Gestecke reihen.

Fast alle Plätze sind bereits belegt, doch noch keiner hat zu Essen begonnen. Zwischen und auf den Tischen schweben magische Lichtkugeln, die alles in ein beruhigendes Gelb tauchen.

Die Gespräche an den Tischen neben uns verstummen als erstes. Alivia und Jaxon lösen sich voneinander und stellen sich neben Levi und mich.

Ich lasse Levis Arm los und er geht einen Schritt zurück, sodass ich nun von meinen Freunden flankiert werde. Wir bilden eine Art rechtslastiges Dreieck. Levi und Alivia stehen rechts neben mir, wobei Levi einen Schritt hinter mir steht und Alivia einen hinter ihm, und Jaxon links einen Schritt hinter mir steht. Die Jungs neben mir wirken wie Wächter, während Alivia die Position einer treuen Beraterin eingenommen hat.

Die Stille breitet sich Tischweise weiter aus. Immer mehr bemerken unsere Anwesenheit, oder besser die der Prinzessin, unterbrechen ihre Gespräche und sehen zu uns. Nicht das Atmen vergessen, Micah, sage ich zu mir selbst. Als auch das letzte Gespräch verstummt ist, gehe ich langsam zwischen den Tischen hindurch zu meinen Eltern.

Von meiner Mutter habe ich gelernt, wie man einen gelungenen Auftritt hinlegt und so beherzige ich ihre Ratschläge und setzte jeden Schritt mit Bedacht, gucke niemanden direkt an und lasse meinen Blick nicht schweifen. Das Kinn erhoben, den Rücken gerade finde ich meinen Weg durch die Tische, gefolgt von meinen besten Freunden und Beratern.

Ihre Eltern sitzen an den Tischen, die um den der königlichen Familie verteilt stehen. Mein Zieltisch ist der Größte von allen. Er wurde in der Mitte aufgebaut und lediglich meine Eltern sitzen an ihm. Dennoch stehen vier weitere Gedecke auf dem Tisch. Es gibt immer ein paar Auserwählte, die am Tisch der königlichen Familie essen dürfen.

Normalerweise sind es die besten Kämpfer des vergangenen Tages oder besondere Gäste, die einen Gefallen einfordern, diesmal bin ich jedoch der Ehrengast und darf aussuchen, wer bei uns am Tisch sitzt. Meine Wahl fällt, wie könnte es anders sein, auf meine besten Freunde.

Als Levi zu seinen Eltern gehen will, halte ich ihn zurück.

»Ihr dürft heute mit uns essen«, erkläre ich meinen Freunden.

Für sie ist es nicht das erste Mal, dass sie mit der Königin und dem König speisen. Sie ziehen keine Miene und folgen mir zum Tisch meiner Eltern.

»Mutter, Vater, ich möchte euch meine besten Freunde vorstellen. Alivia Tessaja Linnej, Tochter der Sirenen, Jaxon Caoihim Rayan, Sohn der Dschinns, und Levi Aramis, Sohn der Puks. Danke, dass sie mit uns speisen dürfen«, stelle ich meine Freunde formal vor.

Auch wenn meine Eltern sie bereits kennen, gehört es zum Protokoll jeden Tischgast persönlich den anderen vorzustellen.

»Alivia, Jaxon, Levi, dies sind meine Eltern. Seine hochwohlgeborene Majestät König Elian Tyr Joryes Niran, Sohn der Sternenkrieger, Vater der Lux und Auroras Erbe, und ihre Majestät Königin Arien Cathaysa Learia, Tochter der Walküren und Mutter der Lux«, benenne ich meine Eltern mit lediglich den Nötigsten ihrer offiziellen Titel.

Sie tragen beide so viele, dass es Minuten dauert, sie alle aufzuzählen. Ich selbst habe ebenfalls schon eine beachtliche Menge Titel angesammelt und seit dem Angriff auf die Akademie vor zwei Tagen wohl noch einen dazu gewonnen.

»Bitte, setzt euch.« Meine Mutter zeigt auf drei freie Stühle.

Jaxon und Alivia nehmen Levi in die Mitte. Ich sitze zur Rechten meines Vaters und neben Alivia.

Meine Mutter gibt ein Zeichen und Suppenteller kommen aus dem Hauptgebäude schwebend auf uns zu, eine scheinbar endlos lange Reihe, getragen von den magischen Kräften der angestellten Sylphen und Feen.

Das Essen besteht aus drei Gängen. Damit ist es ein recht einfaches Mal und nicht das, was meine Eltern aus dem Palast gewohnt sind. Doch es scheint sie nicht zu stören.

Sie verwickeln meine Freunde abwechselnd in Gespräche und fragen sie zu ihren Kämpfen aus. Jaxon beteuern sie, dass er tapfer gekämpft hätte, gegen seinen Gegner jedoch keine Chance hatte.

Mein Vater will alle Einzelheiten zu Alivias und Levis Kampf erfahren und so lassen sie ihn noch einmal Revue passieren. Sie reden abwechselnd, um nebenbei essen zu können. Nach der Karottencremesahnesuppe, gibt es einen Kartoffel Zwiebel Paprika Auflauf. Das Essen wird von einem Schokoladensorbet abgeschlossen. Mit dem letzten Löffel des Nachtischs sind auch meine Freunde mit ihrer Schilderung fertig.

Doch mein Vater ist mit seinen Fragen noch lange nicht am Ende. Er will immer mehr Details über ihre Strategien und ihre Kampferfahrung wissen. Wir sitzen noch bis spät in die Nacht und als die Gespräche um uns herum immer weniger und leiser werden, unterbricht meine Mutter ihn schließlich.

»Ich denke, es wird langsam Zeit, sich zurückzuziehen. Ich danke euch für eure ausführlichen Erklärungen. Es war mir eine Freude mit euch zu essen. Bitte entschuldigt uns nun, morgen wird sicherlich ein aufregender Tag.«

Mein Vater sieht aus, als würde er viel lieber weiter mit meinen Freunden diskutieren, doch er beugt sich dem Willen seiner Frau.

»Ja, vielen Dank für dieses einmalige Gespräch. Bitte entschuldigt uns. Micah, wir sehen uns morgen«, richtet er sein Wort an mich.

»Gute Nacht Vater, schlaf gut Mutter«, verabschiede ich sie.

Sie stehen synchron auf und verlassen gemeinsam den Platz in Richtung Hauptgebäude. Während die meisten anderen Gäste, die beschlossen haben, auf dem Gelände der Akademie während der Prüfungen zu schlafen, in Zelten, die überall verteilt stehen, hausen, haben meine Eltern und einige andere Hochwohlgeborene die wenigen Gästezimmer im Hauptgebäude bezogen.

»Wir sollten auch schlafen gehen«, schlägt Alivia vor. »Ich glaube, wir hatten alle genug Aufregung für einen Tag und außerdem muss morgen noch jemand in den Ring steigen und zeigen, was sie kann.« Sie sieht mich bedeutend an und ich stimme ihr zu.

Der Tag war lang und anstrengend. Ich spüre, wie nun doch langsam die Müdigkeit meine Knochen lähmt. Heute werde ich wohl schnell einschlafen können. Die Jungs begleiten uns zurück zu unserer Hütte und verabschieden sich vor der Veranda von uns. Mich drücken sie nochmal ganz fest, während Alivia von Jaxon einen leichten Handkuss bekommt und von Levi lediglich eine daher gesagte Floskel.

»Ist zwischen dir und Levi alles in Ordnung?«, spreche ich sie im Badezimmer darauf an.

Wir sind dabei, uns aus unseren Kleidern zu befreien und sie zu der restlichen dreckigen Wäsche zu legen. Auf magische Weise wird diese morgen früh sauber und ordentlich hergerichtet wieder in unseren Schränken erscheinen. Ein uralter Zauber einer Hexe sorgt dafür, dass wir unsere Wäsche nicht selber waschen müssen.

»Ja, zwischen uns ist alles in Ordnung. Mach dir keine Sorgen. Du kennst doch Levi. Er ist manchmal einfach etwas eigen«, beschwichtigt sie mich.

Doch ich bin mir nicht so sicher. Klar Levi hat seine eigene spezielle Art Gefühle auszudrücken, doch seine Stimmung war bei der Verabschiedung so eigenartig unlevihaft.

Ich zucke mit den Schultern und schlüpfe in meinen gemütlichen Schlafanzug. Er besteht aus einem grauen weiten Kleid, das bis zu meinen Knien locker an meinem Körper liegt. Alivias Nachtgarderobe besteht aus einem lilafarbenen, eng anliegenden, figurbetonenden Kleidchen, das gerade so ihre Weiblichkeit verdeckt. Es ist wirklich sehr knapp und ich frage mich jedes Mal, wie sie darin schlafen kann.

»Und was läuft zwischen dir und Jaxon?«, frage ich sie beim Abschminken.

Sie benutzt dafür allerhand Cremen und Flakons, mit verschiedenen Flüssigkeiten, die besonders hautschonend sein sollen. Gerade wollte sie mit einem Tuch über ihr rechtes Auge fahren, hält aber mitten in der Bewegung inne. Sie sammelt sich und fährt mit der Bewegung fort.

»Gar nichts. Was soll schon zwischen uns laufen?«, versucht sie meine Frage betont gleichgültig abzuwinken.

Aber ich kenne sie zu gut, um darauf herein zu fallen. Ich lasse den letzten Kristall in eine kleine Kiste fallen und lege mein Diadem oben drauf.

»Du weißt, dass du mich nicht anlügen kannst?«

Sie lässt das Tuch sinken.

»Ist es denn so offensichtlich?«, fragt sie mich besorgt.

Ich sehe ihrem Spiegelbild in die Augen. Sie hat Angst vor meiner Antwort, Angst davor, was ich davon halte, dass ich es abstoßend finden würde.

»Für jemanden, der euch gut kennt, ja. Für alle anderen, denke ich nicht. Ihr seid beide ganz gut darin, es zu verbergen«, versuche ich sie zu beruhigen. »Liebst du ihn?«

Sie stützt sich mit den Händen auf dem Rand des Waschbeckens ab und lässt den Kopf sinken. Ihre Haare fallen ihr vor das Gesicht, sodass ich es nicht mehr sehen kann, doch ich glaube, es laufen Tränen über ihre Wangen.

»Ich weiß es nicht. Es ist seltsam. Wir kennen uns schon so lange und verbringen so viel Zeit miteinander. Ich habe ihn nie als etwas anderes als einen Freund gesehen aber seit einigen Tagen ist es irgendwie anders.«

Ich höre die Verzweiflung in ihrer Stimme. Sie will Jaxon nicht als Freund verlieren und hat Angst davor weiterzugehen. Ich drehe mich zu ihr und streiche ihr eine Strähne aus dem Gesicht. Sie hebt leicht den Kopf und sieht mich an. Meine Vermutung bestätigend laufen Tränen über ihre Wangen.

»Seit wann fühlst du schon so?«

»Mit heute sind es drei Tage.«

Ich überlege kurz.

»Also der Tag als ihr verzaubert wurdet?«

Sie nickt und ein heftiger Schauer schüttelt ihren Körper. Ich führe sie aus dem Badezimmer und drücke sie sanft auf ihr Bett.

Der Weg ist nicht weit. Es steht direkt neben der Badezimmertür. Mein Bett steht ihrem direkt gegenüber an der anderen Wand des Zimmers, doch ich setzte mich zu ihr. Mit zittrigen Fingern versucht sie ihre Frisur zu lösen, verheddert jedoch nur die Kristallbrosche mit ihren Haaren. Sanft schiebe ich ihre Finger zurück und übernehme.

»Es war nicht geplant, aber ich kann meine Gefühle aus irgendeinem Grund nicht mehr unterdrücken«, beginnt sie zu erklären. »Als ich deine Stimme in mir gehört habe und du uns zum kämpfen aufgefordert hast, hast du auch gleichzeitig Gefühle in mir hochgeholt, von denen ich dachte ich hätte sie nicht.«

»Das tut mir leid.« Ich lege die Brosche auf ihren Nachttisch und beginne die Zöpfe zu lösen.

Sie schüttelt den Kopf. »Das muss es nicht. Du kannst nichts dafür. Ich sollte dir sogar danken. Du hast mir die Augen geöffnet.«

Sie dreht sich zu mir und nimmt meine Hände in ihre. Aus ihren Augen spricht eine Intensität, die ich selten bei ihr sehe.

»Bist du mir böse?«, will sie wissen.

Im ersten Moment bin ich zu perplex, um zu antworten.

Glaubt sie das ernsthaft?

»Nein, Alivia, ich könnte dir nie böse sein. Erst recht nicht wegen so etwas wundervollem.«

»Wundervoll? Daran ist rein gar nichts wundervoll. Wenn meine Eltern das erfahren, werden sie ausrasten. Eine Verbindung zwischen einer Sirene und einem Dschinn? Das würden sie niemals gutheißen.«

Sie steht auf und läuft unruhig auf und ab. Diesmal werde ich mich jedoch nicht zurückziehen. Ich stehe auf und stelle mich ihr in den Weg. Sie versucht, an mir vorbei zu gehen, doch ich halte sie an den Schultern fest.

»Alivia, hör mir zu. Die Liebe ist eines der reinsten und ehrlichsten Geschenke, die wir vom Phoenix erhalten haben. Sie und die Hoffnung, sind die zwei Grundbausteine unseres Seins. Sie ist immer etwas Wundervolles. Wenn zwei Lux zueinander gefunden haben, dann spielt es keine Rolle, was andere darüber denken oder ob sie es gutheißen würden. Außerdem, was sollten sie schon für Argumente gegen eure Verbindung haben? Es gibt keine Gesetze, die sie verbieten. Selbst der König und die Königin sind aus unterschiedlichen Völkern. Sie ließen sich nicht von dem

Gerede anderer davon abhalten, ihrem Herzen zu folgen. Das solltet ihr auch nicht.«

»Ja, aber der König ist ein Sternenkrieger. Er stammt aus dem Element der Energie. Es ist mit jedem anderen verbunden. Feuer und Wasser, die Elemente von Jaxon und mir, sind absolute Gegensätze. Deine Argumentation funktioniert so nicht, Micah.«

»Du machst mich wahnsinnig. Beantworte mir bitte eine Frage.«

Sie sieht mich aufmerksam an und ich fixiere ihren Blick, halte ihn fest und lasse ihn mir nicht mehr ausweichen.

»Liebst du Jaxon?«

»Ich glaube schon, ja«, antwortet sie bedrückt, wendet sich aber nicht ab.

»Und liebt er dich?«, will ich wissen.

Sie versucht eine Antwort zu vermeiden, nickt dann jedoch leicht.

»Ich denke schon«, flüstert sie.

Ich lächele und drücke sie an mich.

»Dann solltest du dir keine Sorgen machen«, raune ich ihr ins Ohr. »Ihr werdet schon einen Weg finden. Daran glaube ich fest.«

Sie drückt mich ebenfalls und so stehen wir eine gefühlte Ewigkeit mitten in unserem Zimmer. Alivia lässt mich als Erste los.

»Gehen wir schlafen«, bestimmt sie und verkriecht sich in ihrem Bett.

Ich folge ihrem Beispiel und kuschele mich unter die Decke.

»Schlaf gut Alivia.«

Die Anstrengungen der letzten Stunden, der letzten Tage fordern ihren Tribut und noch bevor mein Kopf das Kissen berührt, bin ich eingeschlafen. Ich höre Alivias Erwiderung gar nicht mehr und versinke in einem glücklicherweise traumlosen Schlaf.

Kapitel 8

Der nächste Morgen bricht viel zu schnell herein. Ich habe das Gefühl, wir wären gerade erst ins Bett gegangen, als die Vögel wild vor unserem Fenster zu singen beginnen. Sie dienen mit ihrem unüberhörbaren Gezwitscher als zuverlässige Wecker und sorgen dafür, dass niemand verschläft.

Am anderen Ende des Zimmers höre ich Alivia in ihrem Bett grummeln. Sie dreht sich vom Fenster weg und zieht sich die Decke über den Kopf.

Ich seufze leise und richte mich auf. Meine Muskeln beginnen zu protestieren. Wenn die wüssten, was heute noch auf sie zukommen wird, was ich noch alles von ihnen verlangen werde, würden sie mir vermutlich ihren Dienst komplett verweigern.

Ich schlage die Decke zurück und quäle mich aus dem Bett. Der Weg zum Badezimmer gestaltet sich als größere Herausforderung, als ich zunächst vermute, aber ich schaffe ihn, ohne Alivia in ihrem Versuch die Vögel zu überhören, zu stören. Die Tür schließe ich leise hinter mir, bevor ich mich mit dem Rücken dagegen lehne.

Atmen Micah, tief durchatmen.

Mein Körper beginnt nervös zu zittern.

Meine Knie verwandeln sich in Wackelpudding. Sie versagen mir den Dienst und ich schaffe es nur mit sehr viel Mühe nicht zusammenzusinken.

Meine Brust verengt sich.

Ein großer Stein legt sich auf sie und ich bekomme kaum noch Luft.

Angst breitet sich in mir aus.

Einatmen, eins, zwei, drei, vier, ausatmen, fünf, sechs, sieben, acht, einatmen.

Ich wiederhole das Mantra meiner Mutter, bis ich wieder die Kontrolle über meine Glieder erhalte.

Früher hatte ich oft solche Panikattacken. Sie begannen kurz nach dem Angriff der Schattenkrieger und dem Verschwinden meiner Schwester. Meine Mutter lehrte mich, sie abzuwenden, bevor sie die Oberhand gewinnen können.

Seitdem ich auf dieser Schule bin, habe ich nur noch in absoluten Ausnahmefällen welche. Warum mich ausgerechnet jetzt eine überfällt, ist mir ein Rätsel.

Ich gehe zum Waschbecken und lasse den Wasserhahn laufen. Mit meinen Händen forme ich eine kleine Schale und fülle sie mit Wasser, das ich mir ins Gesicht spritze. Die kalten Tropfen klären meinen Verstand. Sie helfen mir, meine Gedanken zu ordnen.

Heute steht meine praktische Abschlussprüfung an. Scheinbar habe ich mehr Angst davor, als ich mir selbst eingestehen möchte.

Aber warum? Es klopft an der Tür.

»Bist du noch da Micah?«

»Ja, du kannst ruhig reinkommen.«

Der Türknauf dreht sich.

»Würde ich ja gerne, aber du hast abgeschlossen.«

Wann habe ich denn die Tür abgeschlossen?

Ich spritze mir noch etwas Wasser ins Gesicht, bevor ich mir ein Handtuch schnappe und es damit trockne. Dann gehe ich zur Tür und öffne sie für Alivia. Sie steht halb schlafend, halb wach davor und sieht mich aus kaum geöffneten Augen an.

»Danke«, murmelt sie, geht an mir vorbei und zur Toilette.

Ich beschließe sie dabei allein zu lassen und lasse die Tür hinter mir ins Schloss fallen.

Ob sie etwas mitbekommen hat? Hoffentlich nicht.

Wir haben eigentlich keine Geheimnisse voreinander, doch von meinen Panikattacken habe ich ihr nie etwas erzählt, da ich eigentlich davon ausging, sie unter Kontrolle zu haben.

Konzentration auf das Wesentliche, Micah. Du wirst heute kämpfen. Kein Grund zur Sorge.

Ich gehe zu meinem Kleiderschrank und nehme zwei Kleider heraus. Das erste ist ein Kampfkleid, das ich für meine Prüfung anziehen werde. Ich lege es auf mein Bett.

Das zweite ist ein magentafarbenes einfaches Sommerkleid. Ein dunkler, fester Stoff bildet den Hauptrock, der mir bis zu den Knien reicht. Darüber weht eine dünne, durchscheinende Seidenlage, die vorne knapp über den Hauptrock reicht und nach hinten hin länger wird.

Ich rücke die zwei handbreiten Träger auf meinen Schultern zurecht. Gestern Abend vergaß ich meinen Zopf aufzulösen, sodass er jetzt etwas verwüstet wirkt. Einzelne Strähnen haben sich über Nacht gelöst und umrahmen mein Gesicht. Eigentlich gefällt es mir so, doch ich beschließe dennoch ihn zu öffnen und meine Haare zu kämmen. Immerhin sind sie jetzt trocken.

In seidigen, durch den Zopf verursachten Wellen fällt es meinen Rücken hinab bis zur Hüfte. Ich liebe meine langen Haare und trage sie seit vielen Mondzyklen so. Auch wenn sie manchmal kompliziert zu pflegen sind, kann man mit ihnen dennoch wunderschöne Frisuren zaubern, weswegen ich Alivias Vorschläge sie zu kürzen jedes Mal zurückweise.

Ich lasse gerade den fertig geflochtenen Zopf über meine Schulter fallen, als Alivia aus dem Bad kommt. Ihr steht die Müdigkeit immer noch in den Augen, doch dank dem Make-Up immerhin nicht mehr im Gesicht.

Sie bemerkt meinen Blick und quittiert ihn mit einem Schulter-zucken. Jetzt bin ich dran, mich im Bad aufzuhübschen. Ich wasche mir gründlich mein Gesicht, putze meine Zähne, benutze die Toilette und verzichte vollkommen auf Schminke. Durch den Kampf wird sie sowieso verlaufen, also kann ich sie auch direkt weglassen. Das macht mir nachher weniger Arbeit.

Meinem Gesicht sind die Schrecken der letzten Tage nicht mehr anzusehen. Keine blauen Augenringe zeugen vom Schlafmangel oder den Anstrengungen, keine eingefallenen Wangen können den Nahrungsmangel nachweisen und keine Unreinheiten sind aufgrund der mangelnden Pflege entstanden.

Ich verlasse das Badezimmer und finde Alivia nur in Unterwäsche rätselnd vor ihrem Kleiderschrank stehen. Ihre penetrante Weigerung, einfach irgendetwas anzuziehen, beeindruckt mich immer wieder. Sie bemerkt mich gar nicht und so beschließe ich, an ihr vorbeizugehen, um meine Sachen für den Wettkampf zusammenzupacken.

Bei meinem Zeitplan werde ich es wohl kaum schaffen, vor meinem Kampf noch einmal hierher zu kommen und mich umzuziehen. Ich werde auf eines der dafür vorgesehenen Zelte zurückgreifen müssen. Doch das geht nur, wenn ich alles mitnehme, was ich brauche.

Ich ziehe einen weißen Rucksack mit blauen Schneeflocken unter meinem Bett hervor und lege mein gefaltetes Kampfkleid unten hinein. Dazu kommen noch die verstärkten Stiefel, meine Handschuhe, ein Gürtel mit Dolchscheide und natürlich die Waffen.

In den Ring mitnehmen dürfen wir maximal drei Waffen, zu denen lediglich Dolche, Messer, Schwerter, Stäbe und Schilde gehören. Äxte, Hammer, der Bogen, meine persönliche Lieblings-waffe, oder Ähnliches dürfen nicht verwendet werden. Es geht schließlich vorrangig um unsere Nahkampffähigkeiten und unsere Magiekontrolle.

Ich schließe meinen Rucksack und drehe mich zu meiner Freundin um. Sie hat sich für ein grünes, auffallend kurzes Kleid entschieden, was erneut mit einem großzügigen Rückenausschnitt und einem herzförmigen betonenden Dekolletéausschnitt glänzt. Dazu trägt sie schwarze Ballerinas.

Ich selbst ziehe mir silberne Riemensandalen an. Die Bänder knote ich kunstvoll um meine Unterschenkel, sodass ein kleines Muster aus Dreiecken entsteht. Alivia nickt mir zu und wir befinden uns gegenseitig für fertig.

Ich schultere meinen Rucksack und wir verlassen unsere Hütte, um zum Frühstück zu gehen. Einige andere Schülerinnen und Schüler nehmen ebenfalls den Weg zum Haupthaus, während andere schon wieder zurückkommen.

Die Frühstückszeiten an den Tagen der Wettkämpfe gehen von Sonnenaufgang bis zum ersten Kampf. Da dieser in einer Stunde beginnt, gehören wir zu den letzten, die sich zum Essen begeben. Ich erkenne einige Zweitklässler, die wie ich eine Tasche bei sich haben oder bereits zum Kämpfen umgezogen sind.

Wir wissen einen ungefähren Zeitrahmen, wann wir antreten werden, jedoch nicht den genauen Zeitpunkt, da wir sonst eventuell herausfinden könnten, gegen wen wir antreten werden und das soll bis zum Kampf selbst ein Geheimnis bleiben. Ich selbst werde als eine der Letzten in den Ring treten, da mein Kampf bis gestern noch als ausgefallen galt. Dennoch bin ich nicht weniger aufgeregt als diejenigen, die heute Vormittag antreten werden.

Levi und Jaxon kann ich noch nicht entdecken. Entweder sind sie noch in ihrer Hütte oder sitzen bereits am Essenstisch.

Auch Addison und Joyce kann ich nirgends entdecken. Von Alivia habe ich erfahren, dass die Wila und die Fee gestern als erste im Kampf gegeneinander antreten mussten. Sonderlich aufregend soll der Kampf nicht gewesen sein. Addison hat bereits nach zwei Minuten kapituliert, weil sie Joyce nicht verletzen wollte. Alivia meint, dass sie wohl eher Angst davor hatte, von ihrer Freundin vor ihrer Familie blamiert zu werden.

Ich hatte Addison als mutiger eingeschätzt, aber vielleicht steckt dahinter mehr als auf den ersten Blick zu sehen ist. Dazu möchte ich sie gerne befragen, doch seitdem ich aufgewacht bin, sind wir uns noch nicht begegnet.

Ob sie mir aus dem Weg gehen?

Vermutlich haben sie einfach nur zu viel zu tun und wir sehen uns heute noch. Wir erreichen das Hauptgebäude und folgen den anderen in die Cafeteria.

Während das Abendessen als Menü draußen serviert wird, ist für Frühstück und Mittag jeweils ein Büfett in der Mensa aufgebaut, sodass sich jeder etwas nehmen kann, wenn er Hunger hat. Der Geruch von frischem Brot, aufgeschlagenem Ei und allerlei Köstlichkeiten steigt mir in die Nase. Aufgeregte Gespräche drehen sich um die heutigen Kämpfe.

Die Ergebnisse der gestrigen Prüfungen werden erst heute Abend nach dem letzten Kampf veröffentlicht, das heißt, dass noch immer alle um ihre Note zittern müssen.

Auch darüber wird diskutiert. Sie fragen sich, wie gut sie wohl abgeschnitten haben, analysieren ihren eigenen Kampf und vergleichen ihn mit den ihrer Freunde und Mitschüler. Ich nehme mir etwas Rührei, ein Brötchen, Marmelade und Butter. Dazu lege ich einen Apfel und ein Glas Orangensaft auf mein Tablett.

Alivia wählt Waffeln mit Puderzucker und Erdbeeren mit Schokoladenglasur. Sie stellt uns beiden noch einen warmen Kakao aufs Tablett. Wir drehen uns um und suchen nach Levi und Jaxon.

Vom hinteren Teil der Mensa sehe ich Levis rote Haare aufleuchten und deute mit dem Kinn in ihre Richtung. Alivia schlängelt sich einen Weg durch die vielen Tische, ich bin ihr dicht auf den Fersen.

»Guten Morgen«, begrüßt sie Levi und Jaxon, wobei sie und Jaxon einen Moment lang ihre Blicke miteinander verhaken.

Levi hatte gerade etwas von seinem Müsli im Mund und verschluckt sich daran. Ich stelle mein Tablett ab und will ihm helfen, doch er schafft es auch alleine wieder zu Atem zu kommen.

»Du sollst doch nicht immer so schlingen«, wirft ihm Alivia vor. Sie setzt sich neben Jaxon.

»Du hast mich erschreckt«, verteidigt sich Levi.

»Ach jetzt ist es also meine Schuld, dass du nicht richtig essen kannst?«, gibt Alivia zurück und der Schlagabtausch beginnt.

Jaxon verdreht nur die Augen und isst gemütlich sein Frühstück weiter. Auch ich beginne zu Essen und verfolge ihre Diskussion, ohne mich einzumischen. Der warme Kakao wärmt mich von innen heraus und die Marmelade zergeht auf meiner Zunge. Das Essen der Akademie ist einfach herrlich.

Alivia und Levi schaffen es zu Frühstücken und gleichzeitig keine Möglichkeit für eine gekonnte Erwiderung zu verpassen. So reden sie fast jeden Morgen miteinander und langsam kann man das wohl unter den Punkt *Übung macht den Meister* verbuchen. Wer aus diesen Diskussionen als Sieger hervorgeht, bleibt dabei meistens unklar.

Mir kommt der Verdacht, dass es ihnen gar nicht darum geht, den anderen zu übertrumpfen, sondern dass sie sich damit eher gegenseitig aufputschen und für den Tag vorbereiten. Den letzten Bissen meines Apfel spüle ich mit dem restlichen Orangensaft herunter und bin damit zeitgleich mit den anderen fertig.

Auch das ist mittlerweile unbewusst abgestimmt. Auch wenn wir nicht immer gleichzeitig beginnen und meistens unterschiedlich viel essen, werden wir immer synchron fertig, sodass niemand auf jemanden warten muss. Wir stehen auf und stellen unsere leeren Tabletts zu den anderen, dann verlassen wir das Hauptgebäude.

Alivia und Jaxon lassen sich etwas zurückfallen, sodass sie sich ungestört miteinander unterhalten können.

»Was hast du da eigentlich in dem Rucksack?«, fragt mich Levi unvermittelt.

»Meine Sachen für den Kampf. Bei meinem Tagesplan werde ich wohl kaum nochmal zurück zur Hütte kommen, um mich umzuziehen.«

Er wirft mir einen seltsamen Blick zu und mustert mich von der Seite.

»Was ist los, Levi?«

»Du willst also wirklich heute kämpfen?«

Ich bleibe stehen. Alivia und Jaxon sind so in ihr Gespräch vertieft, dass sie in uns hinein laufen.

»Ja Levi, ich will heute kämpfen.«

Alivia und Jaxon wechseln einen flüchtigen Blick, bevor sie ein paar Schritte zurück gehen. Sie wollen sich nicht einmischen und ich schätze diese Geste. Das ist eine Sache zwischen mir und Levi.

»Hast du etwas dagegen?«, frage ich ihn, und in meinem Tonfall schwingt eine leichte Drohung mit.

Ich will ihm gegenüber nicht die Prinzessin raushängen lassen, aber wenn er mir nicht vertraut, will ich den Grund dafür kennen.

»Was sollte ich schon dagegen haben? Du hast mir vor langer Zeit bewiesen, dass du deinen eigenen Kopf hast und deinen Willen ohne Rücksicht auf Verluste durchsetzt.«

»Ohne Rücksicht auf Verluste? Was soll das denn bedeuten?«

»Genau das, was du glaubst. Es ist dir doch vollkommen egal, wen du mit deinem Verhalten von dir stößt oder verletzt. Du tust, was du für richtig hältst und beachtest die Meinungen und Einwürfe anderer gar nicht.«

»Das stimmt doch überhaupt nicht und das weißt du auch. Mir liegt das Wohl anderer sehr am Herzen und ich versuche immer genau das zu tun, was für mein Volk am besten ist.«

»Zählst du zu *deinem Volk* auch deine Freunde?«

Jetzt bin ich verwirrt.

»Ja natürlich.«

»Und hast du sie mal gefragt, was sie von deinen Entscheidungen halten? Speziell von der heute zu kämpfen?«

Ich sehe zu Alivia und Jaxon, die betreten den Kopf senken.

»Denkt ihr etwa auch, dass ich nicht antreten sollte?«, frage ich sie unsicher.

Sie lassen sich mit ihrer Antwort Zeit, nicken schließlich aber.

»Weißt du, Micah, wir machen uns einfach Sorgen, dass du dich verletzen könntest, dass du noch nicht wieder ganz fit bist«, erklärt sich Alivia.

Das bringt mich zum Nachdenken. Wenn sie alle das Gleiche denken, haben sie vielleicht recht?

»Aber es geht mir wirklich gut. Ich fühle keine Nachwirkungen vom Angriff«, verteidige ich mich schwach.

Ihre Argumente haben mir die Luft aus den Segeln genommen.

»Das ist schwer zu glauben. Immerhin warst du zwei Tage bewusstlos. Weißt du eigentlich, wie das für uns war, als wir dich gesehen haben? Wir haben kaum etwas mitbekommen unter diesem Bann und dann war da plötzlich deine Stimme, die uns befahl zu kämpfen, die mir befahl zu kämpfen«, beginnt Levi sich wieder in Fahrt zu reden.

»Und dann war der Bann auf einmal weg. Ich habe wieder klar gesehen und das Erste, was ich sehen konnte, was ich sehen wollte, warst du. Ich wollte sicher gehen, dass es dir gut geht. Ich habe dich unter all den anderen gesucht und dann habe ich dich gefunden. Du standest da vor uns, so anmutig und strahlend wie die Sternenprinzessin, die du bist. Du versprühtest Kraft und Hoffnung und Liebe. Doch mit einem Mal war das alles weg. Ich wollte zu dir laufen und dich umarmen, aber du hast jegliche Farbe verloren, jegliche Ausstrahlung von Macht war wie weggefegt. Du hast die Augen verdreht und bist einfach umgefallen. Hätte dich der Typ, der gerade aus dem See stieg, nicht aufgefangen, wärst du wie ein Stein zu Boden gefallen. Er hat dich in seinen Schoß gebettet und nach Hilfe gerufen. Ich erreichte dich noch vor den Lehrern. Ich habe dich hochgehoben und die ganze Zeit angefleht nicht zu gehen, wach zu bleiben. Du warst so leicht in meinen

Armen. Ich hatte das Gefühl, eine Feder zu tragen und nicht meine beste Freundin. Ich war es, der dich in das Bett im Krankenzimmer legte und nicht mehr von deiner Seite wich. Ich hatte Angst. Angst, dass du davon gleitest, wenn ich ging. Angst, dass du nie wieder aufwachen würdest oder dass du jemand anders wärst, wenn du wieder zu uns zurückkommst. Ich hatte Angst dich zu verlieren, Micah. Ich habe Angst dich zu verlieren.«

Ich bringe kein Wort heraus. Ich weiß, dass Levi sich Sorgen um mich macht und ich dachte mir schon, dass er es war, der mich vom See weg trug und dass es seine Stimme war, die ich während meiner Bewusstlosigkeit hörte.

»Darum willst du nicht, dass ich kämpfe? Weil du mich nicht verlieren willst?«

Er senkt den Blick. Alivia und Jaxon halten sich noch immer zurück.

»Geht es euch ebenso?«, frage ich sie.

Sie reagieren nicht.

»Das heißt dann wohl ja«, resigniere ich.

Ich trete auf Levi zu und lege meine Hand an seine Wange. Sanft hebe ich sein Kinn, sodass er mir direkt in die Augen sehen muss.

»Ich kann mir nicht mal im Ansatz vorstellen, was du, was ihr«, ich sehe zu Alivia und Jaxon hinüber, die mich aufmerksam ansehen, »durchmachen musstet, welche Ängste ihr ausstehen musstet. Es tut mir leid, wirklich.«

In Levis Augen blitzt Vergebung auf.

»Ich wollte dir das nicht antun. In diesem Moment habe ich wirklich nicht daran gedacht, welche Konsequenzen meine Handlungen für mich haben könnten. Ich wollte nur nicht, dass ihr alle sterbt. Denn das hätte ich nicht ausgehalten. Damit hätte ich nicht weiterleben können. Ich bitte dich nicht darum, mir zu verzeihen. Ich bitte dich nicht darum, meine Handlungen abzusegnen. Ich bitte dich lediglich darum, zu versuchen, meine Entscheidungen zu akzeptieren und zu respektieren.«

Er nickt leicht.

»Dazu gehört auch mein Beschluss, heute zu kämpfen. Versteh doch bitte, dass ich das nicht für mich tue, sondern für euch. Ich versuche mir nichts selbst zu beweisen, wie du jetzt vielleicht annimmst. Ich versuche euch zu zeigen, dass ich immer für euch da sein werde, dass mich so schnell nichts unterkriegen kann. Ich weiß, dass ich euch dreien nichts mehr beweisen brauche, aber es gibt viele Lux, die noch immer an mir zweifeln. Sie zweifeln daran, dass ich eine gute Königin werde und sie anführen kann. Dieser Kampf heute, diese Abschlussprüfung soll sie wieder dazu bringen, mir zu Vertrauen. Hoffnung zu haben, in mich und meine Fähigkeiten. Ich kämpfe also nicht nur, weil ich Spaß daran habe, sondern in erster Linie, weil ich meinem Volk beweisen will, dass ich sie anführen kann. Verstehst du das? Könnt ihr das verstehen?«

Stur sieht mir Levi in die Augen. Ich kann erkennen, dass er mich versteht und dass er es nicht anders machen würde, doch das will er nicht zugeben.

»Ich verstehe dich, Micah.« Jaxon kommt näher und legt mir eine Hand auf die Schulter.

»Du? Du verstehst sie?«, fragt Alivia empört.

Jaxon zuckt mit den Schultern. »Meine Eltern haben schon immer sehr hohe Ansprüche an mich, denen ich wahrscheinlich nie ganz gerecht werden kann. Ich weiß was es bedeutet, das Vertrauen eines Volkes für sich gewinnen zu müssen, das nicht an dich glauben will. Dabei ist mein Volk nicht einmal ansatzweise so groß wie deines«, erklärt sich Jaxon.

»Also ich habe nie Probleme damit, das Vertrauen der Sirenen zu behalten«, spottet Alivia.

»Schon klar dir liegen alle zu Füßen«, bemerkt Levi und wendet seinen Blick von mir zu ihr.

Alivia streicht sich eine lose Haarsträhne aus dem Gesicht und sieht ihn stur an.

»Bei so viel Anmut bleibt einem ja auch gar nichts anderes übrig«, gibt sie zurück.

Levi und Jaxon prusten los. Der Streit ist vollkommen vergessen, als wäre er nie passiert.

Das macht mich traurig. Ich habe das Gefühl, dass dieses Thema jetzt für immer zwischen uns stehen wird. Wenn wir es jetzt nicht aus der Welt schaffen, wird es uns im denkbar unpassendsten Moment wieder heimsuchen.

Hoffentlich wird es dann kein Leben fordern. Alivia und Levi diskutieren laut über ihre Schönheit und wer wohl mehr Lux auf seine Seite ziehen könnte.

Die Stimmung ist wieder fröhlicher und wird von Jaxons Lachen durchzogen. Wir gehen weiter zum Kampfplatz und je näher wir ihm kommen, desto mehr Lux begegnen uns. Wenn sie mich erkennen, gehen sie uns aus dem Weg, wünschen mir viel Erfolg für meinen Kampf und verbeugen sich leicht.

Ich spüre, wie sich Levi jedes Mal hinter mir etwas mehr verkrampft, wenn jemand auf den bevorstehenden Kampf zurückkommt. Kurz darauf erreichen wir auch schon die Tribüne, wo sich meine Freunde von mir verabschieden. Sie werden sich Plätze im normalen Zuschauerbereich suchen, während ich die Stufen zu meinen Eltern hinauf gehe.

Wie vermutet, sitzen sie bereits auf ihren Stühlen und unterhalten sich miteinander. Ein Glockenschlag erklingt und die Gespräche verstummen. Unsere Direktorin tritt auf die Kampffläche und stellt sich in der Mitte auf, den Blick auf unsere königliche Loge gerichtet.

»Guten Morgen mein König, guten Morgen meine Königin«, beginnt sie mit ihrer Begrüßung.

Ihre kräftige Stimme wird von den Wänden zurückgeworfen und hallt bis in die letzten Reihen der Zuschauer.

»Und willkommen zurück, Prinzessin Micah. Es erfreut mich, dass es Euch wieder besser geht. Ich freue mich schon auf euren kommenden Kampf. Doch bevor wir zu Euch kommen, werden erst Mal Eure Mitschüler ihre Kräfte im Kampf gegeneinander messen. Darum begrüße ich nun auch alle anderen Anwesenden zu diesem vierten Tag der Abschlussprüfungen. Heute werden sich die letzten Zweitklässler duellieren und in spektakulären Kämpfen ihre Kräfte demonstrieren. Liebe Kämpfende, bitte denkt daran, dass es nicht darum geht, den Gegner so schnell wie möglich zu vernichten, sondern darum, uns, den Richtenden und euren Familien und Freunden zu demonstrieren wie gut ihr eure Kräfte kontrollieren könnt. Darum hört auf unsere Anweisungen und beendet einen Kampf, wenn die Glocke ertönt. Es ist uns wichtig, dass ihr trotz der herrschenden Rivalitäten auf dem Kampffeld eines nicht vergesst: Wir sind ein Volk. Wir stehen zusammen, wir fallen zusammen.«

»Wir sind ein Volk. Wir stehen zusammen, wir fallen zusammen«, murmele ich ihre Worte leise vor mich hin.

Zwei Sätze, so einfach und doch so kraftvoll.

Die Direktorin verbeugt sich vor meinen Eltern und mir und verlässt dann die Kampffläche. Jubel erklingt und aus beiden Ecken der Arena kommt je ein Hexer. Sie werden die Kämpfe des heutigen Tages eröffnen.Ich erkenne in ihnen Landré und Kyron.

Sie stellen sich vor einander auf und gehen in Kampfhaltung. Soweit ich das erkennen kann, trägt keiner von ihnen eine Waffe. Die Glocke erklingt und der Kampf beginnt.

Kyron wirft sich sofort auf Landré und versucht ihn zu Boden zu werfen, doch Landré rollt sich zur Seite ab und weicht ihm somit aus. Kyron landet bäuchlings im Boden.

Einige Zuschauer beginnen zu buhen, andere zu jubeln. Landré erschafft eine kleine Feuerkugel in seiner rechten Hand und wirft sie auf Kyron, doch der rollt sich zur Seite weg und erschafft seinerseits einen Feuerball, den er auf Landré wirft. Landré versucht auszuweichen, ist jedoch nicht schnell genug und so wird ein Teil seines Ärmels versengt.

Er wirft sich mit dem Arm auf den Boden und erstickt die Flammenränder, bevor sie sich noch weiter ausbreiten können. Einige Mädchen im Publikum beginnen zu seufzen. Sie rechnen damit, dass einer von beiden noch während des Kampfes sein Oberteil ausziehen wird.

Ich kann ihnen dabei keine Vorwürfe machen. Selbst ich bewundere nur zu gerne die wohlproportionierten Oberkörper der Jungen.

Landré und Kyron sind beide sehr oft in der Turnhalle und trainieren. Ihre starken Oberarmmuskeln zeichnen sich unter den Ärmeln ab und ihre Oberteile spannen sich über ihre vor Kraft strotzenden Brustmuskeln.

Von ihren Fähigkeiten her sind sie beide etwa gleich stark, weswegen dieser Kampf beim Publikum auf großes Interesse trifft. Sie bewerfen sich weiter mit Feuerbällen und weichen denen des anderen aus, jedoch nicht immer rechtzeitig, sodass schon nach kurzer Zeit ihre Kleidung über und über mit Brandlöchern gespickt ist.

Doch sie scheinen beide nicht außer Puste zu sein und noch immer Kraftreserven zu haben. Das viele Training zahlt sich aus.

Zumindest bis zu dem Zeitpunkt, als Landré Kyron mit einem perfekt platzierten Feuerball am Bein trifft. Kyron entweicht ein schmerzerfülltes Stöhnen. Er geht zu Boden.

Die Menge hält erschrocken die Luft an.

Ob sie damit gerechnet haben?

Ich denke nicht, dabei ist es nur eine Frage der Zeit bis einer der Kämpfenden einen Fehler macht.

Kyron liegt schutzlos vor Landré, der mit einem Feuerball in der Hand auf ihn zukommt. Das Ende des Kampfes ist vorhersehbar. Wenn Kyron jetzt nicht abklopft, wird Landré ihn mit dem Feuerball bewerfen. Kurz bevor das Feuer den Hexer erreicht, wird es von seinem Erschaffer zurückgehalten, wodurch der Kampf für Landré in einem Sieg endet.

Achtsam geht Landré auf Kyron zu.

Erwartet er eine Falle von Kyron gestellt?

Oder zögert er nur das Unvermeidliche hinaus?

Viele Freunde, die gegeneinander antreten, zögern ihren Kampf bis zum Glockenschlag hinaus, um nicht den endgültigen Angriff ausführen zu müssen. Mir war nicht bewusst, dass Landré und Kyron so gut befreundet sind.

Kyron bewegt sich nicht.

Gibt er auf?

Hexer kämpfen doch normalerweise bis zum Schluss gnadenlos.

Es sei denn...Ich lasse meinen Blick durch die Arena schweifen.

Mir kommt nichts ungewöhnlich vor. Doch dann sehe ich es. Es blitzt nur ganz kurz in der Sonne auf, als es von meinem Blick gestreift wird.

Ich fokussiere meinen Blick auf die gegenüberliegende Wand genau in dem Moment, als ein Feuerstrom aus dem Schatten auf Landré zuschießt.

Diejenigen, die es mitbekommen, schreien entsetzt auf und versuchen Landré zu warnen, doch es ist bereits zu spät. Das Feuer erreicht ihn und umschließt ihn, sperrt ihn ein wie ein Tier in einem Käfig.

Aus den Schatten tritt Kyron hervor. Die Menge applaudiert und die Glocke erklingt. Kyron hat gewonnen.

»Aber wenn der Hexer in dem Schatten war, wer liegt dann da auf dem Sand?«, fragt mein Vater.

»Sie hin Schatz«, empfiehlt ihm meine Mutter.

Auch ich betrachte den im Sand liegenden Kyron. Ich starre ihn regelrecht an, doch erkenne nichts. Er sieht für mich aus wie ein ganz normaler Hexer. Die Feuer erlischen und Kyron beginnt zu flackern.

»Eine Fata Morgana, aber natürlich. Wie konnte mir das nur entgehen?«, schlussfolgert mein Vater.

»Das ist nicht nur dir entgangen, Elian. Es scheint vielen so zu gehen. Auch der andere Hexer scheint es nicht gewusst zu haben«, beruhigt ihn meine Mutter.

Mein Vater nickt nachgiebig. Meine Aufmerksamkeit wendet sich wieder dem Arenaplatz zu, wo sich bereits die nächsten zwei Duellanten gegenüberstehen.

Die Glocke erklingt und der zweite Kampf beginnt.

Kapitel 9

Die beiden magentafarbenen Träger gleiten von meinen Schultern und mein Kleid fällt zu Boden. Ich hebe es auf und lege es auf einen Stuhl.

Die Umkleidungszelte sind nur spärlich bestückt. Insgesamt gibt es dafür aber zehn Stück, sodass sich jeder in Ruhe umziehen kann. In jedem Zelt stehen zwei Hocker und eine Schale mit Wasser auf einem kleinen Sockel. Der Boden wurde mit einem dicken Teppich ausgelegt.

Nach dem Mittagessen und einigen Kämpfen danach, bin ich hierher gekommen, um mich für meinen eigenen Kampf fertig zu machen. Den Inhalt meines Rucksacks verteilte ich ordentlich auf dem Teppich.

Ich ziehe mein Kampfkleid an. Es besteht aus einer schwarzen knielangen, eng anliegenden Hose. Darüber breitet sich ein schwarzer Faltenrock mit silbernen Nähten aus, der jedoch anstatt von Falten lange Risse birgt, sodass ich darin die notwendige Bewegungsfreiheit zum Kämpfen habe. Das Oberteil besteht aus einem verstärkten schwarzen Mieder mit silbernen Nähten und Ärmeln, die meine Oberarme verdecken.

Ich steige in die verstärkten Stiefel und schließe die komplizierte silberne Schnürung. Von meinen Beinen ist nun kein Hautfleck mehr ungeschützt.

Als nächstes hebe ich meinen Gürtel auf und lege ihn um meine Hüfte. Er besteht aus zwei schwarzen Riemen, die zu einem silbernen Verschluss, auf dem unser Familienwappen - ein Phoenix - eingraviert ist, zusammenlaufen. Am unteren Riemen hängt die schwarze Dolchscheide, in der bereits mein Dolch steckt. Er ist zwar klein, aber davon sollte man sich nicht täuschen lassen. Perfekt ausbalanciert ist er eine gefährliche Tötungswaffe.

»Du siehst gut aus«, erklingt plötzlich eine Stimme hinter mir.

Ich drehe mich um und sehe Levi im Zelteingang stehen.

»Danke«, antworte ich kurz angebunden.

Ich weiß nicht, was er hier will. Die Situation zwischen uns ist nach unserer Auseinandersetzung von heute Morgen noch immer sehr angespannt.

»Darf ich reinkommen?«, fragt er unsicher.

»Bist du das nicht schon längst?«

Er senkt den Blick und verstummt. Ich widme mich wieder meinen Vorbereitungen und streife meine Handschuhe über. Sie schützen meine Knöchel und meine Handflächen, lassen aber meine Finger frei.

Ich spüre Levis Blick auf mir. Er hat sich noch nicht bewegt und scheint verunsichert, vielleicht sogar verlegen.

»Ich wollte mich bei dir entschuldigen«, bricht er mit der Sprache heraus, als ich gerade mein Kleid in den Rucksack lege.

Alles in mir schreit danach, ihm zu vergeben, ihn anzusehen und zu sagen, dass alles in Ordnung ist, doch ich fahre stur mit dem Zusammenpacken fort und lege meine Schuhe in den Rucksack.

»Micah, bitte. Es tut mir wirklich leid. Ich wollte dich nicht so anfahren«, versucht er es erneut.

Noch immer schweige ich und meide seinen Blick. Ich bücke mich und fummele an der Schnürung meiner Schuhe herum, um ihn nicht ansehen zu müssen. Ich weiß, dass ich mich dann nicht mehr zurückhalten könnte. Ich würde ihm alles verzeihen, selbst wenn er für die Vernichtung meiner gesamten Familie verantwortlich wäre.

Er seufzt.

»Du willst nicht reden? Gut, dann hör mir bitte einfach nur zu. Ich will nicht, dass du denkst, ich würde nicht wollen, dass du kämpfst, dass du dein Leben für dein Volk aufs Spiel setzt. Ich weiß, wie viel dir die Lux bedeuten, wie wichtig dir deine Pflichten als unsere Prinzessin sind. Und mir ist auch bewusst, dass du uns niemals absichtlich verletzen würdest, dass du nicht unüberlegt handeln würdest. Ich verstehe deine Entscheidungen und ich akzeptiere sie. Ich respektiere dich, Micah. Aber bitte versteh doch, dass ich mir Sorgen um dich mache und dass ich damit nicht einfach so aufhören kann. Ich liebe dich Micah. Du bist für mich wie die Schwester, die ich nie hatte und wohl auch nie haben werde. Ich will dich nicht verlieren. Ich wollte nur, dass du das weißt. Ich wünsche dir viel Erfolg für deinen Kampf. Ich stehe hinter dir, so wie ich es schon immer getan habe...und wie ich es immer tun werde.« Er wendet sich zum Gehen.

»Warte«, halte ich ihn auf und wende mich ihm zu.

Er sieht mich an. In seinen Augen steht das Verlangen nach meiner Vergebung und die Sehnsucht nach unserer Freundschaft.

»Ich verzeihe dir«, bringe ich schließlich heraus. »Ich weiß, dass ich es dir nicht immer leicht mache, mit mir befreundet zu sein und ich weiß, dass du nicht böse meintest, was du gesagt hast. Du bist für mich ebenfalls wie ein Bruder und ich könnte es nicht ertragen, unsere Freundschaft zu verlieren. Ich danke dir, dass du so ehrlich zu mir warst. Das solltest du immer sein. Ich will nicht, dass du denkst, du müsstest mich anlügen, damit es mir besser geht. Du weißt, Ehrlichkeit ist besser als eine gute Lüge.«

Er nickt.

»Ich vergebe dir, Levi. Ich werde dir immer vergeben«, beende ich.

Ein Lächeln stiehlt sich auf seine Lippen und erreicht seine Augen. Sein üblicher sorgloser Gesichtsausdruck beherrscht wieder sein Gesicht.

»Dann solltest du dich jetzt besser beeilen. Dein Kampf wartet nicht auf dich.«

Mit einem Schlag fällt mir auf, wie lange ich schon im Zelt bin. Er hat recht, ich sollte los, bevor ich noch meine Prüfung verpasse.

»Jetzt geh schon. Ich nehme deinen Rucksack, während du beschäftigt bist.«

»Danke.«

Ich stelle mich auf die Zehenspitzen und drücke ihm einen freundschaftlichen Kuss auf die Wange. Dann gehe ich an ihm vorbei und verlasse das Zelt Richtung Kampfplatz.

»Viel Spaß«, ruft Levi mir noch hinterher.

Ich lächle leicht. Jetzt, wo wir uns wieder vertragen haben, geht es mir gleich viel besser. Der Stein auf meinem Herzen ist weg und meine Gedanken richten sich nun voll und ganz auf den bevorstehenden Kampf.

Gegen wen ich wohl antreten werde?

Die Sonne steht schon ziemlich tief und blendet mich. Die Jubelrufe der Zuschauer werden lauter.

Sind es mehr geworden oder kommt mir das nur so vor? Ich höre den Klang der Glocke, die soeben das Ende des letzten Kampfes bekundet.

»Prinzessin, da seid Ihr ja. Ich habe Euch schon überall gesucht.« Mir kommt ein aufgeregter Waldgeist entgegen gelaufen.

»Nun, jetzt hast du mich gefunden. Was gibt es denn?«, frage ich ihn, ohne stehen zu bleiben.

Eiligen Schrittes versucht er mitzuhalten. »Euer Kampf beginnt gleich. Ihr seid die Nächste«, antwortet er atemlos.

»Dann sollte ich mich wohl beeilen.« Ich beschleunige meine Schritte und eile meinem Ziel entgegen.

Es ist nicht mehr weit. Der Waldgeist verfällt in leichtes Traben, um nicht von mir abgehängt zu werden.

»Bitte Prinzessin, verzeiht, aber Ihr solltet noch etwas wissen«, versucht er es erneut.

»Was denn?«, sage ich, ohne meine Schritte zu verlangsamen.

»Eurer Gegner...Ihr werdet gegen einen...«

»Stopp. Ich will es gar nicht wissen. Wie alle anderen erfahre ich erst, gegen wen ich kämpfe, wenn ich ihm oder ihr auf dem Platz gegenüber stehe«, unterbreche ich ihn.

Ich erreiche die Arena, als mir der Waldgeist noch etwas hinterher ruft, das wie »*Viel Glück, das werdet Ihr brauchen*« klingt. Der Applaus des Publikums verstummt, sobald es mich auf dem Sandplatz erkennt.

Die Tribüne wirft lange Schatten auf den Boden. Mein Blick schweift über die Menge und bleibt bei meinen Eltern hängen. Ich kann erkennen, dass sie etwas aufrechter als sonst in ihren Stühlen sitzen und mit misstrauischen Blicken das Geschehen in der Arena verfolgen. Ihnen wird kein Schritt entgehen, den ich hier wage, keine Strategie, die ich anwende.

Ich suche im Publikum nach meinen Freunden, kann sie jedoch nicht finden. Die Blicke der meisten schweifen zur gegenüberliegenden Arenaseite. Ich folge ihnen und verstehe nun, warum mich der Waldgeist unbedingt vor meinem Gegner warnen wollte.

Vom anderen Eingang kommt eine große, kräftige Gestalt auf mich zu. Breite Schultern und kräftig definierte Brustmuskeln zeichnen sich unter dem T-Shirt meines Gegner ab. Mit langsamen, aber langen, kraftvollen Schritten kommt er auf mich zu. Je näher er kommt, desto mehr Muskeln kann ich unter seinen Sachen erkennen.

An seiner Hüfte steckt ein zweischneidiges Langschwert in einer Scheide. Bei jedem seiner Schritte baumelt es hin und her.

Nun beginnt sich doch langsam Angst in mir auszubreiten. Ich versuche sie zu unterdrücken, doch bei der Größe und der Statur meines Gegners ist das nicht leicht. Er kommt zehn Schritte von mir entfernt zum Stehen und ragt nun in seiner vollständigen Größe vor mir auf.

Er ist fast drei Köpfe größer als ich und halb so breit wie ich groß bin. Wenn man uns von der Tribüne aus sieht, scheint der Kampf bereits entschieden und ich wäre nicht der Gewinner. Aber ich habe einen Vorteil, den ich mir zu nutze machen werde.

Trolle sind für gewöhnlich sehr schwerfällig und langsam. Mit meiner kleinen Statur müsste ich um einiges flinker sein als er. So könnte ich ihn vielleicht überlisten.

In meinem Kopf sammelt sich eine Liste mit Strategien, die ich im Laufe meiner Zeit hier gelernt habe. Eine davon sollte mir zum Sieg verhelfen. Und wenn nicht, kann ich immer noch meine Magie einsetzen.

Der Troll beobachtet jede meiner Regungen von oben herab.

Hält er sich für etwas Besseres?

Ich werde ihm noch das Fürchten vor den kleinen Leuten lehren. Lässig legt er eine Hand auf den Knauf seines Schwertes.

»Eure Hoheit, es ist mir eine Ehre, Euch heute vor allen Anwesenden zu besiegen. Ich werde Euch gerne zeigen, dass Ihr nicht unschlagbar seid, wie mittlerweile alle annehmen.« Seine tiefe Stimme dröhnt in meinem Kopf und wird von den Arena Wänden zurückgeworfen.

Vermutlich kann jeder auf der Tribune seine Worte hören.

»Sei dir da mal nicht zu sicher. Vielleicht schaffe ich es dich noch zu überraschen, Trey«, erwidere ich.

Im Gegensatz zu seiner Stimme ist meine nur ein Flüstern. Ich hoffe nur, dass man mir meine Angst nicht ansieht. Er streicht sich beiläufig eine fettige, dunkelbraune Strähne aus dem Gesicht und setzt ein breites Lächeln auf.

»Es freut mich, dass Ihr Euren Kampfgeist nicht verloren habt.« Er deutet eine leichte Verbeugung an und bringt sich in Ausgangs-position.

Eine Hand noch immer am Schwertknauf, die andere leicht vom Körper abgewinkelt, wartet er auf das Startsignal. Ich atme tief durch und beruhige meine nervösen Nerven, bevor auch ich einen sicheren Stand einnehme und die Hände kampfbereit vor meinem Oberkörper zu Fäusten balle.

Angespannt warten wir auf die Glocke. Das Publikum ist mucksmäuschenstill. Ein kühler Luftzug weht durch die Arena und zieht die ersten losen Strähnen aus meinem Zopf.

Niemand regt sich, alle warten gespannt auf den Kampf zwischen der kleinen, schmächtigen Sternenkriegerin und dem wesentlich größeren, muskulösen Troll.

Ich taste in meinem Inneren nach meiner Magie. Sie flackert einsatzbereit in ihrem Käfig, bereit alles zu tun, was ich verlange, alles zu verschlingen, was sich ihr in den Weg stellt, alles zu zerstören. Ich halte sie weiter zurück.

Erst einmal will ich versuchen, meinen Gegner ohne sie aus dem Konzept zu bringen. Natürlich könnte ich ihn innerhalb eines Wimpernschlages lähmen, aber das wäre nicht fair. Er soll schließlich auch die Gelegenheit bekommen, zu zeigen, was er kann. Und ich muss meinem Volk beweisen, dass ich wieder stark genug bin, um sie zu führen.

Einen Troll zu besiegen, der wesentlich größer und breiter ist als ich, sollte dafür ein perfekter erster Ansatz sein. Jeder Gegner, auch wenn er noch so groß ist, hat eine Schwachstelle und kann besiegt werden. Das werde ich jetzt mir selbst und allen anderen beweisen, vor allem Trey.

Die Glocke erklingt und Trey stürzt sich auf mich. Er versucht, mich von den Füßen zu ziehen und auf den Boden zu ringen und so den Kampf zu beenden, bevor er angefangen hat. Doch damit habe ich gerechnet.

Ich rolle mich zur Seite ab und komme außerhalb seiner Reichweite wieder zum Stehen. Aus irgendeinem Grund beginnen die meisten Kämpfe mit diesem Manöver. Ich wirbele herum, nur um zu sehen, dass Trey damit gerechnet hat, dass ich ausweiche.

Er ist also nicht wie erhofft auf dem Boden gelandet, sondern kommt bereits wieder auf mich zu gerannt. Wie ein unaufhaltsamer Stein, der einen Berghang hinunter rollt, rast er auf mich zu. Noch während er rennt, weiß ich, dass es sinnlos ist, vor ihm wegzurennen. Auf einer geraden Fläche wie dieser hier werde ich ihm nicht davonlaufen können.

Ich ziehe meinen Dolch aus der Scheide und renne auf ihn zu. Entfernt höre ich wilde Schreie aus der Menge, kann jedoch nicht erkennen, was sie mir sagen wollen. Vermutlich, dass ich total verrückt bin und lieber wegrennen sollte, anstatt auf meinen Gegner drauf zu. Doch ich habe einen Plan und wenn er funktioniert, wird er mir einen großen Vorteil verschaffen.

Auf den letzten Metern, die uns noch voneinander trennen, breitet Trey die Arme aus. Er plant mich zu packen, doch ich werfe mich mit den Füßen voran auf den Boden und nutze den Schwung meines Sprints, um zwischen seinen Beinen hindurch zu rutschen. Mein Plan geht tatsächlich auf.

Trey bleibt verwundert breitbeinig stehen. Ich schlittere auf den Sand zwischen das Tor, das er mit seinen Beinen bildet. Dabei hole ich mit meinem Messer aus und erwische ihn an der Innenseite seines Oberschenkels. Trey grölt schmerzerfüllt auf.

Ich halte mich mit einer Hand im Sand fest und nutze den restlichen Schwung, um mich in Hockstellung zu ihm umzudrehen. Die Hand mit meinem Dolch halte ich hinter meinem Rücken, während ich versuche, wieder zu Atem zu kommen. Ich spüre den Sand, der bei meiner Rutschpartie in jede Ritze gekrochen ist. Er scheuert auf meiner Haut. Der Stoff meines Kleides hat den größten Schaden abgefangen, sodass ich mich nicht schwerwiegend verletzt habe.

Ganz anders als Trey. Er geht in die Hocke und hält sich mit einer Hand die Wunde am Oberschenkel. Zwischen seinen Fingern tropfen einzelne Blutstropfen auf den Boden.

Er reißt sich grob ein Stück von seinem Oberteil ab und bindet damit die Wunde ab. Dann wirft er seinen Kopf herum und knurrt mich grimmig an. Wenn ich nicht schon Angst gehabt hätte, würde sie spätestens jetzt kommen. Wie aus einer anderen Welt höre ich das Publikum jubeln. Langsam richtet sich Trey auf. Ich tue es ihm gleich. Sein Gesichtsausdruck erinnert mich an ein wildes Tier, das mich am liebsten töten würde.

Wieder stehen wir uns gegenüber und mustern die Verfassung des anderen. Immerhin konnte ich mit meiner Aktion für einen gewissen Chancenausgleich sorgen, auch wenn er mir gegenüber vermutlich immer noch im Vorteil ist.

Schwer atmend sehen wir uns in die Augen. Ich erkenne in seinen dunkelbraunen Augen einen Wirbel der Gefühle. Er ist sauer, regelrecht wütend. So leicht wird er mich nicht gewinnen lassen. Seine Hand wandert zu seinem Schwertgriff, dabei lässt er mich nicht eine Sekunde aus den Augen und beobachtet jede meiner Regungen aufmerksam. Fahrig streiche ich mir eine gelöste Strähne von der verschwitzten Stirn und klemme sie hinter meinem Ohr fest.

Trey zieht sein Schwert. Die Zeit scheint sich zu verlangsamen, geradezu in Zeitlupe zu vergehen. Das schneidende Geräusch eines Schwertes, das aus der Scheide gezogen wird, klingelt in meinen Ohren und reibt an meinen Nerven.

Jeder Muskel meines Körpers brennt darauf, vor diesem Geräusch zu flüchten. Doch ich halte mich zurück. Aufgeben steht heute nicht auf dem Ablaufplan.

Die Schwertspitze verlässt die Scheide und Trey hebt sein Schwert zum Himmel. Die letzten Sonnenstrahlen treffen auf das polierte Metall der Schwertspitze und spiegeln sich blendend hell darin. Mein Gegner verlagert sein Gewicht und hält das Schwert mehr ins letzte Tageslicht.

Die Klinge reflektiert es und blendet mich. Reflexartig verdecke ich kurz meine Augen, bevor ich sie blinzelnd wieder öffne. Ich höre unsere Zuschauer wieder aufgeregt schreien und erkenne auch kurz darauf, was diesmal der Grund dafür ist.

An der Stelle, wo Trey zuvor noch stand und mich mit seinem Schwert blendete, ist nun nur noch ein leerer Fleck. Lediglich das Blut auf dem Sand und die Spuren seiner Fußabdrücke zeugen noch von seiner ehemaligen Anwesenheit.

Suchend sehe ich mich in der Arena um. Die Tribüne wirft lange Schatten auf den Sand und birgt dunkle Ecken. In jeder von ihnen könnte sich Trey nun verstecken. Als Sternenkriegerin ist eine besondere Sicht ein Teil meiner Natur. Das heißt, dass ich auch bei völliger Dunkelheit alles erkennen kann. Doch statt mich darauf zu konzentrieren, beschließe ich, dass es nun an der Zeit ist, meine Magie einzusetzen.

Ich schließe meine Augen und höre in mich hinein. Dort wartet sie, direkt unter der Oberfläche. Ohne mein Wissen scheint sie sich aus ihrem Käfig geschlichen zu haben und wartet nun nur noch darauf, dass ich sie endlich frei lasse. Langsam taste ich nach meiner Magie und verbinde mich mit ihr.

Ein aufgeregtes Kribbeln erfüllt meine Glieder und schenkt ihnen wieder Kraft. Kratzer heilen und blaue Flecken gehen zurück. Ich fühle mich wieder so lebendig und stark wie zu Beginn unseres kleinen Kampfes.

Tief und ruhig atmend lasse ich mich auf meine Magie ein. Mit jedem Ausatmen lasse ich sie etwas mehr aus mir heraus sickern und sich über das gesamte Feld erstrecken. Für Außenstehende muss es so aussehen, als würde ich nichts tun, denn meine Magie ist lediglich für mich sichtbar.

Wie ein flüssiger, silberblau glänzender Teppich erkundet sie jeden Zentimeter des Feldes und lechzt nach mehr und immer mehr. Unersättlich ist ihr Hunger nach Freiheit, nach Abenteuern, nach Offenbarung. In seichten Wellen schlägt sie schließlich gegen die Tribühnenränder und erfüllt jeden Winkel des Kampfplatzes.

Ich spüre, wie der Wind versucht, einige Sandkörner fort zu tragen und wie die Rufe des Publikums vom Boden abprallen und zurückgeworfen werden. Sie fordern mehr Kampf, mehr Magie. Wenn sie wüssten, was ich gerade tue. Ein leichtes Lächeln umspielt meine Lippen.

Ein stärkerer Luftzug kommt auf und zieht lose Strähnen aus meinem Zopf und in mein Gesicht. Aber das stört mich nicht. Bestimmt sehe ich sowieso gerade mehr aus wie eine Kriegerin als wie eine Prinzessin, also muss ich auch nicht auf die Überreste meiner Frisur achten.

Meine Magie schwebt erwartungsvoll über dem Arenaboden und lenkt meine Aufmerksamkeit auf das Wesentliche zurück. Ich spüre den Troll in der hintersten Ecke der Arena. Er lauert dort im Schatten und wartet auf einen unachtsamen Moment meinerseits, um endlich den vernichtenden und alles entscheidenden Schlag zu landen. Meine Magie drängt mich dazu ihn endlich anzugreifen und so den Kampf zu beendet. Sie will von mir entfesselt werden und ihn vernichten. Doch so weit werde ich es nicht kommen lassen.

Ich konzentriere mich auf den Teil des silberblauen Magiemeeres, der Treys Füße umschließt. Langsam lasse ich sie höher steigen. Sie erklimmt seine Füße, kriecht über die Unterschenkel zu den Knien und schließlich zu seiner Hüfte hinauf.

Unruhig schwankt Trey von einem Fuß auf den anderen. Auch wenn ich mit dem Rücken zu ihm stehe, weiß er, dass ich ihn gefunden habe. Er fühlt meine Magie um ihn herum und wird unruhig. Ihm ist durchaus bewusst, wie ich letztes Mal meinen Kampf gewann und fürchtet, sich ebenfalls zu erstarren. Die Kontrolle über seinen Körper zu verlieren, zählt zu Treys größten

Ängsten. Das kann ich auch ohne Blick auf seine Seele spüren. Ihm sitzen die Ereignisse am See noch immer tief in den Knochen.

Darum begeht er vermutlich auch den Fehler und verlässt seine Deckung. Schneller als ich es mit seiner Verletzung für möglich gehalten habe, rast er mit hoch erhobenem Schwert auf mich zu.

Ich bin so überrascht, dass ich sogar vergesse zu handeln. Ein Ziehen in meinem Inneren holt mich zurück aus meiner Starre und erinnert mich daran etwas zu unternehmen.

Erst im allerletzten Moment hebe ich meinen Dolch und drehe mich zu Trey um. Mir kommt nicht einmal mehr der Gedanke, dass ich mit meinem kleinen Messerchen gegen sein riesiges Schwert gar nichts ausrichten kann. Ein Ruck durchfährt meinen gesamten Körper, als unsere Waffen aufeinandertreffen. Doch ich spüre keine Schmerzen.

Sein Schwert hat mich nicht getroffen.

Das Publikum keucht einstimmig auf.

Langsam öffne ich meine Augen.

Vor mir steht ein nach Luft ringender Troll, der mit all seiner schieren Kraft versucht meine Verteidigung zu durchbrechen. Doch es gelingt ihm nicht. Egal wie sehr er sich auch anstrengt.

Mein Blick fällt auf meinen kleinen Dolch und ich ziehe überrascht die Luft ein. Jetzt kann ich die Reaktion des Publikums verstehen. Aus meinem kleinen unscheinbaren Dolch ragt eine unheimlich silberblau schimmernde Klinge in Form eines zwei-schneidigen Schwertes.

Meine Magie umschließt die Klinge des Dolches und verlängert sie. Noch nie zuvor hat sie sich auf diese Weise materialisiert, geschweige denn war überhaupt schon einmal sichtbar. Immer ist sie unsichtbar und nur für mich hinter meinen geschlossenen Lidern erkennbar.

Doch diesmal ist es anders.

Ich spüre eine ungeheure Macht von ihr ausgehen und das Schwert meines Gegners zurückhalten. Ich drücke leicht mit meiner neuen Waffe gegen Treys und er taumelt überrumpelt zusammen. Seine Überraschung hält jedoch nicht lange an. Schon nach dem nächsten Wimpernschlag hat er sich gesammelt und greift mich wieder an. Mit meinem Schwert gelingt es mir, jeden seiner Hiebe abzuwehren, ohne selber großen Schaden abzubekommen. Mein magisches Schwert ist zwar immer noch kleiner als seines, doch es liegt perfekt ausbalanciert in meiner Hand und ist leicht wie eine Feder.

Immer wenn unsere Schwerter besonders stark aufeinandertreffen, leuchtet meines nur noch deutlicher auf. Unser Kampf entwickelt sich zu einem Schwertkampf. Geht er einen Schritt vor, gehe ich einen zurück. Greife ich an, muss er blockieren.

Wir erscheinen gleich stark, als ob der Kampf bis zum Ende der Zeit so weitergehen könnte. Doch plötzlich täuscht Trey einen Schlag an, nur um noch im selben Moment mit seinem Knauf zuzuschlagen.

Ich schaffe es nicht, mich rechtzeitig weg zu ducken und er landet einen fatalen Treffer, der mich aus dem Gleichgewicht bringt. In meinem Kopf breitet sich ein stechender Schmerz aus. Schwarze Punkte versperren mir die Sicht. Ich taumle zurück und rutsche im Sand weg.

Das Publikum keucht entsetzt auf. Ich höre, wie einige von ihnen aufspringen und meinen Namen rufen. Einzelne Stimme kann ich nicht erkennen, dafür sind sie einfach zu weit entfernt.

Meine Waffe ist mir bei meinem Sturz abhanden gekommen und liegt direkt vor Treys Füßen. Die Magie ist verschwunden und hat wieder den kleinen Dolch zurückgelassen. Ein zufriedenes Grinsen breitet sich auf Treys Gesicht aus. Er ist sich seines Sieges nun vollends bewusst.

Verzweiflung breitet sich in meinem Körper aus und lähmt meine Glieder. Selbstsicher beugt sich Trey nach unten und hebt meinen Dolch auf. In seiner großen Hand verschwindet er fast vollkommen.

»Dachtest du wirklich, du würdest mich, lediglich mit einem kleinen Messerchen bewaffnet, besiegen können?«, spottet Trey herablassend. Lässig schleudert er den Dolch weg.

Nun liegt er definitiv außerhalb meiner Reichweite.

Siegessicher schlendert Trey auf mich zu. Behutsam setzt er einen Schritt nach dem anderen, darauf bedacht, seine Wunde nun nicht mehr zu belasten als unbedingt notwendig.

Steif versuche aufzustehen und mich ihm zu stellen.

Meine Glieder protestieren, mein Blick verschwimmt und ich lande wieder vor ihm im Sand. Treys Grinsen wird nur noch breiter.

Schwach versuche ich, vor ihm weg zu kriechen.

Erfolglos.

Auch humpelnd ist er schneller als ich.

Er baut sich über mir auf und lächelt auf mich herab.

»Ich sagte Euch doch, dass ich Euch besiegen werde, dass ich allen beweisen werde, dass Ihr nicht unschlagbar seid. Und ich halte immer mein Wort.«

»Noch ist der Kampf nicht vorbei«, versuche ich, Zeit zu schinden.

Trey lacht nur. »Glaubt Ihr wirklich, Ihr könnt mich jetzt noch besiegen. Ihr schafft es ja noch nicht einmal aufzustehen. Ihr macht Euch lächerlich. Gebt doch einfach auf. Dann ist der Kampf vorbei und ich muss Euch nicht noch mehr blamieren, als Ihr es bereits selber tut.«

Ich denke nicht mal daran. Eher friert Aquilia ein, als das ich aufgebe. Mir ist durchaus bewusst, dass ich gerade keinen sehr angsteinflößenden Eindruck erwecke. Doch das ist noch lange kein

Grund zu kapitulieren. Schon gar nicht vor einem so eingebildeten Gegner.

Schmerzverzerrt presse ich die Lippen aufeinander und versuche erneut aufzustehen.

Wieder erfolglos.

So endet nun also der Kampf der Sternenkriegerin gegen den Troll, wie wohl von den meisten vermutet, mit mir am Boden und Trey als Sieger.

Scheinbar hatten meine Freunde doch recht gehabt mit ihrer Angst.

Ich bin noch nicht wieder vollkommen fit.

Ich hätte nicht kämpfen sollen.

»Wenn Ihr nicht aufgeben wollt, zwingt Ihr mich dazu, den Kampf auf meine Weise zu beenden. Ich hätte dem König und der Königin diese Erniedrigung gerne erspart, doch Ihr lasst mir keine Wahl.«

Trey umschließt mit beiden Händen den Schwertgriff und hebt es hoch über seinen Kopf. Der letzte Lichtstrahl des Tages trifft die Spitze und er lässt es auf mich nieder rasen.

Reflexartig schließe ich meine Augen und strecke ihm meine Hände entgegen. Vollkommen unbewusst spüre ich plötzlich meine Magie. Sie ist noch immer überall um uns herum auf dem Kampfplatz verteilt und brodelt in meinem Inneren, wartet darauf, eingesetzt zu werden. Sie drängt mich dazu, sie frei zu lassen, ihr zu vertrauen.

Doch wie kann ich ihr vertrauen, wenn sie vor all den Mondzyklen so viele Männer und Frauen ermordet hat?

Die leeren Augen meines ersten Leibwächters kommen mir in den Sinn.

Kann ich sie kontrollieren, wenn sie nicht mehr in ihrem Käfig gefangen ist? Früher gelang es mir, doch früher war sie auch noch nicht so mächtig.

»Wenn du es nicht versuchst, wirst du es nie erfahren«, höre ich Lucca zu mir sagen.

»Was willst du denn erreichen, wenn du nicht alles gibst. Du musst deiner Magie vertrauen oder du wirst sie nie vollkommen kontrollieren können. Angst hat noch niemandem geholfen. Hab keine Angst, Micah. Ich bin bei dir. Zusammen schaffen wir alles. Ich vertraue dir. Aber vertraust du dir auch selber?«

Meine Magie brodelt. Sie ist bereit. Und ich bin es auch. Sie wird auf mich hören, denn ich vertraue ihr.

Der Käfig bekommt Risse, er wird schwächer und fällt schließlich in sich zusammen. Gierig saugt meine Magie die Überreste in sich auf. Sie verbreitet sich rasend schnell in meinem Körper, verbindet sich mit jedem Muskel, mit jeder Sehne und nimmt ihren rechtmäßigen Platz in meiner Seele ein.

Ich spüre, wie sie stärker wird, wie ich stärker werde.

Ich kann sie nicht mehr halten, sie bricht aus mir heraus und verbreitet sich um mich herum. Sie berührt jeden Anwesenden, versickert im Boden und nimmt Kontakt zur Natur und allen Lebewesen von Aquilia auf.

Aber sie macht es nicht allein.

Sie nimmt mich mit, zeigt mir im Schnelldurchlauf unser Volk, mein Volk.

Wir bauen eine Verbindung zu Aquilia auf, die ich vor langer Zeit abbrach, als ich meine Seelenmagie in diesen Käfig sperrte.

Gemeinsam kehren wir zurück zum Arenaplatz und betrachten das Schauspiel von oben. Was sich unter uns erstreckt, hätte ich mir niemals vorstellen können. Würde ich es nicht selber sehen, könnte ich es nicht glauben.

Die Zuschauer sind ausnahmslos alle von ihren Plätzen aufgesprungen, sogar meine Eltern stehen vor ihren Stühlen. Alle beugen sich soweit es geht zum Kampfplatz hin, um nichts zu verpassen. All jene, die keinen Sitzplatz bekamen, stehen an den beiden Eingängen zum Sandplatz auf engstem Raum zusammen und beobachten fasziniert, was sich da vor ihnen abspielt.

In der Arena rieseln kleine Funken Magie herunter, wie Schnee im Winter. Trey steht vollkommen erstarrt inmitten des magischen silberblauen Schneefalls und versucht zu begreifen, seine Umgebung aufzunehmen.

Ich selbst oder besser gesagt mein Körper steht mitten in der Arena. Mein Zopf hat sich vollkommen gelöst und mein Haar schwebt in sanften Wellen über meinen Rücken. Der Rock meines Kampfkleides weht leicht um meine Beine. Mein Körper wird komplett von einem silberblau leuchtenden Magiefeld umschlossen.

Es erinnert mich an meine Begegnung mit Aurora. Wie sie leuchte ich scheinbar von innen heraus. Doch das ist noch nicht alles. Rechts neben mir steht ein anderes Mädchen, geformt aus meiner Magie. Ihr Aussehen gleicht mir bis ins kleinste Detail. Doch ich weiß, dass es nicht mich darstellt, sondern meine Schwester Lucca.

Sie ist nicht auf Aquilia, das hat mir meine Magie gezeigt. Doch ich weiß wo sie ist. Plötzlich schwebe ich nicht mehr über allen, sondern bin wieder in meinem Körper. Ich sehe neben mich und blicke in das lachende Gesicht meiner Schwester.

»Ich werde dich finden«, flüstere ich ihr zu.

»Ich weiß. Ich erwarte dich«, antwortet sie mir und nickt.

Dann verwandelt sie sich. Ihr Körper, bestehend aus meiner Magie, krümmt sich zusammen. Aus ihren Armen werden Klauen und ihr Hals wird breiter. Einen Wimpernschlag später ist meine Schwester verschwunden und an ihrer Stelle steht jetzt die Manifestation eines riesigen Greifs, dessen Schultern erst bei den meinen enden.

Er sieht mich an und mit einem Mal wird mir bewusst, dass er auf mich hören wird. Das ist meine Magie, die ihn erschaffen hat, die in ihm schlägt und aus dem er besteht.

Ich richte meinen Blick und meine Aufmerksamkeit auf Trey. Die Manifestation meiner Magie tut es mir gleich. Trey steht noch immer erstarrt da und versucht zu begreifen, was gerade geschehen ist. Von seinem siegessicheren Blick ist nichts mehr zurückgeblieben.

Meine Magie knurrt neben mir und setzt eine Klaue leicht nach vorne. Sie wird ihn angreifen, sobald ich es ihr befehle, nicht früher. Das Publikum starrt noch immer schockiert und fasziniert zu uns, oder besser gesagt zu mir. Ich frage mich, ob irgendjemand versteht, was gerade geschehen ist.

Langsam setzt meine Magie eine Klaue vor die andere und geht auf Trey zu. Bei ihm angekommen knurrt sie erneut und umkreist ihn dann langsam, wobei sie mal einen größeren und mal einen kleineren Kreis zieht.

Noch immer bewegt sich niemand. Die Stille ist erdrückend. Ich beschließe, dass es nun an der Zeit ist, den Kampf zu beenden. Der Greif sieht mir in die Augen und ich nicke ihm leicht zu. Daraufhin wendet er sich zu Trey und geht näher an ihn heran. Wenige Zentimeter von ihm entfernt setzt sie sich hin und sieht ihn an.

Magiefunken schweben um uns herum und tauchen alles in ein bläulich-silbernes Licht. Trey zieht scharf die Luft ein. Meine Magie öffnet den Schnabel und fährt sich mit der langen Zunge über die scharfen Ränder.

Ich kann mir ein schiefes Grinsen nicht verkneifen. Der Greif öffnet den Mund und gähnt Trey genüsslich ins Gesicht. Dann stellt sie sich hin und fährt mit ihrer Zunge unvermittelt über das Gesicht des Trolls. Dieser versteift sich und fällt einfach um.

Die Arme und Beine von sich gestreckt, liegt er im Sand und starrt in den Himmel. Ich gehe auf ihn zu.

Bei dem riesigen Tier angekommen, lege ich eine Hand an ihre Seite und spüre das starke Pulsieren meiner Magie. Es ist dieselbe

Macht, die ich so lange in einem Käfig in meinem Inneren eingesperrt hatte.

Jetzt ist sie frei und bereit sich allen zu zeigen. Allen zu beweisen, dass ich nicht schwach bin.

Es wird mich viel Training kosten, um sie wieder vollkommen zu kontrollieren. Doch ab heute werde ich mit ihr zusammenarbeiten und sie nicht mehr unterdrücken.

Mit ihr zusammen werde ich meine Schwester finden und nach Hause zurückholen.

Kapitel 10

Der Greif brüllt ohrenbetäubend laut auf und weckt unsere Zuschauer. Vereinzelt beginnen Lux zu klatschen. Erst zaghaft, doch dann immer ausgelassener feiern sie meinen Sieg und die Zurschaustellung meiner schieren Macht.

Innerlich danke ich dem Greifen für seine Hilfe und lasse ihn verschwinden. An der Stelle, wo noch immer meine Hand auf ihm liegt, wird er in mein Innerstes zurückgeholt und legt sich wieder an seinen neuen Schlafplatz direkt unter meinem Bewusstsein.

Auch die Funken meiner Seelenmagie, die noch immer um uns herum schweben, nehme ich wieder in mir auf. Ich spüre, wie sie sich mit meiner Seele vereinen und zu einer Einheit verschmelzen. Meine Magie ist nicht länger in einem Käfig gefangen, sondern nun ein Teil von mir und als solchen nehme ich sie ganz deutlich wahr. Nie wieder wird es mir schwer fallen sie einzusetzen, aber ob ich sie dann auch kontrollieren kann, wird sich erst noch zeigen.

Ich hocke mich neben Treys Oberkörper und sehe auf seine geschlossenen Lieder herab. Vielleicht hätte ich es nicht so übertreiben sollen.

Ich strecke eine Hand nach ihm aus und lasse meine Fingerspitzen sanft über seine Wangenknochen wandern. Dabei gelingt es mir, ohne Umstände seine äußere Hülle zu durchbrechen und auf seine Seele zu blicken. Leicht stupse ich sie an und sehe gleichzeitig, wie sich seine Augen ruckartig öffnen.

Unvermittelt schießt sein Oberkörper in die Senkrechte, wobei er mit seiner Stirn hart gegen Meine kommt. Der plötzliche Druck lässt mich im Sand weg rutschen, sodass ich schließlich neben meinem ehemaligen Gegner auf dem Boden der Arena sitze.

Unter dem noch immer tosenden Applaus der Zuschauer mischen sich vereinzelt Lacher über unsere scheinbare Ungeschickichkeit.

»Entschuldige«, murmelt Trey betreten, als er sieht, wie ich mir über die Stirn reibe, wo sich langsam ein leichtes Pochen ausbreitet.

Meine Magie ist sofort zur Stelle und hält das Pochen zurück, drängt es in eine andere Richtung und verschluckt es. Der Schmerz verschwindet ebenso schnell wie er kam.

»Schon gut. Nichts passiert. Ich wollte dich nicht so erschrecken«, entschuldige ich mich bei ihm.

»Halb so wild. Mir war klar, dass ich gegen dich keine Chance haben würde«, winkt er ab.

Ich stutze.

»So? Das hat sich aber zwischenzeitlich ganz anders angehört«, hake ich nach.

Trey zuckt nur mit den Schultern. »Nach der Aktion am See und dem was man so allgemein über dich hört, wollte ich mich selbst davon überzeugen, was an den Gerüchten wirklich dran ist.«

»Und? Konntest du dich überzeugen?«

Trey scheint kurz in seinen Gedanken zu verschwinden, konzentriert sich dann jedoch wieder auf das Hier und Jetzt.

»Ja. Ich weiß jetzt, dass unsere Prinzessin...«, er räuspert sich, »meine künftige Königin meinen Respekt, meine Loyalität und mein Vertrauen verdient hat. Dass alles, was über dich erzählt wird, wahr ist und dass ich nie wieder an dir zweifeln werde.«

»Nie wieder ist eine sehr lange Zeit«, provoziere ich ihn.

Wieder zuckt er mit den Schultern. »Und trotzdem nicht lange genug.«

Mühselig rappelt er sich hoch und streckt mir dann seine Hand entgegen. Meine eigene verschwinden fast vollständig in seiner, doch er schafft es, mich hochzuziehen, ohne sie mir zu brechen.

Ich klopfe mir etwas von dem Staub von meinem Rock, als Trey ein paar Schritte zurück geht. Ich vermute, er will den Platz so schnell wie möglich verlassen, um nicht noch mehr vor seinen Freunden und seiner Familie blamiert zu werden.

Doch was er dann tut, überrascht mich umso mehr. Anstatt die Arena eilig zu verlassen, beugt er sein Knie und verbeugt sich tief vor mir.

Die Glocke, die den Kampf beginnt und beendet, ertönt im selben Moment, in dem alle Anwesenden seinem Beispiel folgen. So gut es ihnen möglich ist, verbeugen sich die Zuschauer auf der Tribüne und am Arenarand vor mir und zeigen mir so ihren Respekt.

Mein Blick schweift über die gesenkten Häupter und bleibt schließlich bei meinen Eltern hängen. Sie nicken mir zu und senken ebenfalls leicht den Kopf, sodass sie eine Verbeugung andeuten.

Ich spüre Respekt, Zuversicht und Vertrauen von ihnen allen ausgehen. In Wellen schwappt es über die Tribüne und das Spielfeld auf mich zu und droht, mich zu ersticken, wäre da nicht meine Magie.

Freudig stürzt sie sich auf diese positive Energie, sobald sie in mein Innerstes vordringt und nimmt sie in sich auf, vereint sich mit ihr und wird dadurch nur noch stärker.

Anders als meine Magie, die diese Gefühlsbekundung sehr zu genießen scheint, fühle ich mich plötzlich furchtbar unwohl in meiner Haut. Ich habe es noch nie gemocht, wenn andere sich vor mir in den Dreck werfen, weil sie mich für etwas besseres halten als sich selbst.

Das ist vermutlich auch der Grund, warum ich nicht verhindern kann, was mein Körper als nächstes tut. Ich greife mit beiden Händen nach meinem Rock, ziehe ihn leicht auseinander, stelle einen Fuß mit der Spitze hinter den anderen, sinke etwas in die Knie und erwidere die Verbeugung meines Volkes.

Sie sind nicht diejenigen, die auf mich angewiesen sind, sondern ich bin es, die auf sie baut. Meine Verbeugung fällt kürzer aus als ihre und mein Oberkörper ist meinen Eltern zugewandt, sodass es wohl so aussieht, als ob ich mich vor ihnen verbeuge.

Doch ich lasse die anwesenden Lux meine Liebe und meinen Respekt ihnen gegenüber spüren. Meine Magie hilft mir dabei, meine Botschaft an die Herzen und Seelen meines Volkes zu tragen.

Ich richte mich zeitgleich mit meinen Eltern wieder auf. Die Direktorin betritt das Kampffeld in dem Moment, in dem unser Volk seine Verbeugung beendet.

Mit strengen Schritten kommt sie auf mich zu. Ein freundliches Lächeln zeichnet sich auf ihrem Gesicht ab, das überhaupt nicht zu ihrem restlichen Aussehen passt.

Direktorin Siz ist eine Amazone und als solche ist sie sehr muskulös. Ihr dunkelblauer Anzug spannt über ihren Armmuskeln und betont gleichzeitig ihre beeindruckende Figur. Ihre braunen Haare hat sie streng zu einem Dutt nach hinten zusammengebunden, wodurch sie besonders angsteinflößend aussieht. Doch in ihren braunen Augen liegt eine Freundlichkeit, mit der kaum einer konkurrieren kann.

Obwohl sie als Direktorin der Phoenixakademie immer alle Hände voll zu tun hat, steht ihre Tür immer für uns Schüler offen. Sie hört sich unsere Sorgen, Nöte und Probleme stets mit viel Geduld an und hilft uns, eine Lösung zu finden. Direktorin Siz ist sowohl bei den Schülern als auch bei den Angestellten und den Eltern sehr beliebt.

»Prinzessin Micah«, begrüßt sie mich freundlich, als sie mich erreicht.

Sie verbeugt sich noch einmal kurz, bevor sie mich schließlich in eine Umarmung schließt.

»Ich wusste, du würdest siegen«, flüstert sie mir dabei ins Ohr.

»Danke.« Ich erwidere ihre überraschende Umarmung mit ebenso viel Liebe, wie von ihr ausgeht.

Danach löst sie sich von mir und umgreift mit ihrer rechten Hand mein linkes Handgelenk. Sie stellt sich neben mich und richtet uns beide zu den Plätzen des Herrscherpaares aus.

»Ich präsentiere die Gewinnerin des letzten Duells der Zweitklässler: Prinzessin Micah, Tochter der Sternenkrieger.« Mit diesem Wort hebt sie meinen linken Arm zum Himmel.

Wieder bricht tosender Applaus aus.

Mein Blick wandert zu Trey, der mir zunickt und das Kampffeld langsam verlässt. Niemand scheint ihn zu beachten. Die gesamte Aufmerksamkeit liegt auf mir, mal wieder. Aber Trey macht das nichts aus. Vermutlich ist er recht froh darüber, nicht mehr im Mittelpunkt zu stehen. Ich hätte ihm gerne noch für den guten Kampf gedankt, doch er ist schon aus der Arena verschwunden und mischt sich unters Volk.

Direktorin Siz lässt meinen Arm wieder sinken und richtet ihre Worte an das Publikum, das sofort wieder ruhig wird und ihr aufmerksam lauscht. »Das war wirklich ein atemberaubender Kampf, der an Spannung wohl kaum zu übertreffen geht. Ich denke ich spreche für uns alle, wenn ich sage, dass Ihr Euch diesen Sieg verdient habt, Prinzessin.«

Wieder beginnt das Publikum zu jubeln. Man könnte meinen, dass ihnen langsam die Puste ausgeht, immerhin war das heute nicht der erste Kampf, sondern der Letzte. Doch momentan ist noch kein Ende in Sicht. Woher sie die Energie dafür nehmen, ist mir ein Rätsel.

Mit einem kleinen Handzeichen sorgt die Direktorin wieder für Ruhe und setzt ihre Rede fort.

»Dies war der letzte Abschlusskampf der Zweitklässler. Unsere Kampfrichter werden sich nun zurückziehen und die Bewertungsschreiben fertig stellen. Eure Kampfnoten werden nach dem Abendessen im Eingangsfoyer ausgehängt. Denkt bitte daran, dass das nicht eure Abschlussnote ist. Diese besteht zusätzlich noch aus den Ergebnissen eurer Theorieprüfungen. Ab morgen beginnt dann das Turnier der Abschlussklassen. Wann und gegen wen ihr kämpfen werdet, wisst ihr bereits. Bitte erscheint pünktlich zu den Kämpfen oder ihr werdet disqualifiziert und euer Kampf gilt dann als nicht bestanden. Es wäre schade, wenn ihr wegen solch einer Lappalie durchfallen würdet und die Schulphase wiederholen müsstet. Euch allen steht eine großartige Zukunft bevor. Liebe Erstklässler, ihr habt heute und gestern sehen können, was euch in der nächsten Phase erwartet. Nutzt bitte auch weiterhin die Gelegenheit euch mit euren älteren Mitschülern auszutauschen. Sie besitzen bereits mehr Kampferfahrung als ihr und können euch sicherlich einige Tipps geben, wie ihr euer eigenes Potenzial noch steigern könnt. Liebe Zweitklässler, ich danke euch für eure großartigen und teilweise sehr aufregenden Kämpfe. Jeder von euch hat gezeigt, was er und sie kann. Bitte nutzt auch ihr die Gelegenheit morgen und übermorgen dem Turnier der Drittkläss-ler beizuwohnen und von ihren Taktiken zu lernen. Ich bedanke mich auch bei den Anwesenden Eltern, Familien und Freunden für ihre zahlreiche Unterstützung. Auch heute Abend sind Sie wieder herzlich dazu eingeladen in der Phoenixakademie zu speisen. Ich will Sie alle auch gar nicht weiter aufhalten und verabschiede mich vorläufig von Ihnen. Gehen Sie im Licht des Phoenix.«

Mit einer weiteren Verbeugung vor dem Königspaar und mir verlässt die Direktorin die Arena und begibt sich zusammen mit den Kampfrichtern zurück zum Hauptgebäude.

Auch noch beim Frühstück am nächsten Morgen kennen meine Mitschüler kaum ein anderes Thema als meinen Kampf vom Vortag.

Ich verließ kurz nach der Direktorin das Feld und suchte mir einen Weg zurück zu den Zelten, um mich umzuziehen. Auf dem Weg dorthin beglückwünschte mich jeder, der mir begegnete.

Gerade als ich meine Schuhe ausgezogen hatte, stürmen auch schon meine Freunde ins Zelt und überrumpeln mich. Vergessen waren jegliche Bedenken und Sorgen, die noch vor dem Kampf zwischen uns standen.

Auch Levi drückte mich fest an sich und flüsterte mir ins Ohr, dass er immer wusste, ich würde siegen. Ich konnte es mir nicht verkneifen, ihn dafür in die Seite zu knuffen. Er war es auch, der mir meinen Dolch zurückgab, den Trey durch die Arena geschleudert hatte.

Ich wollte ihn später suchen, wenn die meisten beim Essen waren, aber meine Freunde machten mir einen Strich durch diese Rechnung. Sie konnten gar nicht mehr aufhören von meinem Kampf zu schwärmen, vor allem nicht als sie zu dem Teil kamen, bei dem ich meiner Magie freien Lauf gewährte und sie allen offenbarte.

Bei ihrer Erwähnung begann sie unter meiner Haut aufgeregt zu kribbeln und auf sich aufmerksam zu machen. Sie war bereits wieder für den nächsten Kampf oder die nächste Machtdemonstration bereit. Ich hingegen eher weniger.

Auch wenn ich vom Kampf keinerlei Wunden, Schrammen oder Ähnliches davon getragen habe – meine Magie hat zwischenzeitlich alles geheilt, was hätte schmerzhaft werden können – saßen mir die Ereignisse der letzten Tage doch tief im Gedächtnis.

Ich bin definitiv reif für die Ferien. In vier Tagen werde ich mich schon von meinen Freunden verabschieden müssen und zurück nach Hause fahren.

Meine Eltern reisen bereits am Abend des Balls ab, da sie am Tag darauf einer wichtigen Versammlung beiwohnen müssen, die sie unter gar keinen Umständen verschieben können.

Nach dem Abendessen ging ich mit Alivia zurück zu unserer Hütte. Levi und Jaxon wollten noch mit einigen Freunden Wetten für das kommende Turnier abschließen und ihre Gewinne der heutigen Kämpfe einsammeln. Meine Freundin hatte nicht auf die Kämpfe gewettet, konnte also auch nichts gewinnen. Sie hält Glücksspiele für Zeitverschwendung und vor allem Geldverschwendung.

Jaxon antwortete darauf, dass es lediglich Geldverschwendung wäre, wenn man nicht weiß wie man am besten gewinnt. Und so verbrachten Alivia und ich den restlichen Abend in unseren Betten und versuchten noch ein wenig über Jungs zu reden. Sehr weit kamen wir jedoch nicht, da wir schon nach den ersten fünf Minuten beide tief und fest schliefen. Kurz darauf ging auch schon die Sonne auf und wir mussten wieder aufstehen.

Heute ist der erste Tag, an dem die Drittklässler ihre Turnierkämpfe austragen werden. Ich bin schon sehr gespannt, wer von ihnen als Sieger hervorgehen wird.

Meinen Mitschülern geht es vermutlich ähnlich, doch aus den Gesprächsfetzen, die ich in der Mensa aufschnappe, lässt sich darauf kein Indiz finden. Immer noch reden sie ununterbrochen über den Kampf Sternenkriegerin gegen Troll.

Ich lasse meinen Blick über die einzelnen Tische schweifen und versuche Trey ausfindig zu machen. Er sitzt mit seinen Freunden an einem Tisch am anderen Ende der Mensa und scheint leidenschaftlich mit ihnen zu diskutieren. Wild gestikulierend versuchen sie, sich gegenseitig von ihren Argumenten zu überzeugen.

Scheinbar aus heiterem Himmel hält Trey in seiner Ausführung plötzlich inne und lässt die Arme sinken. Er wendet sich von seinen Freunden ab und sieht mich direkt an. Er muss gespürt haben, dass ich ihn beobachte.

Zuerst sieht er mich etwas verwirrt an, doch dann breitet sich ein verschmitztes Grinsen auf seinem Gesicht aus. Seine Freunde bemerken, dass er ihnen nicht mehr seine Aufmerksamkeit schenkt und verfolgen seinen Blick bis zu mir. Auf einmal starrt mich sein gesamter Tisch an und ich wünschte mir, ich hätte ihn nicht gesucht.

Meine Magie beginnt zu flackern und ich spüre, wie sie ausbrechen will. Mühsam halte ich sie zurück. Ich wusste, dass es schwierig werden würde, sie zu kontrollieren, wenn ich sie erstmal aus ihrem Käfig rauslasse. Aber dass sie selbst in einer solchen Situation bereits eingreifen will, konnte ich nicht voraussagen.

Trey hebt eine Hand und winkt mir zu. Ich antworte mit einem Nicken und er wendet sich wieder seinen Freunden zu, die bereits gespannt auf seine weiteren Ausführungen zu warten schienen. Trey macht es nichts aus im Mittelpunkt der Gespräche zu stehen. Ich sollte mir also weniger Sorgen um ihn machen und mich stattdessen auch wieder auf meine Freunde konzentrieren.

Levi und Jaxon kommen gerade wieder an unseren Tisch und schwärmen von ihren Gewinnen, die sie unter anderem dank mir gestern einsammeln konnten. Alivia verdreht die Augen und stöhnt genervt auf. Jaxon reagiert sofort auf ihre Signale und wechselt gekonnt das Thema.

»Also der Abschlussball...«, beginnt er und Alivia richtet sich ruckartig gerade auf.

Ihre Augen beginnen jedes Mal zu strahlen, wenn jemand auf den Ball zu sprechen kommt. Dabei ist es ein Ball wie jeder andere auch. Wir hatten bereits in der letzten Phase einen und werden ihn auch in der Nächsten noch einmal haben.

Wobei das nächste Mal für uns wirklich etwas besonderes wird, da es unser letzter Ball auf dieser Schule sein wird. Und letztes Mal war es auch einzigartig, weil es unser erster Ball als Schülerinnen und Schüler der Phoenixakademie war.

Aber dieses Mal?

Einer von vielen.

Alivia liebt es jedoch, sich besonders heraus zu putzen und nutzt dafür jede Gelegenheit. Beim Thema Ball trifft Jaxon also genau ihr

Fachgebiet.

»Habt ihr zwei denn schon jemanden, mit dem ihr dahin geht?«, fragt er ganz unschuldig.

Autsch, das war die falsche Frage.

Natürlich haben wir noch niemanden. Das liegt jedoch weniger daran, dass uns noch niemand gefragt hat, sondern eher daran, dass es nicht der Richtige war. Wobei das auch nicht ganz richtig ist.

Alivia wurde bereits von sehr, sehr vielen Jungen gefragt, doch sie ließ jeden einzelnen davon abblitzen. Jedes Mal, wenn ich sie danach frage, hat sie eine andere Ausrede parat. Der eine war zu klein, der nächste zu groß, zu schmächtig oder zu stark, zu attraktiv oder zu hässlich, niemand war perfekt. Einer jedoch hat sie bisher noch nicht gefragt und ich bin mir ziemlich sicher, dass sie diesen nicht abblitzen lassen würde.

Bei mir sieht das ganze schon wieder anders aus. Mein Titel als Prinzessin der Lux schreckt meine männlichen Mitschüler ab, mich zu fragen. Dadurch konnte ich bisher noch niemanden abblitzen lassen oder jemandem zusagen.

»Mich hat noch niemand gefragt«, antworte ich schnell, bevor Alivia etwas herausrutscht, das sie später bereuen würde.

Levi sieht mich erstaunt an. »Echt nicht?«

Ich schüttle leicht den Kopf.

»Oh man, und dabei sollte diese Schule dich doch dem einfachen Volk näher bringen. Krass, dass sie immer noch so viel Angst vor dir haben«, bringt Levi gekonnt auch meine Gedanken auf den Punkt.

»Ich glaube, dass deine Vorstellung gestern nicht gerade dazu beigetragen hat, ihre Angst zu lindern«, mischt sich jetzt auch Jaxon ein.

»Ach so ein Quatsch. Die anderen haben keine Angst vor ihr. Sie denken einfach nur, dass Micah schon eine Verabredung hat, korrigiert uns Alivia.

»Ach ja?«, hake ich nach.

»Wen denn?«, will jetzt auch Levi wissen. Neugierig beugt er sich über den Tisch und wartet auf Alivias Antwort.

Alivia grinst nur breit und zuckt mit den Schultern. »Woher soll ich das wissen? Sehe ich vielleicht so aus, als könnte ich Gedanken lesen?«

»Jetzt komm schon Liv, raus mit der Sprache«, drängt Levi meine beste Freundin.

Sie wirft mir einen flüchtigen Blick zu. Ich bin nicht weniger als die Jungs auf das gespannt, was sie uns gleich verraten will.

»Also gut.« Wieder verdreht sie die Augen. »Ihr wärt vermutlich auch selber irgendwann darauf gekommen. Da kann ich es euch jetzt auch genauso gut sagen. Also hört gut zu. Ich werde mich nicht wiederholen.«

Levi lehnt sich noch weiter über den Tisch, um auch ja kein Wort aus ihrem Mund zu missen. Dabei hängt sein Oberteil fast in seinem Frühstück.

»Also unsere lieben Mitschüler und Mitschülerinnen glauben, dass Micah mit jemand ganz bestimmten auf den Abschlussball geht.«

»Jetzt mach es doch nicht so spannend«, bettelt Levi.

Mich fasziniert seine ungeheure Neugierde mehr als die Tatsache, dass unsere Mitschüler denken, ich hätte einen festen Freund.

»Sie denken, dass Micah von einem Puk begleitet wird. Und dieser Puk bist du Levi. Sie denken, du würdest mit Micah zusammen zum Ball gehen«, rückt Alivia schließlich mit dem Geheimnis heraus.

»Was!?«, entfährt es Levi.

Ihn schockt diese Enthüllung so sehr, dass er das Gleichgewicht verliert und direkt auf seinem Frühstück landet.

Auch mich überraschen ihre Worte sehr. Levi ist mein *bester* Freund, nicht mein *fester* Freund. Jaxon kann sich vor Lachen kaum auf dem Stuhl halten. Levi flucht vor sich hin, während er versucht, sein Oberteil von seinem Frühstück zu befreien.

»Das ist nicht dein Ernst, Alivia. Du nimmst uns auf den Arm, oder?«, fragt er leicht nervös.

Alivia schüttelt lächelnd ihren Kopf, sodass ihre kurzen schwarzen Haare wild umherfliegen. »Nein. Ich habe vor einigen Tagen, nachdem du zusammengebrochen bist, Micah, einige Nymphen und Dryaden darüber reden hören. Sie fragten sich, wie lange das zwischen euch schon läuft und wie ernst es ist. Sie befürchteten, dass es bald einen Puk als König geben würde.«

Bei den letzten Worten verschlucke ich mich an meinem Saft. Kräftig hustend versuche ich wieder Luft zu bekommen.

Levi hingegen ist zu einer Salzsäule erstarrt. Er sagt kein Wort, bewegt keinen Finger, blinzelt nicht einmal mehr.

Ob er noch atmet?

Jaxon scheint das gleiche zu denken. Er bewegt eine Hand vor Levis Augen auf und ab. »Bist du noch bei uns Kumpel?«

Mit einem Finger piekst er Levis Arm an, doch der rührt sich noch immer nicht. Mit leicht geöffnetem Mund und leerem Blick starrt er zwischen Alivia und mir hindurch.

Jaxon will an Levis Hals gerade nach einem Puls tasten, als dieser plötzlich aufspringt, sein Tablett nimmt, irgendetwas von einem neuen Hemd anziehen murmelt und verschwindet. Zurück bleiben drei verwirrte Freunde, die nicht wissen, was soeben passiert ist.

Kapitel 11

In den darauffolgenden Tagen geht mir Levi aus dem Weg. Er isst entweder vor uns oder nach uns oder in seiner Hütte. Wenn wir Jaxon nach ihm fragen, zuckt er nur mit den Schultern.

»Wir teilen uns nur ein Zimmer in einer Hütte und nicht ein Gehirn. Ich habe keine Ahnung, was in seinem verrückten Kopf vor sich geht«, antwortet er immer nur.

Am Abend des letzten Turniertages wollte ich ihn besuchen und persönlich mit ihm reden, doch er war nicht in der Hütte. Und so blieb mir nichts anderes übrig, als den letzten Tag in der Phoenix-akademie abzuwarten. In einigen Stunden ist die Zeugnisübergabe und spätestens dort werde ich ihn sehen.

»Ich glaube, Levi ist eingeschnappt«, platzt Alivia plötzlich heraus. Sie hilft mir gerade, mein Kleid zu schließen und überrumpelt mich mit dieser Aussage.

»Wieso sollte er eingeschnappt sein? Du hast doch nur ein paar Gerüchte weitergetragen. Es ist ja nicht so, dass er es nicht unbedingt hören wollte.«

»Ja, ich weiß. Aber du weißt auch, wie empfindlich er sein kann. Er hat wohl Angst, dass sich jetzt zwischen euch zwei etwas verändert.«

»Davor braucht er keine Angst zu haben. Er ist immer noch mein bester Freund und das wird er auch immer bleiben.«

»Aber will er das auch?«

Nachdenklich betrachte ich mein Spiegelbild. In den großen eisblauen Augen schimmert die Besorgnis, einen guten Freund zu verlieren. Doch das hält mich nicht davon ab zu bewundern, wie atemberaubend ich in diesem Kleid aussehe.

Alivia hat es für mich ausgesucht und mir heute früh geschenkt. Der knielange rotorange Rock wird von einigen Schichten darunterliegendem Tülls aufgebauscht. In die Falten sind kleine Kristalle eingenäht, die das Licht reflektieren, sobald es sie trifft. Das trägerlose Mieder liegt eng an und betont meinen prächtig gebauten Brustbereich, wie Alivia sagen würde.

Eine silberne Kette mit kleinen roten Kristallen schmückt meinen Hals. Meine Haare sind zu einem einfachen Knoten zusammengesteckt. Einzelne Strähnen umrahmen mein Gesicht.

Zu diesem Outfit hat Alivia auch ein neues paar Schuhe gekauft. Die daumenhohen Absätze der Schnürschuhe werden mich in den nächsten Stunden quälen, doch zum Glück habe ich für den Ball nachher flache Schuhe an.

Dieses Ensemble ist lediglich für die Zeugnisübergabe. Jeder Schüler der Phoenixakademie wird ein Outfit in den Farben unserer Schule tragen, den Farben von Königin Aurora, den Farben der Phoenixmagie.

Alivia trägt ein rotes Kleid, welches lediglich an ihren Brüsten eng anliegt und dadurch gehalten wird. Darunter flattern mehrere Schichten leichten Stoffs um ihren Körper bis zu ihren Knien. Dazu trägt sie elegante Ballerinas mit sehr hohen Absätzen, eine rotgoldene Kette mit feinen Gliedern und ähnliche Ohrringe.

Ihre Haare trägt sie ähnlich zusammengesteckt wie ich. Nur dass diese Frisur bei ihren kurzen Haaren etwas wilder wirkt als bei meinen langen.

Gemeinsam machen wir uns auf den Weg zum Hauptgebäude. In der ersten Etage gibt es ein großes Theater, in dem alle Schüler und Angestellten sitzen können, sowie unsere Gäste und Angehörigen einen Platz finden.

Massen von Lux suchen sich einen Weg durch die Saaltüren und ringen um die besten Plätze. Ich lasse Alivia bei der zweiten Reihe, der Reihe der Zweitklässler, zurück und gehe hinter den Vorhang auf der Bühne.

Hier hinten ist einiges los. Wild umherwirbelnd versuchen die Verantwortlichen noch schnell die letzten Vorbereitungen abzuschließen, bevor die Zeremonie beginnt.

An einem Rednerpult am Rand der Bühne entdecke ich unsere Direktorin und gehe auf sie zu. Noch bevor ich sie erreiche, entdeckt sie mich und lächelt.

»Hallo, Prinzessin«, begrüßt sie mich mit einer leichten Verbeugung.

»Bitte, das ist doch nicht notwendig«, winke ich ab.

Sie richtet sich auf. »Du siehst umwerfend aus.«

Ich erröte leicht. »Danke. Sie aber auch«, gebe ich zurück.

Direktorin Siz trägt ihre braunen Haare wie immer streng nach hinten zu einem Knoten zusammengebunden. Ihr dunkelroter Hosenanzug betont ihre natürlichen Rundungen und ihren muskulösen Körperbau.

»Hast du deine Rede vorbereitet?«, fragt sie mich.

Ich nicke.

»Sie wird allerdings nicht viel anders sein als die von der letzten Übergabe«, gebe ich zu.

»Mach dir nichts draus. Du wirst feststellen, dass sich auch meine Rede nicht von der Letzten unterscheidet«, muntert sie mich auf.

Ich lächele.

Als Direktorin ist es ihre Pflicht, einige Worte zum Abschluss zu sagen. Ebenso obliegt es mir als Schülersprecherin etwas zu sagen. Auch wenn ich schon oft vor anderen eine Rede halten musste und es für mich nichts Neues ist, vor meinen Mitschülern zu sprechen, spüre ich doch langsam die Nervosität in meinem Körper aufsteigen.

Eine Lehrerin kommt auf uns zu. »Es ist so weit.«

»Danke«, antworten Direktorin Siz und ich gleichzeitig.

Ich stelle mich leicht versetzt hinter Direktorin Siz und wir blicken auf die Rückseite des Vorhangs. Gedämpft dringen

Stimmen aus dem Saal dahinter zu uns durch. Eine tiefe Glocke ertönt und gibt das Signal zum Hinsetzten. Langsam kehrt Ruhe ein, während alle ihre Plätze einnehmen.

Das große Saallicht geht aus und der Vorhang öffnet sich. Applaus ertönt, als ein Scheinwerfer auf das Rednerpult gerichtet wird. Und wieder stehe ich im Rampenlicht.

Direktorin Siz hebt eine Hand und augenblicklich kehrt Ruhe ein.

»Liebe Schülerinnen und Schüler, liebe Kollegen und Kolleginnen, liebe Eltern, Freund und Verwandte, liebe Anwesende, Eure Majestät, meine Königin, es ist mir eine große Ehre Sie alle zu unserer diesjährigen Absolventenverabschiedung begrüßen zu dürfen«, beginnt sie ihre Rede.

Wie sie es mir versprochen hat, ähneln ihre Worte sehr denen von der letzten Verabschiedung und vermutlich auch denen von den Verabschiedungen davor. Sie berichtet von besonderen Ereignissen der vergangenen Schulphase, einschließlich des Angriffes der Schattenkrieger, der sie fast alle umgebracht hätte.

Sie hebt besondere Leistungen von Schülerinnen und Schülern hervor, vor allem von Drittklässlern, aber auch meine Rettungsaktion lässt sie nicht unerwähnt. Sie betont, wie sehr sie sich auf die kommende Schulphase freut und wie viel Glück sie den Absolventen für ihre Zukunft wünscht.

Immer wieder muss sie ihre Rede unterbrechen, da sie vom Applaus der Anwesenden unterbrochen wird. Schließlich bedankt sie sich bei allen Schülerinnen und Schülern für eine wahrlich aufregende Schulphase und gibt das Wort an mich ab. Wieder erbebt Applaus den Saal und ich habe genug Zeit mit der Direktorin die Plätze zu tauschen, bevor es wieder ruhig wird.

Ich lasse meinen Blick über die Reihen wandern und entdecke schemenhaft meine Freunde, die mir aufmunternd zunicken. Weiter oben sitzen meine Eltern in einer speziellen Loge. Sie warten gespannt auf meine Rede.

Tief durchatmen, Micah. Du kannst das.

»Vielen Dank, Direktorin Siz. Auch ich begrüße alle Anwesenden. Es war in der Tat eine sehr aufregende Schulphase, in dem wir alle viel gelernt haben.«

Etwas stockend finde ich mich in meine Rede ein und bedanke mich für den vergangenen Mondzyklus. Ich erzähle etwas von meinen persönlichen Eindrücken und wie traurig ich bin, dass die Zeit so schnell vergeht.

Den Drittklässlern wünsche ich eine erfolgreiche Zukunft und den Segen des Phoenix.

»Möge das Licht des Phoenix uns alle erleuchten«, beende ich meine Rede.

Ich trete vom Pult zurück und Direktorin Siz nimmt meinen Platz ein. »Kommen wir nun also zu dem Teil, auf den Sie alle sehnsüchtig warten.«

Die ersten zehn Schüler aus der ersten Reihe erheben sich und gehen zur rechten Treppe der Bühne. Währenddessen nehme ich ein rotes Seidentuch von einem kleinen Tisch am Rand der Bühne. Auf einem ebenfalls roten Samttuch liegen die Zeugnisse der Erstklässler ordentlich nebeneinander.

Jedes Pergament wurde zusammengerollt und mit einem roten Band verschlossen. Auf dem Band steht in silbernen Buchstaben der Name des Zeugnisempfängers.

Direktorin Siz ruft einen Schüler nach dem anderen auf und verkündet ihren Durchschnitt. Sie kommen dann einzeln auf die Bühne und bekommen in der Mitte von mir ihre Zeugnisrolle übergeben. Ich beglückwünsche jeden noch einmal persönlich, bevor sie auf der linken Treppe die Bühne wieder verlassen. Wird das neunte Zeugnis überreicht, erheben sich die nächsten zehn von ihren Plätzen und stellen sich an die rechte Treppe.

Dieser Ablauf wird mit allen Schülern mehrmals gründlich geübt, damit auch alles reibungslos verläuft.

»Jacklyn Alba, Tochter der Laima«, wird als nächstes aufgerufen. Angespannte Stille senkt sich über den Raum.

»2,0«, verkündet Direktorin Siz ihren Schnitt.

Die junge Laima betritt zitternd die Bühne und kommt auf mich zu. Jegliche Farbe ist aus ihrem Gesicht gewichen. Ich erkenne sie wieder. Sie ist das Mädchen, das vor einiger Zeit einem Mitschüler sein Schicksal gezeigt hat. Der Vorfall beschwert noch immer ihr Herz.

Sie bleibt einige Schritte von mir entfernt stehen.

»Du brauchst keine Angst zu haben, weder vor mir noch vor deinen Kräften. Jacklyn, du hast eine ganz besondere Gabe, wenn du weiterhin fleißig lernst, sie zu kontrollieren, sehe ich eine große Zukunft für dich voraus.«

Ein kleines Lächeln umschmeichelt ihre Lippen. Sie überwindet die letzten Schritte zwischen uns und überrumpelt mich mit einer plötzlichen Umarmung. Irgendwo im Publikum schnappt jemand erstaunt nach Luft.

Doch als ich sie ebenfalls an mich drücke, bricht wieder Applaus aus.

»Es tut mir wirklich leid«, flüstert sie mir ins Ohr.

Wir lösen uns voneinander und ich gebe ihr ihr Zeugnis. »Herzlichen Glückwunsch.«

Sie deutet eine leichte Verbeugung an und verlässt eilig die Bühne. Der letzte Erstklässler wird aufgerufen und bekommt sein Zeugnis.

Die Zweitklässler warten bereits geduldig am Fuß der Treppe. Zuerst kommen die Völker des Feuers, gefolgt von denen der Luft, der Erde, des Wassers und schließlich der Energie.

»Jaxon Caoihim Rayan, Sohn der Dschinns.« Mein Freund betritt die Bühne. »2,4.«

Strahlend kommt er auf mich zu. Ich komme nicht umhin zu bewundern, wie gut er in der schwarzen Hose und dem roten

Hemd aussieht. Seine braunen Haare sind leicht zerzaust.

»Herzlichen Glückwunsch.« Ich übergebe ihm sein Zeugnis.

»Danke, aber es hätte besser laufen können.«

»Dann solltest du in der nächsten Phase mehr lernen und weniger schlafen.«

Er überlegt kurz und schüttelt dann energisch den Kopf, wobei ein paar braune Strähnen über seinem goldenes Rankendiadem zum Liegen kommen.

»Ne, danke. Soo wichtig ist mir meine Note dann doch nicht.«

Ich lächele und er verlässt die Bühne.

»Kyron Loan, Sohn der Hexer. 3,4.« Ein groß gebauter junger Mann mit blonden, kurzen Haaren, roten Augen und braungebrannter Haut kommt auf mich zu. Er nimmt mir sein Zeugnis ab und verlässt eilig die Bühne. Die Erstklässler, an denen er vorbeikommt, schmelzen bei seinem Anblick förmlich dahin.

»Landré Joveryn Nael, Sohn der Hexer. 1,1.«

Tosender Applaus und Jubelrufe brechen im Publikum aus. Ein kleinerer Junge schlendert über die Bühne. Seine schulterlangen blonden Haare wippen bei jedem Schritt mit. Er nimmt sein Zeugnis entgegen und hebt es hoch zum Himmel, als ob er einen Pokal gewonnen hätte. Das Publikum wird noch einmal lauter.

Landré ist einer der beliebtesten Jungs der Akademie und dabei so eingebildet, als hätte er die Königswürde inne. Darauf folgen eine Reihe Sylphen, Walküren und Gestaltwandler der Luft, bis hin zu den Feen.

»Zacs Cyllian, Sohn der Feen, 2,9.« Der Freund meiner Hüttenmitbewohnerin Joyce betritt und verlässt die Bühne mit der natürlichen anmutigen Gangart des Feenvolks.

»Joyce Calira, Tochter der Feen. 2,7.« Meine Mitbewohnerin macht es ihrem Freund gleich.

»Herzlichen Glückwunsch, Joyce.« Ich überreiche ihr ihre Zeugnisrolle.

»Danke, Micah. Du bist uns doch nicht böse, wenn wir in der nächsten Phase nicht mit dir und Alivia in einer Hütte wohnen?«, fragt sie mich überraschend.

»Nein, wieso sollte ich?«

Erleichtert atmet sie aus und verlässt die Bühne, ohne auf meine Frage zu antworten.

»Trey Jamee, Sohn der Trolle, 4,0.«

Ich richte meine Aufmerksamkeit zurück auf die kommenden Schüler. Trey steht bereits vor mir und wartet darauf, sein Zeugnis von mir zu bekommen.

»Herzlichen Glückwunsch, Trey.«

»Danke. Ich denke, unser Kampf war letztendlich ausschlaggebend. Ohne dich hätte ich diese Phase wohl nicht mehr bestanden.«

Ich bin erstaunt über seine Aussage. Mir war nicht bewusst, dass seine Noten so schlecht sind. Er nimmt meine Hand, mit der ich ihm sein Zeugnis überreichen will, dreht sie um und haucht einen zarten Kuss auf sie. Unsere Zuschauer jubeln auf.

Sie denken wohl, dass da mehr zwischen Trey und mir ist als nur eine neu gewonnene Freundschaft. Nachdem schließlich alle Lux der Erde ihre Zeugnisse erhalten haben, wird mein bester Freund aufgerufen.

»Levi Aramis, Sohn der Puks. 2,6.«

Er schlendert über die Bühne auf mich zu. Er trägt ebenso wie Jaxon eine schwarze Hose und ein rotes Hemd. Seine feuerroten Haare stehen in alle Richtungen ab. Er bleibt direkt vor mir stehen und ich erstarre.

Seitdem Alivia anmerkte, es gäbe das Gerücht zwischen Levi und mir läuft etwas, habe ich ihn nicht mehr zu Gesicht bekommen.

»Und gibst du mir mein Zeugnis oder muss es mir erkämpfen?«, flüstert er leise scherzhaft.

Ich erwache aus meiner Starre und gebe ihm sein Zeugnis. »Levi, können wir reden?«

Doch er hört meine Frage gar nicht mehr. Er geht bereits von der Bühne. Ohne ihm hinterher zu rennen oder laut nach ihm zu rufen, könnte ich ihn nicht aufhalten.

Nacheinander holen sich Nixen, Wilas, Wassergeister und Nymphen ihre Zeugnisse ab. Ich beglückwünsche jeden einzelnen von ihnen zu ihren Ergebnissen.

»Alivia Tessaja Linnej, Tochter der Sirenen. 1,3«, fällt schließlich der Name meiner Freundin.

»Du siehst so abwesend aus, Micah«, spricht sie mich leise an. »Es ist wegen Levi oder?«

Ich nicke und überreiche ihr ihre Zeugnisrolle.

»Mach dir nichts aus ihm. Du weißt doch wie er ist. In ein paar Tagen ist alles wieder beim Alten. Lass ihm Zeit.«

»Und wenn wir diese Zeit nicht haben?«

»Weißt du etwas, das ich nicht weiß?«, fragt mich Alivia besorgt. Ich schüttle leicht den Kopf.

Sie umarmt mich kurz und verlässt dann die Bühne. Sie war die letzte Zweitklässlerin. Jetzt folgt die zeremonielle Übergabe für die Abschlussschüler.

Doch zuvor ruft Direktorin Siz noch: »Prinzessin Micah Andriana Devin Arien, Tochter der Sternenkrieger. Abschluss mit 1,0.«

Tosender Applaus bringt den Bühnenboden zum Beben. Direktorin Siz tritt von ihrem Rednerpult zurück und kommt auf mich zu.

»Herzlichen Glückwunsch, Micah. Das hast du dir verdient«, gratuliert sie mir und überreicht mir meine eigene Zeugnisrolle.

Ich nehme sie dankend an und lege sie hinter die Zeugnisse der Drittklässler. Dabei achte ich darauf, sie nicht herunter zu werfen, wie es mir letztes Mal versehentlich passierte.

Direktorin Siz geht zurück an ihr Pult und ein Strauß Phoenixrosen erscheint neben ihr. Ein unruhiges Murmeln geht durch die Reihen des Publikums, als auch überall auf der Bühne

Phoenixrosen erscheinen. Sie wachsen scheinbar unkontrolliert auf jedem freien Zentimeter. Lediglich ein schmaler Weg verbindet die beiden Treppen miteinander. Ein betörender Duft erfüllt den Saal.

Nacheinander werden die Drittklässler aufgerufen, ihre Abschlussnote bekannt gegeben und der Beruf den sie zukünftig nachgehen wollen. Es ist bei uns Tradition, in die beruflichen Fußspuren der Eltern zu treten.

Doch einige entscheiden sich auch dazu eine andere Richtung einzuschlagen. Sie betreten die Bühne, lassen sich von der Direktorin beglückwünschen, folgen dem Weg durch die Phoenixrosen und erhalten von mir ihre Zeugnisrolle bevor sie sich nebeneinander im hinteren Teil der Bühne aufstellen.

Schließlich überreiche ich der letzten Absolventin ihr Zeugnis und sie stellt sich in die Reihen ihrer Mitschüler. Mit einem leichten Luftstrom holt eine Fee den Tisch von der Bühne und die Absolventen treten geschlossen in den vorderen Teil der Bühne. Die Phoenixrosen zu ihren Füßen machen ihnen Platz und umschließen sie wie einen kostbaren Schatz.

Direktorin Siz stellt sich an die rechte Seite der Gruppe, während ich mich links von ihnen hinstelle. Musik erklingt und ich erkenne die Melodie unseres Landes, allgemein als Lied des Phoenix benannt.

Auch wenn es lediglich eine Reihe von Tönen ist und keinerlei Text enthält, vermittelt es doch immer genau das, was es soll. Das Lied des Phoenix steht für Wiedergeburt, Hoffnung, Stärke, Einigkeit und Frieden, für ein Leben, das lebenswert ist, für ein glückliches Leben.

Bereits bei den ersten Tönen erhebt sich das Publikum. Es ist Brauch, bei diesem Lied zu stehen, die Augen zu schließen und die Hände der Umstehenden zu ergreifen.

Jeder versucht eine Verbindung zu unserer Welt herzustellen und zu unseren Ahnen. Meine Magie brodelt in meinem Inneren. Sie will diesen besonderen Moment auskosten und ihn genießen, wie jeder im Saal.

Ich lasse sie langsam zu Boden sickern und sich im Saal verteilen. Sobald sie auf die ersten Lux trifft, spüre ich Emotionen, die nicht zu mir gehören, die nicht meine eigenen sind, obwohl sie den meinen sehr ähnlich sind.

Meine Magie bahnt sich einen Weg bis zu meinen Eltern, die sich gegenseitig an den Händen halten. Ich spüre ihre Liebe und ihre Zuversicht, doch auch Angst und Trauer. Angst davor, ihrem Volk nicht das geben zu können, was es verdient und davor, geliebte Menschen zu verlieren und Trauer um ihre verlorene Tochter, die jetzt mitten unter uns stehen sollte, mit dem Abschluss der zweiten Phase an der Phoenixakademie in der Tasche.

Doch Lucca ist nicht hier, sie ist nicht bei uns. Lucca ist an einem Ort, den ich mit meiner Magie nicht erreichen kann. Doch ich werde sie finden und nach Hause bringen. Und wenn wir uns in einem Mondzyklus wieder hier versammeln, um die Abschluss-klasse zu ehren, dann wird meine Schwester an meiner Seite sein und mit uns der herzzerreißenden Melodie des Liedes des Phoenix lauschen.

Kapitel 12

Nervös gehe ich vor der großen Flügeltür auf und ab. Dahinter befindet sich der große Saal der Phoenixakademie, normalerweise besser bekannt als unsere Mensa.

Aber heute Abend nicht.

Für den Abschlussball wurden alle Tische und Stühle aus dem Saal getragen und in anderen Räumen untergestellt. Auf der Theke, von der wir normalerweise unser Essen nehmen, stapeln sich heute Unmengen an kleinen Häppchen, die die Gäste problemlos mit den Fingern essen können, ohne dabei ihre teuren Abendroben zu bekleckern.

Im Saal treffen gerade nach und nach alle Gäste des heutigen Abends ein. Ich werde zusammen mit meinen Eltern die Festivitäten betreten und gesondert angekündigt werden.

Also alles wie immer.

Diesen Teil hasse ich am meisten. Alle werden zu mir aufblicken, wortwörtlich, denn wir betreten den Saal über eine breite extra dafür geschaffene Treppe gegenüber der eigentlichen Tür.

Dort oben befinden sich normalerweise nur große doppeltürige Fenster. Mit einem speziellen Zauber wurde auf eines der Fenster ein Portal gelegt, sodass es mit einer anderen Flügeltür verbunden ist. Diese Tür führt normalerweise aus dem Theatersaal heraus.

Ich gehe nun also zwischen der letzten Stuhlreihe und der Flügeltür auf und ab und warte darauf, dass meine Eltern herein kommen. Mit jeder Runde, die ich vollende, steigert sich meine Ungeduld.

Alivia ist bereits im Saal und sorgt dafür, dass Levi nicht zu weit hinten stehen wird, wenn wir hereinkommen.

Als Prinzessin gehört es zu meinen Pflichten, einen Ball mit dem ersten Tanz zu eröffnen. Dazu muss ich mir auf jedem Ball zunächst einmal einen Tanzpartner suchen, falls wir nicht irgendwelche Ehrengäste haben, die auf den ersten Tanz mit mir bestehen.

Da ich noch keinen festen Freund habe, wähle ich normalerweise Levi als Tanzpartner. Wir haben zusammen tanzen gelernt und gleiten gemeinsam so elegant über die Fläche, als hätten wir nie etwas anderes getan. Ich liebe es, mit ihm zu tanzen, es macht mich jedes Mal glücklich. Doch dieses Mal erhoffe ich mir aus unserem gemeinsamen Eröffnungstanz auch etwas anderes.

Ich hoffe, die Zeit nutzen zu können, um mit ihm zu reden. Es ist zwischen uns nicht mehr wie früher, aber ich möchte, dass es wieder so wird.

Abrupt bleibe ich stehen. Ich bin schon wieder so in meinen Gedanken versunken, dass ich nicht gemerkt habe, wie die Türen geöffnet wurden und ich fast gegen eine von ihnen gelaufen wäre.

Meine Eltern betreten gemeinsam das Theater und die Türen schließen sich wieder. Das nächste Mal, wenn sie sich öffnen, werden zwei Kellner herein kommen, die Türen hinter sich schließen und sie kurz darauf wieder öffnen. Doch bis es so weit ist, kann es noch eine ganze Weile dauern.

Ich betrachte meine Eltern von oben nach unten und wieder zurück. Sie sehen umwerfend aus, so wie immer.

Mein Vater trägt einen weißen Anzug mit einer purpurroten Krawatte und weiße elegante Schuhe. Seine kurzen silberblonden Haare, die unter der silbernen Königskrone fast vollständig verschwinden, sitzen wie immer perfekt. Aus seinen eisblauen Augen, die meinen so ähnlich sind, strahlt Stolz.

Meine Mutter trägt ein bodenlanges purpurrotes Kleid. Mehrere lagen Stoff bauschen den Rock auf, sodass er bei jedem Schritt raschelt und sich bewegt. Ihre blonden Haare sind zu einer kunstvollen Flechtfrisur zusammengesteckt, bei der ich mir die Finger gebrochen hätte, wenn ich sie nachmachen wollen würde. In einigen Zöpfen sind purpurrote Bänder und Kristalle eingeflochten. Eine silberne Krone mit roten Kristallen ziert ihren Kopf. Ihr Make-Up sieht einfach perfekt aus und betont ihre blauen Augen.

»Du siehst umwerfend aus, Micah.«

»Danke, Vater. Das kann ich nur zurückgeben. Ihr seht perfekt aus, wie immer.«

Meine Mutter nickt geschmeichelt. Ich finde, dass ich mit meinen Eltern nicht mithalten kann.

Mein weißes Kleid wirkt so unschuldig im Vergleich zu dem meiner Mutter. Es ist trägerlos und das Mieder schmiegt sich eng an meinen Oberkörper an. Am oberen Rand ist es mit kleinen feuerroten Kristallen bestückt. Ein Gürtel aus denselben Kristallen trennt den oberen Teil vom Rock, der aus drei lagen weichen weißen Stoffs besteht. Auf der obersten Schicht breitet sich ein flammenähnliches Muster vom unteren Rand aus. Meine weißen Ballerinas sind dankenswerterweise ohne Absätze und durch den bodenlangen Stoff sowieso nicht zu sehen.

Alivia half mir, meine langen silberblonden Haare zu Locken zu drehen und vereinzelt kleine Zöpfe mit roten Kristallen hinein zu flechten. So fallen sie mir sanft über den Rücken und wehen bei jedem Schritt etwas hinter mir her, wie ein kleiner Umhang.

Meine Stirn ziert wie immer mein silbernes Geburtsmal, welches mich als Mitglied der königlichen Familie auszeichnet. Auf meinen Augenlidern befindet sich ein Hauch rötlicher Lidschatten und meine Lippen sind etwas glänzender und geröteter als normalerweise, aber das ist auch schon alles, was ich an Make-Up trage.

»Wir haben hier noch etwas für dich, mein Schatz.«

Lächelnd tritt meine Mutter auf mich zu und versteckt dabei ihre Hände hinter ihrem Rücken. Als sie nur noch wenige Schritte entfernt ist, bleibt sie stehen und zeigt mir, was sie zuvor vor mir versteckte.

In ihren Händen hält sie eines der schönsten Diademe, die ich je gesehen habe. Es besteht aus silbernen Ranken, die sich zu einem Kranz zusammengeschlossen haben. Wie Knospen an Zweigen im Frühling, sind auf den Ranken kleine Kristalle eingelassen, die denen auf meinem Kleid zum Verwechseln ähnlich sehen. Ehrfürchtig halte ich den Atem an.

»Es ist wunderschön, Mutter«, flüstere ich.

Sie tritt hinter mich und setzt es mir sanft auf meine Haare.

»Genau wie du«, haucht sie mir zu.

Ich fühle mich geschmeichelt.

»Wirst du heute wieder Levi auffordern, mit dir den Ball zu eröffnen?«, wechselt mein Vater abrupt das Thema.

»Das war mein Plan, ja. Wieso fragst du?«

»Ihr seid ein süßes Paar«, mischt sich meine Mutter ein.

Mein Vater nickt zustimmend. »Und er ist der Sohn eines Abgesandten, also steht einer Verbindung nichts im Weg. Er ist zwar nicht von adliger Herkunft, aber das sollte uns nicht weiter stören, wenn du ihn wahrhaft liebst.«

Überraschung weitet meine Augen. »Wie bitte?«

Mein Vater zuckt nur mit den Schultern. »Ihr seid doch zusammen, oder etwa nicht?«

»Nein, sind wir nicht.« Energisch schüttle ich den Kopf, sodass meine Locken um mich fliegen.

Das Diadem sitzt zum Glück fest genug, um bei meiner Aktion nicht herunterzufallen.

»Aber Schatz, es ist nichts Verwerfliches daran, sich in jemanden von einer anderen Rasse zu verlieben. Ich liebe deinen Vater auch, obwohl er ein Sternenkrieger ist und ich nicht.«

»Obwohl?«, erwidert mein Vater und wirft seiner Frau einen empörten Blick zu.

Sie beginnt wie ein kleines Mädchen zu kichern und tritt an seine Seite. Sie flüstert ihm etwas ins Ohr, das ich nicht verstehen kann.

Doch ich kann mir gut vorstellen, in welche Richtung es geht, da die Wangen meines Vaters anfangen zu glühen und sich farblich dem Kleid meiner Mutter anpassen.

Noch bevor er etwas erwidern kann, öffnen sich die Türen und zwei Kellner betreten den Saal. Stillschweigend schließen sie die Türen wieder hinter sich und stellen sich davor. Damit ist unsere Unterhaltung vorerst beendet, aber noch nicht abgeschlossen.

Meine Eltern positionieren sich hinter den Kellnern und ich stelle mich neben meinen Vater. Kaum haben wir unsere Positionen eingenommen, öffnen die Kellner auch schon die Türen, diesmal jedoch in die andere Richtung. Damit aktivieren sie das Portal und geben uns den direkten Weg in den großen Saal frei.

Gemäßigt schreiten wir auf die erste Treppenstufe zu und bleiben kurz davor stehen. Die Tür schließt sich bereits wieder hinter uns. Mein Blick schweift über ein Meer aus Farben. Der Saal ist kaum wiederzuerkennen.

Überall hängen rötlich schimmernde Girlanden und gelbe Lichtkugeln beleuchten die Anwesenden Lux, die elegante Anzüge oder ausladende Abendkleider tragen. Ihr feinster Schmuck reflektiert das Licht.

Doch das alles ist mir bereits vertraut. Suchend durchstreift mein Blick die vordersten Reihen der Lux.

Hauptsächlich haben sich dort junge, gutaussehende, aber auch ältere Männer gesammelt, die auf die Ehre des ersten Tanzes hoffen. Ich ignoriere sie alle und achte lediglich auf jene mit roten Haaren.

Doch den Einen, den ich versuche zu finden, den Einen, der normalerweise immer in der ersten Reihe direkt gegenüber der Treppe steht, kann ich nicht entdecken.

Langsam gehe ich eine Stufe nach der anderen die Treppe herunter und halte dabei weiter nach meinem besten Freund

Ausschau. Doch als ich die letzte Stufe hinter mir lasse, habe ich ihn noch immer nicht entdecken können.

Die Blicke aller sind auf mich gerichtet. Sie warten auf meine Wahl, doch mit wem soll ich tanzen, wenn mein Tanzpartner nicht da ist?

Die Menge zu meiner Rechten gerät in Unruhe. Ich wende mich ihr zu, in der Hoffnung, dort Levi zu sehen, doch dem ist nicht so.

Stattdessen hat sich ein großgewachsener blonder Hexer aus der Menge gelöst und schreitet zielstrebig mit selbstbewussten Schritten auf mich zu. Er hält inne, verbeugt sich leicht vor mir und hält mir seine Hand entgegen.

»Darf ich bitten?«, fordert er mich zum Tanzen auf.

Einige schnappen laut nach Luft. Unsere Zuschauer werden unruhig und beginnen aufgeregt, miteinander zu flüstern. Bisher hat sich noch niemand gewagt, mich um den ersten Tanz zu bitten. Dies ist eine Ehre, von der ich bestimme, wem sie zuteil wird und nicht anders herum.

Andererseits wüsste ich nicht, mit wem ich sonst tanzen sollte und Landré soll ein ausgezeichneter Tänzer sein. Zögerlich lege ich meine Hand in seine.

Sobald unsere Finger sich berühren, richtet er sich auf und führt mich zur Mitte der Tanzfläche. Schwungvoll wirbelt er mich zu sich herum und lässt mich in perfekter Tanzposition zum Stehen kommen.

Er wirft mir ein umwerfendes Lächeln zu und die Musik beginnt zu spielen. Eine langsame Melodie erklingt von überall und nirgendwo her. Landré beginnt sich im Takt zu wiegen und zwingt mich, ihm zu folgen.

Seine Hand liegt erstaunlich sanft auf meinem Rücken. Sobald er sich des Taktes sicher ist, beginnt er mich in den Tanz zu führen. Wir vollführen einige ausschweifende Drehungen, die meine Haare und mein Kleid nur so zum Schweben bringen.

Landré ist tatsächlich ein ausgezeichneter Tänzer. Kaum haben wir die eine Figur abgeschlossen, signalisiert er mir auch schon, was die nächste sein wird.

Ich bekomme dabei keinerlei Gelegenheit, über Levis Abwesenheit nachzudenken. Und dann ist das Stück auch schon vorbei. Landré beendet unseren Tanz mit einer vollendeten Verbeugung, die ich mit einem leichten Knicks erwidere.

Die Tanzfläche ist eröffnet. Erneut erklingt Musik und ein weiterer Hexer bittet mich um einen Tanz. Diesmal wiegen sich jedoch mehr Paare zur Melodie, sodass wir nicht so ausschweifende Figuren vollführen können.

Ein Lied folgt auf das Vorangegangene und ebenso wechseln sich meine Tanzpartner ab. Es kommt mir so vor, als hätten sich alle anwesenden Männer das Versprechen gegeben, heute Abend mit mir zu tanzen. Ich habe dabei keine Zeit, um wieder zu Atem zu kommen.

Meine Gespräche mit meinen stetig wechselnden Partnern sind ebenso einseitig wie die Figuren, in die sie mich führen. Sie gratulieren mir zu meinem beeindruckenden Kampf, bewundern mein Aussehen und fragen mich nach meinem Befinden. Einige wollen sogar wissen, was mir bei dem Angriff auf die Akademie die Kraft gegeben hat, alle zu retten, doch bei dieser Frage wechsle ich sofort das Thema.

Nebenbei lasse ich meinen Blick über die anderen Tanzpaare gleiten, immer auf der Suche nach einem bestimmten Rotschopf.

Zwischenzeitlich entdecke ich Alivia und Jaxon tanzend miteinander. Ich versuche, sie mit den Augen nach Levi zu fragen, doch sie schütteln immer nur betrübt ihre Köpfe. Es kommt mir so vor, als wäre Levi heute absichtlich nicht zum Ball gekommen.

Enttäuschung breitet sich in mir aus. Es wäre die letzte Gelegenheit gewesen, mit ihm zu reden und die Unklarheiten zwischen uns zu bereinigen. Ich stehe kurz davor aufzugeben.

»Darf ich um diesen Tanz bitten?«

»Sicher«, antworte ich, ohne auf darauf zu achten, wer mich da gerade auffordert.

Die Musik beginnt und mein neuer Tanzpartner zieht mich an sich. Noch immer sehe ich ihn nicht an, sondern suche weiter nach den mir so vertrauten roten Haaren.

»Weißt du eigentlich, dass es sehr unhöflich ist, seinen Tanzpartner nicht einmal anzusehen? Manchmal ist das, was man sucht, direkt vor einem.«

Diese Stimme kenne ich doch. Sofort richte ich meine gesamte Aufmerksamkeit meinem neusten Tanzpartner zu. Und tatsächlich, vor mir steht Levi.

Seine feuerroten Haare sind so verstrubbelt wie immer, doch in seinem schwarzen Anzug mit der roten Krawatte sieht er deswegen nicht weniger elegant aus.

»Ich dachte, du würdest nicht kommen.«

»Daran hatte ich kurz gedacht.«

»Warum bist du doch gekommen?«

»Jaxon hat mich überredet.«

»Du bist mir aus dem Weg gegangen.«

»Ja.«

»Warum?«

Diesmal antwortet er nicht sofort, sondern führt mich in eine Drehung.

»Du hast meine Frage nicht beantwortet.«

Wieder antwortet er nicht, sondern lässt mich ihn umkreisen.

»Warum bist du mir aus dem Weg gegangen?«, frage ich ihn ein drittes Mal.

Innerlich wappne ich mich gegen eine dritte Drehung. Diesmal wird er mir nicht ausweichen. Plötzlich endet auch schon das Lied.

Levi will sich mit einer Verbeugung verabschieden und dem nächsten Platz machen, der sicherlich schon irgendwo auf der

Lauer liegt, doch ich lasse ihn nicht ziehen.

»Oh nein, du wirst dich nicht einfach wieder verdrücken und mich ignorieren. Du wirst solange mit mir tanzen bis du meine Frage beantwortet hast.«

»Ist das ein Befehl meiner künftigen Königin?«, fragt er mich mit einer Ernsthaftigkeit in der Stimme, die mir einen Stich ins Herz versetzt.

»Nein, es ist eine Bitte deiner ältesten Freundin«, versuche ich ihn zum Bleiben zu überreden.

Um uns herum haben die Paare bereits wieder angefangen zu tanzen. Im Gegensatz zu uns wiegen sie sich bereits wieder zur Musik.

»Levi, warum gehst du mir aus dem Weg?«, versuche ich es ein viertes Mal.

Er senkt den Blick und flüstert etwas Unverständliches.

»Das würdest du nicht verstehen«, gesteht er mir dann etwas lauter.

»Versuch es mir wenigstens zu erklären«, flehe ich ihn an.

Er sieht mir in die Augen und ich erkenne Tränen in seinem Blau schimmern. Eine Traurigkeit, die ich nicht einzuordnen weiß, spiegelt sich in ihnen.

»Es geht um das Gerücht.«

»Du meinst das, in dem wir beide ein Paar sind?«

Er nickt.

»Was soll damit sein? Wir beide wissen doch, dass es nicht der Wahrheit entspricht.«

Wieder endet ein Lied und ein Neues beginnt und noch immer weiß ich nicht, was Levi mir sagen will.

»Es ist nur so, dass es…dass ich…ich dachte, du würdest es ebenso sehen«, gibt er schließlich zu.

»Ich wusste bereits, dass es Gerüchte gab. Aber als Alivia es dann ausgesprochen hatte…das hat mich einfach verunsichert. Ich wusste plötzlich nicht mehr, wie ich mich dir gegenüber verhalten sollte. Ich musste mir erstmal meiner eigenen Gefühle sicher sein.«

»Und bist du dir deiner Gefühle jetzt sicher?«

»Nein, und genau das ist das Problem. Deswegen werde ich jetzt gehen. Pass auf dich auf Micah. Möge das Licht des Phoenix dich erleuchten.«

Abrupt dreht er sich um und verschwindet in der Menge. Vollkommen perplex lässt er mich in der Mitte der Tanzfläche zurück.

Was ist gerade passiert?

Noch während ich gedanklich noch einmal das Gespräch durchgehe, zieht mich jemand an meinem Handgelenk herum. Bevor ich protestieren kann, wiegt mich Landré wieder zur Musik.

»Eine Prinzessin sollte nicht alleine auf der Tanzfläche stehen.«

Mit diesen Worten wirbelt er mich über das Parkett.

Kapitel 13

Noch am selben Abend musste ich mit meinen Eltern zurück in den Palast fahren. Dringende königliche Pflichten, die keinen Aufschub duldeten, erforderten meine Anwesenheit.

Wie sich herausstellte, ging es bei diesem dringenden königlichen Pflichten lediglich um eine Audienz. Einer Fee wurde von einer Laima das Schicksal prophezeit. Allerdings kein Schönes mit einem Happy End und der wahren Liebe, woraufhin sich die Fee bei ihrer Lady beschwerte und die Laima sich bei ihrer.

Dieser kleine Streit schaukelte sich so hoch, dass sie schließlich von mir verlangten, eine Entscheidung zu treffen. Und dafür konnte ich mich nicht richtig von meinen Freunden verabschieden.

Aber egal, Alivia, Jaxon und Levi sehe ich in ein paar Tagen sowieso wieder und dann holen wir das einfach nach. Naja zumindest mit Alivia und Jaxon. Levi wird mir wohl wieder aus dem Weg gehen.

Die Vorbereitungen für den Tag der Erinnerungen sind bereits in vollem Gang. Im ganzen Palast wuseln Angestellte herum und hängen schwarze Girlanden auf oder tauschen die roten Seidenvorhänge gegen Schwarze aus. Auch wenn der Tag der Erinnerungen als ein Fest gefeiert werden soll, werden wir nie vergessen, warum wir diesen Tag feiern.

Meine Eltern besuchen gerade die Adeligen der Luxstämme. Das tun sie immer kurz bevor der Tag der Erinnerung ansteht. Sie sagen, es sei die beste Zeit, um durch das Land zu reisen. Den genauen Grund verraten sie mir dabei aber nie.

Dadurch, dass sie unterwegs sind, obliegen die Vorbereitungen zum Ball mir. Doch wie jedes Mal wissen die Palastangestellten wesentlich besser als ich, was sie alles zu tun haben und was noch vorbereitet werden muss.

Darum begebe ich mich wie jeden Tag seit meiner Rückkehr in den Palast in die Bibliothek. Die meisten Bücher über Portale, Portalkristalle und interplanetare Reisen habe ich bereits durchgelesen, doch bisher bin ich noch nicht auf das gestoßen, was ich eigentlich Suche, einen Weg zu meiner Schwester.

Seit den Ereignissen auf dem Kampfplatz und dem, was mir meine Magie offenbarte, bin ich fest davon überzeugt, dass Lucca noch lebt und auf einem anderen Planeten auf mich wartet.

Mit dem Finger fahre ich über die alten Rücken der in Leder gebundenen Bücher. Es heißt, dass einige der Exemplare in der Palastbibliothek bereits seit Auroras Regentschaft hier stehen.

Die größte und älteste Sammlung an Aufschriften aus der Vergangenheit soll sich in diesem Raum befinden, doch bisher konnte ich noch keines dieser uralten Bücher ausfindig machen. Meine Gedanken schweifen wieder ab. Meine Füße finden von ganz alleine einen Weg durch die riesigen Regale.

Vor mir sehe ich wieder Levi auf dem Sandboden der Arena lachen. Sein Gesichtsausdruck ändert sich. Er wird ernst, sein Lachen verschwindet und wird von Traurigkeit abgelöst. Sein lockeres Auftreten wird steif. Er trägt einen schwarzen Anzug und weicht meiner Frage aus. Es war alles soviel leichter als wir noch Kinder waren.

Warum kann es nicht wieder so leicht sein?

Warum musste mein Leben so kompliziert werden?

Moment Kinder?

Plötzlich höre ich ein Geräusch. Es klingt, als komme es von der anderen Seite des Regals, als würde da jemand lachen. Nein, nicht jemand, sondern Kinder.

Wieder lachen sie. Aber es gibt keine Kinder mehr im Palast. Jedenfalls aktuell nicht.

Schnell renne ich um das Regal herum, doch auf dem Gang dahinter ist niemand.

»Ganz toll, Micah. Jetzt bildest du dir schon Stimmen ein.«

Ich will gerade wieder zurück gehen, als ich erneut das Lachen höre. Diesmal kommt es vom Ende des Ganges hinter mir. Ich drehe mich um und sehe gerade noch, wie lange silberblaue Haare hinter einem weiteren Regal verschwinden.

»Hey warte«, rufe ich ihr hinterher, doch sie hört nicht auf mich.

Wieder erklingt dieses glockenhelle Kinderlachen. Ich durchquere den Gang und sehe in die Richtung, in die sie gelaufen ist. Am Ende des nächsten Ganges steht sie.

Sie scheint sich in diesem Labyrinth aus Gängen und Bücherregalen bestens auszukennen. Irgendwoher kommt mir dieses kleine Mädchen bekannt vor. Doch ehe ich sie richtig mustern kann, verschwindet sie bereits wieder hinter einem weiteren Regal.

Wohin will sie nur?

Und wer ist sie?

Erneut laufe ich ihr hinterher. Immer weiter folge ich ihr durch die Bibliothek. Je tiefer ich ihr durch die Reihen folge, desto älter werden die Bücher.

Einige der Bände hier sind bereits so weit abgegriffen, dass ich nicht mehr erkennen kann, was auf ihrem Rücken steht. Doch das Mädchen bleibt nicht stehen. Sie führt mich vorbei an all diesen alten Büchern und lacht dabei immer wieder, wenn ich sie kurz aus den Augen verliere.

Ich habe es längst aufgegeben, nach ihr zu rufen, sie wird nicht auf mich hören. Noch einmal umrunde ich ein Regal und sehe, wie sie vor einer Wand steht.

Wir scheinen das Ende der Bibliothek erreicht zu haben. Ich kann mich nicht daran erinnern, jemals hier gewesen zu sein. Dabei zählt dieser Raum zu meinen absoluten Lieblingsorten im Palast und ich dachte bisher immer, ich würde jeden Zentimeter kennen. So kann man sich irren.

»Warum hast du mich hierher geführt?«, frage ich das Mädchen.

Statt mir zu antworten, lacht sie wieder so glockenhell, wie es nur kleinen Kindern möglich ist. Sie dreht sich um und geht in die Wand.

Nein, sie geht nicht *in* die Wand, sie geht *durch* die Wand.

Unser Palast ist durchzogen von einem Netzwerk aus Geheimgängen und Türen in Wänden. Mit meiner Schwester habe ich früher versucht, jeden Zentimeter dieser geheimen Wege zu ergründen, doch das ist uns nie gelungen.

Scheinbar gibt es genau hier einen Zugang zu einem dieser Geheimgänge. Der Phoenixpalast steckt voller Geheimnisse.

Vorsichtig gehe ich auf die Wand zu. Sie sieht aus wie jede andere Wand im Palast.

Ich lasse meine Hände über die kalten großen Steine gleiten. Keiner von ihnen scheint sich von den anderen abzuheben oder zu unterscheiden. Aber einen Stein muss ich drücken, damit die geheime Tür auf geht.

So ist das zumindest bei all den anderen Zugängen. Außer...Ich sehe mich um.

An der Wand hängt kein Kerzenleuchter und auch kein Bild. Aber dafür stehen um mich herum zwei Regale mit massenhaft Büchern. Vielleicht wird der Zugang geöffnet, wenn ich eines der Bücher herausziehe. Nur welches?

Es scheint mir unmöglich, das Richtige unter so vielen zu finden. Aufmerksam mustere ich die Reihen. Die Bücher hier scheinen besonders alt zu sein. Sie sind in rotes abgegriffenes Leder gebunden und haben alle die gleiche Größe und Breite.

Auf gut Glück nehme ich eines heraus und betrachte den Einband. Es steht weder ein Titel noch ein Autor darauf. Ich schlage die erste Seite auf und...sie ist leer.

Vorsichtig durchblättere ich das Buch. Auf keiner einzigen Seite steht etwas geschrieben. Ich stelle es zurück an seinen Platz und nehme ein anderes heraus. Auch dieses ist vollkommen unbeschrieben.

Warum sollte jemand so viele unbeschriebene Bücher in die Regale stellen? Auch die Bücher auf der gegenüberliegenden Seite sind gefüllt mit leeren Seiten. Ein ungutes Gefühl breitet sich in mir aus.

Ein mir unbekanntes Mädchen führt mich in eine mir unbekannte Ecke der Bibliothek, wo die Regalreihen mit exakt den gleichen leeren Büchern gefüllt sind.

Warum bin ich ihr nur hierher gefolgt?

Was ist nur los mit mir?

Ich folge Erscheinungen von irgendwelchen fremden Mädchen, schaffe es nicht einen Streit mit meinem besten Freund, den ich dachte, besser zu kennen als irgendjemanden sonst, beizulegen und verliere mich in einer Suche nach einem Mädchen, das vor vielen Mondzyklen für Tod erklärt wurde.

Dabei könnte mein Leben doch gerade nicht besser laufen. Ich habe eine Freundin, mit der ich über alles reden kann, ein Volk, das mich für meine Taten bewundert, und haufenweise Verehrer, die gerne den Platz an meiner Seite füllen würden. Und trotzdem fühlt sich gerade alles so falsch an...

Erschöpft sinke ich an der Steinwand zu Boden. Die Füße angezogen, umschlinge ich meine Beine und stütze meine Stirn auf meinen Knien ab. Obwohl ich traurig bin und am liebsten weinen würde, wollen die Tränen nicht laufen.

Ich fühle mich leer - leer und allein. Mir war nicht bewusst, wie allein man sich in einem riesigen Schloss voller Lux fühlen kann.

Jegliches Zeitgefühl geht mir verloren. Ich kann nicht sagen, ob zwei Minuten oder zwei Stunden vergehen. Doch plötzlich spüre ich, dass ich nicht mehr allein bin in diesem abgelegenen Gang der Bibliothek.

Wer verirrt sich denn außer mir noch hierher?

Ich hebe den Blick und sehe eine junge Frau den Gang entlang gleiten. Sie ist in das silberblaue Licht meiner Seelenmagie getaucht, doch das lässt sie nur noch schöner erscheinen.

Ihr seidiges langes Haar weht hinter ihrem Rücken hinterher und ihr Blick strahlt eine Freundlichkeit und Güte aus, die einem jedem das Herz erweichen lässt. Sie kann nicht viel älter als ich sein und wirkt doch um so viele Zyklen reifer. Vor mir bleibt sie stehen und lächelt auf mich herab.

»Warum weinst du?«, fragt sie mich mit einer Stimme, die selbst in meinen Ohren übernatürlich schön klingt.

»Ich weine nicht«, antworte ich. Doch meine Stimme verrät mich. Sie ist brüchig und zittrig.

Fahrig streiche ich mir eine lose Strähne aus dem Gesicht und spüre dabei eine feuchte Spur auf meiner Wange. Scheinbar sind doch ein paar Tränen geflossen.

»Jedenfalls jetzt nicht mehr.«

Das Lächeln der jungen Frau wird noch mitfühlender, wenn das überhaupt möglich ist.

»Warum gehst du nicht weiter?«

Verwirrt sehe ich mich um. »Wohin soll ich denn gehen? Hier ist keine Tür.«

»Natürlich gibt es hier einen Weg.« Sie deutet auf die Wand hinter mir.

Ich verrenke mich fast bei dem Versuch zu sehen, auf was genau sie zeigt, doch dort ist nichts weiter als die Steine der Wand.

»Soll ich dir zeigen, wie du sie öffnest?«, fragt sie mich, als ob sie meine Gedanken lesen könnte.

Natürlich kann sie meine Gedanken lesen. Ihr Körper besteht aus meiner Magie. Sie ist also ein Teil von mir.

»Ich bin kein Teil von dir«, flüstert sie.

Ok, das ist jetzt gar nicht gruselig. Etwas ungeschickt stehe ich auf und betrachte die Wand. Die silberblaue Gestalt stellt sich direkt neben mich, achtet jedoch darauf, mich nicht zu berühren. Sie ist etwas größer als ich und definitiv einschüchternder. Sie sieht mich an und schnell richte ich den Blick wieder auf die Mauer vor uns.

»Ich sehe keine Tür«, stelle ich einfältig fest.

»Das liegt daran, dass du nicht richtig hin siehst.«

Wie soll ich denn *richtig hinsehen*?

Ich kneife meine Augen zusammen, in der Hoffnung, so etwas zu sehen, das mir bisher entgangen ist. Doch Fehlanzeige.

Neben mir beginnt die Unbekannte zu schmunzeln. »So meinte ich das nicht. Auch wenn es ein ausgesprochen amüsanter Anblick war.«

Ich verdrehe die Augen. Jetzt lacht mich schon meine eigene Magie aus.

»Genau mit der sollst du sehen.«

Erstaunt sehe ich sie an. »Mit wem soll ich sehen?«

Wieder lacht sie. »Mit deiner Magie natürlich. Womit siehst du denn sonst?«

»Normalerweise benutze ich meine Augen.« Mit meiner Magie sehen...

»Was soll das heißen?«, frage ich die Unbekannte, doch sie ist bereits verschwunden.

Es ist, als ob sie nie da gewesen wäre und ich bin noch immer genauso weit wie vorher. Also, mit meiner Magie sehen...

Wie sehe ich mit meiner Magie?

Ich weiß, wie ich mit ihr Dinge in meiner Umgebung erspüren kann, aber das ist auch schon wieder alles. Vielleicht ist es genau das, was sie meinte.

Ich schließe meine Augen und konzentriere mich auf das brodelnde Feuer in meinem Inneren. Diese Macht in mir ist einfach unglaublich. Was ich damit alles machen könnte...

Ich schüttele den Kopf und vertreibe diese Gedanken sofort wieder. Doch sie verschwinden nicht, sondern nisten sich irgendwo tief in meinem Unterbewusstsein ein, warten auf einen geeigneten Moment, um wieder hervorzukommen und mich zu verleiten.

Langsam lasse ich einen Teil meiner Seelenmagie in meine Umgebung entströmen. Gierig durchsucht sie alles, was ihr im Weg ist, nach Emotionen, die sie aufnehmen kann, nach Erinnerung, von denen sie sich nähren kann oder Seelen, die sie berühren kann.

Zielsicher steuert sie auf die Wand mir gegenüber zu...und durchdringt sie mühelos. Sie zeigt mir, was sich hinter diesen Steinen befindet.

Eine schmale, gedrehte Treppe führt tief nach unten. Um die Stufen zu zählen, bleibt mir keine Zeit, so schnell gleitet sie darüber hinweg. Doch dann ist die Treppe zu Ende und ich sehe, wohin sie führt.

Ein großer, runder Raum breitet sich vor mir aus. Lediglich einen kurzen Blick werfe ich darauf, bevor ich überrascht die Augen aufreiße.

Das kann nicht sein...

Das ist unmöglich...

Meine Magie kommt so schnell zu mir zurück, dass ich einen Schritt zurück taumle. Um nicht das Gleichgewicht zu verlieren, strecke ich sogar meine Arme zur Seite aus. Schwer atmend richte ich mich wieder auf.

Vor mir befindet sich noch immer die massive Steinwand, nichts-destotrotz weiß ich jetzt aber, was sich dahinter verbirgt und was vermutlich wesentlich wichtiger ist, ich weiß wie ich da hindurch komme.

Zielstrebig gehe ich auf die Wand zu. Ich lege meine Hände auf die rauen, kalten Steine und lasse meine Magie aus ihnen in sie hinein gleiten. Zuerst passiert nichts, doch dann beginnt die Wand sich zu verändern. Von außen lässt sich das jedoch nicht absehen. Dafür kann ich es spüren.

Die Wand versperrt mir nun nicht länger den Zugang. Tief einatmend nehme ich all meinen Mut zusammen und gehe durch die massiven Steine.

Vor mir erstrecken sich die Stufen, so wie es mir meine Magie gezeigt hat. Schmal und steil führen sie nach unten. Anders als zuvor kann ich diesmal jedoch nicht erkennen, wo eine Stufe endet und wo die nächste auf mich wartet.

Es ist so stockfinster, dass ich mich nur sehr langsam und vorsichtig vor wage, immer eine Stufe nach der anderen, mit der Wand unter meiner Hand als Führung. Plötzlich greife ich ins Leere.

Die Wand ist verschwunden und dem runden Raum gewichen. Zumindest vermute ich das, denn sehen kann ich noch immer nichts. Ich nehme die letzte Stufe und sobald meine Füße den Boden berühren, wird es hell im Raum.

Eine Lichtquelle, die ich nicht ausfindig machen kann, scheint auf meine Anwesenheit zu reagieren. Zum ersten Mal kann ich mir den Raum richtig ansehen.

Ich befinde mich tatsächlich in einem abgerundeten, unterirdischen, geheimen...Arbeitszimmer. An den Wänden befinden sich Bücherregale und alte Gemälde, doch das eindeutige Domizil dieses Raumes bildet der riesige runde Schreibtisch in der Mitte.

Überall auf ihm verstreut liegen einzelne Zettel und Federn und Bücher. Ein Stuhl steht auf der anderen Seite. Es sieht so aus, als ob hier erst vor ein paar Minuten jemand aufgestanden und seine Arbeit unterbrochen hätte, wenn man mal von der dicken Staubschicht, die sich auf alles gelegt hat, absieht.

Neugierig trete ich an den Schreibtisch heran und betrachte eines der aufgeschlagenen Bücher. Eine Feder liegt auf der Mitte der

Seiten, der leeren Seiten. Vorsichtig lege ich die Feder beiseite und blättere in dem Buch zurück. Entgegen meiner Vermutung sind diese Seiten nicht leer.

Elegante verschnörkelte Buchstaben drängen sich dicht an dicht und erzählen eine Geschichte, immer wieder unterbrochen von Zahlen und einer Art Zeitangabe. Doch diese Angaben können nicht stimmen, denn wenn sie wahr wären, dann würde dieses Buch hier bereits seit tausend Mondzyklen liegen.

Ein Kinderlachen lenkt mich von dem Buch ab. Es ist das gleiche Lachen, das mich auch zu der Wand geführt hat. Aufmerksam lasse ich meinen Blick über die verschiedenen Gemälde schweifen. Sie zeigen alle unterschiedliche Darstellungen unserer Welt oder Porträts von hochwohlgeborenen Lux. Auf dem Gemälde direkt gegenüber der Treppe werde ich endlich fündig.

Den Blick starr auf die Abgebildeten gerichtet, umrunde ich den Tisch. Es ist ein Porträt von vier Lux.

Ein großer, gutaussehender Mann mit blondem Haar und blauen Augen trägt einen schwarzen Anzug. Auf seinem Kopf ruht eine prachtvolle silberne Krone. Seine rechte Hand ruht auf der Schulter des Kindes vor ihm, während seine linke Hand hinter dem Rücken der Frau neben ihm verschwindet.

Links neben ihm steht eine elegant gekleidete Frau. Sie strahlt sogar auf dem Gemälde in einem silbernen langen Kleid mit rotem Flammenmuster. Ihre feuerroten Haare sind zu einer kunstvollen Frisur geflochten, die von einer filigranen silbernen Krone perfektioniert wird. Auch sie hat eine Hand auf eines der Kinder vor ihr gelegt.

Beim Anblick dieser beiden Mädchen vergesse ich zu atmen. Sie sind Zwillinge, die sich bis auf die Haarfarbe gleichen. Beide sind zierlich, klein und tragen elegante rote Kleider mit silbernen Kristallen. Ihre Haare fallen in leichten Wellen über ihre Rücken.

Doch während eine von ihnen Haare so schwarz wie die Nacht hat, glänzen die Haare der anderen in einem strahlenden silberblond. Beide tragen zartgliedrige Diademe und blicken mich mit eisblauen Augen an. Eisblaue Augen, die mir so vertraut sind, weil sie mich jeden Tag aus dem Spiegel heraus ansehen.

Das Porträt zeigt die erste Königsfamilie der Lux, Königin Aurora mit ihrem Prinzgemahl Zam und ihren Töchtern. Das Mädchen mit dem silberblonden Haar ist Prinzessin Andriana, meine Vorfahrin. Das bedeutet, dass das Mädchen mit den schwarzen Haaren Prinzessin Kadira sein muss.

Von ihr gibt es nur sehr wenige Bilder im Palast. Niemand weiß, was genau aus ihr geworden ist, denn von einem Tag auf den anderen wird sie in keinen Aufzeichnungen mehr erwähnt, als ob sie nie existiert hätte.

Kadira wurde als erste von beiden geboren und hätte damit die zweite Königin der Lux werden sollen. Doch das Schicksal wollte es scheinbar anders, denn nach Auroras Tod wurde ihre zweitgeborene Tochter Andriana Königin von Aquilia.

Erst jetzt betrachte ich die anderen Gemälde aufmerksamer. Die Zeichnungen auf Andrianas Seite zeigen den Aufbau der Luxgemeinschaft, sowie ihre Krönungszeremonie. Die andere Seite des Raumes wird von kriegerischen Zeichnungen definiert. Die Bilder sind in dunklen Tönen gehalten und zeigen die Entwicklung der Schattenkrieger bis hin zu ihrem Angriff auf den Palast von vor dreizehn Mondzyklen.

»Das ist unmöglich«, flüstere ich und trete an das Gemälde heran.

Es zeigt die Eingangshalle des Palastes, kurz nachdem Enis ermordet wurde und ich mich um die Schattenkrieger kümmere... oder besser gesagt, als meine Magie ihnen ihre Seelen raubt und sie umbringt.

»Seit wann ist in Aquilia etwas unmöglich?«, höre ich plötzlich hinter mir eine Stimme fragen.

Ruckartig drehe ich mich um und sehe mich wieder der jungen Frau gegenüber, die mir den Eingang zu diesem Raum gezeigt hat. Diesmal kann ich jedoch erkennen, wer sie ist. Mir gegenüber steht Andriana oder zumindest das, was von ihr durch meine Magie projiziert wird.

Sie trägt ein dünnes, leichtes Sommerkleid. Ihre Haare fallen offen über ihren Rücken und ihre Stirn ziert ein Rankendiadem.

»Wie kannst du hier sein?«, frage ich sie verblüfft.

Sie lächelt und betrachtet ihre eigenen Hände. »Ist das nicht offensichtlich?«

»Meine Magie...«, beginne ich, ohne zu wissen, wie ich diesen Satz beenden möchte.

»Ist stärker als du glaubst«, hilft Andriana mir.

»Ich weiß nicht, ob ich sie kontrollieren kann«, gebe ich zu.

»Ist das denn wichtig?«

»Sie könnte jeden umbringen, den ich kenne.«

»Oder sie könnte jeden retten.«

Jetzt bin ich verwirrt. »Wer muss den gerettet werden?«

Sie lässt den Blick auf das Gemälde hinter mir schweifen. »Die Frage ist wohl eher, wer muss nicht gerettet werden.«

Das ist nicht wirklich hilfreich.

»Ich bin auch nicht hier, um dir Fragen zu beantworten, deren Antwort du bereits selber kennst.«

»Was?«

»Meine Mutter sagte immer ,das heißt *wie bitte*'«, zitiert sie und lächelt in Gedanken versunken.

Wohin ihre Gedanken schweifen, vermag ich mir nicht vorzustellen. Aber weit weg können sie nicht kommen, schließlich ist sie nur ein Produkt meiner Magie.

»Und das bedeutet, ich könnte mich nicht mehr an meine Kindheit erinnern?«, fragt sie mich, jetzt scheinbar wieder im Hier und Jetzt, soweit ihr das möglich ist.

»Du kannst meine Gedanken lesen«, stelle ich überflüssigerweise fest.

»Jetzt tu doch nicht so überrascht. Du glaubst doch selbst, dass ich ein Produkt deiner Magie bin. Und ist deine Magie nicht ein Teil von dir?«

Warum müssen die Geister der Vergangenheit eigentlich immer solche Fragen stellen?

Können sie nicht einmal Klartext reden?

»Wir schweifen vom Thema ab.«

»Warum hast du mich hierher geführt, Andriana?«

»Ist das nicht offensichtlich?«

»Würde ich dann fragen?«

»Ja, würdest du.«

Wo sie recht hat...

»Nun gut. Zuerst solltest du wissen, dass nicht ich es war, die dich hierher gelockt hat. Das war meine Schwester Kadira. Damals, als sie noch im Palast bei ihrer Familie gelebt hat, haben wir immer zusammen in der Bibliothek verstecken gespielt. Einmal sind wir dabei auf diesen Raum hier aufmerksam geworden. Es ist Mutters geheimes Arbeitszimmer gewesen. Hier schrieb sie immer in ihre Tagebücher.«

Während Andriana ihre Geschichte erzählt, geht sie um den Tisch herum und fährt mit den Fingern über die einzelnen Blätter. Dabei hinterlässt sie vereinzelt silberblaue Spuren.

»Wir haben nie verstanden, warum sie darum so ein Geheimnis gemacht hat. Erst nach ihrem Tod wurde es mir klar. Meine Trauer trieb mich hierher und ich las mir ihre Gedanken durch. Sie wusste, was passieren würde und wollte nicht, dass es je jemand erfährt. Ich verließ diesen Raum und kehrte nie wieder zurück. Ich erzählte niemandem von diesem Ort und mit der Zeit geriet er in Vergessenheit. So wie es sein sollte«, endet sie und hört auf zu reden.

Stille legt sich über den Raum.

»Warum hast du mich dann hergeführt?«, will ich schließlich wissen, als ich das Schweigen nicht mehr aushalte.

»*Ich* habe dich nicht hergeführt«, korrigiert sie mich, wobei aus ihren Augen bloße Wut spricht.

»Vielleicht hast du mich nicht hierher gelockt, aber du hast mir gezeigt, wie ich die Tür öffne«, berichtige ich mich.

Andrianas Blick wird wieder sanfter. »Das stimmt. Es ist wichtig, dass du etwas verstehst.«

Schnellen Schrittes kommt sie auf mich zu und bleibt so dicht vor mir stehen, dass ich sehen kann, wie die Magie ihren Körper zusammenhält.

»Die Geschichte wird sich wiederholen. Was einst war, wird wieder sein und du wirst es nicht verhindern können, egal wie stark deine Magie auch sein mag.«

Kapitel 14

Nachdem Andriana diese Prophezeiung ausgesprochen hat, war sie auch schon wieder verschwunden. Ich hatte keine Gelegenheit, sie zu fragen, was sie damit meinte.

In den darauffolgenden Tagen ging ich immer wieder in den geheimen Raum unter der Bibliothek. Ich stellte fest, dass die Bücherregale hier alle mit den gleichen Büchern gefüllt waren, wie die Regale vor dem Eingang.

Doch im Gegensatz zu denen waren diese Schriften allesamt bis zur letzten Seite mit Aufzeichnungen und Gedanken von Aurora gefüllt. Sie war wirklich eine leidenschaftliche Königin, Gefährtin und Mutter.

Alles, was sie tat, vollführte sie mit scheinbarer Selbstsicherheit und Güte. Doch die Tagebücher offenbarten mir auch eine Seite an Aurora, von der ich bisher noch nichts wusste.

Sie stellte jede ihrer Taten in Frage und war sich oft unsicher, wie es weitergehen soll. Vor allem zweifelte sie oft daran, ob es richtig war, die Völker zu vereinen und Königin zu werden. Sie glaubte, dass jemand anderes besser geeignet wäre für diese Würde.

Am schlimmsten waren ihre Ängste, als sie ihren Töchtern das Leben schenkte. Sie beschreibt, wie sie heranwachsen und sich dabei immer unähnlicher wurden. Äußerlich sahen sie sich immer noch zum Verwechseln ähnlich, wären da nicht ihre Haare gewesen. Doch innerlich strebten sie in andere Richtungen.

Letztendlich zerstritten sich die Schwestern so sehr, dass Kadira den Palast und ihre Familie ohne Vorwarnung verließ. Aurora ließ immer wieder ihre Magie durch Aquilia strömen, konnte ihre älteste Tochter jedoch nie wieder ausmachen. Das brach ihr das Herz und kostete sie schließlich auch das Leben.

Ihren Tod hat sie schon viele Mondzyklen, bevor er wirklich eintrat, vorhergesehen. Doch noch bevor sie starb, schrieb sie eine letzte Prophezeiung auf. Sie wusste, dass die Phoenixmagie, die sie in sich trug, nach ihrem Tod einen neuen Träger auswählen würde. Sie vertraute darauf, dass die Magie den Richtigen erwählen würde, wusste jedoch auch, welche Bürde das mit sich bringen würde.

Heute weiß ich, dass seit Auroras Tod niemand mehr von der Phoenixmagie als würdig erachtet wurde.

Niemand außer meiner Schwester.

Doch sie ist nicht mehr bei uns und ich bin mir nicht sicher, ob sie diese Magie immer noch in sich trägt.

Meine Magie hingegen zeigte mir nicht noch einmal Andriana, Kadira oder gar Aurora. Ich blieb allein, als ich mich durch die Tagebücher arbeitete.

Neben den Tagebüchern von Aurora stehen in diesem Arbeitszimmer auch Aufzeichnungen von Zam. Er beschäftigte sich mit den verschiedenen Arten der Magie, die Aquilia den Lux zur Verfügung stellt.

In diesen Büchern fand ich auch endlich das, was ich schon so lange suche. Seine detaillierten Aufzeichnungen über Portale und die Benutzung von Portalkristallen werden mir helfen, meine eigene Schwester nach Hause zu bringen. Ich brauche lediglich einen Portalkristall, den ich glücklicherweise bereits besitze, und meine Magie, die mir den Weg zu meiner Schwester weist.

Genau genommen bräuchte ich einen Gegenstand, der ihr sehr am Herzen liegt, doch da sie meine Zwillingsschwester ist, zähle ich selbst in diese Kategorie.

Es gibt jedoch ein Detail, das zum Problem werden könnte. Der Zauber, den ich anwenden muss, um mit Hilfe des Kristalls den Planeten zu wechseln, ist sehr mächtig und ich fürchte, dass ich nicht stark genug sein werde. Es sei denn, ich führe ihn aus, wenn der Vollmond am höchsten steht. Und das ist das Detail, was meinen Plan etwas durcheinander bringen könnte.

Der nächste Vollmond ist in dreißig Tagen. Doch so lange kann und will ich nicht warten. Also bleibt mir nur heute Nacht.

Warum muss es nur ausgerechnet heute Nacht sein?

Langsam schreitet die Sonne über den Horizont. Ein weiterer Tag ist vergangen, den ich nicht mit meiner Schwester teilen konnte. Doch noch heute Nacht werde ich das ändern.

Fest umschlossen halte ich den Portalkristall in meiner Hand. Die erstaunlich scharfen Kanten des kleinen Steins schneiden in meine Handfläche. Jedes Mal ist meine Magie zur Stelle und verschließt die kleinen Schnitte sobald sie entstehen.

Die Sonne berührt das Meer und beginnt darin zu versinken. Ich bin spät dran. Sobald die letzten Sonnenstrahlen verschwinden, werden die Namen derjenigen verkündet, die wir vor all diesen Mondzyklen bei dem Angriff der Schattenkrieger verloren haben.

Ich verlasse den Balkon und kehre zurück in mein Zimmer. Auf einem Kissen auf meinem Tisch befindet sich das Diadem, welches ich heute Abend tragen soll. Daneben liegt ein Seidentuch, in das ich den Kristall einwickle. Danach lege ich das kleine Bündel in meine Tasche, wo bereits einige Abschriften aus Zams Büchern sowie einige Kleidungsstücke für die Reise, etwas Wasser und Obst ihren Platz gefunden haben.

Die Tasche lasse ich unter meinem Bett verschwinden. Dort werde ich sie später wieder abholen, doch jetzt muss ich erstmal auf einen Ball gehen.

Fahrig streiche ich eine nicht vorhandene Falte aus meinem schwarzen Rock und greife nach meinem Diadem. Ein letzter Blick in den Spiegel zeigt mir mein Ebenbild.

Die eisblauen Augen wirken unnatürlich hell, ebenso meine silberblonden Haare, die zu einem einfachen Knoten zusammengesteckt wurden. Das schwarze Kleid lässt mich noch blasser erscheinen als ich von Natur aus bin, dafür glänzt das Diadem mit meinem Haar um die Wette.

Wer das wohl gewinnen wird?

Dumpf höre ich die Fanfaren, die die Verkündung der Gefallenen einleiten. Ich raffe meinen Rock und renne durch die endlosen Flure des Palastes.

Der Weg von meinem Zimmer zum Ballsaal ist nicht weit und doch erscheint er mir gerade unendlich lang. Vor der Tür, die zum Podest führt, von wo aus die königliche Familie die Gefallenen ehren wird, warten bereits meine Eltern auf mich. Auf dem Punkt mit dem Ausklingen der letzten Fanfare komme ich neben ihnen zum Stehen.

»Darüber werden wir später noch reden«, raunt mir mein Vater in einem Tonfall zu, der mich um meine Gesundheit fürchten lässt.

Dazu wird es wohl nicht kommen, aber das werde ich ihnen nicht unter die Nase binden. Ich verkneife mir eine Antwort und setzte das mitfühlendste Lächeln auf, das Aquilia je gesehen hat. Gemeinsam treten wir auf das Podest und sofort richten sich alle Augen auf uns.

Im Saal herrscht Totenstille. Mein Vater tritt einen Schritt nach vorne und richtet sein Wort an unsere Gäste.

»Heute gedenken wir derer, die im Kampf um unser aller Sicherheit ihr Leben gaben. Heute gedenken wir derer, denen wir zu verdanken haben, heute hier stehen zu dürfen. Heute gedenken wir derer, die mit Abstand die mutigsten und ehrenwertesten unter uns Lux waren. Heute gedenken wir derer, denen vor dreizehn Mondzyklen auf solch grausame Weise ihr Leben genommen wurde. Die Schattenkrieger bedrohen auch heute wieder unser fortbestehen. Doch gemeinsam werden wir uns ihnen entgegen stellen. Gemeinsam werden wir sie dorthin zurück drängen, wo sie hingehören, in die Schatten, aus denen sie gekommen sind.«

Während mein Vater die gleiche Rede hält wie jeden Zyklus, lasse ich meinen Blick über seine Zuhörer wandern. Er schafft es jedes Mal, jeden einzelnen von ihnen zu fesseln, obwohl sich seine Worte seit zwölf Mondzyklen kaum geändert haben.

Die meisten der Anwesenden tragen ein goldenes Rankendiadem auf der Stirn. Sie sind Hochwohlgeborene wie meine Freunde Alivia und Jaxon. Doch wie beim letzten Ball suche ich nach jemanden, der nicht zu ihnen gehört, nach jemanden ohne Rankendiadem auf der Stirn.

Diesmal bin ich mir sicher, dass ich ihn entdecken werde. Sein Vater ist schließlich der Gesandte der Puks und steht damit in einer gewissen Anwesenheitspflicht. Ich kann mir nicht vorstellen, dass er seinem Sohn erlaubt, diesen Ball auszulassen.

Aus dem Augenwinkel entdecke ich feuerrotes Haar. Schnell sehe ich zu der Stelle, an der ich es vermute und...tatsächlich, dort steht er.

In seinem maßgeschneiderten schwarzen Anzug sieht er einfach umwerfend aus. Seine roten Haare sind nicht einmal ansatzweise gebändigt und einzelne Strähnen fallen ihm lässig über die Stirn.

Ich weiß nicht genau, wie lange ich ihn angestarrt habe, doch plötzlich löst er seinen Blick von meinem Vater und sieht mir direkt in die Augen.

Der Abstand zwischen uns scheint auf einmal zu schrumpfen. Seine Miene ist noch immer ernst, doch sie hellt sich auf, sobald er mich ansieht. Ein Lächeln breitet sich auf seinem Gesicht aus, das zum ersten Mal seit langem wieder seine Augen erreicht.

Erleichtert atme ich aus. Erst jetzt wird mir bewusst, dass ich die Luft angehalten hatte. Levi nickt mir zu und wendet seinen Blick wieder meinem Vater zu, der bereits bei der Verkündung der Namen angelangt ist.

»Enis Julyen, Sohn der Hexer, Wächter des Palastes.«

Vor meinen Augen sehe ich erneut, wie die Spitze des Schwertes aus Enis Brust herausragt, wie seine Augen geweitet sind und wie er blutend zu Boden geht. Ich schließe meine Augen und versuche das Bild loszuwerden, als mein Vater bei seiner Aufzählung anfängt zu stocken.

Ich weiß, welcher Name als nächstes kommt. Er kommt immer als letztes. Die Stille im Saal wird greifbar. Niemand wagt es zu atmen.

Meine Mutter greift nach der Hand meines Vaters. Auch nach dreizehn Mondzyklen fällt es ihnen nicht leicht Luccas Namen an die Liste der Gefallenen zu hängen.

Der König und die Königin sehen sich lange in die Augen. In diesem Moment sind sie nicht die Anführer eines Volkes, die ihre Untertanin verloren hatten, sondern sie sind ein Vater und eine Mutter, die ihre älteste Tochter verloren haben. Nicht einmal mir ist es möglich, das Loch auszufüllen, das Luccas Tod in ihren Herzen hinterlassen hat.

»Lucca Kadira Dijan Arien, Tochter der Sternenkrieger, Prinzessin der Lux, Trägerin der Phoenixmagie und meine Zwillingsschwester.« Ich bin mir nicht sicher, ob ich das gerade laut gesagt habe oder nur in meinen Gedanken.

Jemand im Publikum beginnt zu schluchzen. Alle Blicke sind nun auf mich gerichtet. Scheinbar habe ich es wohl doch laut ausgesprochen.

Meine Mutter sieht mich mit Tränen in den Augen an, mein Vater nickt mir nur dankbar zu. Ich habe noch nie laut ausgesprochen, dass meine Schwester zu den Gefallenen gehört, weil ich stets davon überzeugt war, sie würde noch leben.

Heute Nacht hat sich daran nichts geändert. Ich glaube noch immer nicht, dass Lucca Tod ist. Ganz im Gegenteil, ich habe sogar einen Weg gefunden, wie ich sie zurückbringen kann. Aber das muss niemand wissen.

Bevor ich mich jedoch davon schleichen kann, muss ich noch einen Ball eröffnen. Zielstrebig gehe ich durch die Menge, die sich vor mir teilt, auf Levi zu.

Sobald ich bei ihm angekommen bin, bittet er mich galant um den ersten Tanz. Ich willige ein und er führt mich zur Tanzfläche. Die Musiker beginnen zu spielen und wir gleiten über die Tanzfläche.

»Ich muss dir was erzählen«, beginne ich schließlich.

»Ist gut. Aber zuvor muss ich mich bei dir entschuldigen.«

Ich stutzte. »Wofür?«

Verlegen sieht er über meine Schulter, auf mein Diadem oder zu den umstehenden Lux, lediglich nicht in meine Augen. Ich drücke leicht seine Hand. Das scheint ihm Mut zu geben, denn endlich sieht er mir in die Augen. Die Traurigkeit, die mir entgegen schlägt, raubt mir die Luft zum Atmen.

»Ich habe mich wie ein Idiot benommen«, gibt er schließlich zu.

»Das kannst du laut sagen.«

»Lass mich bitte ausreden.«

Ich nicke.

»Es tut mir wirklich leid, wie ich dich die letzten Wochen behandelt habe. Nachdem Alivia dieses Gerücht laut ausgesprochen hatte, konnte ich kaum mehr einen klaren Gedanken fassen. Das war alles sehr verwirrend für mich. Und dann kam der Abschlussball. Ich habe gesehen, wie du die Treppe runtergegangen bist und die Menge mit deinen Blicken durchsucht hast. Verdammt Micah, du sahst so unglaublich schön aus, dass ich mir einen Moment lang gewünscht habe, dass das Gerücht nicht nur ein Gerücht wäre. In diesem Moment wollte ich dich tatsächlich als Freundin. Doch dann ist mir klar geworden, wie lächerlich das eigentlich ist. Ich meine du, die Prinzessin der Lux, und ich, ein gewöhnlicher Puk...«

»An dir ist absolut nichts gewöhnlich«, unterbreche ich ihn.

Gequält lächelt er mich an.

»Du wolltest mich ausreden lassen. Jedenfalls kam dann dieser Hexer zu dir und forderte dich zum Tanzen auf und dann hast du ihm diese Ehre auch noch gewährt. Da ist bei mir irgendeine Sicherung durchgebrannt, von der ich noch nicht einmal wusste, dass sie existiert. Ich habe fluchtartig den Saal verlassen. Draußen wurde mir dann klar, wie dämlich ich mich verhalte. Der Wind hat mir wohl den Kopf durchgeblasen. Ich bin wieder reingegangen und habe dich tanzen sehen. Mit einem Jungen nach dem anderen.«

Ich öffne den Mund und will mich rechtfertigen, doch er lässt mich gar nicht erst zu Wort kommen.

»Lass mich ausreden. Ich spürte Eifersucht in mir aufsteigen. Dabei gab es doch gar nichts, auf das ich eifersüchtig sein sollte. Du bist die Prinzessin, jeder will mit dir tanzen.«

Ich verdrehe die Augen. Schlimm ist nur, dass ich nicht mit jedem tanzen will.

»Jedenfalls bin ich dann einfach zu dir gegangen und hab mit dir getanzt. All die Worte, die ich mir zurechtgelegt hatte, sind in dem Moment aus meinem Kopf gesprungen, als wir begonnen hatten, miteinander zu tanzen. Ich weiß nicht, was an dem Tag mit mir los war. Aber ich weiß, dass ich ne ganze Menge Scheiße geredet habe und das tut mir leid, Micah. Es tut mir leid, wie ich dich behandelt habe. Es tut mir leid, wie ich mit dir geredet habe. Ich weiß nicht, ob du mir das jemals verzeihen kannst, aber ich hoffe, du kannst es versuchen«, endet er mit brüchiger Stimme und senkt den Blick.

»Levi, ich verzeihe dir.« Hoffnungsvoll richtet er seine Augen wieder auf mich.

»Wieso? Ich meine, nach dem, was ich getan habe? Warum verzeihst du mir das alles einfach so?«

»Ganz einfach. Weil du mein bester Freund bist. Gemeinsam haben wir schon so viel überstanden und wir werden auch dieses

Gerücht gemeinsam überstehen«, erkläre ich ihm.

Ich sehe, wie er versucht, nicht zu weinen. Wir sind längst nicht mehr alleine auf der Tanzfläche.

»Wollen wir kurz raus gehen?«

Er nickt und führt mich von der Tanzfläche. Gemeinsam verlassen wir den vollen Saal und gehen durch die beleuchteten Flure. Zielsicher findet Levi den Weg in den kleinen Innenhof.

Es gibt noch einen Palastgarten, der wesentlich größer ist, dabei jedoch nicht ansatzweise so gemütlich wie dieser hier. Außerdem sind wir hier ungestörter.

Wir lassen uns auf eine steinerne Bank nieder, die am Rand der Lichtung steht, und lauschen den Geräuschen der Nacht. Jeder von uns hängt seinen eigenen Gedanken nach.

Meine schweifen zu dem, was ich heute Nacht noch geplant hatte. Bis der Mond seinen Zenit erreicht, bleibt mir nicht mehr viel Zeit.

»Du wolltest mir noch etwas erzählen«, unterbricht Levi meine Gedanken.

Richtig. Ich zögere. Vorhin wollte ich ihm noch von meinem Plan erzählen, und jetzt?

Schon seltsam, dass ich ihm davon erzählen wollte, als wir noch zerstritten waren und jetzt, wo er sich entschuldigt hat, auf einmal nicht mehr. Vermutlich habe ich einfach nur Angst, dass wir uns dann gleich wieder streiten.

»Komm schon, Micah. Ich sehe doch, dass dich etwas belastet.«

Ich hole tief Luft.

»Ich habe dir doch immer von meinen Träumen von Lucca erzählt...«, beginne ich.

Sofort setzt er sich aufrechter hin und mustert mich besorgt. »Hattest du wieder einen dieser Träume?«

Ich schüttele den Kopf. »Nicht seit dem Wettkampf.«

»Du meinst den, in dem du diesem aufgeblasenen Troll den Hintern versohlt hast?«

»Rede nicht so über Trey. Er ist gar nicht so schlimm.«

»Wie du meinst.«

»Aber um ihn geht es jetzt gar nicht. An dem Tag hat mir meine Magie meine Schwester gezeigt.«

»Deine Magie? Was? Ist die jetzt ein selbständiges Lebewesen, dass sie dir einfach so etwas zeigen kann?«, fragt Levi bestürzt.

Aber ich komme nicht darum, seinen ironischen Unterton herauszuhören. Ich verdrehe die Augen.

»Nein, ist sie nicht. Aber etwas ist jetzt anders, seit diesem Kampf. Ich weiß nicht so recht, wie ich es erklären soll. Sie ist jetzt einfach stärker und sie hat mir Lucca gezeigt. Sie hat mir gezeigt, dass Lucca noch lebt und dass sie auf mich wartet. Und ich weiß, wie ich sie finden kann und wie ich zu ihr komme und wie ich sie wieder nach Aquilia zurückbringen kann«, einmal angefangen kann ich gar nicht mehr aufhören ihm davon zu erzählen. Die Worte sprudeln nur so aus mir heraus.

»Wow, wow, wow. Jetzt mal ganz langsam Micah«, bremst mich Levi. »Was genau ist jetzt anders mit deiner Magie?«

»Das ist doch jetzt überhaupt nicht von Bedeutung«, winke ich ab.

»Ich finde das sehr wohl wichtig. Micah, deine Seelenmagie ist eine der mächtigsten Kräfte in diesem Universum. Wenn sich daran etwas ändert...das könnte gefährlich werden.«

»Ich weiß aber...«

»Nichts aber. Wissen deine Eltern schon davon?«

»Nein und wie bereits gesagt, ist das jetzt nicht von Bedeutung.« Ich spüre, wie mir die Zeit davon läuft.

»Levi, ich kann dir das jetzt nicht alles erklären. Nimm es bitte erstmal so hin, wie es jetzt nun mal ist. Ändern kannst *du* es sowieso nicht. Es gibt noch etwas viel wichtigeres...«

»Etwas wichtigeres als die Massenvernichtungswaffe, die in deinem Inneren schlummert?«, fragt er ungläubig.

»Ja, essentiell wichtiger. Moment...Massenvernichtungswaffe? Levi, ich bin doch kein Monster.«

Er beginnt zu schmunzeln. »Was ist denn nun wichtiger?«

»Lucca. Ich weiß jetzt wie ich zu ihr kommen kann.«

»Aber Micah, Lucca ist tot. Das hast du doch vorhin selber gesagt.«

Ich wusste, dass mir das noch zum Verhängnis werden würde, aber ausgerechnet jetzt bei Levi?

Wie unfair muss das Schicksal eigentlich sein?

Ein Ziehen in meinem Inneren beweist mir, dass die Zeit für Erklärungen jetzt vorbei ist.

»Also gut. Entweder du glaubst mir ohne lange Erklärungen oder du bleibst hier. Ich werde jetzt meine Schwester nach Hause holen.«

Mit diesen Worten stehe ich von der Bank auf und verlasse den Innenhof auf direktem Weg in mein Zimmer. Erst als ich schon den Türgriff in der Hand habe, gelingt es Levi mich einzuholen. Er folgt mir in mein Zimmer.

»Was hast du nur vor Micah?«

»Sagte ich doch. Ich werde meine Schwester nach Hause holen.«

Noch während ich zu meinem Kleiderschrank gehe, beginne ich bereits mein Kleid zu öffnen.

»Wow. Ziehst du dich jetzt vor mir aus? So viele Details wollte ich heute Nacht gar nicht von dir sehen.«

Ich werfe Levi einen verstörten Blick über die Schulter zu.

»Wobei...wenn ich es mir recht überlege...mach ruhig weiter.« Er legt den Kopf schief und jetzt kann ich mir ein Lachen nicht verkneifen.

Ich drehe mich zu ihm um und streiche langsam erst den einen und dann den anderen Träger von meiner Schulter, dabei werfe ich

Levi einen lüsternen Blick zu. Er wiederum kann seinen Blick nicht von meinen nun vollkommen entblößten Schultern abwenden und sein Mund ist einen Spalt breit geöffnet. Langsam hebe ich meine Hand und greife nach meinem Diadem.

»Fang«, rufe ich Levi zu, bevor ich ihm meinen Kopfschmuck entgegen werfe.

So schnell reagieren habe ich ihn bisher nur gesehen, wenn es etwas zu essen gab. Aber es gelingt ihm, das Diadem zu fangen, bevor es auf den Boden fällt.

Lachend drehe ich mich um und verschwinde in meinem Kleiderschrank. Dort lasse ich das schwarze Ballkleid auf den Boden fallen und schlüpfe schnell in ein einfaches dunkelblaues knielanges Sommerkleid. Es ist eines meiner bequemsten und unauffälligsten Kleider, da es nur aus einem einzigen Stück Stoff besteht und keinerlei Verzierungen besitzt. Dazu ziehe ich meine verstärkten schwarzen Kampfstiefel mit silberner Schnürung an.

Beim Verlassen des Kleiderschrankes löse ich den Knoten in meinem Haar und flechte sie zu einem einzelnen langen Zopf zusammen, den ich mir anschließend über die Schulter lege.

»Du kannst mir das Diadem jetzt wiedergeben, Levi.«

Er erwacht aus seiner Starre und kommt auf mich zu.

»Wow. Wo willst du denn hin?«

»Weiß ich noch nicht. Hol mal bitte die Tasche unter meinem Bett hervor«, fordere ich ihn auf.

Währenddessen lege ich meinen Gürtel mit dem Dolch um die Hüfte und nehme meinen Schmuck ab. Alles bis auf eine Kette, die ich kurz an mich drücke.

Der Anhänger besteht aus einer silbernen Flamme und ist das einzige, was ich noch von meiner Schwester habe. Sie wurde ihr zu ihrer Geburt geschenkt, während an meiner Kette ein Stern hängt. Als wir zum ersten Mal unsere Kräfte einsetzten, haben wir beschlossen, unsere Ketten zu tauschen. Damit hat jede von uns immer einen Teil der anderen bei sich.

»Du bist ja echt gut vorbereitet«, bemerkt Levi und kommt mit meiner Tasche auf mich zu.

»Du kennst mich doch.«

Ich nehme ihm die Tasche ab und überprüfe noch einmal, ob ich alles eingepackt habe. Der Kristall liegt noch immer in sein Stofftuch eingewickelt oben drauf. Ich lege den Gurt über meine Schulter und gehe zur Wand neben der Tür.

Auf zwei Stäben liegt mein silberner Bogen. Dieser Bogen ist etwas Besonderes. Sobald ich ihn spanne, legt sich ein magischer Pfeil an die Sehne. Ich hebe den Bogen über meinen Kopf und senke ihn, als ob ich ihn mir um den Hals legen wollen würde. Während dieser Bewegung verwandelt er sich in eine silberne Halskette mit einem Bogen ohne Sehne als Anhänger.

Über einem Haken neben mir hängt ein schwarzer Umhang, den ich mir als Letztes über die Schultern lege.

Der Mond steht kurz vor seinem Zenit.

Jetzt oder nie.

Ich drehe mich zu Levi um. Der starrt mich nur mit offenem Mund an und kann seinen Augen nicht glauben.

»Das ist jetzt deine letzte Chance. Entweder du kommst mit und hilfst mir oder du bleibst hier. Mir wäre es lieber, wenn du mitkommen würdest«, stelle ich ihn vor die Wahl.

Es vergehen einige Sekunden, in denen er scheinbar wirklich abwägt, ob er mitkommen sollte oder mich lieber bei den Wächtern verpfeift. Schließlich kommt er zu einem Entschluss. Noch ehe er ihn ausspricht, weiß ich bereits, was er plant.

»Ich werde dir helfen, so wie immer.«

»Gut, dann komm.«

Ich wende mich zum Gehen. Doch statt das Zimmer durch die Tür zu verlassen, gehe ich zu einer weiteren Geheimtür neben meinem Tisch.

»Wow, du meinst es echt ernst, oder?«, fragt mich Levi erstaunt, als ich die Tür öffne.

Ich werfe ihm einen vielsagenden Blick über die Schulter zu, bevor ich in den Geheimgang gehe. Levi folgt mir schweigend.

Der Gang besteht aus einer schmalen Treppe, die sich immer tiefer nach unten dreht. Es kommt mir vor wie eine Ewigkeit, bis die Stufen endlich Felsen weichen. Wir haben das Ende des Ganges erreicht.

Unter uns brechen die Wellen an den Klippen, über uns erstreckt sich ein raues Steinmassiv. Wenn man nicht weiß, wo der Eingang zu dem Geheimgang ist, kann man ihn von dieser Seite aus unmöglich finden.

Hinter mir beginnt Levi zu fluchen. Ich drehe mich zu ihm um und sehe, wie er gerade die Schäden an seinem Anzug betrachtet.

»Das wird teuer«, bemerkt er trocken.

Mühsam verkneife ich mir ein Lachen. »Ich ersetze ihn dir.«

»Darauf kannst du dich verlassen.«

Kopfschüttelnd drehe ich mich wieder dem Meer zu. Über uns schiebt sich gerade der Mond über den Rand der Klippen. Sobald er im Zenit steht, kann ich ihn von hier aus komplett sehen. Er wird mit seiner ganzen vollen Pracht auf uns herab scheinen.

»Also, wie finden wir jetzt deine Schwester?«, fragt Levi neben mir.

Ich sehe ihn an und greife mit einer Hand in meine Tasche. Meine Finger umschließen das Tuch und ich ziehe den Kristall heraus.

»Hiermit.«

Levis Augen weiten sich voller Staunen. »Woher hast du einen Portalkristall? Ich dachte, die wären alle verschollen oder zerstört.«

»Sind sie auch.«

Ich betrachte den kleinen Stein in meiner Hand.

»Ich habe diesen hier vor einigen Mondzyklen zwischen den Steinen hier gefunden.«

Ich deute vage auf eine Stelle hinter mir. Levi will sehen, wohin ich zeige und rutscht bei dem Versuch, sich umzudrehen, weg. Um Gleichgewicht bemüht, richtet er sich wieder auf.

»Weißt du, wie man ihn benutzt?«

Ich nicke leicht und richte meinen Blick wieder auf den Mond. Es fehlt nur noch ein ganz kleiner Teil. Gespannt verfolge ich seine Wanderung.

Meine Magie brodelt aufgeregt unter meiner Haut.

Gleich geht es los.

Nur noch ein paar Sekunden...

Jetzt.

Der Mond erscheint in seiner gesamten Fülle über uns. Sein Licht strahlt auf uns herab. Der Kristall in meiner Hand wird wärmer, er nimmt das Mondlicht in sich auf und reflektiert es.

»Krass«, kommentiert Levi ehrfürchtig.

Ich weiß, dass er nicht den plötzlich glühenden Kristall in meiner Hand meint, denn der ist nicht der einzige, der das Mondlicht reflektiert. Meine Haare strahlen ebenfalls im Licht des Mondes.

»Gib mir deine Hand«, fordere ich Levi auf.

Schnell verschränken sich unsere Finger miteinander.

»Nicht loslassen.«

»Hatte ich nicht vor.«

Ich konzentriere meine ganze Magie auf den Kristall in meiner Hand. Er beginnt immer heller zu strahlen.

»Es geht los.«

Ich spüre seine ungeheure Kraft. Sie zieht mich förmlich in sich hinein. Meine Gedanken kreisen nur um Lucca. Das Licht wird so hell, dass ich meine Augen schließen muss.

»Ich komme Schwester«, flüstere ich in die Nacht heraus.

Und dann verliere ich den Boden unter den Füßen.

Kapitel 15

Um mich herum dreht sich alles. Krampfhaft klammere ich mich an Levis Hand, mit der anderen umschließe ich den Kristall.

Ich weiß nicht, wo oben und unten ist.

Mir wird schlecht. Zum Glück habe ich nicht allzu viel gegessen gehabt.

Neben mir spüre ich, wie sich Levi zusammen krümmt. Er hatte wohl etwas mehr gegessen.

Hoffentlich hat es keine Auswirkungen auf unsere Reise, wenn er sich während des Teleportierens übergibt.

Ich spüre einen Schmerz in meiner linken Hand, der von dem Kristall ausgeht. Ich weiß nicht, wie lange ich das noch durchhalte. Plötzlich spüre ich wieder Boden unter meinen Füßen. Doch nicht nur Boden.

Ein Druck, den ich noch nie zuvor gespürt habe, legt sich auf mich. Meine Sinne sind vollkommen überlastet. Mein Kopf kann nicht deuten, was sie übermitteln.

Ich versuche tief einzuatmen, um wieder einen klaren Gedanken fassen zu können, doch statt Luft füllt etwas flüssiges, salziges meine Lungen. Ich versuche es wieder loszuwerden, doch bei dem Versuch strömt nur noch mehr Wasser hinein.

Instinktiv stoße ich mich kräftig vom Boden ab und versuche irgendwie an die Oberfläche zu kommen. Levi hält meine Hand immer noch fest umklammert, sodass ich ihn mit mir nach oben ziehe.

Ohne meine Augen zu öffnen, hoffe ich, in die richtige Richtung zu schwimmen. Der Druck um mich herum verringert sich.

Das ist ein gutes Zeichen.

Levi hat sich inzwischen gefangen und bringt uns mit zielstrebigen, kräftigen Bewegungen weiter voran. Plötzlich durchbrechen wir die Wasseroberfläche.

Ich spucke das Wasser aus meinen Lungen und atme gierig die frische Luft ein. Levi tut es mir gleich. Hustend versuchen wir, wieder zu Atem zu kommen.

Erst jetzt öffne ich meine Augen und bin überwältigt von dem Anblick, der sich mir bietet. Das Ufer scheint nicht weit weg zu sein, zumindest wenn ich davon ausgehe, dass die ganzen Lichter vom Land kommen.

Auch hier ist es Nacht und die Sterne erstrahlen über uns. Ich sehe hinauf zum Mond und muss feststellen, dass dieser noch nicht ganz voll ist. In zwei Tagen sollte es soweit sein.

Das ist gut, denn es bedeutet, dass wir nicht dreißig Tage hier bleiben müssen. Vielleicht werden meine Eltern dann nicht ganz so sauer auf mich sein.

Andererseits weiß ich nicht, ob ich meine Schwester innerhalb dieser zwei Tage finden kann.

Nicht die Hoffnung verlieren.

Ich spüre, dass sie ganz in der Nähe ist. Wenn ich tiefer in mich hineingehe, erkenne ich, dass das nicht nur eine vage Vermutung ist. Nein, Lucca ist ganz in der Nähe.

»Wir sollten ans Land. Wer weiß, was in diesen Gewässern alles rumschwimmt«, bemerkt Levi.

Gemeinsam schwimmen wir auf die Lichter drauf zu, jedoch ohne uns dabei an den Händen zu halten. Je näher wir den Lichtern kommen, desto deutlicher kann ich auch Gespräche und Gelächter von Lebewesen hören. Aus der Ferne klingen sie wie Lux. Aber das ist unmöglich, denn das würde bedeuten, dass wir immer noch auf Aquilia sind.

Jetzt sind wir dem Strand bereits so nah, dass ich einzelne Individuen am Wasser sitzen sehen kann. Von außen wirken sie wie Lux, jedoch kann ich noch nicht benennen, welcher Art sie entstammen.

Ich spüre wieder Boden unter meinen Füßen und höre auf zu schwimmen. Gemeinsam bleiben wir im Wasser stehen.

»Kannst du spüren, was die sind?«, fragt mich Levi.

Ich sehe zu den Schemen am Strand und konzentriere mich auf meine Magie.

»Nein, kann ich nicht«, stelle ich verängstigt fest.

Levi sieht mich besorgt an. »Was ist los?«

»Die Reise hat mich geschwächt. Ich...aber das kann nicht der Grund sein. Ich meine, ich kann immer noch ganz deutlich spüren, dass du ein Puk bist.«

Levi schnaubt. »Das sollten wir nicht als Kontrollwert nehmen. Dafür verbringen wir zu viel Zeit miteinander.«

»Stimmt auch wieder. Aber ich weiß, was ich fühle. Und diese dort«, ich deute auf die Schemen am Strand, »sind keine Lux.«

»Aber was sind sie dann?«

Ja, was sind sie dann?

Wenn ich das nur wüsste...

Nachdenklich lasse ich meinen Blick über die Gestalten schweifen.

»Ich fürchte es gibt nur einen Weg, um das herauszufinden.«

»Du willst mich doch auf den Arm nehmen oder?«

»Ich fürchte nicht.«

Noch bevor Levi irgendwelche Einwände erheben kann, gehe ich auf den Strand zu. Im Wasser zu laufen ist hier genauso aufwändig wie auf Aquilia und doch bin ich mir sicher, dass wir nicht mehr auf Aquilia sind.

Wo sind wir nur gelandet?

Nass und schwer bleiben Umhang und Kleid an meinem Körper kleben.

»Den Anzug kann ich wohl vergessen«, bemerkt Levi trocken.

Ich kann ein Schmunzeln nicht unterdrücken. Das Wasser geht uns nur noch bis zu den Hüften, als die Gestalten am Strand auf uns aufmerksam werden. Ihre Gespräche verstummen und sie zeigen aufgeregt in unsere Richtung. Wir kommen etwa zwanzig Schritte von ihnen entfernt aus dem Wasser und müssen dabei einen sehr erbärmlichen Eindruck machen.

Ich streiche mir eine nasse Strähne aus dem Gesicht. Mein Zopf liegt nass auf meinem Rücken. In einer flüchtigen Bewegung hole ich ihn über meine Schulter und versuche ihn etwas aus zu wringen.

»Ich glaube, das hat keinen Sinn.«

Ich unterbreche meine Bemühungen und sehe Levi vorwurfsvoll an.

»Was denn?«, fragt er unschuldig und hebt abwehrend die Hände.

Am Rand meines Gesichtsfeldes nehme ich eine Bewegung wahr. Ich wende mich der Gruppe zu, die uns immer noch aufmerksam mustert. Eine Gestalt steht auf, löst sich von den anderen und kommt auf uns zu.

Sie läuft barfuß über den steinigen Boden und trägt lediglich zwei knapp geschnittene Stoffstücke. Ihre kurzen dunklen Haare fallen strähnig bis zu ihren Schultern. Sie hält etwas in der Hand, das ich als Handtuch ausmachen kann. Unsicher sehe ich zu Levi.

»Noch können wir weglaufen«, flüstert er mir zu, während er das Mädchen misstrauisch mustert.

»Ich glaube, dafür ist es bereits zu spät«, erwidere ich und wende mich wieder der Fremden zu.

Einige Schritte entfernt bleibt sie vor uns stehen.

»Mon Dieu! Vous êtes venu d'où tout à coup? Ça va?«, fragt sie uns in einer Sprache, die ich zuvor noch nie gehört habe, und doch verstehe ich jedes Wort.

Ich zögere mit einer Antwort. Ich bin mir nicht sicher, was sie weiß oder wie viel ich sagen kann, geschweige denn, ob sie mich überhaupt versteht, wenn ich ihr jetzt antworten würde. Unsicher blickt sie zwischen Levi und mir hin und her und mustert dabei unsere unterschiedlichen Outfits.

»You don't speak french? Can you understand me now?«, fragt sie uns in einer weiteren fremden Sprache, wobei sie so mühelos von einer Sprache in die andere wechselt, als würde sie das tagtäglich machen.

»Nein, schon in Ordnung. Wir verstehen dich«, antworte ich schließlich in der ersten Sprache, in der sie uns angesprochen hatte, die scheinbar *Französisch* heißt.

»Es geht uns gut. Wir sind nur etwas nass geworden«, beantwortet Levi ihre ersten Fragen, so wie ich in dieser fremden Sprache.

Aus den Tagebüchern Auroras weiß ich, dass wir Lux sehr anpassungsfähig sind. So liegt es uns im Blut, andere Sprachen auf Anhieb zu beherrschen. Es hilft uns dabei, mit anderen Lebewesen zu kommunizieren und weniger aufzufallen.

»Ihr seid nicht von hier, oder?«, fragt uns das Mädchen und legt dabei den Kopf schief.

Ich schüttele den Kopf, wobei sich nasse Haarsträhnen aus meinem Zopf lösen.

»Und ihr redet nicht viel«, stellt sie fest.

Weil wir dich nicht kennen, schießt es mir durch den Kopf, doch ich verkneife mir eine Bemerkung.

»Wo ist denn *hier*?«, stellt Levi die Frage, auf deren Antwort ich ebenfalls sehr gespannt bin.

»In Marseille«, erwidert das Mädchen.

Ich werfe Levi einen verwirrten Blick zu, der auch dem Mädchen nicht entgeht.

»Im Süden Frankreichs«, präzisiert sie ihre Aussage, scheinbar in der Hoffnung, dass uns das mehr sagen würde.

Fehlanzeige.

Unsicher sieht das Mädchen zwischen uns hin und her, bevor sie sich ihren Freunden zuwendet. Diese beobachten uns noch immer misstrauisch, stehen aber nicht auf, um zu uns zu kommen. Sie richtet ihre Aufmerksamkeit wieder auf uns.

»Ihr wisst nicht, wo Frankreich liegt?«

»Was ist *Frankreich*?«, fragt Levi leise.

Das Mädchen vor uns beginnt zu lachen. Sie denkt wohl, dass das ein Scherz war. Doch uns ist momentan nicht nach Scherzen zu mute. Das bemerkt sie auch und hört auf zu lachen. Sie sieht uns unsicher an.

»Das war gar kein Scherz?«

Levi schüttelt den Kopf. Vorsichtig geht sie einen Schritt auf uns zu. Sie mustert uns jetzt noch intensiver als zuvor.

»Suchst du etwas Bestimmtes?«, komme ich nicht umhin, sie zu fragen.

Langsam wird mir die Situation sehr unangenehm.

»Ihr seid euch sicher, dass ihr nicht verletzt seid? Habt ihr euch auch nicht den Kopf oder so angeschlagen?«

»Ja, ganz sicher«, erwidere ich gereizt.

Kann sie uns nicht einfach sagen, wo wir hier sind und uns dann in Ruhe lassen?

Sie scheint mir nicht zu glauben und tritt noch einen Schritt näher an mich heran. Eines muss ihr lassen: Sie ist mutiger als ich es ihr zugetraut hätte.

Eindringlich sieht sie mir in die Augen. Ich halte ihrem Blick stand, doch spüre ich, wie sich meine Magie in meinem Inneren regt.

Plötzlich reißt sie ihre Augen weit auf und taumelt einige Schritte zurück. Erschrocken hält sie die Luft an. Ihre Freunde stehen auf und wollen zu ihr eilen, doch Levi wirft ihnen einen Blick zu, der sie erstarren lässt.

»Wer seid ihr?«, fragt sie mit zittriger Stimme.

»Die Frage ist wohl eher, *was* bist du?«, kontert Levi, ohne die Gruppe aus dem Blick zu lassen.

»Ich...ich...ich bin ein Mensch, so wie ihr«, stottert sie unsicher.

Levi schnaubt. »Wir sind kein *Mensch*«, stellt er fest. »Wir sind Lux.«

Sie weicht noch einen Schritt vor uns zurück. Langsam geht meine Geduld zu Ende. Mit zielstrebigen Schritten überbrücke ich den Abstand zwischen dem Mädchen und mir. Sie will zurückweichen, doch ich greife nach ihrem Arm und halte sie davon ab.

Sofort reagiert meine Magie und dringt in sie ein. Ein Gefühl der Angst durchfährt mich, ihre Angst vor uns. Erinnerungen erscheinen vor meinem inneren Auge, doch es sind nicht meine, sondern ihre.

Ich sehe zwei kleine blonde Kinder auf einer Rasenfläche spielen, ein Mädchen hält eine seltsame Apparatur vor ihrem Gesicht und ein Lichtblitz erscheint.

Immer schneller zeigt mir meine Magie Einblicke in ihr Leben. Zwei ältere Jungen und ein jüngeres Mädchen jagen sich über eine Rasenfläche, ein großes Gebäude mit teilweise rosafarbenem Anstrich ragt vor mir auf, das wohlige Gefühl einer liebenden Familie erfüllt mich. Ich halte dieses Gefühl fest und verstecke mich dahinter, während meine Magie ihre Seele berührt.

Ich will gerade die Verbindung trennen, als mir ein Schatten mit silberblonden Haaren auffällt. Ich tauche tiefer in diese Erinnerung ein. Das Bild wird klarer, doch das Mädchen kann ich noch immer nicht genau erkennen. Sie dreht mir den Rücken zu. Lediglich ihre schulterlangen, silberblonden Haare bleiben mir im Gedächtnis.

Solche Haare habe ich noch nie gesehen. Das Mädchen geht an einigen Booten vorbei und verschwindet dann hinter einer Ecke. Ich will ihr hinterhergehen...

Ein schmerzhaftes Ziehen erfüllt mich, hält mich davon ab, ihr zu folgen und katapultiert mich aus den Erinnerungen heraus.

Ich bin wieder ich selbst und stehe dem Mädchen, das meine Schwester gesehen hatte, gegenüber. Mit weit aufgerissenen Augen sieht sie mich an. Sie scheint kaum zu atmen.

Schuldgefühle regen sich. Ich glaube, ich habe sie traumatisiert. Mit meiner Hand halte ich noch immer ihren Arm umklammert. So kann ich sie nicht zurücklassen.

Erneut lasse ich meine Magie in sie hineinfließen, diesmal jedoch langsam und behutsam. Ich suche nach diesem Gefühl des absoluten Glückes und verteile es in ihrem Inneren. Sie entspannt sich unter meinem Griff. Danach nehme ich noch jegliche Erinnerungen an Levi und mich und ziehe sie langsam und vorsichtig zusammen mit meiner Magie aus ihr heraus.

Die Erinnerungslücke wird sie dem Alkohol, den ich in ihr spüre, zuschreiben und sich nichts weiter dabei denken. Sollten wir uns noch einmal begegnen, was ich stark bezweifle, dann wird es für sie wie ein Deja-vú sein, jedoch keine greifbare Erinnerung mehr.

Ich verlasse wieder ihre Seele und sehe in ihre blaugrauen Augen. Sie sind nicht mehr vor Angst geweitet, sondern wirken viel entspannter.

Etwas schläfrig taumelt sie ein paar Schritte nach hinten. Sofort lasse ich sie los und sie geht zurück zu ihren Freunden, ohne sich noch einmal umzudrehen. Ich gebe Levi ein Zeichen und gemeinsam entfernen wir uns von der Gruppe.

»Was hast du herausgefunden?«

Mein bester Freund hat schon so oft miterlebt, wie ich meine Magie bei anderen eingesetzt habe, dass er mich nicht mehr fragen braucht, ob ich sie angewendet habe oder nicht.

»Wir sind definitiv nicht mehr auf Aquilia.«

»Wo sind wir dann?«

»Auf einem Planeten, den sie *Erde* nennen.«

»Erde«, flüstert Levi und lässt sich das Wort auf der Zunge zergehen.

»Das heißt, dass der Portalkristall funktioniert hat.«

»Hast du daran gezweifelt?«

In seinen Augen erkenne ich, dass er gezweifelt hat. Ich lächele.

»Ich war mir auch nicht sicher«, gebe ich zu.

Abrupt bleibt er stehen. Ich folge seinem Beispiel und wende mich ihm zu.

»Warte. Soll das heißen, dass du mich zu einer Reise mitgenommen hast, von der du nicht einmal wusstest, ob wir sie überhaupt überleben würden?«

Ich antworte nicht auf die Frage, was ihm als Erklärung genug zu sein scheint. Empört reißt er die Hände hoch.

»Verdammt Micah. Du hättest uns beide umbringen können.«

»Du hättest nicht mitkommen müssen«, halte ich entgegen.

»Du weißt, dass ich dich das niemals hätte alleine machen lassen.«

»Dann reg dich doch noch so auf.«

»Ich soll mich nicht aufregen?«, fragt er schrill.

Wir sind zum Glück weit genug von jeglichen anderen Menschen – ja ich weiß jetzt, welche Rasse sie sind – entfernt, sodass sie uns nicht belauschen können. Mal abgesehen davon, dass unsere Sprache in ihren Ohren sowieso mehr wie eine fremdartige Melodie klingt als wie eine wirkliche Sprache nach ihren Definitionen.

»Wieso beim großen Phoenix sollte ich mich bitteschön nicht aufregen. Du hast mich zu einer vermutlich tödlich endenden Reise mitgenommen, bei der mein Anzug komplett ruiniert wurde und die uns auf einen Planeten mit seltsamen Lebensformen führte.«

»Wie gesagt, deinen Anzug ersetzt ich dir«, bemerke ich trocken.

Levi rauft sich die Haare. Er sieht aus, als ob er gleich in die Luft gehen würde. Doch dann atmet er tief ein und aus und beruhigt sich wieder.

»Hast du wenigstens schon herausfinden können, ob Lucca hier ist?«, fragt er mich jetzt schon viel ruhiger.

Ich nicke, drehe mich um und gehe weiter auf die Lichter der Straßenlaternen zu. Aus den Erinnerungen des Mädchens konnte ich nicht nur den Namen des Planeten herausfinden, sondern habe mir auch direkt alles Wissen angeeignet, was sie in ihren gesamten neunzehn Lebenszyklen gesammelt hat. Dadurch weiß ich auch, wo sie Lucca gesehen hatte.

»Sie ist hier. Elena hat sie gesehen.«

»Elena?«

»Das Mädchen.«

»Ach, habt ihr zwei etwa schon Freundschaft geschlossen?«, fragt Levi sarkastisch.

»Wollt ihr euch treffen, bevor oder nachdem ihre Freunde uns grün und blau geschlagen haben? Denn ich schwöre dir, dass sie das vorhatten.«

Ich werfe ihm einen Blick zu, der ihn getötet hätte, wenn ich diese Gabe besäße.

»Ich habe ihr jegliche Erinnerungen an unser kleines Zusammentreffen genommen.«

Wieder bleibt Levi abrupt stehen. »So etwas kannst du?«

Ich drehe mich zu ihm um und hebe die Augenbrauen. »Das weißt du doch.«

»Ich hab es wohl vergessen«, murmelt er.

»Jetzt komm schon. Wir haben einen weiten Weg vor uns und nicht viel Zeit.«

Ich drehe mich wieder um und klettere über eine kleine Mauer, um auf den befestigten Weg zu gelangen. Eiligen Schrittes holt Levi mich ein.

»Wohin gehen wir denn?«

»An den Ort, wo Elena meine Schwester gesehen hatte.«

Kapitel 16

Den Weg an den Hafen zu finden, den ich in Elenas Erinnerungen gesehen habe, stellt sich als schwieriger heraus, als ich zuvor angenommen hatte.

Den größten Teil des Weges folgten Levi und ich einer Straße, die am Meer entlang führte, bevor wir in die Stadt einbogen. Dort verliefen wir uns einige Male, bevor wir uns darauf einigten, dass es wohl das Beste wäre, einfach weiter am Wasser entlang zu laufen.

Zum Glück ist nachts auf den Straßen Marseilles nicht ganz so viel los, doch den Menschen, denen wir begegneten, fiel unser für sie eigenartiges Auftreten ins Auge. Wenn wir ihnen zu nahe kommen, wechseln einige von ihnen die Straßenseite, andere werfen uns misstrauische Blicke zu, während wieder andere, die ganz offensichtlich zu viel Alkohol im Blut haben, mir sogar hinterher pfeifen.

Zugegeben, selbst auf Aquilia hätte man uns, so wie wir gerade aussehen, komisch angesehen. Die warme Nachtluft trocknet unsere Kleidung nicht ganz so schnell, wie ich es mir gewünscht hätte. Aus meinem Zopf haben sich einzelne Strähnen gelöst, die jetzt mein Gesicht umrahmen und mir immer wieder über die Augen fallen.

Meine Schuhe musste ich zwischendurch ausziehen, um Wasserreste aus zu kippen. Doch auch das hilft ihnen nicht beim Trocknen. Und trotzdem sehe ich nicht halb so schlimm aus wie Levi.

Seine Haare stehen in alle Richtungen ab oder kleben Schweiß getränkt an seiner Stirn. Sein Anzug ist sowohl an der Hose als auch an der Jacke eingerissen gewesen.

Als ich meine Schuhe auskippte und meinen Umhang so gut es ging auswrang, beschloss er kurzerhand, sich selbst als Schneider zu versuchen. Er riss seine Hosenbeine kurz oberhalb der Knie ab und schmiss sie zusammen mit der zerrissenen Jacke in den nächstbesten Mülleimer. Die Ärmel seines nicht mehr ganz so weißen Hemdes hat er hochgekrempelt.

Und so laufen wir nun durch die verwirrenden Straßen einer Stadt, von der wir bis vor ein paar Stunden noch nie etwas gehört hatten.

»Aaaaalsoooo«, beginnt Levi.

Ich werfe ihm einen Seitenblick zu, der ihn seine nächsten Worte noch mal überdenken lässt.

»Du bist dir sicher, dass wir in die richtige Richtung laufen?«, fragt er dann doch.

Vor ungefähr einer Stunde habe ich aufgehört mit zu zählen, wie oft er mich das nun schon gefragt hatte.

»Ich frage nur, weil...naja...du weißt schon...«, stottert er.

Ich will ihn gerade fragen, worauf er hinaus will, als ich auch schon seine Antwort höre. Ein lautes Grummeln durchdringt die Stille der Nacht oder besser gesagt des frühen Morgens, denn langsam weicht der dunkle, sternenbedeckte Himmel einem helleren Blau.

Ich bleibe stehen und sehe Levi mit großen Augen an. Er hält sich schuldbewusst eine Hand vor den Bauch und sieht mich entschuldigend an. In diesem Moment konnte ich nicht anders, als laut los zu lachen. Ausgelassen stimmt Levi mit ein.

Es dauert eine ganze Weile, bis ich mich wieder halbwegs beruhigen kann, um zu reden.

»Lass mich raten: Du hast hunger?«

Levi streicht sich eine Träne aus dem Augenwinkel und zieht die Schultern hoch. »Ich glaube, die Antwort auf diese Frage kennst du bereits.«

218

Wieder überkommt mich eine Lachanfall. Diese Situation ist einfach zu absurd. Wir sollten uns auf das konzentrieren, was vor uns liegt. Doch stattdessen lachen wir über Levis knurrenden Magen.

Es ist bereits eine ganze Weile her, dass wir das letzte Mal etwas gegessen hatten. Man könnte auch sagen, dass wir innerhalb dieses Sonnensystems noch nie etwas gegessen haben. Ich hole meine Tasche unter meinem Umhang hervor.

Vorsichtig schiebe ich den Portalkristall, der wieder eingewickelt im Seidentuch, ganz oben in der Tasche liegt, zur Seite. Erstaunlicherweise hat der Inhalt meiner Tasche die Reise unbeschadet überstanden, sodass ich bedenkenlos einen Apfel herausholen kann.

Ich reiche ihn Levi, der ihn mir erleichtert aus der Hand reißt. Genüsslich beißt er ein großes Stück heraus und kaut darauf herum.

»Du bist eine Lebensretterin«, murmelt er mit vollem Mund.

Lächelnd schüttle ich den Kopf, schließe meine Tasche und schiebe sie wieder unter den Umhang. Ich will mich gerade wieder zum Weiterlaufen umdrehen, als mir aus dem Augenwinkel eine Bewegung auffällt.

Schnell sehe ich in diese Richtung, doch dort ist nichts weiter als eine leere Straße. Nicht einmal Menschen treiben sich hier herum. Und doch bin ich mir sicher, dass ich etwas gesehen habe. Levi fällt mein Verhalten auf.

»Was ist denn?«, fragt er mich mit vollem Mund.

»Ich dachte, ich hätte etwas gesehen…Aber ich habe mich wohl geirrt.«

Noch immer wende ich meinen Blick nicht von der Stelle ab, an der ich die Bewegung gesehen hatte. Levi richtet sich auf und folgt meinem Blick. Aufmerksam mustern wir die Straße hinter uns.

»Meinst du, uns folgt jemand?«, fragt mich Levi besorgt, diesmal mit leerem Mund.

Ich lasse die Frage unbeantwortet. Das dumpfe Gefühl, dass uns jemand oder etwas aus Aquilia hierher gefolgt sein könnte, erfüllt mich mit Angst.

»Wir sollten weitergehen.«

Levi nickt und folgt mir weiter Richtung Hafen, jedoch nicht, ohne noch einmal einen prüfenden Blick über die Straße schweifen zu lassen.

Der Himmel über uns wird mit jedem Schritt, den wir gehen, heller und heller. Je später es wird, desto mehr Menschen sehen wir auf den Straßen. Die Stadt scheint zum Leben zu erwachen.

»Hast du dir eigentlich schon überlegt, was du Lucca sagen willst, wenn du sie findest?«, fällt Levi ohne Beschönigungen mit der Tür ins Haus – eine Redensart der Menschen, die ich aus Elenas Gedanken kenne.

Ich öffne den Mund für eine Antwort, doch kein Wort verlässt meine Lippen. Kurz werfe ich einen Blick über meine Schulter, doch ich kann nichts magisches feststellen.

Meine Konzentration kehrt zurück zu dem Gespräch mit Levi. Wieder öffne ich den Mund, um etwas zu sagen...

Mir fällt nichts ein.

Resignierend senke ich den Blick. Levi lässt mich die ganze Zeit nicht einmal aus den Augen und so fällt ihm auf, dass ich absolut keine Ahnung habe, wie ich mit Lucca reden soll.

»Wow...das ist...ich weiß echt nicht, was ich dazu sagen soll. Wie hast du dir das denn gedacht, Micah? Hast du geglaubt, du gehst einfach zu diesem mysteriösen Hafen, an dem du Lucca in den Erinnerungen von dieser Alana...«

»Sie heißt Elena«, unterbreche ich ihn leise.

»Na wie auch immer. Hattest du wirklich geglaubt, dass du einfach so zu diesem Hafen gehen kannst, an dem du in *Elena*s

Erinnerungen Lucca gesehen hast und sie dann wie durch ein Wunder ebenfalls gerade an diesem Hafen ist und ihr euch dann einfach nur anseht und euch lachend und weinend in die Arme fallt, als wäret ihr nur ein paar Wochen voneinander getrennt gewesen?«

Ich muss zugeben, dass ich so etwas in der Art gehofft hatte, ja. Aber das werde ich ihm ganz bestimmt nicht sagen. Doch das brauche ich auch gar nicht. Er erkennt bereits an meiner Reaktion, dass er meinen Plan durchschaut hat.

»Beim großen Phoenix. Micah, das kann nicht dein ernst sein.«

Empört wirft er die Hände nach oben. Dabei hat er jedoch so viel Schwung drauf, dass ihm die Reste seines Apfels aus der Hand fliegen und im hohen Bogen neben uns im Wasser landen.

»Neein«, schreit Levi seinem Essen hinterher, über das sich jetzt wohl irgendwelche Fische hermachen werden, und lehnt sich theatralisch über die kleine Mauer, die den Fußweg vom unter uns liegenden Meer trennt.

Meine Sorgen sind vergessen und ich krümme mich vor Lachen. Levi lehnt noch immer über der rosafarbenen Mauer und lässt den Kopf hängen.

»Lachst du mich gerade aus?«, fragt er mich mit einem Blick über die Schulter.

Ich versuche mich zu beruhigen und unterdrücke krampfhaft den nächsten Lachanfall. Mit durchgedrücktem Rücken blicke ich ihn aufrichtig an.

»Das würde ich mir niemals wagen«, antworte ich sarkastisch, dabei gelingt es mir nicht, die Freude komplett aus meiner Stimme zu verbannen.

Levi sieht mich gespielt misstrauisch an, richtet sich auf und kommt langsam auf mich zu.

»Es gehört sich nicht für eine Prinzessin ihre treuen Untertanen aus zu lachen.«

Hätte Levi seiner Stimme bei diesem Satz nicht seine typische Pukhaftigkeit verliehen, hätte ich ihm sogar geglaubt, dass er es ernst meinte. Doch so konnte ich es mir nicht verkneifen, wieder loszuprusten.

Dadurch bemerke ich auch erst zu spät, wie er auf mich zu schießt und nach mir greift. Mit einem übereilten Sprung versuche ich, ihm auszuweichen, verliere dabei jedoch bei der Landung mein Gleichgewicht, sodass ich mit dem Hintern hart auf dem steinernen Boden lande. Jetzt ist es an Levi mich aus zu lachen.

»Das hast du aber auch schon mal besser hinbekommen«, bemerkt er zwischen zwei Lachkrämpfen.

Ich bin so auf Levi und mein schmerzendes Hinterteil konzentriert, dass ich zuerst gar nicht registriere, was ich dort hinter meinem besten Freund sehe.

Schnell rapple ich mich auf. Jegliche Freude ist aus meinem Gesicht verschwunden, was Levi jedoch nicht mitzubekommen scheint. Ich gehe an ihm vorbei, während er sich krampfhaft nach vorne beugt und sich vor Lachen kaum noch halten kann.

»Du hättest deinen Blick sehen sollen, als du auf dem Boden auf kamst.« Erneut gackert er vor sich hin.

Doch meine Aufmerksamkeit ist schon längst wieder auf etwas anderes gerichtet...oder besser gesagt jemand anderes.

Keine fünfzig Schritte von uns entfernt sehe ich, wie ein Mädchen auf den Klippen am Wasser sitzt und konzentriert in einem Buch liest. Dieser Anblick hätte mich an sich nicht überrascht, da ich selbst auch am liebsten irgendwo in Ruhe ein Buch lese.

Aber dieses Mädchen auf den Klippen hat eine sehr besondere Haarfarbe. Ihre Haare sind silberblond. Das gleiche silberblond, das auch meine Haare und die meines Vaters färbt.

Aufgeregt gehe ich an die kleine Mauer heran, über die sich noch bis vor wenigen Augenblicken Levi gebeugt hatte. Erst jetzt bemerkt Levi, dass sich etwas verändert hat. Er hört auf zu lachen, streicht sich ein paar Tränen aus den Augen und stellt sich neben mich.

»Was ist denn los?«, fragt er, ohne den Blick von mir zu nehmen.

Anstatt ihm zu antworten, starre ich nur weiter auf dieses Mädchen, mit der mir so vertrauten Haarfarbe. Levi folgt meinem Blick und zieht erstaunt die Luft ein. Er reibt sich über die Augen und sieht noch mal zu den Klippen.

»Das ist...das kann doch nicht...Ist das...?« stammelt er.

Unfähig auch nur ein Wort über die Lippen zu bringen, nicke ich stumm. Wenn mich meine Augen nicht täuschen – und das kommt wirklich sehr, sehr selten vor – dann haben wir gerade eben meine für tot erklärte Schwester gefunden.

»Willst du nicht zu ihr gehen?«, fragt mich Levi, der sich schneller als ich wieder gefangen hat.

Stumm nicke ich. Vorsichtig drehe ich mich etwas und gehe an der Mauer entlang. Meinen Blick wende ich nicht einmal von dem Mädchen ab. Ich kann immer noch nicht glauben, dass sie wirklich so dicht bei mir ist.

Nach all den Zyklen, die ich jetzt schon ohne sie verbringe, in denen ich sie immer wieder verzweifelt gesucht habe, in denen mir alle weismachen wollten, dass sie tot sei, ist sie jetzt so dicht bei mir. Je näher ich ihr komme, desto deutlicher kann ich ihre Umrisse erkennen.

Auch wenn sie sitzt und sich über ihr Buch beugt, kann ich erkennen, dass ihre Haut genauso blass ist wie meine. Ihre Haare gehen ihr wirklich nur bis zu den Schulterblättern, doch sie sind genauso leicht gewellt und hell wie meine. Ich bin mir sicher, dass wenn sie aufstehen würde, wir exakt gleich groß wären. Ich kann einfach nicht aufhören, sie anzustarren.

»Hier ist eine Treppe«, versucht mich Levi aus meinen Gedanken zu holen.

Ich habe Angst, dass Lucca verschwindet, sobald ich sie aus den Augen lasse. Ich bleibe genau über ihr stehen und sehe auf ihren Hinterkopf.

»Komm schon, Micah.« Levi zieht mich sanft am Arm von der Mauer weg und auf eine weitere hinter mir zu.

Widerwillig drehe ich mich um und erkenne, dass er mich zu einer von kniehohen rosafarbenen Mauern umbauten Treppe führt. Wir klettern über die Begrenzung und landen auf der ersten Stufe. Vorsichtig folgen wir ihnen nach unten. Die Geräusche der Straße werden durch das Rauschen des Meeres abgelöst, je tiefer wir kommen.

Wir erreichen das Ende der Treppe und ich komme mir vor, als hätten wir erneut den Planeten gewechselt. Vor mir erstreckt sich das klare, türkisblaue Meer. In sanften Wellen schlägt es auf die rauen Kanten der Felsen. Die Steine, auf denen wir stehen, sind nicht so steil oder so rutschig wie die unter dem Palast. Sie strahlen in einem beruhigenden sandfarbenen Ton. Im Meer kann ich kleine Fische erkennen, die mutig genug sind, hier heran zu schwimmen.

In meine Nase strömt ein salziger Geruch, der mich schon seit unserer Ankunft hier verfolgt. Doch so dicht am Wasser hier unten ist er noch intensiver.

»Pass auf, wo du hintrittst«, macht mich Levi auf kleine Kuhlen im Felsmassiv aufmerksam.

Ich höre, wie jemand scharf Luft einzieht und sehe in die Richtung, aus der das Geräusch kommt. Prompt wird mein Blick von zwei eisblauen Augen eingefangen.

Ich wage es kaum zu atmen, geschweige denn mich zu bewegen oder zu reden. Ich verliere jegliches Zeitgefühl, während ich mich nicht aus dem Blick meiner Schwester lösen kann.

Keiner sagt ein Wort, niemand rührt sich vom Fleck. Lediglich das Meer lässt sich von uns nicht stören und lässt das Wasser weiter gegen den Felsen tanzen.

Nach einer gefühlten Ewigkeit räuspert sich Levi lautstark neben mir. Damit weckt er sowohl mich als auch Lucca aus der Trance. Sie schüttelt leicht den Kopf.

»Du siehst aus wie ich«, haucht sie.

Ich nicke.

»Und du siehst aus wie ich«, erwidere ich ebenfalls flüsternd.

»Wie kann das sein?«, fragt sie ungläubig.

Sie klappt ihr Buch zu und mustert mich von oben nach unten und wieder zurück. Schließlich bleibt sie bei meinem Geburtsmal auf der Stirn hängen.

»Was ist das?«

»Lucca«, hauche ich und gehe einen Schritt auf sie zu.

Auf einmal erwacht sie vollkommen wieder zum Leben. Sie springt so schnell auf und weicht einige Schritt zurück, dass ich ihr kaum folgen kann.

»Woher kennen Sie meinen Namen?« In ihre Stimme mischt sich Wut.

Warum ist sie denn jetzt wütend? »Lucca, bitte...«

Ich will noch einen Schritt auf sie zugehen, doch Levi hält mich zurück.

»Lass ihr Platz«, murmelt er mir zu.

Ich atme tief durch und besinne mich auf meine Lektionen als Prinzessin.

»Hallo Lucca. So heißt du doch, oder?« frage ich sie mit kräftigerer Stimme.

Sie nickt, antwortet aber nicht.

Ich nehme das als gutes Zeichen. »Mein Name ist Micah Andriana Devin Arien.«

Ich sehe, wie sie auf meinen Namen reagiert. Ihre Lippen bewegen sich, doch es kommt kein Ton über sie.

»Vielleicht hätte es gereicht, wenn du nur deinen ersten Namen genannt hättest«, kommentiert Levi.

Ich werfe ihm einen vernichtenden Blick zu.

Er hebt beschwichtigend die Hände und geht einen Schritt zurück. »Hab nichts gesagt.«

Ich richte meine Aufmerksamkeit wieder auf meine Schwester. Sie steht ungefähr zehn Schritte von mir entfernt. Es wäre ein Leichtes für mich, diese Distanz zu überwinden und meine Kräfte bei ihr einzusetzen.

Doch das kommt mir falsch vor.

So möchte ich nicht, dass sich meine Schwester wieder an mich erinnert. Wenn in ihr noch irgendwo Erinnerungen an mich und ihr Leben auf Aquilia schlummern, dann muss sie diese von alleine finden. Anders wird sie die Tatsache, dass sie kein Mensch ist, nicht akzeptieren.

Vorausgesetzt der Annahme, sie denkt, sie sei ein Mensch. Das muss ich herausfinden.

»Du erkennst mich, oder?«, frage ich stattdessen etwas vollkommen anderes, als ich eigentlich wollte.

Ein hysterisches Lachen kommt über Luccas Lippen.

»Oho«, murmelt Levi hinter mir.

»Ob ich dich erkenne? Natürlich erkenne ich dich.«

Ein Gefühl des puren Glücks durchströmt mich. Ein breites Grinsen breitet sich auf meinem Gesicht aus.

»Du siehst aus wie ich. Ich sehe dich jedes Mal, wenn ich in den Spiegel sehe.«

Das war nicht das, was ich erwartet hatte. Mein Gesichtsausdruck erstarrt.

»Na gut, normalerweise siehst du ein bisschen mehr so aus wie ich. Du hast die gleiche Frisur wie ich.« Sie zeigt auf meinen verwüsteten Zopf, mein Blick folgt ihrem Finger.

»Und du trägst das gleich wie ich.«

Ich mustere ihr Outfit. Sie trägt eine sehr kurze Hose und ein Trägertop. Zugegeben, unser Auftreten sieht nicht einmal ansatzweise gleich aus.

»Und du hast nicht dieses...dieses...Ding da auf der Stirn.«

Meine Mundwinkel zucken nach oben.

»Ich glaube deine Schwester ist verrückt geworden«, bemerkt Levi trocken.

Dabei flüstert er nur leider nicht ganz so leise, wie er es sich wohl dachte.

Lucca erstarrt. Den Finger immer noch auf meine Stirn gerichtet, öffnet sie immer wieder den Mund und schließt ihn wieder, ohne auch nur ein Wort hervorzubringen.

»Ups...Entschuldige Micah.« Levis Gesichtsausdruck wird von einer schuldbewussten Miene eingenommen.

Vorsichtig trete ich einen Schritt auf Lucca zu.

»Ich bin nicht dein Spiegelbild«, sage ich schwach. »Und das weißt du auch«, stelle ich fest, als ich sehe, wie sich in ihren Augen etwas verändert.

Die Angst, die Wut, das Erschrockene weichen zurück und Erkenntnis beginnt sich zu zeigen. Ich gehe noch einen Schritt auf sie zu.

»Lucca, mein Name, Micah, das sagt dir was, richtig?«

Sie deutet ein Nicken an. Zuversicht bestärkt mich, einen weiteren Schritt auf sie zuzugehen.

Alles um mich herum beginnt in den Hintergrund zu verschwinden. Meine gesamte Konzentration ist auf Lucca gerichtet, die langsam ihre Hand sinken lässt.

»Weißt du noch, woher du ihn kennst? Meinen Namen? Woher du mich kennst? Denn du kennst mich.«

Kurz scheint Lucca in ihren Erinnerungen zu verschwinden, doch dann blitzt Erkenntnis über ihr Gesicht.

Ich lächele. Sie weiß, wer ich bin.

»Micah, vorsicht.«

Etwas Schweres prallt gegen mich und reißt mich von den Füßen. Hart schlage ich auf dem Boden auf. Die Luft wird aus meinen Lungen gepresst.

Ein stechender Schmerz breitet sich in meinem Kopf aus, ausgehend von der Stelle, wo ich auf den Stein geschlagen bin. Mir wird schwarz vor Augen. Etwas schweres liegt auf meiner Brust. Ich bekomme keine Luft mehr.

Entfernt höre ich einen spitzen Schrei, doch ich kann nicht zuordnen, von wo er kommt. Mühsam versuche ich, das Gewicht von meiner Brust runter zu bekommen.

Das Schwarz vor meinen Augen weicht langsam einem verschwommenen Bild. Blinzelt versuche ich, das Bild schärfer zu stellen. Währenddessen greift, was auch immer da auf mir liegt, nach meinen Armen und drückt meine Handgelenke auf den spitzen Stein unter mir.

Ein Schmerz durchzuckt meine Hand, als sie an einer der scharfen Kanten lang schabt. Meine Magie regt sich in meinem Inneren. Sie verdrängt die Schmerzen aus meinem Kopf und hilft mir, wieder klar zu sehen. Leider gefällt mir nicht, was ich da sehe.

Dicht vor meinem Gesicht befindet sich das grünliche Antlitz eines Wassergeistes, ein besonders hässliches Exemplar wohlgemerkt. Aus tiefschwarzen Augen sieht es mich an und kommt meinem Gesicht immer näher.

Ich versuche mich unter ihm zu regen, doch er drückt nur meine Handgelenke fester auf den Stein. Mit seinem nassen, schleimigen, schweren Leib sitzt er auf meiner Hüfte und verhindert so, dass ich nach ihm treten könnte.

Wie abgelenkt konnte ich eigentlich sein, dass mich ausgerechnet ein Wassergeist so leicht überwältigen konnte?

Er öffnet seinen Mund dicht über meiner Nase. Angewidert drehe ich meinen Kopf weg, als mir der widerliche Gestank von verfaultem Fisch und etwas Unbeschreiblichen entgegen strömt.

»Wo ist der Schlüssel?«, will er von mir wissen.

Seine Stimme klingt dabei, als käme sie aus den Tiefen des Meeres. Ich habe Schwierigkeiten ihn zu verstehen.

»Wo ist der Schlüssel?«, fragt er mich erneut.

Als ich wieder nicht antworte, schabt er mit meinen Händen über die scharfen Kanten der Steine. Ich spüre, wie die Haut aufreißt und von einer warmen, klebrigen Flüssigkeit benetzt wird.

Noch bevor sich der Schmerz ausbreiten kann, ist meine Magie zur Stelle und verschließt die Wunde. Ich wende meinen Blick wieder der Kreatur zu, die mich so einfach überwältigen konnte.

Sie weiß wohl nicht, mit wem sie sich gerade angelegt hat. Ich sehe ihr in die Augen und dringe mühelos in ihre Seele ein. Der Hautkontakt macht es mir sogar noch leichter, sie zu manipulieren. Da ich nicht vorhabe mich lange in diesem verdorbenen Geist aufzuhalten, lasse ich meine Magie dafür sorgen, dass der Wassergeist das Bewusstsein verliert.

Kaum habe ich mich aus der feuchten Seele zurückgezogen, klappt die Kreatur auch schon zusammen. Dummerweise landet sie dabei mit ihrem gesamten Gewicht auf mir, sodass mir erneut die Luft auf der Lunge gepresst wird. Mühsam schaffe ich es diesmal, sie von mir hinunter zu hieven.

Ich hocke mich hin und studiere aufmerksam die Umgebung. Als erstes nehme ich wahr, dass es unglaublich viele Wassergeister sind, die uns angreifen. Ein Blick ins Meer verrät mir, dass dort noch mehr auf dem Weg zu uns sind.

Drei sind bereits in einen wilden Kampf mit Levi verstrickt. Er tut sein Möglichstes, um gegen sie zu bestehen, aber ohne eine Waffe wird er nicht mehr lange durchhalten. Ich hole den Dolch aus seiner Scheide und richte mich auf.

»Levi«, rufe ich quer über die Felsen und werfe den Dolch geschickt auf einen der Wassergeister, der Levi gerade einen Schlag in die Magengrube verpassen wollte.

Levi sieht kurz zu mir herüber, bevor er sich den Dolch aus dem toten Angreifer zieht. Im nächsten Moment wirbelt er auch schon herum und rammt die Klinge bis zum Heft in den Bauch eines weiteren Wassergeistes.

Levi wird klarkommen. Ruckartig drehe ich mich um. Erschrocken muss ich feststellen, dass sich gleich zwei weitere Wassergeister auf meine Schwester gestürzt haben. Sie pressen ihren Körper an die steinerne, rosafarbene Wand, die die Treppe umgibt.

Ich löse die Schnur, die meinen Umhang geschlossen hält und lasse ihn achtlos fallen. In einer fließenden Bewegung ziehe ich mir meine Kette über den Kopf. Der kleine Anhänger wird größer und größer, das Band wird fester und dicker.

Kaum habe ich sie über mich gehoben, habe ich auch schon meinen silbernen Bogen in der Hand. Ich spanne die Sehne, ein Pfeil erscheint.

Ich sehe mein Ziel deutlich vor Augen. Die Sehne erreicht meinen Wangenknochen und ich lasse los. Mit einem leisen Zischen durchschneidet der Pfeil die Luft auf dem Weg zu seinem Bestimmungsort. Noch während er auf sein Ziel zurast, spanne ich bereits wieder die Sehne und ziele auf den zweiten Wassergeist, der meine Schwester festhält.

Mit einem Seitwärtsschritt verändere ich meine Position, um meine Schwester aus der Schussbahn zu bekommen. Der erste Pfeil trifft sein Ziel, den Oberkörper des ersten Wassergeistes, und durchbohrt ihn, bis die Spitze vorne wieder herausragt.

Ich lasse die Sehne los und der zweite Pfeil macht sich auf den Weg. Der erste Wassergeist sieht ungläubig auf die Pfeilspitze, die aus seinem Oberkörper herausragt, lässt von meiner Schwester ab und betastet das tödliche Objekt. Verwirrt sieht er zu seinem Kumpanen, der jedoch bereits tot zusammengeklappt ist. Ein silberner Pfeil ragt aus seiner Brust heraus.

Der erste Wassergeist sieht zu mir auf und stößt einen Schrei aus, der mir die Ohren zum Klingen bringt. Dann bricht er zusammen und rollt über die Felsen ins Meer zurück.

Ich springe über die Steine und eile zu meiner Schwester, die verwirrt auf die leblose Kreatur vor sich blickt. Ich komme gerade bei ihr an, als ihre Beine unter ihr nachgeben. Ich fange sie auf und halte sie davon ab, auf den Leichnam zu blicken. Sie zittert am ganzen Körper.

»Geht es dir gut? Bist du verletzt?«, will ich von ihr wissen, doch sie reagiert nicht auf mich.

»Micah«, höre ich plötzlich Levi vom anderen Ende der Felsen aus rufen.

Ich drehe mich zu ihm um. Aus dem einen Gegner, der noch übrig war, als ich mich meiner Schwester widmete, sind fünf geworden. Fünf weitere Schatten kann ich im Meer erkennen. Ich trete einen Schritt von Lucca weg, hebe den Bogen, spanne die Sehne und lasse einen silbernen Pfeil auf einen von Levis Gegnern los.

Kaum ist der Pfeil unterwegs, spanne ich erneut die Sehne. Ein weiterer Pfeil erscheint. Ich nehme den nächsten Wassergeist ins Visier und lasse die Sehne los. Der Pfeil trifft sein Ziel von hinten im selben Moment, wie Levis Dolch von vorne eindringt.

Ich gehe einige Schritte zur Seite, um einen besseren Winkel zu bekommen und ziele auf den nächsten Angreifer. Die Sehne schellt mit solcher Wucht nach vorne, dass sie mir einen Kratzer auf dem Wangenknochen hinterlässt. Zielsicher durchbohrt der Pfeil sein Ziel.

Levi dreht sich um sich selbst und durchtrennt die Kehle eines weiteren Wassergeistes. Dabei wird er mit einem Schwall blauen Blutes übergossen. Ich höre, wie er flucht und muss grinsen, obwohl die Situation nun wirklich nicht zum Lachen ist.

Wasser peitscht in harten Wellen gegen die Felsen und klettert hinauf. Das sind die anderen Wassergeister, die sich noch im Wasser verstecken. Sie nutzen ihre Gabe, das Wasser zu manipulieren.

Ich stelle mich auf eine etwas erhöhter liegende Kante und durchsuche das umliegende Meer nach den Schatten unter der Oberfläche. Während Wassergeister an Land ein wahrhaft katastrophales Aussehen annehmen, können sie sich unter der Wasseroberfläche perfekt tarnen. Normalerweise sieht man sie dann erst, wenn es bereits zu spät ist.

Doch das hier sind nicht die Gewässer von Aquilia. Diese Kreaturen gehören nicht hierher, darum können sie sich nicht so tarnen, wie sie es gewöhnt sind.

Eine Spiegelung der Sonne lenkt meine Aufmerksamkeit auf eine Stelle etwas weiter von den Klippen entfernt.

Da sind sie.

Ich hebe den Bogen und spanne die Sehne. Die aufgerissene Stelle an meiner Wange brennt, als ich sie mit der Sehne berühre. Wunden, die ich mir selbst zu füge, heilt meine Magie nicht alleine. Aber das ist jetzt auch nicht wichtig. Ich konzentriere mich auf die Schatten unter der Wasseroberfläche und lasse den Pfeil ins Wasser schießen.

Ein schmerzerfülltes Zischen zeigt mir, dass ich getroffen habe. Diese Wassergeister unter Wasser zu treffen, ist wesentlich schwerer, als wenn sie an der Oberfläche wären.

Ich wiederhole das Spannen, Zielen und Loslassen, bis ich auch den letzten Wassergeist mit einem tödlichen Treffer verwundet habe. Dann lasse ich den Bogen sinken und drehe mich zu Levi um.

Keuchend und die Hände auf die Knie gestützt, steht er am anderen Ende der Klippen. Doch er scheint unverletzt zu sein. Das ist jedoch schwer zu sagen, da er über und über mit blauem Blut beschmiert ist.

Er scheint zu spüren, dass ich ihn ansehe und hebt den Blick. Ein pukhaftes Grinsen breitet sich auf seinem Gesicht aus, er richtet sich auf und zeigt mir, dass mit ihm alles in Ordnung ist.

Gleichzeitig wenden wir unseren Blick zu Lucca. Doch sie ist nicht mehr da. Verzweifelt lasse ich meinen Blick über die Felsen gleiten, suche sogar im Wasser. Immer in der Angst, sie verletzt oder schlimmer noch Tod irgendwo treiben zu sehen.

»Lucca?«, beginne ich ihren Namen zu rufen.

Levi rennt zu mir.

»Lucca? Lucca?«

»Hey, hey, hey, hey.« Levi greift nach meinen Armen und zieht mich vom Wasser weg.

Ich will wieder ihren Namen rufen, doch eine schweißnasse Hand legt sich über meinen Mund und erstickt meine Worte im Keim.

»Hey. Du solltest hier nicht wie eine Verrückte herumschreien. Ich hab keine Lust auf eine zweite Runde.«

»Aber Lucca...«, nuschele ich unter seiner Hand.

Er hebt fragend eine Augenbraue und ich nehme seine Hand von meinem Mund.

»Aber Lucca...«, wiederhole ich.

»Vielleicht ist sie weggelaufen«, macht mich Levi auf das offensichtlichste aufmerksam.

Natürlich.

Warum bin ich da nur nicht selber drauf gekommen?

Ich nicke und senke den Blick.

»Hey, mach dir keine Sorgen. Ihr geht es bestimmt gut«, versucht Levi, mich aufzumuntern.

Er legt zwei Finger unter mein Kinn und zwingt mich, den Kopf zu heben. Seine Augen weiten sich, als er meine Wange sieht.

»Du bist verletzt«, stellt er fest und fährt zögerlich mit dem Finger unter der Wunde entlang. Ein leichtes Brennen breitet sich aus.

»Das ist nichts«, winke ich ab und lege selber zwei Finger an die Wunde.

Ich schließe kurz meine Augen und lasse meine Magie den Kratzer verschließen. Das Brennen wird durch ein kühlendes Zucken abgelöst.

»Siehst du, schon verheilt.«

Ich öffne wieder meine Augen und sehe direkt in ein intensives Blau, in dem sich meine eigene Besorgnis spiegelt. Ein schwaches Lächeln hebt meine Mundwinkel.

»Ich...ähm...«, stottert Levi, während er meinen Blick erwidert.

Erst jetzt fällt mir auf, wie dicht wir beieinander stehen. Schnell trete ich einen Schritt zurück und bringe damit den Abstand zwischen uns, der unsere Köpfe wieder klar denken lässt.

»Wir sollten uns beeilen«, fordere ich und hebe meinen Umhang auf, der noch an der gleichen Stelle liegt, wo ich ihn fallen gelassen habe.

Gleichzeitig lege ich mir meinen Bogen als Kette um den Hals.

»Hier.« Levi hält mir meinen Dolch hin, damit ich ihn wieder in seine Scheide stecke.

Dankend nehme ich ihn entgegen. Gemeinsam gehen wir über die Felsen auf die Treppe zu. Kurz bevor die rosafarbene Mauer der Stufen meinen Blick verdreckt, sehe ich noch einmal zu den Wassergeistern.

Die ersten sind bereits dabei, sich in Algen zu verwandeln. Algen, in denen silberne Pfeile liegen. Doch lange werden meine Pfeile nicht mehr zu sehen sein. Sie bestehen aus reiner Energie und werden verschwinden, sobald ich mehr als fünfzig Schritte entfernt bin.

Dann wird von unserem kleinen Kampf nichts mehr zu sehen sein. Dennoch bleibt die Sorge, dass uns vielleicht noch mehr Kreaturen aus Aquilia gefolgt sein könnten.

Kapitel 17

Und schon wieder befinden wir uns auf der Suche nach meiner Schwester. Langsam kommt es mir so vor, als ob das Schicksal will, dass ich für den Rest meines Lebens Lucca hinterher renne.

Diesmal haben wir jedoch einen kleinen Vorteil. Es ist bereits helllichter Tag, sodass ein reges Treiben auf den Straßen Marseilles herrscht. Viele Menschen müssen meine Schwester gesehen haben, auch wenn sie sich dessen nicht bewusst sind.

Aufgrund des angenehm warmen Wetters laufen fast alle in kurzen Oberteilen herum, das bedeutet, dass ihre Oberarme frei sind. So ist es ein Leichtes für mich, sie kurz mit meinen Fingern zu streifen und damit einen Blick in ihre Erinnerungen zu werfen.

Meine Magie stürzt sich auf die Seelen der Menschen, als wären sie Knochen für einen Hund. Es ist jedoch nicht so leicht, wie ich dachte, jemanden zu finden, der meine Schwester gesehen hat.

Ich berührte bestimmt zehn Menschen, als ich in den Erinnerungen eines erstaunlich gut aussehenden jungen Mannes fündig werde. Ihm fiel ein verstört weg rennendes Mädchen mit seltsamen silberblonden Haaren auf. Er fand diesen Anblick sogar so ungewöhnlich, dass er ihr noch eine ganze Weile hinterher blickte. Den Erinnerungen des Mannes folgend laufen wir eine schmale, ansteigende Straße entlang.

Auf dem Weg berühre ich scheinbar zufällig immer wieder vorbeikommende Menschen und werfe einen kurzen Blick in ihre Erinnerung. Den Weg, den Lucca zurückgelegt hat, auf diese Weise zu verfolgen, erweist sich als unglaublich langwierig.

Immer wieder verliere ich ihre Spur und muss auf gut Glück einen Weg einschlagen, den sie hoffentlich auch genommen hat. Dadurch kommt es jedoch auch vor, dass wir uns verlaufen und wieder zurückgehen müssen.

Die Sonne hat bereits lange ihren Zenit überschritten und folgt ihrem Weg zum Horizont, als wir endlich vor einem Hoteleingang ankommen.

»Du bist dir sicher, dass sie da rein gerannt ist?«, fragt mich Levi unsicher.

Den ganzen Tag über musterte er mich schon besorgt und mit jeder Stunde, die verging, verdüsterte sich sein Blick. Jetzt steht er neben mir und beobachtet aufmerksam unsere Umgebung. Auch wenn wir keine Verfolger ausmachen konnten, wollen wir uns nicht darauf verlassen. Die Wassergeister haben wir schließlich auch nicht gesehen, bis es zu spät war.

»Es gibt nur einen Weg, das herauszufinden«, bemerke ich und gehe durch die gläserne Eingangstür des Hotels, die sich wie von Zauberhand für uns öffnen.

Wir kommen in ein Foyer, das rechter Hand von zwei metallenen Türen dominiert wird. Leicht rechts gegenüber von uns befindet sich eine verschlossene Tür, die in einen weiteren Raum führt.

Ein Geräusch lenkt meine Aufmerksamkeit auf einen breiten hellbraunen Holztresen, hinter dem gerade ein Mann auftaucht.

»Der hat wohl ein paar Mal zu oft in die Keksdose gegriffen«, flüstert mir Levi ins Ohr.

Ausgesprochen hätte ich das nie, doch insgeheim muss ich Levi zustimmen. Der Mann hinter dem Tresen hat sein dünnes, dunkles Haar mit einem Gel nach hinten gekämmt und trägt ein schwarzes langärmliges Hemd, das über seinen Bauch spannt.

»Bonjour. Comment je peut vous aider?«, fragt er uns in dieser komischen Sprache, die wohl die Hauptsprache in diesem Land ist.

»Guten Tag, ich bin mir ziemlich sicher, dass Sie uns helfen können«, antworte ich in perfektem Französisch - zumindest vermute ich das – und gehe auf den Tresen zu.

Levi bleibt am Eingang stehen und sieht sich einen Ständer mit Prospekten an. Der Mann stellt sich aufrechter hin und beobachtet uns eingehend. Ihm muss unser seltsames Erscheinungsbild nicht entgehen.

Bis auf sein Gesicht kann ich leider keinen freien Fleck Haut erkennen, also muss ich es auf die komplizierte Art versuchen. Ich setze mein freundlichstes Lächeln auf.

»Ich suche jemanden, der mir sehr am Herzen liegt. Sie ist so groß wie ich, hat dieselbe Augenfarbe und die gleiche Haarfarbe...«, ich deute auf meine Augen und meinen verwüsteten Zopf.

»Ihre sind nur kürzer«, wirft Levi ein.

Ich lächele. »Genau, die Haare des Mädchen, das ich suche, gehen ungefähr bis hier«, ich deute auf eine Stelle kurz über meiner Brust.

»Sie dürfte vor einigen Stunden hierher gekommen sein und vielleicht etwas verstört ausgesehen haben können. Haben Sie sie gesehen?«, frage ich den Mann und setzte dabei das hinreißendste Lächeln auf, das ich zu bieten habe.

Der Mann schluckt schwer und antwortet zögerlich. »Tut mir leid. Ich weiß nicht, von wem Sie reden.« Seine Stimme straft ihn Lügen.

Ich schüttle leicht den Kopf und lächele ihn noch breiter an. Dabei lehne ich mich leicht nach vorne und stütze meine Arme auf dem Holz ab.

»Ich bin mir ziemlich sicher, dass Sie ganz genau wissen, wo ich das Mädchen finden kann«, säusle ich.

Der Mann tritt einen Schritt zurück. Angst huscht über sein Gesicht.

Wovor hat er denn Angst?

Sehe ich vielleicht so aus, als würde ich ihm etwas tun wollen?

Hektisch wandert sein Blick immer wieder zwischen mir und Levi, der sich immer noch mit den Prospekten beschäftigt, hin und her.

»Sie brauchen nun wirklich keine Angst vor uns zu haben. Wir sind nicht diejenigen, die Ihnen weh tun werden.«

Levi schnaubt hinter mir. Ich werfe ihm einen kurzen, vernichtenden Blick zu, er zuckt nur mit den Schultern und widmet sich wieder einem Prospekt.

»Alsoooo«, dehne ich das Wort und richte mich wieder an den Mann. »Wo ist sie?«

Der Mann schüttelt erneut den Kopf. »Tut mir wirklich leid. Ich weiß nicht von wem Sie reden.«

So ein Lügner, schießt es mir durch den Kopf. *Und ein schlechter noch dazu.*

Ich will gerade ansetzen, etwas zu sagen, als ein Schatten an mir vorbeihuscht, den Mann packt und an die Wand drückt. Ein erstickter Aufschrei entweicht meinen Lippen, bevor ich es verhindern kann.

»Wissen Sie eigentlich, wie viel wir bereits auf uns genommen haben, um dieses Mädchen zu finden?«, flüstert Levi dem Mann zu, jedoch laut genug, dass ich ihn trotzdem verstehe.

Er drückt seine Hand an die Kehle des Mannes und lehnt sich noch weiter zu ihm hin. Ich kann nur wie versteinert zu sehen, während Levi ihm etwas ins Ohr raunt, dass ich nicht mehr verstehe.

Die Augen des Mannes weiten sich. Todesangst steht in ihnen. Ich glaube, ich will gar nicht wissen, was er ihm zugeflüstert hat. Kurz darauf löst sich Levi von dem Mann und tritt an meine Seite.

»Also...versuchen wir es nochmal: Wo ist dieses Mädchen?«, fragt Levi mit einer Bedrohlichkeit in seiner Stimme, die nur hervorkommt, wenn er wirklich sehr sauer ist.

Der Mann tritt zögerlich einen Schritt an seinen Tresen heran und gibt etwas in den Computer vor sich ein. Dann reicht er uns eine Karte.

»Sie ist mit ihrer Mutter im Zimmer 224 im zweiten Stock. Mit dieser Karte können Sie den Fahrstuhl benutzen«, antwortet er mit zitternder Stimme.

»Na, warum denn nicht gleich so? Dankeschön.« Levi will ihm die Karte abnehmen, doch diesmal komme ich ihm zuvor.

Ich nehme die zitternde Hand des Mannes in meine und lasse meine Magie in ihn fließen. Schnell finde ich die Erinnerungen an Levi und mich und nehme sie zusammen mit den damit verbundenen Gefühlen aus ihm heraus.

Ich schüttle die Hand und bedanke mich bei ihm. Verwirrt sieht der Mann zwischen uns hindurch und versucht, sich an die letzten paar Minuten zu erinnern.

Levi steht bereits vor einer der beiden metallenen Türen und drückt auf einen Knopf dazwischen. Ich stelle mich zu ihm, als gerade die schweren Türen aufgehen. Gemeinsam betreten wir den seltsamen kleinen Kasten und ich betätige den Knopf für die zweite Etage. Ruckelnd setzt sich der Fahrstuhl in Bewegung.

Gegenüber der Türen befindet sich ein Spiegel. Ein kurzer Blick hinein zeigt mir, dass wir wirklich fürchterlich aussehen. Meinen Zopf kann ich total vergessen. Ich löse das Band, das ihn zusammenhält und durchkämme meine Haare mit den Fingern.

»Meinst du, das bringt irgendwas?«, fragt mich Levi und wirft mir einen schelmischen Blick zu.

»Vermutlich nicht«, seufze ich und lasse meine Hände sinken.

Er greift nach einer Strähne und hält sie ungefähr auf Schulterhöhe fest.

»Wir könnten sie auch abschneiden. Dann hast du nicht mehr ganz so viel zu tun.«

Ich schlage seine Hand weg. »Untersteh dich.«

Mit geübten Fingern flechte ich so gut es geht meine zerzausten Haare wieder zu einem Zopf. Ich binde gerade das Band fest, als der Fahrstuhl mit einem Ruckeln zum Stehen kommt. Ein kurzer

Ton ertönt und eine metallische Stimme sagt das Stockwerk an, in dem wir uns befinden.

Die Türen öffnen sich und geben den Blick auf eine kleine Familie frei, die scheinbar auf den Fahrstuhl gewartet hat. Levi neben mir versteift sich, meine Muskeln spannen sich an.

Besänftigend greife ich mit meinem kleinen Finger nach seinem, in der Hoffnung, ihn so davon abhalten zu können, die Familie anzufahren.

Ein älterer Mann mit grauen Schläfen steht zusammen mit einer brünetten Frau hinter einem kleinen Kind, das ihnen gerade mal bis zu den Hüften geht. Alle drei sehen uns mit vor Überraschung weit aufgerissenen Augen erstaunt an. Das kleine Mädchen fängt sich zuerst wieder und hüpft aufgeregt auf und ab.

»Ich will auch so ein Kleid, Mami. Ich will auch so ein Kleid«, ruft sie immer wieder mit schriller Stimme.

Ihre Eltern versuchen, sie zu beruhigen und mit sich etwas von den Aufzugtüren wegzuziehen. Meine Mundwinkel zucken nach oben beim Anblick des kleinen Mädchens.

Zügig verlassen Levi und ich den Aufzug, bevor die Eltern sich noch entschließen, die Polizei, die auf dieser Welt für die Sicherheit zuständig ist, also das menschliche Pendant zu Aquilias Wächtern, zu rufen.

Bis sich die Aufzugtüren hinter der Familie schließen, höre ich das Mädchen ihre Eltern anbetteln, ihr auch so ein Kleid zu kaufen. Levi zieht an meinem kleinen Finger, der immer noch mit seinem verhakt ist.

»Du hast einen Fan«, grinst er mich an.

Sein Lächeln ist ansteckend. Wir laufen durch den schwach beleuchteten Gang des zweiten Stockwerks. Unsere Schritte werden durch den billigen Teppich auf dem Boden gedämpft.

Meine Augen überfliegen die Zahlen, die auf den Türen stehen. 202, 204, 206…

Wir folgen dem Flur um eine Biegung. 212, 214, 216...

»Das Zimmer müsste am Ende des Ganges liegen«, stellt Levi fest, der die Zahlen auf den Türen zu unserer rechten Seite liest.

Mein Puls beschleunigt sich.

Hoffentlich ist sie wirklich hier.

Hoffentlich erkennt sie mich.

Hoffentlich beginnt sie nicht zu schreien, denn dann hätten wir ein Problem.

220, 222, 224.

Ich bleibe vor der Tür stehen. Levi baut sich neben mir auf.

»Meinst du wir sollten klopfen?«

Ich sehe ihn fragend an und ziehe eine Augenbraue hoch. Er mustert die Tür misstrauisch. Ich richte meinen Blick auch wieder auf das, was mich vermutlich als einziges noch von meiner Schwester trennt.

Das und vielleicht noch ihre nicht mehr präsenten Erinnerungen an mich...und vielleicht noch ihre Angst vor uns, was ich ihr nach dem, was an den Felsen vorgefallen ist, auch nicht wirklich übel nehmen kann.

Na gut, zugegeben, es steht doch noch eine ganze Menge zwischen mir und Lucca als nur diese eine Tür.

Ich atme tief durch und fasse einen Entschluss. Noch bevor meine Hand das Holz berühren kann, um zu klopfen, öffnet sich auch schon die Tür.

»Ich habe euch bereits erwartet«, empfängt uns eine weibliche Stimme.

Mein Blick wandert dorthin, von wo die Stimme kommt und mir verschlägt es den Atem. Ich taumle einen Schritt zurück und traue meinen Augen kaum.

»Hallo Micah«, begrüßt mich Zahra.

»Das ist unmöglich«, raune ich.

»Meine Liebe, du solltest in den Zyklen gelernt haben, dass nichts, aber auch wirklich rein gar nichts unmöglich ist«, korrigiert mich meine ehemalige Kinderfrau.

Levi wirft skeptisch einen Blick zwischen mir und der kleinen Frau hin und her. Er weiß nicht, was er von der Situation halten soll.

»Los kommt rein«, befiehlt Zahra, greift nach meiner Hand und zieht mich in das Zimmer.

Levi folgt uns angespannt.

»Schließ die Tür, junger Puk«, fordert Zahra Levi auf. Der gehorcht.

Das Hotelzimmer ist nicht besonders groß und mit uns dreien bereits vollkommen überfüllt. Durch einen sehr kurzen, sehr schmalen Flur, von dem zwei Türen abgehen und der linker Hand von einer kleinen Küchenzeile dominiert wird, gelangen wir in den Hauptraum, der von einem Schreibtisch an der linken Wand und einem Doppelbett an der rechten Wand komplett ausgefüllt wird.

Auf dem Bett entdecke ich Lucca im Schneidersitz sitzen. Sie trägt andere Klamotten als heute morgen und ihre Haare kleben in feuchten Strähnen an ihrem Kopf. Scheinbar war sie duschen.

Wunden kann ich auf den ersten Blick keine bei ihr entdecken, bis auf ein paar blaue Flecken an den Armen, wo sie von den Wassergeistern festgehalten wurde.

Sie beobachtet Levi und mich aufmerksam. In ihren Augen erkenne ich keine Angst mehr, keine Verwirrung, sondern Erkenntnis. Ich sehe fragend zu Levi, der nur mit den Schultern zuckt.

»Ihr stinkt«, kommentiert Zahra. »Und ihr seht schrecklich aus.«
Levi schnaubt.

»Was erwartest du, alte Frau? Weißt du eigentlich, was wir durchgemacht haben, um hierher zu kommen?«, erwidert er patzig.

Ich werfe ihm einen erstaunten Blick zu und rechne jeden Augenblick damit, dass Zahra ihm an den Hals springt.

Zahra hingegen setzt sich zu Lucca aufs Bett und lächelt missmutig. »Ich kann es mir vorstellen.«

Sie richtet ihren Blick auf mich. Ihre kalten grünen Augen kommen mir so vertraut und doch so fremd vor. Früher lag eine Wärme in ihnen, die ich mit nichts auf der Welt vergleichen konnte. Heute ist sie verschwunden.

»Warum seid ihr hier?« Aus ihrer Stimme tropft dieselbe Kälte wie aus ihren Augen. Aber sie spricht in unserer Sprache mit uns.

Ich werfe einen Seitenblick auf Lucca. Sie sitzt ganz ruhig auf dem Bett und verfolgt unser Gespräch aufmerksam. Entweder Zahra hat sie bereits in alles eingeweiht oder sie hat den Sprachenwechsel nicht mitbekommen, da unsere Sprache für sie genauso natürlich ist wie ihre silberblonden Haare. Ich sehe wieder zu Zahra.

»Wir sind wegen meiner Schwester hier«, antworte ich.

Aus dem Augenwinkel bemerke ich, wie sich Lucca verkrampft. Sie richtet sich gerader auf und mustert mich noch intensiver. Meine Vermutung stimmt also.

Zahra hat es ihr erklärt.

Bleiben nur noch die Fragen, wie viel sie weiß, ob sie es akzeptiert, wenn sie es ihr gesagt hat und ob sie freiwillig mit nach Hause kommt.

»Warum?«, keift Zahra.

Ich werfe ihr einen verwirrten Blick zu. Levi tritt einen Schritt vor.

»Warum wohl?«, fragt er herausfordernd.

Zahra beachtet meinen besten Freund nicht, sie bleibt auf mich fokussiert.

»Wir wollen sie nach Hause holen«, sage ich ruhig.

»Sie ist zu Hause.«

Ich schüttle leicht den Kopf. »Nein. Dieses Land, dieser Planet, das ist nicht ihr zu Hause. Hier gehört sie nicht her. Hier ist nicht ihre Familie. Aquilia ist ihre Heimat.«

Ich richte mich direkt an Lucca. »Aquilia ist *deine* Heimat. Dein Platz ist bei deiner Familie.«

Lucca lässt traurig den Blick sinken.

»Meine Familie ist tot«, flüstert sie.

Ein starker Schmerz breitet sich in meinem Herzen aus. Levi zieht scharf Luft ein.

»*Was* hast du ihr erzählt?« Ich richte meine Frage an Zahra, doch wende meinen Blick nicht von Lucca ab. Meine Stimme ist ruhig, berechnend, kalt.

»Die Wahrheit«, sagt Zahra mit einer vor Selbstgerechtigkeit triefenden Stimme. »Ihre Familie *ist* tot.«

Levi will auf sie zustürmen. Ich kann mir gut vorstellen, was gerade in ihm vorgeht. Ich kriege gerade noch seinen Arm zu fassen, um ihn zurückzuhalten.

»Pfeif dein Hündchen zurück, Kind«, befiehlt Zahra.

Levi zieht nur noch stärker in ihre Richtung. Ich habe Mühe, ihn festzuhalten.

»Das bringt uns jetzt nicht weiter«, sage ich zu ihm.

Er schnaubt. »Das weißt du nicht.«

»Doch, vertrau mir.«

Noch einmal zieht er in Zahras Richtung, doch dann gibt er nach und stellt sich widerwillig hinter mich.

»Schön zu sehen, dass du wenigstens etwas auf die Reihe kriegst«, blafft mich Zahra an.

Meine Magie brodelt unter meiner Haut und fleht darum, freigelassen zu werden. Nur mit sehr viel Selbstbeherrschung kann ich sie zurückhalten. Ich atme tief durch.

Mit Zahra zu diskutieren bringt rein gar nichts, also konzentriere ich mich auf Lucca. Ich muss herausfinden, was Zahra ihr erzählt hat.

»Lucca«, richte ich mich leise an meine Schwester.

Sie zuckt zusammen, sieht mich aber nicht an. Ich wage es, einen Schritt näher zu kommen. Levi bleibt dicht hinter mir.

»Komm nicht näher«, zischt Zahra.

Ich ignoriere sie.

»Lucca, sieh mich an. Bitte«, flehe ich.

Langsam richtet Lucca ihren Blick auf mich. Ich vergesse zu atmen. Es ist wirklich, als ob ich in einen Spiegel blicken würde. Die gleichen Augen, die gleiche Haarfarbe, das gleiche Gesicht.

»Atmen nicht vergessen«, flüstert mir Levi zu.

»Lucca, deine Familie ist nicht tot. Sie lebt. Hörst du? Sie lebt...«, ich schlucke einen Kloß herunter, »...sie lebt und sie vermisst dich furchtbar.«

In Luccas Augen blitzt Hoffnung auf. Zahra stößt ein verächtliches Lachen aus.

»Und warum haben sie sie dann nicht gesucht, huh? Warum sind sie nie gekommen, um sie zu holen? Weil sie tot sind«, mischt sich Zahra wieder ein.

Levi bewegt sich so schnell, dass ich ihn nicht aufhalten kann. Im einen Moment steht er noch hinter mir und im nächsten steht er über Zahra, die bewusstlos am Boden liegt.

Lucca stößt einen spitzen Schrei aus, springt vom Bett und stürmt zu Zahra.

»Was hast du getan?«, fragt sie aufgelöst.

»War das wirklich notwendig?«, richte ich mich an Levi.

Er sieht zu mir und zuckt entschuldigend mit den Schultern. Ich schüttele den Kopf.

Einerseits bin ich ihm dankbar, dass er dafür gesorgt hat, dass Zahra uns nicht weiter unterbricht, andererseits glaube ich, dass es jetzt umso schwieriger wird, Lucca davon zu überzeugen, dass sie uns vertrauen kann.

Lucca funkelt uns wütend an. Ich verdrehe die Augen und gehe auf sie zu. Gebückt sehe ich auf Zahra hinab und strecke eine Hand nach ihr aus, um sie aufzuwecken.

Noch bevor ich ihren Arm berühren kann, schlägt Lucca meine Hand zurück. Erschrocken sehe ich sie an.

»Fass sie nicht an«, faucht sie.

»Ich will ihr helfen«, versuche ich es.

Energisch schüttelt sie den Kopf. »Wir brauchen deine Hilfe nicht. Es ging uns gut, bevor ihr aufgetaucht seid. Wir waren glücklich.«

Ich sehe sie an. Unsere Augen verhaken sich ineinander und ich sehe Unsicherheit in ihren aufblitzen.

»Sicher? Du bist glücklich damit, keine Familie zu haben? Nicht zu wissen, wo du herkommst oder wer du wirklich bist?«

»Ich habe eine Familie. Sie ist meine Familie.« Sie deutet auf Zahra, deren Kopf sie behutsam auf ihrem Schoss betet.

Wieder durchfährt ein Stich mein Herz. Ich sehe auf Luccas Hände, die gleichmäßig über Zahras Haare streichen. Es wäre so einfach, ihre Haut zu berühren und ihr meine Erinnerungen an sie und unsere Familie zu zeigen. Doch ich habe mir geschworen, sie zu nichts zu zwingen.

»Ich glaube, dass du die Wahrheit wissen willst. Ich glaube, dass du weißt, dass das, was Zahra dir erzählt hat, nicht die ganze Wahrheit ist, dass sie das Wichtigste weggelassen hat und dass du wissen willst, was sie dir alles verschweigt.«

Neugierde blitzt in Luccas Augen auf. Ich liege richtig. Jetzt oder nie.

»Ich kann dir zeigen, was sie dir verschwiegen hat. Ich kann dir zeigen, wo du herkommst. Ich kann dir deine Familie zeigen«, meine Stimme bricht.

Tränen füllen meine Augen. Energisch versuche ich, sie wegzubleiben.

Lucca sieht wieder auf Zahra. Sie sieht friedlich aus, wie sie so auf ihrem Schoß liegt. Als sie mir wieder in die Augen sieht, kann ich ihre Entscheidung darin erkennen.

»Ich will es wissen«, sagt sie mit erstaunlich kräftiger Stimme.

Ich nicke, schlucke meine Tränen hinunter, atme tief ein und aus und greife nach Luccas Hand. Meine Magie ist bereit.

Sobald ich ihre Haut berühre, strömt sie los und durchbricht Luccas schwache Barriere. Ich schließe meine Augen, ebenso wie Lucca, und konzentriere mich auf meine wenigen noch vorhandenen Erinnerungen an meine Zwillingsschwester und an alles, was seit ihrem Verschwinden in unserem Land sie betreffend passiert ist.

Ich sehe die Massen von Wächtern, die ins Land hinaus marschieren, um nach Lucca zu suchen, unsere Eltern, die die Hoffnung nicht aufgeben, schließlich jedoch ihren Namen mit den anderen Verstorbenen verkünden, meine Magie, die mir Lucca zeigt und meine Träume von meiner Schwester.

Ich nehme all diese Erinnerungen und noch viele mehr und lasse sie auf meiner Magie zu Lucca gleiten. Eine nach der anderen zeige ich ihr, was sie so dringend wissen will.

Kapitel 18

Lucca schnappt nach Luft.

Ich ziehe meine Magie aus ihr zurück und öffne meine Augen. Tränen laufen meiner Schwester über die Wangen. Atemlos sieht sie mich an.

Sie erinnert sich an mich und an unsere Familie.

Sie glaubt mir. Ich nehme meine Hand von ihrer und will aufstehen.

»Nein, bleib, bitte«, flüstert Lucca erstickt und greift nach mir.

Ich lächele traurig. »Ich werde nirgendwo hingehen. Versprochen. Ich verlasse dich nie wieder.«

Sie nickt und schluckt schwer. Noch immer laufen Tränen hemmungslos über ihr Gesicht. Ihr Griff um meinen Arm wird lockerer und ich drücke ihre Hand.

Levi verlagert hinter uns nervös sein Gewicht von einem Fuß auf den anderen.

»Also ist jetzt alles wieder gut? Friede, Freude, Eierkuchen. Boah, Eierkuchen.« Levi hält sich eine Hand vor seinen Bauch, der in dem Moment laut zu grummeln anfängt und fährt sich mit der Zunge über die Lippen.

»Ich habe so einen Hunger. Was würde ich jetzt nicht alles für ein paar Eierkuchen geben?«, schwärmt er.

Ich versuche mir ein Lachen zu verkneifen, doch als Lucca neben mir laut losprustet, kann ich nicht anders als einzustimmen. Auch Levi beginnt zu lachen und in diesem einen Moment kommt es mir so vor, als wären wir nie getrennt gewesen.

Wie anders mein Leben wohl verlaufen wäre, wenn Lucca nie verschwunden wäre, wenn die Schattenkrieger uns nie angegriffen hätten.

»Was ist los? Warum starrst du mich so an?«, reißt mich Lucca aus meinen Gedanken.

Ich blinzle und wende mich ab.

»Entschuldige, ich kann nur immer noch nicht glauben, dass ich dich wirklich gefunden habe«, gebe ich zu.

Sie lächelt und drückt meine Hand. Auf ihrem Schoß grummelt Zahra vor sich hin und hindert Lucca damit, etwas zu sagen. Sofort ist die Freude aus ihrem Gesicht verschwunden und von Besorgnis abgelöst.

»Keine Panik, sie wird wieder«, beruhige ich sie.

»Du meintest, dass du sie aufwecken kannst«, erinnert sich Lucca.

Ich nicke. »Wenn du das willst.«

Sie richtet ihren Blick von mir auf Zahras Gesicht. Eine Weile sagt sie gar nichts und Stille legt sich über den Raum.

Dann sieht sie mich entschlossen an. »Weck sie auf. Ich muss mit ihr reden.«

Ich lege eine Hand an Zahras Wange, dort wo Levi sie getroffen hatte und lasse meine Magie arbeiten.

Keine Sekunde später schlägt Zahra die Augen auf und funkelt mich wütend an. Noch ehe ich meine Hand wegnehmen kann, schlägt sie danach und springt auf. Ich weiche ihr aus, doch sie hat es diesmal gar nicht auf mich abgesehen.

Sie stürmt auf Levi zu, der vor ihr zurückweicht. Mit dem Rücken an der Wand sieht er auf sie herab.

Zahra sticht ihm wütend mit dem Finger in die Rippen und wirft mit Schimpfwörtern um sich, die meine Eltern dazu gebracht hätten, mir den Mund aus zu waschen.

Levi nimmt sich das allerdings überhaupt nicht zu Herzen. Stattdessen versucht er krampfhaft, nicht zu lachen. Das Ganze ist schon ein recht seltsamer Anblick.

Eine kleine Wila beschimpft einen fast doppelt so großen Puk, der sich bemüht, nicht laut loszulassen.

Ich wechsele einen hilfesuchenden Blick mit Lucca, die nur mit den Schultern zuckt. Sie streicht sich die Tränen aus dem Gesicht und steht auf. Ich folge ihrem Beispiel und spüre prompt ein unangenehmes Kribbeln in meinem Fuß.

Meine Magie stürmt darauf zu und spielt mit dem Kribbeln, was sich für mich nicht gerade angenehm anfühlt. Lucca scheint es gut zu gehen. Sie geht zu Zahra und dreht sie zu sich herum.

»Lucca, mein Schatz, was haben sie mit dir gemacht? Haben sie dir wehgetan?«, fragt sie besorgt.

Lucca hockt sich hin, um mit Zahra auf Augenhöhe zu sein und schüttelt den Kopf. »Nein, Micah hat mir alles gezeigt.«

Zahra wirft mir einen irritierten Blick zu. Ich versuche mich an einem Lächeln, was jedoch etwas missraten ausfällt.

Zahra atmet tief durch. »Dann hat es wohl keinen Sinn mehr, mich zu wehren.«

Sie lässt kurz den Blick auf Lucca sinken, bevor sie sich wieder an Levi richtet.

»Wenn du mich noch einmal schlägst, junger Puk, dann werde ich dafür Sorgen...«

»Schon gut, schon gut. Du musst diesen Satz nicht zu Ende führen, alte Frau«, unterbricht Levi sie und hebt beschwichtigend die Hände.

Ich könnte schwören, dass Zahra wieder kurz davor steht, zu fluchen, doch sie hält sich zurück.

»Ihr stinkt«, sagt sie stattdessen.

»Wir haben auch allen Grund dazu«, verteidigt sich Levi.

Sein Magen grummelt ohrenbetäubend laut. Lucca und ich grinsen. Zahra schüttelt nur mit dem Kopf.

»Geh duschen, Nervensäge. Ich werd euch was zu essen besorgen und danach«, sie richtet sich an mich, »müssen wir reden.«

Ich werde ernst und nicke ihr zu.

»Bleib hier, mein Schatz, und lass niemanden herein. Und die zwei«, sie deutet auf uns, »lässt du nicht heraus«, beschwört sie Lucca.

Lucca wirft mir einen zweifelnden Blick zu, bevor sie Zahra zunickt. Zahra legt je eine Hand an beide Seiten von Luccas Gesicht und sieht ihr tief in die Augen. Dann beugt sie ihren Kopf und gibt ihr einen liebevollen Kuss auf die Stirn.

Schmerzhaft denke ich an meine Eltern. Wie oft habe ich solch eine Liebeszuwendung von ihnen erfahren und jedes Mal spürte ich ihre Trauer, dass Lucca nicht bei uns war. Zukünftig wird das anders sein.

Zahra wendet sich ab und verlässt das Zimmer. Lucca zeigt uns die Dusche und Levi beginnt damit, sich abzuwaschen. Während wir darauf warten, dass er fertig wird, sitzen wir auf dem Bett und unterhalten uns.

»Was du mir gezeigt hast«, beginnt sie und schluckt schwer. »wie hast du das gemacht?«

»Das ist ein Teil meiner Magie.«

»Deiner Magie?«

»Das zu erklären, könnte etwas schwieriger werden.«

»Warum?«

»Weil ich nicht weiß, wo ich anfangen soll.«

»Wie wär's am Anfang?«, fragt sie unschuldig.

Ein Schnauben erklingt hinter uns.

»Dafür wird sie mehr Zeit brauchen, als wir aktuell zur Verfügung haben«, mischt sich Levi ein.

Lucca schnappt erstaunt nach Luft und ich wende mich meinem besten Freund zu. Er steht vor der Tür des einen Badezimmers lediglich mit einem weißen Handtuch um den Hüften. Einzelne Wassertropfen liefern sich ein Rennen über seine muskulöse nackte Brust. Seine Haare kleben nass an seinem Kopf.

Ich kann die Reaktion meiner Schwester gut verstehen. Levi sieht verdammt gut aus mit freiem Oberkörper. Lässig fährt er sich mit einer Hand durch die Haare und verstrubbelt sie etwas.

»Ich...ähm...also meine Sachen sind etwas dreckig. Ihr habt nicht durch Zufall etwas dabei, das ich anziehen könnte?«

Lucca schluckt und schüttelt langsam den Kopf, ohne den Blick von Levis nackter Brust abzuwenden.

»Na gut, dann werde ich meine Sachen wieder anziehen.« Er will sich schon wieder ins Bad verkriechen, doch eine wütende Stimme hält ihn auf.

»Untersteh dich diese Sachen wieder anzuziehen.«

Zahra betritt hinter ihm das Zimmer und hat zwei Tüten in der Hand. Eine davon wirft sie Levi zu. »Das sollte dir passen.«

Levi wirft einen Blick in die Tüte und wendet sich dann erstaunt an Zahra. Er öffnet den Mund, um etwas zu sagen.

»Verkneif's dir. Zieh es einfach an«, kommt ihm Zahra zuvor.

Levi schließt den Mund, zieht eine Augenbraue hoch, zuckt mit den Schultern und verschwindet mit der Tüte wieder im Badezimmer.

»Dir sollten Luccas Sachen passen«, wendet sie sich an mich.

Lucca springt vom Bett auf und geht zu einer Schiebetür, hinter der sich der Kleiderschrank befindet. Sie kramt etwas herum und reicht mir dann ein Bündel Sachen. Ich nehme sie dankend an.

In dem Moment kommt Levi aus dem Badezimmer und Lucca hält erneut die Luft an. Auch mir verschlägt es die Sprache.

Levi sieht...normal aus, menschlich trifft es wohl ziemlich gut. Er trägt schwarze Turnschuhe und eine lange schwarze Hose, die die Menschen als Jeans bezeichnen. Dazu hat ihm Zahra ein hellblaues T-Shirt und eine schwarze Sweatjacke gebracht.

Seine Haare sind schon etwas trockener und stehen verstrubbelt in alle Richtungen ab. Aber das sieht nicht seltsam aus, sondern eher niedlich, andere würden es vermutlich als *heiß* bezeichnen.

»Du siehst gut aus«, bringe ich hervor.

»Und du stinkst nicht mehr«, bemerkt Zahra.

Levi grinst.

»Jetzt du«, sagt er zu mir und deutet auf das Badezimmer.

Ich gehe an ihm vorbei und betrete das Badezimmer. Es ist klein und mit weißen Fliesen ausgelegt. Direkt gegenüber der Tür befindet sich ein Waschbecken und darüber ein Spiegel.

Das Mädchen, das mich aus diesem Spiegel ansieht, erkenne ich kaum wieder. Ihre Augen sind etwas geschwollen, gerötet und mit blauen Augenringen untermalt. Sie wirkt müde, erschöpft, bereit, heimzukehren.

Meine Haare sind eine einzige Katastrophe. Sie wirken, als ob sich ein Vogel ein Nest in ihnen gebaut hätte.

Ich lege die Sachen von Lucca auf den Boden und knüpfe meinen Umhang auf. Dann lege ich die Tasche ab und öffne meine Schuhe. Mein Kleid folgt meinem Haarband auf den Boden.

Erst jetzt fällt mir ein, dass ich Luccas Sachen eigentlich gar nicht brauche. Ich habe selbst noch etwas zum Anziehen dabei, aber darin würde ich vermutlich nur unnötig auffallen.

Ich steige in die Dusche, die eher eine Badewanne an der rechten Wand des Badezimmers mit einem flexibel einstellbaren Duschkopf ist. Ich drehe das Wasser auf und lasse es über mich laufen.

Angenehm kühl spült es den Dreck meiner Reise ab. Ich schließe meine Augen.

Was wir doch alles durchgemacht haben, um Lucca zu finden. Die Reise durch das Portal, wie wir kurz davor waren zu ertrinken, die Begegnung mit diesem Menschenmädchen am Strand, unser Fußmarsch am Meer entlang, alles nur mit einer vagen Hoffnung im Herzen, die mich antrieb. Die mich immer noch antreibt.

Was jetzt noch vor uns liegt, wird allerdings nicht viel leichter. Wir müssen morgen Abend, wenn der Mond im Zenit steht, mit

Hilfe des Portalkristalls zurück nach Aquilia reisen. Entweder morgen oder in dreißig Tagen. Ich habe nicht vor, die nächsten dreißig Tage auf diesem Planeten zu verbringen.

Ich öffne meine Augen und fahre mit den Fingern durch meine verknoteten Haare. Das Wasser hilft, es etwas zu lösen. Endlich ist der komplette Dreck von meinem Körper geflossen. Ich stelle das Wasser ab und trete aus der Dusche heraus.

Auf einem Haken gegenüber hängt ein weiteres weißes Handtuch. Ich wickele mich darin ein und wende mich dem Spiegel zu. Mit einer Hand wische ich über die beschlagene Oberfläche.

Das Mädchen, das mich diesmal ansieht, kommt mir schon etwas bekannter vor. Sie sieht immer noch erschöpft aus, ist aber nicht mehr von einer verkrusteten Schicht Erde und Blut bedeckt. In ihren Haaren befindet sich kein Vogelnest mehr, stattdessen fallen sie in nassen Strähnen über ihren Rücken.

Pass auf, höre ich eine Stimme flüstern.

Sofort verspannen sich meine Muskeln. Angestrengt lausche ich auf ungewöhnliche Geräusche. Doch ich höre nur ein dumpfes Lachen aus dem anderen Raum und Zahra, die mal wieder mit Levi schimpft.

Ich schließe meine Augen. Ein wohliges Gefühl erfüllt mich. Bereits morgen Nacht kehre ich mit Lucca zurück zu unserer Familie. Dann sind wir endlich wieder vereint.

Pass auf, höre ich erneut diese Stimme.

Meine Magie fließt sanft unter meiner Haut. Ich lasse sie in den Fußboden sickern und unsere Umgebung absuchen. Sie berührt Levi und Zahra und meine Schwester. Ich spüre, wie sie kurz zusammenzuckt und sich dem Badezimmer zuwendet, dann jedoch wieder von Levi und Zahra abgelenkt wird.

Meine Magie fließt weiter und sickert an der Außenwand des Hotels herunter. Auf der Straße angelangt, rasseln plötzlich so viele verschiedene Impulse auf mich ein, dass ich mich gar nicht auf alle konzentrieren kann.

Ruckartig ziehe ich mich zurück und reiße die Augen auf. Diese Menschen zerstören ihren Planeten, ohne sich dessen bewusst zu sein. Sie leben ihr Leben, ohne auf ihre Mitmenschen zu achten oder sich um sie zu kümmern. Es ist schrecklich und so vollkommen anders als auf Aquilia.

Ein verstörendes Gefühl pflanzt sich in mir ein.

Soll ich darauf achten?

Oder will mich die Stimme auf etwas anderes aufmerksam machen?

Mir bleibt wohl nichts anderes übrig, als abzuwarten. Ich nehme den Stapel mit Luccas Sachen und ziehe sie an.

Lucca gab mir eine kurze blaue Jeans, die mir gerade so über die Knie reicht, und eine luftige rote Bluse mit einem weißen Blumenmuster.

Auf einem kleinen Regal über dem Waschbecken liegt eine Bürste. Ich versuche mit ihr meine nassen Haare zu kämmen. Anschließend flechte ich sie wieder zu einem Zopf zusammen.

Ich falte mein Kleid ordentlich zusammen und stopfe es irgendwie in meine Tasche hinein. Dabei fällt das Tuch mit dem Kristall heraus. Ich hebe ihn auf und wickele ihn aus.

Hoffentlich ist er nicht kaputt gegangen. Erleichterung durchfährt mich. Der Kristall hat keinen Kratzer abbekommen. Ich wickele ihn wieder ein und lege ihn zurück in die Tasche.

Dann nehme ich meine Schuhe und meinen Umhang und verlasse das Badezimmer. Meine Sachen lasse ich neben der Tür im Flur liegen. Sollten wir plötzlich aufbrechen müssen, kann ich sie so schnell schnappen.

»Wow, Micah. Du siehst so...so...«, stottert Levi mit vollem Mund.

Zahra schlägt ihm leicht mit der Hand auf den Hinterkopf.

»Man spricht nicht mit vollem Mund. Hat dir das niemand beigebracht?«, schimpft sie.

Lucca sitzt immer noch auf dem Bett und kichert.

»Menschlich aus?«, helfe ich Levi auf die Sprünge.

»Ich wollte eigentlich umwerfend sagen, aber menschlich trifft es vermutlich auch«, resigniert Levi und beschäftigt sich wieder mit dem Essen vor ihm.

Zahra scheint ein paar Brötchen und Obst geholt zu haben und etwas, das nach einer süßen Köstlichkeit aussieht.

»Bedien dich ruhig«, fordert mich Zahra auf, die meinen Blick bemerkt haben muss.

Ich gehe zum Tisch und nehme mir das Süße. Herzhaft beiße ich hinein und kann ein leichtes Stöhnen nicht unterdrücken. Geschmolzene Schokolade breitet sich in meinem Mund aus und stimuliert meine Geschmacksnerven.

»Du magst Schokolade?«, fragt mich Lucca.

Nickend setzte ich mich zu ihr.

»Und du?«, frage ich sie, nachdem ich runtergeschluckt habe.

»Ich liebe sie. Das heißt, dass es auf Aquila auch Schokolade gibt?«

»Aqui*lia*«, berichtige ich sie.

»Aquilia«, wiederholt sie leise.

»Und ja zu Hause gibt es auch Schokolade.«

»Micah kann gar nicht genug davon kriegen«, mischt sich Levi ein.

Zahra hebt die Hand, um ihn erneut auf den Hinterkopf zu schlagen. Doch Levi duckt sich weg.

»Wie ist es da so?«, fragt mich Lucca neugierig.

Ich sehe sie fragend an.

»Auf Aquilia. Wie ist es dort zu leben?«, präzisiert sie ihre Frage.

Ich muss überlegen, wie ich am besten darauf antworten soll und schinde Zeit, indem ich noch einmal von der Köstlichkeit abbeiße.

»Es ist unbeschreiblich«, antworte ich schließlich. »Wir Lux leben in Einklang mit unserem Planeten und unser Planet lebt im Einklang mit uns. Wie viel hat dir Zahra erzählt?«

Lucca zuckt mit den Schulten. »Nicht viel. Sie hat mir früher immer Geschichten über irgendwelche magischen Kreaturen erzählt und als ich vorhin hierherkam, hat sie versucht mir zu erklären, dass all diese Geschichten wahr seien. Ich wollte ihr erst nicht glauben, aber sie hat mich schließlich doch überzeugt bekommen und dann standet ihr auch schon vor der Tür.«

Ich nicke. Es überrascht mich, dass Zahra ihr überhaupt etwas über uns erzählt hat.

»Aber sie hat dir gesagt, dass deine Familie tot sei?«

»Ich wusste nicht, ob ihr noch am Leben seid. Der Angriff...es war das reinste Chaos. Wir haben auf euch gewartet, doch es ist niemand gekommen. Ich dachte, dass niemand überlebt hatte«, gibt Zahra leise zu.

Ich werfe ihr einen mitfühlenden Blick zu. Meine Erinnerungen an den Angriff der Schattenkrieger sind selbst von Chaos durchdrungen.

»Tja, aber sie sind am Leben. Und das nicht zuletzt dank Micah«, mischt sich Levi ein.

Zahra und Lucca werfen mir einen erstaunten Blick zu. Ich funkele Levi an. Natürlich kennt er die Geschichte, wie ich einen Großteil der Angreifer ganz alleine umgebracht habe, aber das muss er doch nicht jetzt erzählen.

»Wie hast du das gemacht? Du warst damals noch ein Kind, das noch nicht mal seine eigene Magie richtig kontrollieren konnte«, will Zahra zweifelnd wissen.

Ich seufze resigniert und hebe eine Hand. Um sie herum wabert eine silberblaue Masse, meine Magie. Lucca zieht überrascht die Luft ein.

»Was ist das?«, fragt sie.

»Das ist meine Magie. Du und ich, wir beide sind Sternenkriegerinnen, genau wie unser Vater. Aber während du Feuermagie beherrschst, wird meine als Seelenmagie bezeichnet. Ich kann damit die Seelen anderer Lebewesen berühren«, erkläre ich.

»So hast du mir deine Erinnerungen gezeigt und Zahra aufgeweckt«, flüstert Lucca ehrfürchtig.

Ich nicke bedächtig.

»Sie kann damit auch noch viel mehr«, kommentiert Levi.

»Das ist jetzt aber nicht von Bedeutung«, ich schließe meine Hand und die Magie verschwindet. »Ich hatte an dem Tag meine Magie nicht unter Kontrolle und sie hat sich um die Schattenkrieger gekümmert.«

Zahra nickt verstehend.

»Schattenkrieger?«, fragt Lucca.

»So nennt sich die Gruppe, die uns das Leben schwer macht«, erklärt Levi.

»Wir wissen nicht, was genau sie wollen. Sie greifen uns immer wieder an und töten dabei Lux.«

»Lux?«

»So heißt unser Volk«, komme ich Levi zuvor. »Das Volk aller magischen Geschöpfe Aquilias. Du bist auch eine Lux.«

»Ich dachte, ich sei eine Sternenkriegerin«, bemerkt Lucca verwirrt.

Ein lautes Klatschen kommt aus Levis Richtung. Er hat sich mit der flachen Hand auf die Stirn geschlagen.

Um das zu erklären, muss ich wohl doch etwas weiter ausholen. Ich erklärte Lucca, wer Aurora war, wie sie den Krieg beendete und die Völker zu den Lux zusammen schloss. Ebenso erzähle ich ihr von der Akademie, den einzelnen Völkern und ihren Gaben und von unseren Eltern.

Dabei lasse ich jedoch die Gabe der Phoenixmagie und dass sie womöglich in ihr schlummert aus. Ich will sie nicht unnötig überfordern. Wobei diese Massen an Informationen das auch ganz gut hinbekommen.

Immer wieder stellt Lucca zwischendurch Fragen, wodurch ich bei einigen Themen mehr ins Detail gehen muss, als ich eigentlich will.

Die Nacht ist bereits hereingebrochen, als uns Zahra unterbricht. »Das kann jetzt warten. Es ist spät geworden. Wann habt ihr das letzte Mal geschlafen?«

Levi und ich wechseln einen unwissenden Blick und zucken mit den Schultern.

»Dann werdet ihr das jetzt tun«, befiehlt Zahra. »Ihr alle drei. Legt euch ins Bett und schlaft etwas.«

Jetzt wo sie vom Schlafen redet, spüre ich die Müdigkeit in meinen Knochen. Levi gähnt herzhaft.

»Und wo schläfst du?«, fragt Lucca mit Blick auf das Bett, in dem wir drei gerade so genug Platz haben.

»Schatz, ich bin eine Wila. Ich schlafe sowieso viel lieber auf dem Boden, als in so einem Bett.«

Zahra legt sich, ohne sich umzuziehen, auf den Boden vor dem Bett. Jegliche Diskussion ist somit überflüssig.

Levi geht um das Bett herum und legt sich hin. Kaum hat er es sich gemütlich gemacht, höre ich ihn bereits leise vor sich hin schnarchen. Ich unterdrücke ein Lachen und sehe wie sich Luccas Schultern heben und senken.

»Willst du in der Mitte schlafen oder soll ich das machen?«, frage ich sie, als wir uns beide etwas beruhigt haben.

Lucca wirft einen misstrauischen Blick auf den schlafenden Puk, was mir bereits Antwort genug ist.

Ich krabbele in die Mitte des Bettes und liege genau zwischen den beiden Matratzen. Das wird keine angenehme Nacht. Lucca macht es sich neben mir gemütlich. Sie dreht sich zu mir um und sieht mir in die Augen. Ich erwidere ihren Blick.

Sie will etwas sagen, überlegt es sich dann aber doch anders.

»Gute Nacht«, wünscht sie mir.

»Möge Aurora über deinen Schlaf wachen«, gebe ich zurück.

Sie sieht mich skeptisch an, schließt die Augen und ist im nächsten Moment auch schon eingeschlafen.

Der Tag war wohl nicht nur für uns anstrengend gewesen. Langsam senken sich meine Augenlider.

»Ich bin froh, dass ihr uns gefunden habt«, höre ich leise Zahra am Fußende flüstern.

Ich kann nicht sagen, ob ich mir das im Halbschlaf nur eingebildet habe oder ob sie das wirklich gesagt hat.

Die Dunkelheit empfängt mich, noch ehe ich sie fragen kann und ich falle in einen unruhigen Schlaf.

Kapitel 19

»Komm schon Andi, wach auf.«

Jemand rüttelt mich an den Schultern. Ich weiß, dass es meine Schwester ist. Sie will wieder irgendwas mit mir spielen, doch ich will eigentlich einfach nur schlafen.

Grummelnd drehe ich mich um und ziehe mir die Decke über den Kopf. »Lass mich schlafen, Kad.«

Sie denkt nicht einmal daran. Wie ein aufgeregtes Wiesel krabbelt sie in Windeseile über das Bett und setzt sich neben meinen Kopf. Dort bewegt sie sich auf und ab, sodass mein Kissen anfängt, mit ihr mit zu schwingen.

Unter der Decke verdrehe ich die Augen. Sie ist doch eigentlich die Ältere von uns beiden. Warum muss sie sich dann immer wie ein kleines Kind benehmen?

Plötzlich hört das Bett auf zu wackeln, Stille kehrt ein. Ich habe nicht die Hoffnung, dass sie mich in Ruhe lassen wird. Sie hat irgendetwas geplant.

Will ich überhaupt wissen, was?

Ich glaube nicht.

Langsam nehme ich die Decke von meinem Kopf und linse über ihren Rand. Das Zimmer liegt in vollkommener Dunkelheit vor mir. Heute Nacht ist Neumond, was wohl erklärt, warum Kad so aufgekratzt ist.

Aus meinem momentanen Blickwinkel kann ich sie nicht entdecken. Ich ziehe die Decke komplett aus meinem Gesicht und richte mich auf. Auf einer Kiste am Fußende meines Bettes sehe ich meine Schwester sitzen.

Sie hält konzentriert ihre Augen geschlossen. Na super, was hat sie denn jetzt schon wieder vor?

Dunkelheit umhüllt uns, dämpft die Geräusche von draußen. Moment...was?

Erschrocken reiße ich meine Augen auf. Panisch werfe ich einen Blick zum Fenster. Wusste ich es doch.

Mutter hatte das Fenster geöffnet gehabt. Eigentlich müsste ich die Geräusche der Nacht hören müssen. Außerdem sollte neben meinem Bett ein kleines Licht leuchten. Ich drehe mich um. Da ist kein Licht.

Erschrocken springe ich auf. Die Decke fällt von mir ab und ein kühler Luftzug umstreicht meine Beine.

»Hör sofort auf damit«, befehle ich meiner Schwester.

Sie hört nicht auf mich. Ihre Mundwinkel zucken nach oben. Die Dunkelheit verfestigt sich, erstickt immer mehr Licht im Zimmer. Ängstlich weiche ich zurück.

»Bitte...hör auf«, bitte ich Kadira.

Sie reagiert noch immer nicht. Ich klettere auf die Kissen und bleibe mit dem Rücken zur Wand stehen.

Das Zimmer ist mittlerweile so dunkel, dass ich nicht mal mehr meine Schwester am Bettende sehen kann. Panik schnürt mir die Kehle zu. Ich beginne nach Luft zu schnappen, wie ein Fisch auf dem Trockenen. Meine Arme und Beine verkrampfen sich.

»Bitte...Kad...hör...auf«, flehe ich in die Dunkelheit.

Ein leises Lachen erklingt irgendwo vor mir. Und dann verschwinden die Schatten schneller, als ich reagieren kann. Erschöpft sinke ich in mich zusammen.

»Gut, jetzt wo du wach bist, können wir was spielen«, bemerkt Kadira gelassen.

Sie steht auf und springt von der Box auf den Boden. Ich werfe ihr einen vernichtenden Blick zu, während sie zur Zimmertür schlendert.

»Kommst du?«, fragt sie, bevor sie die Tür öffnet.

Ich versuche immer noch, mein wild rasendes Herz zu beruhigen. Eigentlich hätte ich Lust ihr ins Gesicht zu schlagen, aber Gewalt ist keine Lösung. Ich atme tief ein und aus, um meine Atmung unter Kontrolle zu bringen.

»Komm schon, du könntest jetzt sowieso nicht wieder einschlafen«, erinnert mich meine Schwester.

Sie hat recht. Wenn ich jetzt versuchen würde, weiter zu schlafen, würde ich mich erst stundenlang im Bett herum wälzen, bevor ich schließlich einschlafe und von einem Albtraum nach dem nächsten geweckt werde.

Ich klettere aus dem Bett. Mein Nachthemd klebt schweißgebadet an meinem Körper. Ich nehme mir einen Umhang aus der Kiste, auf der Kad gerade noch saß, und lege ihn mir um meine Schultern.

Dann trete ich zu meiner Schwester auf den Flur hinaus und schließe die Zimmertür hinter mir. Kad wirft mir einen schrägen Blick zu und zieht die Augenbrauen hoch.

»Was denn? Ich habe nicht vor krank zu werden«, verteidige ich mich.

Kad schnaubt und wendet sich zum Gehen. Wir schlagen den Weg in Richtung Bibliothek ein. Zwischen all den Regalen voller Bücher kann man am besten Verstecken spielen.

Zum Glück wird der Flur von magischen Lichtern erleuchtet, die in regelmäßigen Abständen über dem Boden an der Wand schweben. Jedes Mal wenn Kad einem Licht zu nahe kommt, beginnt es zu flackern und schwächer zu leuchten. Wenn ich stattdessen an einem der Lichter vorbeigehe, erstrahlt es etwas heller.

Dagegen können wir absolut gar nichts unternehmen, zumindest noch nicht. Unsere Gaben haben wir dafür einfach noch nicht gut genug unter Kontrolle.

Wir betreten die eindrucksvolle Bibliothek. Jedes Mal verschlägt es mir die Sprache, wenn ich diesen Raum betrete. Kad geht es da ganz anders. Sie versteht nicht so recht, was ich an der Bibliothek so spannend finde. Es sind schließlich nur ein Haufen verstaubter alter Bücher.

»Du suchst zuerst«, holt mich Kad aus meinem Staunen.

Ich sehe sie an und will widersprechen, doch sie ist bereits auf dem Weg zum ersten Regal und verschwindet dahinter. Ich verdrehe die Augen und drehe mich um.

Die Hände vor den Augen haltend beginne ich im Kopf zu zählen. Eins, zwei, drei, vier, fünf, sechs...

Immer weiter zähle ich, bis ich endlich bei zwanzig angekommen bin. Dann nehme ich die Hände aus dem Gesicht und drehe mich um.

Wenn ich mir Zeit lasse sie zu suchen, verrät sie ihr Versteck irgendwann von selbst. Meine Schwester ist unglaublich ungeduldig. Wenn sie nicht genau das bekommt, was sie will, wann sie es will, kann man sich auf einen Tobsuchtsanfall einstellen, der einem Vulkanausbruch gleichkommt.

Ich durchstreife die Reihen der Bücherregale und präge mir meinen Weg gut ein. Als ich das erste Mal zwischen den Regalen verschwand, habe ich mich so sehr verlaufen, dass mein Vater eine Gruppe Wächter durch die Bibliothek schicken musste, um mich zu finden. Seitdem lerne ich jeden Gang in diesem riesigen Raum auswendig.

Ich weiß nicht, wie lange ich schon durch die Reihen wandere und die Buchrücken bewundere, doch plötzlich höre ich ein bekanntes ausgelassenes Lachen. Ich bleibe stehen und konzentriere mich auf das Geräusch.

Wieder erklingt es. Es ist gar nicht mal so weit entfernt. Vielleicht liegen zwei oder drei Reihen zwischen uns. Kad lacht erneut.

Nein...das sind keine zwei oder drei Reihen, das ist näher.

Ich drehe meinen Kopf. Es kommt direkt aus der Reihe neben mir.

Ich renne los, verlangsame meine Schritte, um in der scharfen Kurve nicht hinzufallen und sehe in den Gang vor mir. Am Ende sehe ich Kads Haare hinter einem weiteren Regal verschwinden. Wieder laufe ich ihr hinterher. Bei unserem Spiel geht es nicht nur darum, den anderen zu finden, sondern ihn auch zu fangen.

Ich jage sie zwischen die Regalreihen hindurch. Immer wieder nehme ich Abkürzungen, in der Hoffnung, sie so schneller zu fangen, doch sie entkommt mir jedes Mal knapp.

So langsam lässt meine Kondition nach. Ich halte an und stütze mich mit einer Hand am Regal neben mir ab. Wir sind bereits ziemlich tief in der Bibliothek.

Schwer atmend sehe ich mich um. Ich kann mich nicht erinnern, jemals zuvor in diesem Abschnitt gekommen zu sein.

In dem Regal, an dem ich mich abstütze, stehen lediglich große, in rotes Leder gebundene Bücher. Sie sehen alle ziemlich gleich aus. Ich kann mich nicht erinnern, ein ähnliches Buch zuvor irgendwo in der Bibliothek gesehen zu haben.

Langsam gehe ich an dem Regal entlang und lasse die Finger über die Buchrücken gleiten. Sie fühlen sich neu an, lange können sie hier noch nicht stehen. Aber das hat nichts zu bedeuten. Immerhin existiert diese Bibliothek erst, seitdem meine Mutter Königin wurde.

Ein seltsames Gefühl beschleicht mich. Ich folge der Regalreihe bis zum Ende und komme vor einer der steinernen Wände des Palastes zum Stehen. Sie sieht aus wie eine ganz normale Wand, wie jede andere Wand in diesem Palast und doch spüre ich etwas.

Irgendetwas scheint mich anzuziehen. Doch das geht nicht von der Wand aus, sondern von dahinter.

Hinter der Wand?

Also eigentlich aus dem Raum, der sich auf der anderen Seite dieser Wand befindet. Ich drehe mich um und gehe den Gang entlang zurück.

Wenn mich mein Orientierungssinn jetzt nicht im Stich lässt, sollte ich den Raum ohne große Probleme finden können. Ich bin schon fast am Ende der Regalreihe, als mich plötzlich etwas zurückhält.

Zögerlich drehe ich mich um und...

Kapitel 20

Ein lautes Klirren reißt mich aus dem Schlaf. Ich bin sofort hellwach und sitze kerzengerade aufrecht im Bett.

Augenblicklich erfasse ich das gesamte Zimmer. Lucca liegt noch immer neben mir und murmelt unruhig etwas in Richtung, ob es schon Zeit zum Aufstehen wäre. Levi hingegen schläft tief und fest mit einem Arm über den Augen gelegt und den anderen halb aus dem Bett hängend.

Plötzlich bin ich mir gar nicht mehr sicher, ob ich das Geräusch wirklich gehört habe oder ob ich es nur geträumt habe.

Ich versuche mich an meinen Traum zu erinnern, doch es gelingt mir nicht, mehr als ein paar Schemen zu sammeln, die immer tiefer in mein Unterbewusstsein hinab sinken. Ich reibe mir mit den Händen übers Gesicht. Vermutlich habe ich es wirklich nur geträumt.

Einem unbewussten Impuls folgend klettere ich aus dem Bett, stets darauf bedacht, die anderen nicht zu wecken. Ich schleiche mich zum Fenster und schiebe vorsichtig den Vorhang etwas zur Seite.

Hinter der Scheibe breitet sich die Nacht aus. Auf der Straße unter uns fahren vereinzelt Autos entlang. Mein Blick wandert nach oben. Zwischen all den hochwachsenden Gebäuden kann ich den Himmel kaum erkennen. Doch das Wenige, was ich sehe, sorgt dafür, dass ich mich nach Aquilia sehne.

Die Sterne leuchten hell, doch nicht so hell wie zu Hause. Sie kämpfen mit dem Licht, das in regelmäßigen Abständen von den Straßenlaternen ausgeht.

Ich runzle die Stirn. Regelmäßige Abstände?

Zumindest sollte es so sein nach Elenas Erinnerungen. Ich sehe mir noch einmal die Straße unter uns an.

Die Laternen beleuchten die Straße und die Gehwege mit gelben Lichtkegeln. Doch sie sind nicht in regelmäßigen Abständen.

Die Laterne direkt gegenüber dem Fenster ist aus, von ihr geht kein Licht aus. Ein kleiner Abschnitt, der in völliger Dunkelheit liegt.

Ich fokussiere meinen Blick auf diesen dunklen Abschnitt. Ist das normal hier auf der Erde?

Mein Gefühl sagt mir, dass dem nicht so ist.

Langsam kann ich Konturen im Schatten ausmachen. Dort steht jemand und...und er scheint uns zu beobachten.

Ich reibe mir über die Augen. Bestimmt habe ich mir das nur eingebildet. Wieder sehe ich zu den Schatten auf der gegenüberliegenden Straßenseite.

Dort steht tatsächlich ein Mann. Meine Augen können sich nicht an diese Schatten gewöhnen. Irgendetwas stimmt mit ihnen nicht.

Ich gehe noch näher an das Fenster heran und bin versucht, hinaus zu gehen. Doch meine Magie hält mich zurück.

Pass auf, flüstert eine Stimme.

Das hatte ich doch schon nach dem Duschen gehört. Meint sie vielleicht diesen Moment?

Stumm starre ich auf den Mann herab. Ein Windhauch erfasst seine Kleidung und lässt einen langen Umhang um seine Beine wehen.

Ich bezweifle stark, dass Menschen auf der Erde in der Öffentlichkeit Umhänge tragen. Und das kann dann nur eines bedeuten.

Plötzlich hebt der Mann seinen Blick und sieht mir direkt in die Augen. Was ich von seinem Gesicht erkennen kann, lässt mich erschaudern. Ein unheimliches Grinsen legt sich um seine Mundwinkel.

Und dann ist er weg.

Das Licht der Straßenlaterne geht wieder an und beleuchtet den Punkt, an dem er vorher noch stand.

Mein ganzer Körper beginnt unkontrolliert zu zittern.

Reiß dich zusammen, Micah.

Tief ein- und ausatmend versuche ich mich zu beruhigen. Meine Gedanken wirbeln wild durcheinander, ich kann ihnen kaum folgen. Doch einer sticht ganz klar heraus.

Ich schließe den Vorhang und drehe mich um. Einen kurzen Moment bekomme ich ein schlechtes Gewissen. Die drei sehen so friedlich aus. Ein Lächeln breitet sich auf meinem Gesicht aus.

Pass auf, drängt mich die Stimme.

»Wacht auf«, sage ich laut.

Sie regen sich nicht. Ich gehe zu Levi und greife nach seinem Arm, der noch immer quer über seinem Gesicht liegt.

»Wach auf«, befehle ich ihm.

Er grummelt verschlafen vor sich hin und dreht sich von mir weg. Ich rüttele an seinen Schultern.

»Levi, wach auf«, rufe ich ihm direkt ins Ohr.

Erschrocken dreht er sich um und fällt probt aus dem Bett. Ich kann ihm gerade noch ausweichen. Verschlafen sieht er mich an.

»Was?«, murmelt er.

Ich wende mich von ihm ab und gehe zu Zahra ans Fußende.

»Wir müssen hier weg. Sofort.«

Neben Zahra knie ich mich hin. Noch bevor ich ihr die Hand auf die Schulter legen kann, ist sie wach. Aufmerksam mustert sie meinen verstört aussehenden Gesichtsausdruck. Sofort ist sie hellwach.

»Was fühlst du?«, fragt sie mich, während sie sich aufrichtet.

Diese Frage scheint auch Levi vollends aufzuwecken, denn plötzlich steht er neben dem Bett und sieht sich aufmerksam um. In dem Zimmer wird er nichts Ungewöhnliches entdecken, doch ich bewundere seine Reaktion.

»Gefahr. Irgendjemand oder irgendetwas ist da draußen«, versuche ich meine Gedanken auszusprechen.

Levi wirft einen Blick auf den Vorhang, als könnte er da durchgucken und so das Dahinterliegende sehen. Im Laufe unserer gemeinsamen Zeit hat er gelernt, meinem Gefühl zu vertrauen.

Lucca wird von unserer Unterhaltung geweckt und blinzelt mich schläfrig an. »Micah? Was ist denn los?«

Ich sehe sie an und etwas in meinem Gesichtsausdruck scheint sie aufzuwecken.

»Was ist passiert?«, fragt sie jetzt hellwach.

»Wir müssen hier weg. Deine Schwester spürt, dass wir hier nicht mehr sicher sind«, fasst Zahra zusammen.

Ich sehe sie überrascht an. Es ist das erste Mal, dass sie zugibt, dass Lucca noch eine lebende Familie hat, auch wenn es vermutlich nur im Eifer des Gefechts war.

»Was? Wie?«, will sie wissen und springt vom Bett auf.

»Das ist jetzt nicht wichtig. Pack ein paar deiner Sachen zusammen, wir werden nicht zurück kommen«, befiehlt Zahra und geht ins Badezimmer.

Levi steigt in der Zwischenzeit in seine neuen Schuhe. Lucca steht wie versteinert da. Ich gehe zu ihr.

»Ich erkläre es dir später, aber jetzt musst du uns einfach vertrauen. Okay?«

Sie sieht mir tief in die Augen und ich erkenne Angst in Ihren. Kein Wunder, ich wäre an ihrer Stelle nahezu panisch. Dann nickt sie tapfer und wendet sich dem Kleiderschrank zu.

Ich gehe in den kleinen Flur und ziehe meine Schuhe an, die neben der Tür stehen.

Pass auf.

Erschrocken fahre ich zusammen.

Im nächsten Moment zerspringen auch schon die Fensterscheiben. Instinktiv ducke ich mich zusammen.

Ich höre Lucca erschrocken aufschreien und richte mich wieder auf. Die Vorhänge haben den größten Teil der Scherben abgefangen. Einige Löcher zeugen jedoch davon, dass sie nicht alle Scherben abfangen konnten.

Levi steht den Fenstern am nächsten. Sein Gesicht ist schmerzverzerrt. Langsam zieht er eine größere Glasscherbe aus seinem Arm und zieht dabei scharf Luft ein.

Zahra stürzt aus dem Badezimmer und überblickt die Situation in einem Atemzug. Ich will zu Levi eilen, doch die Wila hält mich zurück.

Ein starker Luftzug bauscht die Vorhänge auf. Sie wehen weit ins Zimmer hinein. Aus dem Augenwinkel sehe ich, wie sich Lucca aufrichtet. Sie steht immer noch zwischen dem Bett und dem Kleiderschrank. Auf ihrem Gesicht spiegelt sich blankes Entsetzen.

Ohne den Blick von den Vorhängen zu wenden, taste ich langsam nach meinem Dolch. Doch er befindet sich nicht an meiner Hüfte.

Verdammt.

Er liegt auf meiner Tasche hinter mir. Ich gehe einen Schritt nach dem anderen zurück. Der Griff der Wila lockert sich. Noch immer starren wir gespannt auf die Vorhänge.

Plötzlich höre ich das scharfe Zischen einer Klinge, die durch Luft schneidet. Der Vorhang fällt in sich zusammen. Dahinter kommt ein Mann in Schatten gehüllt zum Vorschein.

Ich schnappe nach Luft. Das ist der gleiche Mann, den ich zuvor unter der Laterne gesehen habe.

Sofort regt sich meine Magie in mir. Mühsam halte ich sie zurück.

Die Zeit scheint still zu stehen.

Kalte, eisblaue Augen mustern jeden einzelnen von uns. Schließlich bleiben sie auf mir liegen.

Ich schaudere. Eine Gänsehaut breitet sich auf meinen Armen aus.

Diese Augen sehen aus wie die meines Vaters, wie Luccas, wie meine. Doch sie sind so voller Kälte und Hass, dass ich sie kaum wiedererkenne.

Ein eisiges Lächeln breitet sich auf dem Gesicht des Unbekannten aus. Er hebt sein Schwert und richtet die Spitze direkt auf meine Brust. Die Scheide glänzt im schwachen Licht, das von draußen herein scheint. Ich schlucke.

»Gib mir den Schlüssel«, befiehlt eine tiefe, dunkle Stimme, die mir die Luft zum Atmen nimmt.

Aus dem Augenwinkel sehe ich, wie sich Zahra und Levi anspannen. Lucca kann ich nicht sehen, da ich bereits zu weit im Flur stehe.

Im einen Moment ist es noch vollkommen still im Zimmer, niemand wagt sich zu bewegen, im nächsten Augenblick bricht völliges Chaos aus.

Levi stürzt nach vorne auf den Mann zu. Er überrumpelt ihn und schafft es, seine Schulter in den Bauch der Schattengestalt zu rammen.

Zahra geht einen Schritt nach rechts und greift nach Lucca. Sie zieht sie mit sich in den Flur, solange unser Angreifer von Levi abgelenkt wird.

Ich bücke mich und greife nach meinem Dolch. Mit einer fließenden Bewegung ziehe ich ihn aus der Scheide und werfe ihn auf den Angreifer.

Der hat sich inzwischen jedoch wieder gefangen und wehrt meinen Angriff mit seinem Schwert ab. Die Flugbahn meines Dolches ändert sich und er fliegt in die Wand über dem Bett, wo er stecken bleibt.

Tolle Konstruktion.

Der Schattenmann richtet seine Aufmerksamkeit auf mich und durchquert gemächlichen Schrittes den Raum. Levi hat sich aufgerappelt und versucht, den Dolch aus der Wand zu ziehen.

»Los kommt schon. Wir müssen hier weg«, schreit Zahra hinter mir.

Sie und Lucca stehen bereits auf dem Flur außerhalb des Zimmers. Ich sehe zu Levi, der mit einem Ruck den Dolch aus der Wand gezogen bekommt.

»Lauft«, rufe ich zu Lucca und Zahra. »Wir kommen nach.«

Ich höre, wie sie zögern, doch dann entfernen sich ihre Schritte. Ich stehe inzwischen kurz vor der Zimmertür, Levi auf dem Bett und der Schattenmann auf Höhe des schmalen Gangs zwischen Bett und Kleiderschrank, also genau zwischen Levi und mir.

»Gib mir den Schlüssel«, fordert erneut diese dunkle betäubende Stimme, die mich noch in meinen Alpträumen verfolgen wird.

»Ich weiß nicht, wovon du redest«, antworte ich ihm, um ihn abzulenken.

Noch bevor er antworten kann, wobei ich mir nicht sicher bin, ob er das überhaupt vorhatte, stürzt sich Levi auf ihn. Er springt vom Bett, den Dolch hoch über seinem Kopf erhoben, springt auf den Rücken des Angreifers zu und rammt ihn die Klinge ins Schulterblatt.

Der Schattenmann zuckt nicht einmal zusammen, als die Klinge in seine Haut eindringt. Levi lässt den Dolch los und taumelt ein paar Schritte zurück.

Mit großen Augen beobachten wir, wie der Schattenmann mit der freien Hand nach dem Dolch in seiner Schulter greift und ihn ohne mit der Wimper zu zucken herauszieht. Die kleine Waffe verschwindet fast vollständig in seiner großen Hand. Er richtet seinen Blick auf mich und wirft mir die Klinge vor die Füße.

»Gib mir den Schlüssel«, fordert er erneut.

Anstatt zu antworten, weiche ich nur weiter zurück. Mit einem lauten Knall verschließt sich die Tür in meinem Rücken. Ich reiße überrascht die Augen auf.

Wie hat er das nur gemacht?

Was ist er?

Er kommt definitiv von Aquilia. So etwas kann kein Sterblicher von der Erde. Jetzt bleibt uns nur noch ein Ausgang.

Das Fenster.

Levi steht nichts im Weg, er könnte sich umdrehen und springen. Dann wäre er in Sicherheit. Doch er würde wohl nicht ohne mich gehen.

Das Problem: Zwischen mir und dem Fenster steht dieser riesige Schattenmann, der scheinbar keinerlei Schmerzen fühlen kann. Mir bleibt nur die Möglichkeit zu kämpfen.

Adrenalin schießt durch meine Adern, gemischt mit meiner Magie, die droht auszubrechen.

Gleich, versuche ich sie zu beruhigen.

Blitzschnell greife ich nach meinem Dolch, richte mich wieder auf und halte die Klinge auf den großen Mann gerichtet. Ein tiefes Grollen erklingt, was vermutlich ein belustigtes Lachen sein soll.

Ja, ich werde oft unterschätzt. Vor allem wenn ich plane, mit meinem kleinen Dolch gegen ein wesentlich größeres Schwert anzutreten. Doch das nutze ich zu meinem Vorteil. Leider scheint mir mein Gegner nicht, als würde er auf irgendwelche billigen Tricks reinfallen.

Meine Magie ist bereit.

Ich stelle mich etwas sicherer hin und nehme Kampfposition ein. Mit einer fließenden Bewegung durchschneidet der Schattenmann mit seinem Schwert die Luft direkt vor mir. Ich stehe gerade weit genug von ihm entfernt, sodass mich seine schwarze Klinge nicht erreicht.

Wenn mein Angreifer nur einen halben Schritt nach vorne geht, durchschneidet mich sein Schwert wie zuvor die Luft.

Angestrengt beruhige ich meine Atmung.

Stille legt sich über den Raum, während wir versuchen, die Schwächen unseres Gegenübers auszumachen.

Meine Kette liegt kühl auf meiner erhitzten Haut. Es würde nichts bringen, jetzt den Bogen zu entfalten. Ich habe nicht genug Platz, um ihn zu benutzen.

Plötzlich setzt sich der Mann in Bewegung. Er lässt sein Schwert auf mich zurasen. In letzter Sekunde ducke ich mich weg, sodass er stattdessen die Türklinke hinter mir zerteilt.

Na toll. Wie scharf ist dieses Schwert eigentlich?

Der Mann fängt sich schneller wieder, als mir lieb ist, und greift mich erneut an. Wieder ducke ich mich weg, doch diesmal hat er damit gerechnet und ändert seine Schwertbahn, sodass ich nur ganz knapp sein Schwert mit meinem Dolch ablenken kann.

Er lernt schnell. Verdammt.

Meine Magie brodelt in mir.

Noch nicht.

Bei unserem Tanz auf engstem Raum drängt er mich immer weiter in die Ecke. Plötzlich schlägt er mit dem Knauf seines Schwertes hart gegen mein Handgelenk, sodass mir mein Dolch aus der Hand fällt.

Ich fluche.

Das dunkle Lachen erklingt wieder.

Jetzt oder nie.

Meine Magie bricht wie ein wildes Tier aus mir heraus. Eine silberblaue Druckwelle lässt den Schattenmann ein paar Schritte nach hinten taumeln. Weit genug, damit ich mich wegrollen kann. Hinter ihm komme ich wieder auf die Beine. Nur mit viel Glück lande ich an exakt der Stelle, wo mein Dolch zuvor gelandet war.

Ich hebe ihn auf und renne auf Levi zu. Jetzt bloß keine Zeit mehr verlieren.

Ein plötzlicher Schmerz sticht in meinem Arm. Ich ziehe zischend Luft ein, kümmere mich aber nicht weiter darum.

Stattdessen renne ich nur noch schneller auf Levi zu, der meinen Plan bereits durchschaut hat und ebenfalls zum Balkon sprintet.

Die zerbrochenen Glasscherben knirschen unter unseren Schuhen, als wir durch das zersplitterte Fenster laufen.

Ohne den Blick noch einmal zurück zu richten, springen wir über den Balkon und stürzen in die Tiefe.

Kapitel 21

Der Boden kommt viel zu schnell auf uns zu. Wir hatten genug Schwung, um weit genug vom Gebäude weg zu landen. Allerdings bedeutet das, dass wir auf der Straße landen werden.

Plötzlich ist der Boden da.

Meine Magie federt den Aufprall etwas ab, dennoch strömt ein stechender Schmerz durch meine Knöchel. Schnell rolle ich mich ab, um noch etwas mehr die Landung abzufangen.

Keuchend komme ich mitten auf der Straße zum Stehen. Ich versuche mich aufzurichten, doch bei der Belastung meiner Knöchel durchfährt mich wieder dieser stechende Schmerz. Meine Magie berührt die Stelle und dämpft den Schmerz. Mit viel Mühe schaffe ich es aufzustehen.

Ich höre Levi fluchen. Er ist neben mir auf der Straße gelandet und hält sich die Knöchel. Sein Gesicht ist schmerzverzerrt.

Mein Blick wandert zu dem Balkon, von dem wir gerade gesprungen sind. Aus den zerbrochenen Fenstern wehen die Reste der Vorhänge nach draußen. Von unserem Angreifer ist keine Spur zu sehen. Ich bin jedoch nicht so naiv, zu glauben, dass er aufgegeben hat.

So schnell wie möglich gehe ich zu Levi. Die Schmerzen in meinen Knöcheln sind zu einem dumpfen Pochen abgeklungen. In einigen Minuten werden sie komplett verheilt sein. Neben Levi bücke ich mich.

»Das machen wir nie wieder«, stößt er zwischen zusammenge-kniffenen Zähnen hervor.

»Bin ich auch dafür«, stimme ich ihm zu. »Uns bleibt keine Zeit, deine Wunden hier zu versorgen. Wir müssen von der Straße runter.«

Levi nickt und versucht aufzustehen. Er unterdrückt einen schmerzhaften Aufschrei. Ich lege mir einen seiner Arme über die Schulter und versuche ihn so gut es geht zu stützen.

»Wohin jetzt?«, fragt er zweifelnd.

»Wir müssen Lucca und Zahra finden.«

Gemeinsam humpeln wir von der Straße hinunter und kommen auf dem Bürgersteig gegenüber des Hotels zum Stehen. Mir fällt auf, dass wir an genau der Stelle stehen, an der ich den Schattenmann zum ersten Mal gesehen hatte.

Kurz schließe ich die Augen und konzentriere mich auf meine Magie. Sie ist damit beschäftigt, meine Wunden zu heilen, doch ein Teil von ihr wartet bereits darauf, weiter zu kämpfen.

Natürlich gefällt ihr die ganze Aufregung. Durch den direkten Hautkontakt streift sie auch schon durch Levi und kümmert sich um seine Knöchel, dämpft den Schmerz etwas, heilt ihn jedoch noch nicht.

Ich lasse meine Magie in den Boden sickern und versuche eine Spur von dem Schattenmann zu finden.

»Psst«, lenkt mich eine bekannte Stimme ab. »Hierher.«

Ich öffne meine Augen und sehe in die Richtung, aus der die Stimme kommt. Zahra steht am Ende des Gebäudes und winkt uns hektisch zu sich hin.

Humpelnd gehen wir auf sie zu. Wir folgen ihr um die Ecke in eine schmale Gasse hinein.

»Micah.« Lucca fällt mir um den Hals.

Erleichtert atme ich aus und drücke sie mit der freien Hand an mich. Levi räuspert sich. Wir lösen uns voneinander.

»Das war total verrückt. Ihr seid wirklich aus dem Fenster gesprungen«, sprudelt Lucca los.

»Sei still«, befiehlt ihr Zahra.

»Wobei ich zustimmen muss. Das war total verrückt. Und leichtsinnig. Was habt ihr euch nur dabei gedacht?«, beschimpft sie uns mit ausgestrecktem Finger.

»Hoffentlich überleben wir das«, antwortet Levi trocken.

Ich helfe ihm dabei, sich an der Wand hin zu setzen. Dann hocke ich mich neben ihn und streiche seine Hose etwas nach oben, sodass seine Knöchel größtenteils frei liegen. Ich sehe ihn zögernd an. Er nickt mir zuversichtlich zu.

Ich konzentriere mich wieder auf seine Knöchel. Sie sind gerötet und beginnen anzuschwellen. Das sieht ziemlich schmerzhaft aus. Vorsichtig lege ich meine Hände auf sie. Zischend zieht Levi Luft ein und zuckt zusammen.

»Tut mir leid«, entschuldige ich mich sofort.

»Alles gut. Deine Hände sind nur ziemlich kalt«, winkt er ab.

Misstrauisch sehe ich ihn an. Meine Hände sind kalt?

So wie das Blut gerade durch meine Adern rast, sollten sie das eigentlich nicht sein.

Er setzt ein schiefes Grinsen auf. Ich schüttele den Kopf und schließe meine Augen. Sofort gleite ich auf einer Welle meiner Magie. Sie überbrückt die Grenzen meines Körpers und fließt in Levi hinein. Wir brauchen nicht lange nach der Verletzung zu suchen. Sie zieht uns förmlich an. Ich kann nicht genau beschreiben, was meine Magie macht, doch sie schafft es, die Verletzung zu heilen und die Schmerzen aufzunehmen.

Ich ziehe mich zurück und höre ein wohliges Stöhnen. Ein Grinsen lässt meine Mundwinkel zucken, als ich meine Augen öffne und in Levis zufriedenes Gesicht sehe. Ich nehme meine Hände von seinen Knöcheln und er streift sich wieder seine Hosenbeine runter.

»Was hast du gemacht?«, fragt diesmal nicht Lucca, sondern Zahra vollkommen erstaunt.

»Sie hat mich geheilt«, antwortet Levi, als wäre es das Selbstverständlichste der Welt.

Dabei ist das gar nicht so verständlich, wie es sich anhört. Diese Ausprägung meiner Fähigkeit kenne ich erst seit knapp einem Zyklus und richtig effektiv einsetzen kann ich sie erst, seitdem ich meine Magie aus ihrem Käfig entlassen habe.

»Was ist mit deinem Arm?«, frage ich Levi mit Blick auf seine blutverschmierte Haut.

»Halb so wild«, winkt er ab.

Ich sehe ihn ernst an.

»Wir können es uns nicht erlauben, eine Blutspur zu hinterlassen. Lass dich heilen, Memme«, mischt sich Zahra ein.

Levi wirft ihr einen vernichtenden Blick zu. Aus den Beiden werden wohl keine Freunde mehr.

Ich gehe um Levi herum und nehme seinen Arm. Zwischen dem ganzen Blut ist es schwer, die Quelle zu finden. Kein Wunder, dass er blasser ist als sonst. Ich versuche, ein wenig vom Blut wegzuwischen. Es ist noch warm und klebt an meinen Fingern. Da ist die Wunde.

Mit meinen Fingern, die mittlerweile voll von Levis Blut sind, streiche ich langsam über sie. Levi zuckt zusammen und versucht mir reflexartig den Arm wegzuziehen. Ich verstärke meinen Griff und beeile mich, die Wunde zu verschließen.

»Fertig.«

Erleichtert atmet Levi aus. Ich lasse seinen Arm los und richte mich auf. Prüfend verlagere ich mein Gewicht von einem Fuß auf den anderen und stelle erleichtert fest, dass sich meine Magie inzwischen auch um meine Verletzungen gekümmert hat. Levi rappelt sich auf.

»Seid ihr verletzt?«, wende ich mich an Zahra und Lucca.

Beide schütteln den Kopf.

»Was ist mit dir?«, fragt mich Lucca.

»Alles gut. Meine Magie hat mich schon geheilt«, erkläre ich ihr.

»Das hat sie dann aber nicht sehr gründlich gemacht.« Lucca deutet auf meinen rechten Arm.

Stirnrunzelnd folge ich ihrem Blick. Was ich dort sehe, lässt mich nach Luft schnappen.

Auf meinem rechten Oberarm befindet sich eine kleine Schramme, gerade mal so groß wie mein Finger. Doch aus ihr fließt kein Blut.

Sie ist mit einer schwarzen Kruste bedeckt, von der sich schwarze Äderchen ausbreiten.

Zögerlich streiche ich mit dem Finger darüber, um sie zu heilen. Doch sobald meine Fingerspitzen die schwarze Kruste berühren, breitet sich ein Schmerz in meinem Arm aus, den ich noch nie zuvor gefühlt habe. Ich unterdrücke einen Schmerzensschrei. Sofort ist Zahra bei mir und betrachtet eingehend die Wunde.

»Was ist das?«, fragt Levi, der hinter mich getreten ist und ebenfalls den Kratzer betrachtet.

»Ich weiß es nicht«, gebe ich zu.

In meinem Inneren spüre ich, wie sich meine Magie bemüht, die Wunde zu heilen. Doch was auch immer das für eine Klinge war, mit der der Schattenmann mich gestreift hat, von ihr geht etwas aus, gegen das meine Magie nicht ankommt...und es breitet sich in mir aus. Ich spüre ganz deutlich, wie es sich langsam, ganz langsam einen Weg bahnt.

»Das ist nicht gut. Das ist ganz und gar nicht gut«, murmelt Zahra, die nicht zufrieden ist mit dem, was sie sieht.

»Was ist denn?«, fragt Lucca besorgt und tritt zu uns.

»Der Angreifer war ein Schattenkrieger«, erklärt Zahra.

»Was du nicht sagst«, kontert Levi ironisch.

Sie wirft ihm einen vernichtenden Blick zu. Ich kann Levis Reaktion nicht sehen, da er direkt hinter mir steht, aber ich kann mir vorstellen, was sich auf seinem Gesicht gerade abspielt. Vor allem, wenn ich sehe, wie sich Zahra zusammenreißen muss, um ihm nicht direkt ins Gesicht zu spucken.

»Na gut, Klugscheißer, dann sag du uns doch, was es damit auf sich hat.« Sie hält meinen Arm etwas höher.

Levi lehnt sich vor und setzt ein ernstes Gesicht auf. Eingehend betrachtet er den Kratzer. Ich werfe ihm einen skeptischen Blick zu. Aus dem Augenwinkel sehe ich Lucca zweifeln. Levi gibt einige Geräusche von sich, die wohl Verständnis vortäuschen sollen. Dann lehnt er sich zurück und nickt bedächtig.

»Und was ist es?«, fragt Zahra gereizt.

Levi zieht die Augenbrauen hoch und setzt einen äußerst wissenden Gesichtsausdruck auf. Er streckt einen Finger nach oben, so wie es unsere Lehrer an der Akademie machen, wenn sie etwas sehr Wichtiges erklären.

Dann holt er tief Luft und öffnet die Lippen zum Sprechen. Wir alle kleben gespannt an seinen Lippen. Sogar Zahra scheint neugierig auf seine Ausführungen zu sein.

»Ich habe...absolut keine Ahnung«, gibt er schließlich zu und springt sofort außerhalb von Zahras Spuckreichweite.

Sie schäumt geradezu vor Wut, während Lucca und ich es uns nicht verkneifen können zu lachen. Zahra wirft uns wütende Blicke zu.

»Ihr findet das also lustig?«, wirft sie uns an den Kopf.

Wir versuchen und zu beruhigen, schaffen es aber nicht.

»Das hier«, sie zeigt auf meinen Arm, »wird dich umbringen, Micah.«

Prompt ist unsere gute Laune wie weggeblasen. Das Grinsen ist aus unseren Gesichtern verschwunden.

»Was soll das heißen?«, fragt Levi zögerlich.

»Genau das, was ich gesagt habe«, keift Zahra ihn an.

Ich betrachte besorgt den kleinen Kratzer.

»Wie kann eine so kleine Wunde jemanden...«, Lucca schluckt schwer, »jemanden umbringen, der so...so mächtig ist wie Micah?«, fragt sie Zahra.

Sie wirft ihr einen traurigen Blick zu, bevor sie sich an mich richtet.

»Weißt du, was Schattenonyx ist?«, fragt sie mich ernst.

Schattenonyx?

Davon habe ich, glaube ich, schon einmal etwas gelesen. Wenn ich mich nur daran erinnern könnte, wo. Ich schüttele den Kopf, um Zeit zu sparen.

»Schattenonyx entsteht, wenn Sterne fallen«, erklärt Zahra.

»Wenn Sterne fallen?«, fragt Lucca.

Wir sehen sie an. Unglaube steht ihr ins Gesicht geschrieben.

»Sterne fallen auf Aquilia wortwörtlich. Sie stürzen vom Himmel und landen auf dem Land. Wenn das passiert, entsteht ein Gestein, das Schattenonyx genannt wird. Es ist das komplette Gegenteil des Sterns. Scheinbar ist es den Schattenkriegern gelungen, aus den gefallenen Sternen Waffen zu schmieden.«

»Okaaay«, zieht Lucca zweifelnd ein Wort in die Länge.

»Nimm es einfach hin«, keift Zahra.

Ich ziehe überrascht die Augenbrauen hoch. In der kurzen Zeit, die wir nun schon zusammen sind, hat Zahra nie so mit Lucca gesprochen, mit mir und Levi schon, aber noch nie mit Lucca.

Besorgt sehe ich zu meiner Schwester. Die scheint die Stimmungsschwankung bei Zahra nicht wirklich mitbekommen zu haben.

»Unser kleiner Angreifer...«, fährt sie fort.

»Klein war *der* nicht wirklich«, wirft Levi ein, wobei er ein Wort besonders betont.

Die unterschwellige Beleidigung fällt nicht nur mir auf. Zahra wirft ihm einen giftigen Blick zu, verkneift sich aber ansonsten jeglichen Kommentar.

»Wie ich gerade sagen wollte«, beginnt sie wieder, diesmal jedoch eine Spur verbitterter als zuvor, mit ihren Ausführungen, »...hat unser Angreifer wohl eine solche Klinge aus Schattenonyx verwendet. Denk jetzt ganz genau nach, Micah. Hat er dich verletzt?«

»Darüber braucht sie wohl kaum nachdenken. Das ist doch offensichtlich«, bemerkt Levi.

In dem Moment platzt Zahra der Kragen.

Sie holt aus und spuckt Levi direkt ins Gesicht. Der hatte keine Zeit, sich außer Reichweite zu bringen und kriegt alles ab.

»Ihhhh, ist das eklig«, beschwert er sich, während er sich mit dem Arm über die feuchten Stellen fährt.

Zahras Blick richtet sich wieder vollkommen auf mich, als wäre nichts gewesen. Ich brauche nicht lange zu überlegen.

»Nur hier«, antworte ich und deute auf meinen Arm.

»Bist du dir sicher?«, hakt sie nach.

Ich gehe gedanklich kurz den Kampf mit dem Schattenkrieger durch. Gleichzeitig lasse ich meine Magie nach anderen Verletzungen suchen. Wir beide kommen zum gleichen Ergebnis.

»Nur am Arm«, wiederhole ich.

Zahra nickt bedächtig. Sie überlegt kurz und scheint etwas zu rechnen.

»Er hat dich am rechten Arm erwischt, das ist besser als am linken«, spricht sie ihre Gedanken aus.

»Warum?«, will Lucca wissen.

»Eure Herzen sitzen links. Von dieser Wunde geht ein Gift aus, dass sich langsam bis zum Herzen vorarbeiten wird.«

»*Eure* Herzen?«

»Die von Sternenkriegern und einigen anderen Geschöpfen. Glaub mir, du willst nicht wissen, wo sich Zahras Herz befindet«, erklärt Levi, der sich die Spucke aus dem Gesicht gewischt hat, jedoch nicht wieder näher heran kommt.

Lucca nickt zögerlich und scheint diese Information mit ihrem Bild vom menschlichen Körperaufbau in Verbindung zu bringen.

»Dir bleiben vielleicht noch zwanzig Stunden, wenn's hoch kommt«, stellt Zahra fest.

»Waas?«, fragt Levi entsetzt.

»Zwanzig Stunden. Bist du taub oder einfach nur blöd?«, wiederholt sich Zahra.

»Dann sollten wir schnell nach Hause«, stellt Levi fest, jedoch zeitgleich als Lucca Zahra fragt: »Kannst du denn gar nichts tun?«

Levis Aussage geht damit komplett unter. Zahra schüttelt betrübt den Kopf.

»Und du? Kannst du dich nicht einfach heilen? Mit deiner Magie? So wie du Levi geheilt hast?«, fragt mich Lucca bestürzt.

Tränen treten ihr in die Augen. Sie hat Angst, mich zu verlieren, schon wieder. Das kann ich sogar spüren, ohne meine Magie einzusetzen.

»Lucca, das ist nicht so einfach...«, setze ich an.

»Doch, das habe ich doch gesehen. Du legst einfach deine Hand da rauf, schließt kurz die Augen und dann ist alles wieder gut«, unterbricht sie mich.

»Nicht dieses Mal.«

Ich will ihr erklären, was es mit Schattenonyx auf sich hat, doch sie hört nicht auf mich und stürzt aus der Gasse. Ich sehe, wie sie die Straße hinunterrennt. Zahra ruft ihr hinterher. Doch Lucca bleibt nicht stehen.

Das kann doch alles nicht wahr sein.

»Wir müssen ihr hinterher«, stelle ich fest.

Zahra nickt.

Gemeinsam nehmen wir Luccas Verfolgung auf. Levi folgt uns stumm.

Jetzt sind wir zum dritten Mal auf diesem phoenixverlassenen Planeten auf der Suche nach meiner Schwester. Und unsere Zeit drängt.

Nicht nur, weil ich in zwanzig Stunden sterbe, sondern auch weil die Sonne gerade den Horizont durchbricht und damit der Tag beginnt.

Heute Nacht ist Vollmond. Unsere einzige Chance, wieder nach Hause zurückzukehren.

Kapitel 22

Levi sagt die ganze Zeit über kein Wort. Er trottet hinter mir und Zahra die Straßen der Stadt entlang.

Weit kann Lucca eigentlich nicht gekommen sein und doch brauchen wir eine ganze Weile, um sie endlich zu finden.

Wir gehen um eine weitere Ecke, ich habe mittlerweile komplett die Orientierung verloren, und sehen plötzlich ihre silberblonden Haare zwischen einigen anderen Menschen an einer Bushaltestelle sitzen.

Zahra rennt sofort auf sie zu.

»Für so eine kleine Frau, ist sie verdammt schnell«, bemerkt Levi, der plötzlich neben mir herläuft.

Meine Mundwinkel zucken. Ich folge seinem Blick auf meinen Arm.

Bevor wir uns unter die Menschen gemischt haben, hielten wir es für angebrachter, meine Wunde etwas abzudecken. Levi riss kurzerhand etwas von seinem Oberteil ab und reichte es Zahra, die es behutsam um die Wunde wickelte. Dieser behelfsmäßige Verband erregt erstaunlicherweise weniger Aufmerksamkeit als ich dachte.

»Die Menschen denken vermutlich, dass es ein neuer Modetrend ist«, erklärte uns Zahra.

Wenn dem doch nur so wäre.

»Es tut nicht weh«, versuche ich meinen besten Freund zu beruhigen.

Er sieht mich ungläubig an und richtet seinen Blick dann wieder auf Zahra, die mittlerweile Lucca erreicht hat. Ich weiß, dass Levi mir nicht glaubt.

Durch Zufall berühren sich unsere Fingerspitzen und ich erhalte einen kurzen Einblick in seine Gedanken. Er erinnert sich an den

Angriff auf die Akademie und...ich schüttele die Erinnerung ab und bringe etwas mehr Abstand zwischen uns.

Wir erreichen die Haltestelle gerade, als sich Zahra und Lucca liebevoll umarmen. Luccas Augen sind gerötet und verquollen, als sie uns bemerkt und uns ansieht.

Traurig lächelnd löst sie sich von Zahra und fährt sich mit der Hand über die Augen, während sie sich aufrichtet.

»Es tut mir leid, ich hätte nicht weglaufen sollen. Das war ziemlich kindisch«, entschuldigt sie sich.

Ich schüttele den Kopf.

»Nein, war es nicht...«, setzte ich an.

»Genau genommen, war es das«, unterbrechen mich Levi und Zahra synchron.

Erstaunt wechseln die zwei überraschte Blicke. Das die sich mal einig sind, können sie wohl selbst kaum glauben.

»Na gut, vielleicht ein wenig unüberlegt«, lenke ich ein.

Damit scheinen sie zufrieden zu sein.

»Aber das ist jetzt eigentlich auch überhaupt nicht wichtig...«

»Ach nein?«, mischt sich Zahra wieder ein.

»Nein«, ich werfe ihr einen Blick zu, der sie verstummen lässt, zumindest für den Moment.

»Lucca, ich verstehe, dass das alles etwas viel auf einmal ist und du vieles einfach so hinnehmen musst. Ich verspreche dir, dass ich dir alles erklären werde.«

Sie sieht mich misstrauisch an. Ihre Augen wandern immer wieder zu meinem Arm.

»Ich habe noch nie etwas versprochen, was ich nicht auch eingehalten habe«, versuche ich es wieder.

»Das stimmt«, kommentiert Levi.

Ich ignoriere ihn.

»Vertraust du mir?«, frage ich stattdessen Lucca.

Was für eine lächerliche Frage. Sie hat mich erst vor ein paar Stunden kennengelernt und steht jetzt schon wieder davor, mich zu verlieren. Natürlich vertraut sie mir noch nicht.

Zahra scheint ähnlicher Ansicht zu sein. Sie schnaubt verächtlich. Doch Lucca sieht mich nur aufmerksam an. Etwas an ihren Augen verwirrt mich.

Sie nickt. »Ich weiß nicht wieso, aber ja, ich vertraue dir. Und das macht mir, um ehrlich zu sein, ganz schön Angst.«

»Kann ich verstehen«, meldet sich Levi wieder zu Wort.

Ich atme tief durch.

»Gut, dann glaube mir bitte auch, wenn ich dir sage, dass es eine Möglichkeit gibt, das hier«, ich deute grob auf meinen Arm, »aufzuhalten.«

»Ach ja?«, kommt es wieder synchron von Levi und Zahra.

»Ja.«

»Wo?«, fragt Lucca ängstlich.

»Zu Hause.«

»Zu Hause? Du meinst Aqula?«

Levi beginnt zu lachen. Lucca sieht ihn verwirrt an. Auch Zahra kann es sich nicht verkneifen, zu grinsen.

»Was denn?«, fragt Lucca unschuldig.

»Aquilia, unser Planet heißt Aquilia«, berichtige ich sie.

»Oh.«

Die umstehenden Menschen werfen uns seltsame Blicke zu. Wir sprechen in unserer Sprache, was bedeutet, dass sie uns nicht verstehen können, aber die Stimmungsschwankungen können sie trotzdem interpretieren.

Gerade kommt ein Bus an der Haltestelle zum Stehen und öffnet seine Türen. Einige Menschen kommen aus dem Bus heraus, während andere einsteigen. Das ist schon ein seltsames System, das sich die Menschen da erdacht haben. Wir warten, bis wieder etwas mehr Ruhe an der Haltestelle einkehrt.

»Also gibt es noch Hoffnung für dich?«, fragt mich Lucca schließlich.

Ich nicke.

»Woher willst du das wissen?«, mischt sich Zahra misstrauisch ein.

»Mein Vater...unser Vater«, berichtige ich mich, mit Blick auf Lucca, »ist ein Sternenkrieger, so wie wir. Er hat mir einmal erzählt, dass er während eines Kampfes verletzt wurde. Die Klinge, die ihn streifte, war etwas, das er noch nie zuvor gesehen hatte. Sie hinterließ eine Wunde bei ihm, die sich schnell entzündete. Aber zu der Zeit gab es einen sehr geschickten alten Heiler am Hof, der ein Mittel gegen die Ausbreitung der Infektion kannte. Ich glaube, dass Vater noch immer weiß, was das für ein Mittel war und dass es uns...mir auch helfen kann«, schließe ich meine Erzählung.

Alle drei sehen mich erstaunt an. Lucca ist die Erste, die sich wieder einkriegt.

»Dann ist es also beschlossen. Wir kehren zurück nach Aquila«, bestimmt sie.

»Habe ich es diesmal richtig ausgesprochen?«, fragt sie mich leise.

»Nicht ganz. Aber keine Sorge. Bis wir da sind, hast du es drauf«, ermutige ich sie.

Sie nickt zuversichtlich.

»Wie plant ihr denn, zurückzukehren?«, fragt Zahra.

»Auf die gleiche Weise, wie wir hergekommen sind«, kontert Levi.

»Und das wäre wie genau?«

»Wir haben einen Portalkristall bei Mitternacht ins Mondlicht gehalten«, erklärt Levi selbstverständlich.

Plötzlich wird mir etwas bewusst.

Ich stoße einen Fluch aus, der alles, was Zahra und Levi bisher zusammen über die Lippen gekommen ist, wie kleine Babypandas wirken lässt. Erstaunt sehen sie mich an.

»Was ist los?«, will Lucca wissen. »Ist es dein Arm?«

Sofort kommt sie besorgt einen Schritt auf mich zu. Ich winke ab und fluche erneut, als mir klar wird, wie verloren wir sind.

»Woah, Micah, entspann dich«, versucht Levi mich zu beruhigen. »Was ist denn passiert?«

»Ich habe meine Tasche nicht«, stoße ich hervor.

Aufgebracht gehe ich auf und ab. Die Menschen müssen mich für vollkommen verrückt halten, aber das ist mir jetzt egal.

»Deine Tasche? Ist das dein ernst? Davon kannst du dir ja wohl noch hundert neue kaufen, wenn wir wieder auf Aquilia sind. Kein Grund, so ein Drama daraus zu machen«, beschwert sich Zahra.

Doch Levi hat bereits verstanden, worauf ich hinaus will. Aus seinem Gesicht weicht jegliche Farbe. Wäre ich nicht so furchtbar kurz vorm Durchdrehen, wäre ich besorgt um seine Gesundheit.

»Also Vollmond müsste heute Nacht sein, wenn ich mich nicht irre«, redet Zahra unbeirrt weiter und wirft Lucca einen fragenden Blick zu.

Sie nickt. Wie ich kann sie wohl spüren, wann Vollmond ist.

Zahra klatscht aufgeregt in die Hände. »Sehr gut. Dann ist ja alles geklärt. Wir gehen an einen ruhigen Strand, warten auf den Vollmond und reisen mit dem Portalkristall nach Aquilia.«

»Ganz so leicht wird es dann doch nicht«, stoppe ich ihre Euphorie und bleibe stehen.

Sie sieht mich verwundert an.

»Aber das hat Levi doch gesagt«, bemerkt Lucca verwirrt.

»Ja, hat er«, gebe ich ihr recht. »Doch wie bereits gesagt, habe ich meine Tasche nicht mehr.«

Langsam scheint es bei Zahra zu dämmern.

»Oh nein...Sag bitte nicht, dass...«, stottert sie.

Ich nicke.

»Das kann doch alles nicht wahr sein. Wie dämlich kann man eigentlich sein. Ich fasse es nicht. Warum hast du sie da gelassen?«, fährt Zahra mich an.

»Wow, jetzt komm mal wieder runter, Zwerg«, kommt Levi wieder zu sich.

»Nenn mich noch einmal Zwerg und du...«, droht Zahra.

»GENUG«, schreit Lucca und bringt damit nicht nur die zwei Streithähne zur Ruhe, sondern erlangt auch die Aufmerksamkeit aller Menschen, die gerade auf dieser belebten Straße unterwegs sind.

Sie zuckt zusammen, als sie bemerkt, was sie getan hat. Ein flüchtiges, stolzes Lächeln huscht über Zahras Gesicht.

»Erklär mir jetzt sofort, was los ist«, richtet sie sich an mich. »Und ihr zwei«, sie zeigt abwechselnd auf Zahra und Levi, »unterbrecht sie nicht.«

Geschockt nicken beide stumm.

»Los, Micah.«

»Also gut. Levi und ich sind mithilfe eines besonderen Kristalls her gereist, einem sogenannten Portalkristall...«, beginne ich.

»Soweit konnte ich euch noch folgen. Komm zu dem Punkt, an dem ihr alle durchgedreht seid«, unterbricht sie mich.

»Ich habe den Kristall in meiner Tasche aufbewahrt. In derselben Tasche, die ich im Hotelzimmer zurückgelassen habe.«

»Oh.« Langsam erschließt sich Lucca das volle Ausmaß dieser Nachricht.

»Oh«, sagt sie noch einmal, als sie den Punkt erreicht, an dem wir andern durchgedreht sind.

»Und jetzt?«, fragt sie schließlich wieder so unbeholfen wie zuvor.

»Jetzt kommen wir nicht nach Hause, Micah kann nicht geheilt werden und stirbt, ich werde diese Nervensäge umbringen und wir zwei verbringen den Rest unseres Lebens damit zu wissen, wie knapp wir einer Heimreise entglitten sind«, fasst Zahra nüchtern zusammen.

»Warum willst du mich umbringen, Zw...?«

Schnell halte ich Levi den Mund zu, damit er diesen Satz nicht zu Ende spricht. Dummerweise benutze ich dafür meinen rechten Arm. Ein heftiger Schmerz durchfährt meine Zellen. Ich ziehe scharf Luft ein und presse den Arm an meine Brust. Lucca kommt besorgt auf mich zu.

»Micah?«, setzt sie an.

»Es geht schon. Alles gut«, beschwichtige ich sie und richte mich wieder auf.

Eine dreiste Lüge, aber das müssen sie nicht wissen. Es ist nicht die Einzige, die ich ihnen innerhalb dieses kurzen Tages bereits erzählt habe.

»Wir werden nicht aufgeben«, beschwöre ich unsere kleine Gruppe. »Uns bleiben noch etwa zwölf Stunden, um einen anderen Weg nach Hause zu finden.«

»Und wie sollen wir das bitte schön anstellen?«, fragt Zahra skeptisch und verschränkt demonstrativ die Arme vor der Brust.

»Ja, Micah, was ist dein Plan?«, will auch Levi wissen.

Tja, gute Frage. Was ist mein Plan?

Ich drehe mich von ihnen weg und der Straße zu. Es ist eine breite Straße mit mehreren Spuren auf jeder Seite. Dieser Ort sieht so unglaublich falsch in meinen Augen aus.

Die Menschheit hat ihre Natur zerstört, um so etwas zu bauen?

Ich kann das nicht verstehen. Wieso sollte man die mächtige, unberührte Natur zerstören, um mit umweltverschmutzenden Geräten über glatte Straßen zu fahren?

Das kommt mir so falsch vor, es ist falsch. Doch das bringt mich auf eine Idee. Wieso bin ich da nur nicht früher drauf gekommen?

In den Tagebüchern von Zam habe ich auch etwas über natürlich vorkommende Portale gelesen. Sie verbinden Planeten miteinander. Jedoch gibt es nicht mehr viele und wenn wir Pech haben, wird es auf der Erde kein Portal geben, das eine direkte Verbindung nach Aquilia hat.

Und selbst wenn es eines gäbe, welche Garantie hätten wir, dass wir es rechtzeitig erreichen?

Welche Garantie hätten wir, dass es uns nah genug am Palast ausspuckt, damit wir ein Heilmittel finden?

Mal ganz abgesehen davon, dass es...

Eine Hand legt sich auf meine Schulter. Ich spüre Zuversicht und Vertrauen von meiner Schwester in mich fließen.

Sie hat recht.

Bloß nicht aufgeben.

Wir sind so weit gekommen, da werden wir den Rest auch noch schaffen. Gemeinsam werden wir nach Hause zurückkehren.

Ein bekanntes Ziehen meiner Magie weist mir den Weg. Ich weiß, wo sich ein Portal befindet und ich kann uns hinführen. Zuversichtlich öffne ich meine Augen und wende mich wieder den anderen zu.

»Zahra, Lucca, wie gut kennt ihr euch hier aus?«

Lucca zuckt mit den Schultern.

»Wir sind als Touristen hier. Also nicht ganz so gut. Wieso fragst du?«

»Ich weiß, wo sich ein Portal befindet.«

Überrascht sehen sie mich an.

»Wo?«, fragt Zahra ungeduldig.

»Ich kann es nicht genau bestimmen, aber ich kann uns hinführen.«

»Na dann los«, bestimmt Levi enthusiastisch und geht wahllos in die gleiche Richtung, aus der wir gekommen sind.

Ich schüttle lächelnd den Kopf. Nach ein paar Schritten bleibt er stehen und wirft uns einen Blick über die Schulter zu.

»Kommt ihr oder was?«

»Es geht da lang«, sagen Lucca und ich gleichzeitig und zeigen in die andere Richtung.

Ich sehe sie erstaunt an. Sie zuckt mit den Schultern. Levi dreht auf dem Absatz um und läuft in die Richtung, in die Lucca und ich gezeigt haben.

Kopfschüttelnd folgt Zahra ihm. Lucca und ich bilden den Schluss, obwohl wir als einzige wissen, wo es lang geht.

Eine ganze Weile gehen wir schweigend nebeneinander her. Levi und Zahra zanken sich ununterbrochen. Doch mittlerweile glaube ich, dass sie es eher zum Zeitvertreib machen, als um sich wirklich ernsthaft verletzen zu wollen.

Immer wieder durchzuckt mich ein brennendes Stechen, ausgehend vom Kratzer an meinem Arm. Auch ohne hinzusehen, weiß ich, dass sich die schwarzen Adern weiter ausgebreitet haben.

Meine Magie bemüht sich, die Infektion aufzuhalten, muss sich aber immer mehr geschlagen geben und zurückweichen. Die körperliche Anstrengung macht es dem Gift noch leichter, sich zu behaupten. Mein Gefühl sagt mir, dass Zahra bei ihrer Berechnung vergessen hat, lange und anstrengende Fußmärsche mit einzubeziehen.

»Tut es sehr weh?«, holt mich Lucca aus meinen Gedanken.

Sie mustert mich ängstlich von der Seite.

»Es geht schon«, lüge ich sie an.

»Du lügst«, stellt sie fest.

Ich sehe ihr nicht in die Augen.

»Warum...«, setzt sie an und bricht ab.

»Wie sind unsere Eltern?«, ändert sie ihre Frage und das Thema.

Levi und Zahra hören auf zu diskutieren und lauschen unserer Unterhaltung.

Nicht sehr geschickt ihr zwei.

Bei dem Gedanken an unsere Eltern muss ich lächeln. »Sie werden sehr glücklich sein, dich wieder in die Arme schließen zu können.«

»Wirklich?«

»Ja, sie zeigen es zwar nicht oft, aber sie vermissen dich wirklich sehr.«

Lucca versinkt in ihren Gedanken.

»Wie ist es...«, beginnt sie und bricht wieder ab.

»Ich habe versprochen, dir alles zu erklären, also frag ruhig«, ermutige ich sie.

»Okay...wie ist es eine Prinzessin zu sein?«

Ich sehe sie erstaunt an.

»Ich weiß, um ehrlich zu sein, gar nicht, wie ich das beantworten soll«, gebe ich zu.

»Ihr lebt in einem ziemlich großen, ziemlich beeindruckenden Palast, der vor tausend Mondzyklen erbaut wurde«, springt Levi ein. »Eure Hauptaufgabe ist es, Frieden im Volk zu wahren. Micah macht das ziemlich gut. Sie ist unsere Schülersprecherin und tritt für jeden von uns ein. Jeder mag sie, naja, fast jeder. Aber diejenigen, die sie nicht so sehr mögen, respektieren sie«, schwärmt er.

Meine Wangen werden rot. Lucca sieht mich beeindruckt an.

»Dich werden sie auch mögen«, ermuntere ich sie.

»Ich weiß nicht. Ich war noch nie sonderlich beliebt. Ich wurde eher als Freak bezeichnet.«

»Warum?«

Sie deutet auf ihre Haare.

»Oh...auf Aquilia gibt es noch ganz andere Haarfarben. Außerdem habe ich die gleiche wie du«, ich deute auf meinen Zopf, der schon wieder ziemlich verwüstet ist.

Das scheint sie etwas aufzuheitern.

»Was hat es mit dem da auf sich?«, fragt Lucca weiter und deutet auf meine Stirn.

»Das hast du auch«, mischt sich Zahra ein.

»Was?«

»Ich habe es mit einem Zauber bedeckt, der sich aber lösen wird, sobald du Aquilia berührst. Dann wird auch dein anderes Geburtsmal zum Vorschein kommen.«

»Mein anderes Geburtsmal?«

»Jede Spezies hat ihr eigenes Geburtsmal. Sie werden auf dem linken Oberarm abgebildet. Daran kannst du erkennen, welcher Gattung dein Gegenüber angehört und auch darauf schließen, über welche Fähigkeiten er womöglich verfügt«, erkläre ich.

»Das verstehe ich nicht.«

»Dann lass es mich so erklären. Auf Aquilia gibt es ungefähr siebenundzwanzig verschiedene Gattungen.«

Lucca reist überrascht die Augen auf.

»Sie werden den fünf Elementen zugeordnet, Wasser, Feuer, Erde, Luft und Energie.«

»Wir gehören zum Element Erde«, meldet sich Levi zu Wort und zeigt auf sich und Zahra.

»Und wir?«, fragt Lucca.

»Energie. Die Sternenkrieger sind etwas Besonderes. Unsere Gaben beschränken sich nicht auf eine Richtung. Unser Vater zum Beispiel kann Energie manipulieren.«

»Micahs Gabe ist die Seelenmagie«, mischt sich Levi wieder ein.

»Und ich?«

»Du beherrschst das Feuer. Auch das habe ich bei dir unterdrückt«, gibt Zahra zu.

Abrupt bleibt Lucca stehen.

»Warum hast du das gemacht?«, fährt sie Zahra an.

Wir anderen bleiben ebenfalls stehen. Zahra und Levi drehen sich zu uns um.

»Ich wollte dich beschützen. Du hast doch gesehen, was passiert, wenn Magie im Spiel ist«, verteidigt sich Zahra.

»Ich hatte das Recht, es zu erfahren. Es steht dir nicht zu mir zu verheimlichen, wer oder was ich bin.«

Ich lege Lucca eine Hand auf die Schulter, um sie zu beruhigen.

»Du hast recht, Lucca, und du hast jedes Recht, wütend auf Zahra zu sein. Aber jetzt und hier ist nicht der richtige Zeitpunkt, dieser Wut Luft zu machen.«

Sie schlägt meine Hand weg.

»Ach nein? Du bist doch genauso schlimm wie sie. Ständig sagst du mir, du würdest es mir erklären, aber du tust es nicht. Du tauchst hier auf und sagst mir, ich wäre jemand vollkommen anderes, *etwas* anderes. Es macht mich krank, dass ich ständig angelogen werde. Warum sagt mir niemand die Wahrheit?«, macht sie ihrer Wut Luft.

»Wir versuchen es doch«, mischt sich Levi ein.

»Ihr versucht es?«, fährt sie jetzt Levi an. »Das reicht aber nicht. Weißt du eigentlich wie es ist, ein Leben zu führen und dann zu erfahren, dass das alles eine Lüge war?«

Beschämt lässt Levi den Kopf sinken. Ihre Worte scheinen ihn auf eine Art getroffen zu haben, die ich nicht nachvollziehen kann.

»Lucca, bitte beruhige dich«, versuche ich es erneut.

Es sind zwar nicht viele Menschen auf dieser Straße unterwegs, aber diejenigen, die gerade in der Nähe sind, sehen uns so merkwürdig an.

»Sag du mir nicht, was ich zu tun und zu lassen habe«, geht meine Schwester jetzt auf mich los.

»Du tauchst hier wie aus dem Nichts auf und stellst mein ganzes Leben auf den Kopf. Du sagst mir, dass ich eine Familie hätte, die mich lieben würde und die mich vermisst. Aber wo ist sie? He? Ich kann sie nicht sehen. Ich bin schon mein ganzes Leben auf diesem Planeten und lebe mit dem Gedanken, niemanden außer Zahra zu haben, und dann tauchst du hier auf und sagst mir, dass das alles gelogen ist. Und ganz nebenbei, dass ich eigentlich gar kein

Mensch bin. Das ist alles zu viel. Du beschwörst mich, Ruhe zu bewahren, stark zu sein und *dir* zu vertrauen. Aber sieh dich doch an. Du schaffst es doch kaum dich auf den Beinen zu halten.«

Autsch.

Wobei sie mit dem letzten Punkt nicht ganz unrecht hat. Schweiß perlt auf meinem Körper und ich fühle mich müde. Am liebsten würde ich mich hinlegen und einschlafen. Doch wenn ich das tue...

Jedenfalls haben diese Worte auch Levis und Zahras Aufmerksamkeit auf mich gelenkt. Sie sehen mich besorgt an. Ich muss wirklich schrecklich aussehen.

»Lass mich deinen Arm sehen«, meint Zahra und kommt auf mich zu.

Ich knie mich hin und halte ihr meinen Arm hin. Lucca ist plötzlich ganz ruhig. Ich spüre, dass sie noch mehr auf dem Herzen hat, was sie gerne loswerden würde, doch sie hält sich zurück.

Behutsam nimmt Zahra das Stück Stoff von meinem Arm. Levi zieht zischend Luft ein. Ich wage es kaum auf den Kratzer zu gucken, doch meine Neugier siegt.

Mir wird schlecht.

Der kleine fingergroße Kratzer mit der schwarzen Kruste hat sich vergrößert. Mittlerweile ist er etwa zwei Finger breit und eine eigenartige schwarze Flüssigkeit sammelt sich darin.

Die schwarzen Äderchen haben sich ausgebreitet. Sie reichen fast bis zu meinem Ellbogen und erobern gerade meine Schulter.

Levi verspürt den Drang, die seltsame Flüssigkeit zu berühren. Er streckt einen Finger in Richtung Wunde. Zahra schlägt ihm auf die Hand.

»Nicht anfassen«, befiehlt sie.

Levi schüttelt die Hand, zieht sich aber zurück.

»Warum hat es sich so stark ausgebreitet?«, fragt er.

»Das weiß ich nicht«, murmelt Zahra und betrachtet eingehend die Wunde. »Vermutlich wegen der Anstrengung.«

Zahra nimmt den Stofffetzen und bindet ihn wieder um die Wunde. Ich zucke kurz zusammen, als sie den Knoten festzieht.

»Entschuldige.« Sie richtet sich an Lucca. »Ich weiß, dass du gerade wütend auf mich, auf Levi, auf Micah, einfach auf die ganze Welt bist. Aber deiner Schwester läuft die Zeit davon und wenn du dich nicht einkriegst, werden wir euren Eltern erklären müssen, warum sie wieder nur noch eine Tochter haben. Diesmal endgültig. Glaub mir, so gütig wie das Königspaar auch ist, darauf werden sie nicht gut zu sprechen sein.«

Lucca schluckt und nickt beschämt.

Zahra wendet sich wieder an mich. »Kannst du mittlerweile eingrenzen, wo das Portal liegt?«

Ich konzentriere mich auf das vertraute Gefühl Aquilias, das mich in eine bestimmte Richtung zieht. Ich zeige in die Richtung.

»Irgendwo dahinten«, sage ich ungenau.

Zahras Blick folgt meinem Finger. Sie scheint angestrengt zu überlegen.

»Keine Ahnung, was da sein soll«, meint sie schließlich enttäuscht.

»Dann müssen wir wohl weiterlaufen«, stellt Levi fest.

Er kommt auf mich zu und reicht mir eine Hand, an der ich mich dankbar hochziehe. Leicht schwankend komme ich neben ihm zum Stehen.

Ich schließe kurz die Augen, damit sich die Welt um mich herum aufhört zu drehen. Kräftige Arme halten mich fest und hindern mich am Taumeln.

Als ich mir halbwegs sicher bin, dass ich wieder klar sehen kann, öffne ich meine Augen. Prompt blicke ich in besorgte blaue Augen. Ich lehne an Levis Brust.

»Geht's?«, fragt er, ohne auf diese Nähe weiter einzugehen.

Ich nicke leicht. Zögerlich lässt er mich los und ich schaffe es, auf meinen eigenen Beinen zu stehen.

»Wir müssen weiter«, beschließe ich und wende mich der Richtung zu, in die mich meine Magie führen will.

Kapitel 23

Die Sonne hat bereits ihren Zenit überschritten und mit ihrem Weg zurück zum Horizont begonnen, als wir endlich einen Wanderweg erreichen. Schilder bezeichnen das Gebiet, in das wir hineingehen, als *Massif des Calanques*.

»Bist du dir sicher, dass wir immer noch richtig sind?«, fragt mich Lucca zum hundertsten Mal.

Wie auch zuvor, nicke ich als Antwort. Danach verfallen wir wieder ins Schweigen. Seit Luccas Wutausbruch gab es nichts mehr, worüber wir aktuell reden wollten. Erklärungen haben auch später noch genug Zeit.

Selbst Levi und Zahra hängen ihren eigenen Gedanken nach und zanken sich nicht. Stumm gehen sie hinter uns her.

Die Stille hat leider auch den Nachteil, dass ich mich mehr auf den Kampf meiner Magie gegen das Schattengift, wie ich es insgeheim getauft habe, konzentriere. Mit jedem Schritt, den ich setzte, schafft es das Schattengift ein wenig weiter voran zu schreiten.

Das Tuch haben wir nicht noch einmal abgemacht, um die Wunde zu betrachten. Das ist auch nicht nötig. Ich spüre auch so, dass die Wunde noch etwas weiter gewuchert ist. Die schwarzen Äderchen reichen bis weit über meinen Unterarm und über meine Schulter. Zeitlich wird unser Unterfangen ziemlich knapp.

Sand knirscht unter unseren Schuhen, als wir dem Weg durch das naturbelassene Gebiet folgen. Die staubige Luft bringt mich zum Husten. Erschrocken sieht Lucca mich an.

»Alles in Ordnung«, beruhige ich sie.

Leider nicht sehr erfolgreich. Mit einer Hand fahre ich mir über die schweißnasse Stirn. Meine Gefährten haben in der prallen

Mittagssonne ebenfalls angefangen zu schwitzen, kommen an meine Schweißperlensammlung jedoch nicht heran.

Vereinzelt begegnen wir Menschen, die uns entgegen kommen. Sie werfen uns seltsame Blicke zu und mustern mich besorgt. Ich will garnicht wissen, was genau sie sehen, dass sie so besorgt sind.

Plötzlich bleibt Lucca stehen. Levi läuft in sie hinein.

»Was ist denn jetzt schon wieder?«, will Zahra genervt wissen.

»Ich...ich...«, stottert Lucca.

»Spuck's aus«, fordert Levi ungeduldig.

Ich werfe ihm einen wütenden Blick zu, den er gekonnt ignoriert.

»Ich spüre etwas«, formuliert Lucca vorsichtig.

Sofort spannen sich Zahra und Levi an. Aufmerksam mustern sie unsere Umgebung. Ich verdrehe die Augen und gehe zu Lucca. Ich weiß genau, was sie spürt.

»Es ist wie ein Ziehen in deinem Inneren, oder?«

Sie nickt. »Woher...?«

»Das ist das Portal«, kläre ich sie und die anderen auf.

»Was?«, fragt Zahra ungläubig. »Ich dachte, ich hätte deine Kräfte unterdrücken lassen?«

»Das hast du auch. Aber die Nähe zu Levi und mir und jetzt auch zum Portal nach Aquilia lässt deine Blockade bröckeln«, erkläre ich.

Ein Lächeln breitet sich auf meinem Gesicht aus. »Du spürst unseren Weg nach Hause«, sage ich stolz zu Lucca.

Ein wohliges Gefühl breitet sich in mir aus und vertreibt für einen kurzen Moment die schlechten Gedanken. Mit neuem Elan kämpft meine Magie gegen das Schattengift an. Für diesen einen Augenblick scheint es, als würde alles wieder gut werden.

Pass auf, fordert mich eine Stimme zur Konzentration auf.

Es ist die gleiche Stimme, die mich schon vor dem Angriff des Schattenkriegers gewarnt hatte. Ich richte mich auf. Aufmerksam beobachte ich die Menschen um uns herum. Alles scheint...normal, oder besser gesagt, menschlich.

Levi bemerkt meine veränderte Körperhaltung. »Und was ist jetzt mit dir los?«

»Ich glaube, dass wir nicht alleine sind.«

»Was du nicht sagst.« Levi deutet mit einer ausladenden Geste auf die wenigen Menschen um uns herum.

Ich schüttele den Kopf, lasse dabei jedoch unsere Umgebung nicht aus den Augen. »Nein, die meine ich nicht. Ich glaube, dass jemand anderes uns verfolgt.«

»Jemand anderes? Meinst du ein Schattenkrieger?«, fragt Lucca schockiert.

Ich sehe sie erstaunt an. Dafür, dass wir ihr bisher noch nicht so viel erklärt haben, wie ich es versprochen hatte, hat sie die Sache mit den Schattenkriegern erstaunlich schnell verinnerlicht.

Ich nicke leicht.

Levi spannt sofort wieder seine Muskeln an und beobachtet misstrauisch die Schatten zwischen den Bäumen. In ein paar Stunden wird es dunkel werden. Der perfekte Zeitpunkt für den Angriff eines Mannes, der sich selbst in Schatten hüllen kann.

»Gehen wir weiter«, fordert Zahra.

Schweigend folgen wir einem breiten Weg bergauf, geleitet von dem Ziehen, das nun auch Lucca spüren kann. Diesmal schweigen wir jedoch nicht, weil wir unseren eigenen Gedanken nachhängen, sondern weil wir auf die Geräusche unserer Umgebung lauschen.

Ich gehe vorweg, Lucca und Zahra bilden die Mitte und Levi sichert uns von hinten. Einer Eingebung folgend ziehe ich meinen Dolch aus dem Hosenbund und reiche ihn in einer fließenden Bewegung Levi, der ihn mir ohne zu zögern oder Fragen zu stellen abnimmt. Somit muss er dem Schattenmann diesmal nicht unbewaffnet begegnen.

Lucca und Zahra hingegen sind noch immer unbewaffnet und zudem unerprobt im Kampf. Sie hatten ein friedliches Leben auf der Erde. Selbst wenn Zahra an der Akademie gelernt hatte zu kämpfen, ist sie heute bestimmt nicht mehr ganz so geschickt. Das heißt, es liegt an Levi und mir, unsere Gruppe zu beschützen.

Ich taste nach meiner Kette. Kühl liegt der Bogen um meinen Hals. Meine Finger streifen über einen zweiten Anhänger. Ich ertaste eine kleine Flamme. Luccas Kette.

Unglaublich, dass ich nicht schon früher daran gedacht habe. Ob sie meine wohl noch hat?

Ich bezweifle es.

Gerade will ich sie fragen, als plötzlich ein Ast knackt. Abrupt bleiben wir stehen.

Ich will schon meine Kette über den Kopf ziehen, als ein Eichhörnchen aus dem Schatten springt.

Erleichtert atmen wir wie eine Einheit aus. Jetzt noch angespannter als vorher, gehen wir weiter. Wir kommen zu einer Stelle, an der wir uns für mehrere Wege entscheiden müssen.

Linker Hand führen Wege in einen Wald oder in relativer gerader Linie um die Klippen herum. Genau vor uns kann man einem sehr schmalen, sehr steilen Weg nach unten folgen. Elenas Erinnerungen sagen mir, dass dieser Weg zu einer wunderschönen Badelagune führt. Doch dafür haben wir jetzt keine Zeit. Rechts führt ein Weg an dem Felsmassiv entlang nach oben.

Unsere kleine Gruppe hat sich etwas aufgefächert. Zahra steht an dem Weg, der rechts an den Klippen lang führt, Levi folgt dem Weg, der steil bergab geht mit dem Blick nach unten und Lucca sieht unschlüssig zwischen dem Weg, der nach oben führt und mir hin und her.

Ich schließe kurz meine Augen. Meine Magie brodelt noch immer stark und widerstandsfähig unter meiner Haut. Sie hat nicht vor aufzugeben, sich dem Schattengift geschlagen zu geben.

Pass auf, schreit etwas in mir.

Ich reiße meine Augen auf, drehe mich um und sehe gerade noch, wie sich die Schatten auf dem Weg hinter uns verdichten.

»Er ist hier«, mache ich die anderen auf unseren Besucher aufmerksam.

Sofort stellen sie sich neben mir auf. Zahra streckt die Hände Richtung Boden und konzentriert sich auf ihre Magie. Levi nimmt Kampfhaltung ein und hält den Dolch vor sich. Ich greife nach meiner Kette und streife sie über den Kopf. Sie dehnt sich aus, wird fester und stabiler, bis ich meinen silbernen Bogen in der Hand halte.

Lucca schnappt erstaunt nach Luft. Sie selbst weicht keinen Schritt zurück, weiß aber nicht so recht, wie sie sich sonst verhalten soll.

Die letzten Sonnenstrahlen verschwinden gerade hinter den Baumkronen. Schwach erleuchten die letzten hellblauen Streifen unsere Umgebung. Irgendwo hinter uns müsste der Mond sein. Doch sein Licht kann uns noch nicht den Weg weisen.

Die Schatten verdichten sich.

Vögel verstummen.

Stille legt sich über den Ort.

Angespannt warten wir, spähen in die Dunkelheit, registrieren jede Veränderung in den Schatten.

Mein Zeitgefühl spielt vollkommen verrückt. Es könnten nur Sekunden vergehen oder Stunden, ich könnte es nicht einschätzen.

Mein Arm beginnt schmerzhaft zu pochen. Ich nehme den Bogen in die andere Hand. Auch wenn sie schmerzt, reicht es immer noch, um den Bogen zu halten. Mit dem verletzten Arm kann ich die Sehne nicht mehr richtig spannen.

Das Geräusch von Steinen, die unter schweren Schritten knirschen, zerreißt die Stille. Ich richte meinen Blick auf die Stelle, von der das Geräusch kommt. Die Schritte werden lauter.

Das Blitzen einer Klinge durchbricht die Dunkelheit und dann schält sich eine Gestalt aus den Schatten. Die schwarzen Schwaben versuchen, sie zurückzuhalten, doch sie löst sich von ihnen.

Ein eiskalter Blick streift unsere muntere Truppe und bleibt schließlich auf mir liegen. Ein leichtes Zucken seiner Mundwinkel verrät mir, dass er um die Auswirkungen meiner Verletzung weiß.

»Du siehst krank aus, *Prinzessin*«, erklingt das tiefe Grollen seiner Stimme.

Eine Schauer läuft mir über den Rücken. Ich muss mich zusammenreißen, um nicht vor ihm zurück zu weichen. Meinen Titel spuckt er mir förmlich vor die Füße. Mit so viel Verachtung habe ich dieses Wort vorher noch nie ausgesprochen gehört. Es verletzt mich zutiefst.

»Was willst du?«, fragt Levi fordernd.

Der Schattenkrieger würdigt ihn keines Blickes und schenkt auch sonst niemanden außer mir seine Beachtung.

»Wo ist der Schlüssel?«

»Ich weiß nicht, wovon du redest«, antworte ich ihm.

»Wo ist der Schlüssel?«, fragt er wieder, diesmal lauter, sodass der Boden unter unseren Füßen leicht bebt.

Ich höre Steine über den Abhang hinter uns hinab fallen.

»Hör mal zu Kumpel, sie hat doch gesagt, dass sie nicht weiß, wovon du redest. Also entweder du präzisierst deine Frage oder du verziehst dich von hier«, blafft Levi.

Ich bin überrascht über seinen Mut, unseren Gegner so anzufahren, obwohl dieser wesentlich größer und stärker ist als wir alle vier zusammen. Die Mundwinkel des Schattenkriegers zucken.

»Ah, er kann mich also doch hören. Dachte schon, du wärst taub«, fährt Levi schnippisch fort.

Langsam, ganz langsam richtet der Schattenkrieger seinen Blick auf Levi.

»Ich verschwende meine Zeit nicht mit nervigen Kommentaren«, grollt er.

Zahra schnaubt. »Das versuche ich ihm auch immer wieder zu sagen.«

»Was? Das du deine Zeit nicht mit mir verschwenden willst?«

»Dass du nervig bist.«

Levi richtet sich auf und wendet sich an Zahra.

»Danke, so etwas Nettes hat noch nie jemand zu mir gesagt«, bedankt er sich scheinbar aufrichtig.

Aus dem Augenwinkel sehe ich Luccas verwirrten Blick. Ich kann sie verstehen. Levi und Zahra scheinen unseren Gegner vollkommen vergessen zu haben. Doch aus dem Training an der Akademie weiß ich, dass dem nicht so ist. Sie sind sich der Situation vollends bewusst, wollen mit dieser Aktion jedoch unseren Gegner verwirren. Es scheint nur nicht zu funktionieren.

Der Himmel ist nun in einem tiefen Dunkelblau getaucht. Ich spüre den Vollmond über mir. Hier auf der Erde scheinen die Himmelskörper andere Bahnen zu verfolgen als bei uns. Mit einem schwachen Licht beleuchtet er uns.

Uns bleiben noch etwas mehr als zwei Stunden, dann müssen wir durch das Portal oder bis zum nächsten Vollmond warten.

»Warum verfolgst du uns?«, mischt sich Lucca ein.

Ein lautes Klatschen verrät mir, dass sie Levi gerade mit der flachen Hand auf die Stirn geschlagen hat.

Der Schattenkrieger wendet sich nun meiner Schwester zu. Es scheint, als ob er sie zum ersten Mal wirklich sieht. Erstaunt weiten sich seine Augen ein kleines bisschen. Ich sehe, wie seine Pupillen zwischen mir und ihr hin und her zucken.

»Wo ist der Schlüssel?«, wiederholt er seine Frage, diesmal an Lucca gerichtet.

»Hier«, sagt sie selbstbewusst.

Ich traue mich kaum zu ihr hinüber zu sehen.

»Gib ihn mir«, befiehlt der Schattenkrieger.

Aus dem Augenwinkel sehe ich, wie Lucca in ihre Hosentasche greift. Bevor sie ihre Hand wieder herausnimmt, hält sie inne.

»Warum sollte ich ihn dir geben?«, fragt sie den Schattenkrieger herausfordernd.

Er scheint so überrascht von ihrer Frage, dass er nicht sofort antwortet. Dass er sich von ihr überhaupt in ein Gespräch verwickeln lässt, finde ich erstaunlich.

»Damit ich euch nicht alle umbringe. Gib ihn mir, *jetzt*!«, befiehlt er.

Doch Lucca denkt nicht einmal daran, ihre Hand wieder aus der Hosentasche zu ziehen. Ich frage mich, was sie vorhat.

»Wenn ich dir den Schlüssel gebe, haben wir doch gar keine Garantie mehr, dass du uns am Leben lässt.«

Woher nimmt sie nur plötzlich diesen ganzen Mut?

»Wenn du ihn mir nicht freiwillig gibst, reiße ich ihn dir aus deinen kalten, verkrampften, toten Händen.«

Lucca stutzt. »Hallo Klischee. Du solltest aufhören so viele Filme zu gucken.«

Der Schattenkrieger sieht tatsächlich verwirrt aus. Er weiß nicht, was Filme sind.

Meine Mundwinkel zucken leicht. Ohne Elenas Wissen wäre ich jetzt ähnlich verwirrt.

»Wusstest du, dass jeder Bösewicht den gleichen ausgeleierten Satz sagt? Es heißt immer, entweder du gibst mir was ich will freiwillig oder ich töte dich und nehme es dir dann weg. Aber weißt du, dass es nie dazu kommt? Der Held weigert sich aufzugeben, es kommt zum Kampf und der Held besiegt den Bösewicht. Nur um das klar zu stellen: In unserem Szenario bist *du* der Bösewicht. Und nach alter, bewährter, guter Film Manier wirst du am Ende nicht siegen.«

Wow. Das war tatsächlich beeindruckend.

Ich habe zwar nur die Hälfte von dem verstanden, was sie eigentlich gesagt hat, und Levi und der Schattenkrieger scheinen ihr noch weniger folgen zu können, doch den letzten Satz haben wir alle kapiert.

Levis Muskeln spannen sich an. Er geht wieder in Kampfhaltung. Lucca hat unserem Feind gerade den Kampf erklärt. Der Schattenkrieger lässt bedrohlich sein Schwert durch die Luft schneiden.

»Gib mir den Schlüssel«, fordert er erneut.

Lucca seufzt theatralisch und holt dann ganz langsam ihre geschlossene Hand aus der Hosentasche. Sie hält ihre Faust dem Schattenkrieger entgegen, die Handfläche nach oben gerichtet öffnet sie sie. Gespannt sehen alle zu, wie sich ihre Finger langsam öffnen und...ihre Handfläche ist leer.

Sie hält nichts in ihrer Hand. Sie zuckt mit den Schultern.

»Sorry, da habe ich dich wohl angelogen. Ich habe, um ehrlich zu sein, immer noch keinen Plan, was du von uns willst«, gibt sie erstaunlich locker zu und zuckt mit den Schultern.

Levi gibt einen erstaunten Laut von sich, es klingt fast als würde er lachen. Der Schattenkrieger findet das ganze allerdings gar nicht so lustig.

Ein tiefes Grummeln erklingt, das stark an das Knurren eines wilden Tieres erinnert. Wieder lässt er sein Schwert durch die Luft zischen. Diesmal nimmt er dabei jedoch Kampfhaltung ein. Das war es dann jetzt wohl fürs erste mit Reden.

Ich gebe Lucca ein Zeichen, dass sie sich zurückhalten soll.

Stille legt sich über uns.

Gespannt stehen Zahra, Levi und ich kampfbereit dem Schattenkrieger gegenüber. Ich bin versucht, vor Anspannung den Atem anzuhalten.

Meine Magie brodelt in mir. Trotz ihres Kampfes gegen das Schattengift ist sie bereit, mit mir gegen den Schattenkrieger zu kämpfen. Ich hole tief Luft.

Der Mond scheint hell über uns. In den letzten paar Minuten scheint er an Kraft hinzugewonnen zu haben. In seinem Licht wird die steinige Fläche beleuchtet.

Ein Windhauch zieht durch die Baumkronen und bringt sie zum Rascheln. Ein einzelnes Blatt fliegt zwischen uns. Es gleitet in Richtung Boden. Immer tiefer sinkt es, bis es schließlich auf dem Boden landet.

Das nimmt der Schattenkrieger als Startzeichen. Mit erschreckender Schnelligkeit und Eleganz gleitet er über den Boden auf uns zu. Er schwingt sein Schwert bereit zum Angriff.

Im letzten Moment teilen wir uns auf und umzingeln ihn. Ich hebe meinen Bogen und spanne, noch während ich mich zu ihm umdrehe, die Sehne. Kaum ist er in meiner Schussbahn, lasse ich los.

Mein Arm schmerzt, doch ich ignoriere ihn so gut es geht und spanne bereits erneut die Sehne. Mein erster Pfeil verfehlt sein Ziel knapp. Das kommt davon, wenn man verletzt schießt.

Levi hechtet zu Lucca und zieht sie außerhalb der Reichweite des Schattenonyxschwertes. Zahra setzt ihre Magie ein und bringt den Boden zum Beben. Es ist kein starkes Beben, jedoch überraschend genug für den Schattenkrieger, um ihn einen Moment abzulenken.

Das wiederum ist lange genug für mich, um den nächsten Pfeil auf ihn loszulassen. Diesmal findet er sein Ziel und trifft meinen Gegner von hinten in der Schulter.

Schmerzerfüllt brüllt er auf. Der Boden beginnt zu zittern. Sein Schmerzenslaut wird vom Gebirge um uns zurückgeworfen.

»Man, für so einen großen Typ bist du aber eine verdammte Memme«, spottet Levi.

Er hat recht. Noch nicht einmal die Wassergeister hatten so stark ihre Schmerzen Kund getan, als meine Pfeile sie trafen.

Ich fokussiere meine Augen und sehe auf die Stelle, an der mein Pfeil in die Schulter eingedrungen ist. Erschrocken schnappe ich nach Luft.

Von der Wunde des Schattenkriegers steigt ein seichter, fast durchsichtiger, silbriger Dunstfaden empor. Mein Pfeil scheint irgendetwas mit ihm zu machen. Vielleicht...

Der Schattenkrieger dreht sich blitzschnell um und holt dabei weit mit seinem Schwert aus. Gerade rechtzeitig rolle ich mich zur Seite. Ich spüre den Luftzug, den sein Schwert erzeugt.

Das war knapp.

Noch einen Kratzer von dieser Klinge und ich würde es nicht mehr bis zum Portal schaffen. Ich richte mich wieder auf und spanne erneut meinen Bogen. Der Pfeil fliegt los und ich verliere den Boden unter den Füßen. Hart schlage ich auf den Steinen auf.

Die Luft wird aus meinen Lungen gepresst. Meine Knie und Handballen schrammen an den kleinen scharfen Steinchen auf.

Jemand ruft meinen Namen.

Ich spüre eine Masse an meinen Knöcheln. Von ihr geht eine unnatürliche Kälte aus, die ich sogar durch meine Stiefel spüre. Der Boden unter mir beginnt sich zu bewegen.

Ein Ruck durchfährt mich und ich werde nach hinten gezogen, weg von meinen Freunden, vom Kampf und schließlich auch vom Mondlicht.

Dunkelheit umgibt mich.

Sie ist von einer unbeschreiblichen Konsistenz. Das hier sind keine natürlichen Schatten. Sie sind wie...wie...mir fällt absolut kein Vergleich ein.

So etwas habe ich noch nie gespürt.

Diese Schatten rauben jegliches Licht, ziehen es in sich auf, verzehren es.

Diese Schatten sind kalt. Ich beginne am ganzen Körper unkontrolliert zu zittern. Der Druck um meine Knöchel lässt nach und ich schaffe es aufzustehen.

Die Wunde des Schattenonyx an meinem Arm pocht schmerzhaft.

Meine Gedanken rasen.

Wie kann das sein?

Kann dieser Mann diese Schatten kontrollieren?

Ist das seine Gabe?

Seine Magie?

Aber wenn das seine Magie ist, dann bedeutet das, dass er...Nein. Energisch schüttle ich den Kopf. Das ist unmöglich. Aber es würde auch die Reaktion seines Körpers auf meinen Pfeil erklären.

Ich muss hier dringend raus und zurück zu den anderen. Alleine haben sie keine Chance gegen den Schattenkrieger. Ich sehe auf meine leeren Hände. Meinen Bogen muss ich bei meinem Sturz verloren haben.

Verdammt.

Ich sehe mich um. Es gibt absolut keinen Anhaltspunkt in dieser Dunkelheit, der mich in die richtige Richtung weisen könnte.

So soll es nun also enden?

Allein in der Dunkelheit?

Verlassen von jeglichem Licht?

»Es war die Art, wie Ihr in die Sterne saht«, höre ich plötzlich eine Stimme hinter mir.

Sie klingt anders als in meiner Erinnerung.

Ich drehe mich um.

Nichts.

»Eure Schwester scheint mir nicht eine so starke Verbindung zu den Sternen zu haben wie Ihr«, erklingt die Stimme erneut.

Sie scheint von überall gleichzeitig herzukommen.

»Wo bist du?«, rufe ich in die Dunkelheit.

»Ich sah Euch bereits häufiger die Sterne beobachten. Ihr wirkt dabei viel ruhiger und selbstbewusster als sonst. Reicht Euch das als Erklärung?«

»Nein. Wo bist du?«

»Damals hat es dir gereicht.«

Ein sanftes silberblaues Licht breitet sich hinter mir aus. Ich drehe mich um und sehe Enis durch die Schatten auf mich zu kommen. Er trägt die gleiche Uniform wie an jenem Abend als die Schattenkrieger unseren Palast angriffen.

Ich schlucke schwer. Vor mir steht mein erster Leibwächter.

Er besteht komplett aus der silberblauen Masse, die meine Magie neuerdings bildet, wenn sie sich mir auf diese Weise zeigt.

»Du bist stärker geworden«, stellt Enis fest.

»Ich fühle mich aber nicht so.«

Plötzlich komme ich mir wieder vor wie ein kleines Mädchen, das gerade dabei ertappt wurde, wie es heimlich im Innenhof die Sterne beobachtete.

»Es liegt noch ein weiter Weg vor dir.«

»Den werde ich wohl nicht beschreiten können«, mache ich ihn auf meine Wunde am Arm aufmerksam, die mich früher oder später umbringen wird.

»Seit wann gibst du so schnell auf?«

»Ich gebe nicht auf. Ich akzeptiere mein Schicksal.«

Enis beginnt zu lachen. »Dein Schicksal bestimmst ganz allein du.«

»Nicht dieses Mal.«

»Immer.«

Ich senke den Kopf.

»Wenn du schon nicht um deiner selbst willen kämpfen willst, dann tu es für dein Volk, für deine Freunde, für deine Eltern, kämpfe für Lucca. Du kannst sie doch nicht ganz allein in diese Welt der Magie schicken. Sie würde untergehen.«

Zwei Finger legen sich unter mein Kinn. Es fühlt sich seltsam an, aber auch vertraut an, meine Magie auf meiner Haut zu spüren.

Ich sehe ihm in die Augen. Fäden aus meiner Magie schwirren in ihnen herum.

»Du bist stärker als du ahnst.«

Ich komme nicht mehr dazu, ihm zu antworten, denn im nächsten Moment verschwindet er spurlos. Ich senke wieder den Blick und schließe meine Augen.

Meine Gedanken wirbeln noch immer wild durcheinander. Sie springen von einem Ereignis zum nächsten. Es gibt noch so viele unbeantwortete Fragen.

Wer steckt hinter dem Angriff auf die Akademie kurz vor den Abschlusskämpfen?

Wer ist dieser Mann, der uns verfolgt und angreift?

Wie konnten die Wassergeister uns finden?

Was ist das für ein Schlüssel, den sie so unbedingt besitzen wollen?

Welche Geheimnisse verbirgt Aurora noch in ihren Tagebüchern?

Was ist damals wirklich passiert, als ihre älteste Tochter verschwand?

Wer steckt hinter den Schattenkriegern?

Was wollen sie erreichen?

Nein, ich kann jetzt nicht aufgeben.

Enis hat recht – auch wenn er nur ein Teil meiner Magie war. Ich kann meine Schwester nicht allein in diese Welt voller Magie eintauchen lassen. Ich habe versprochen ihr alles zu erklären.

Wie kann ich das, wenn ich jetzt aufgebe?

Ich spüre, wie meine Gedanken zur Ruhe kommen.

Stattdessen wird meine Magie aktiv. Sie will raus. Sie will kämpfen.

Es ist das gleiche Gefühl wie damals auf dem Kampfplatz, als ich sie aus ihrem Käfig entlassen hatte. Ich spüre ihre immense Kraft, ihre scheinbar unendliche Macht.

Nein, nicht ihre Macht.

Meine Macht.

Es ist meine Magie, es ist meine Macht, die ich spüre. Meine Magie ist ein Teil von mir. Sie arbeitet nicht alleine. Sie tut nur das, wozu ich sie auffordere, auch wenn ich mir dessen nicht immer bewusst bin.

Meine Magie, meine Kontrolle.

Ich spüre, wie jede Faser meines Körpers gestärkt wird. Neuer Kampfgeist durchströmt mich.

Mach dich auf was gefasst Schattenkrieger. Jetzt zeige ich dir, mit wem du dich angelegt hast.

Ich öffne die Augen und lasse meine Magie entströmen.

Kapitel 24

Ein silberblaues Licht breitet sich überall auf meinem Körper aus. Ich spüre meine Magie um mich herum. Mit einem einzigen Gedanken formt sie sich und nimmt die Gestalt von Tieren an.

Ein angsteinflößendes Kelpie schwebt über mich hinweg und hinterlässt eine Spur aus silberblauer Magie hinter sich.

Ein Greif stürzt von oben herab und zerfetzt die Schatten mit scharfen Krallen. Er rauscht knapp über mich hinweg.

Hinter mir erklingt das eindringliche Geräusch von Hufen. Ein Einhorn bricht mit dem Horn voran durch die Schatten. Über ihm fliegt ein Pegasus anmutig durch die Dunkelheit. Seine weit ausgebreiteten Schwingen teilen die Dunkelheit wie das Schwert des Schattenkriegers die Luft.

Kleine Irrlichter erscheinen auf dem Boden und weisen einen Weg durch die Dunkelheit.

Eine Chimäre brüllt und rennt den Irrlichtern hinterher. Eines nach dem anderen verschwindet unter den scharfen Krallen der Chimäre.

Eine Flamme silberblauer Magie durchbricht die Schatten hinter mir. Ein Drache, größer als alle Bäume dieser Erde, richtet sich auf und verschlingt die Dunkelheit.

Die schwarze Masse versucht mich zurückzudrängen, das Licht, das meine Magie verströmt, zu verschlingen. Doch es gelingt ihr nicht.

Immer mehr Schatten müssen dem Licht weichen. Plötzlich kommt mir ein Gedanke.

Meine Magie reagiert und formt sich neu. Ein unbeschreibliches Gefühl durchströmt mich.

Ein letztes Mal sammeln sich die Schatten zusammen und versuchen mich zu verschlucken. Ein gleißendes silberblaues Licht zerfetzt sie in winzige kleine Punkte und verschlingt diese.

Ich stehe am Rand des Weges, der uns zu diesem Aussichtspunkt gebracht hat. Vor mir erstreckt sich die Fläche, auf der wir gegen den Schattenkrieger kämpfen...oder gekämpft haben.

Innerhalb eines Wimpernschlages erfasse ich das Bild vor mir. Lucca lugt über dem Abhang hervor, der zu der Badestelle führt. Levi steht etwa zehn Schritte vor ihr und war wohl gerade dabei, mit dem Schattenkrieger die Klingen zu kreuzen. Zahra liegt etwas abseits mit einer blutenden Wunde am Kopf. Sie wirkt etwas benommen, ist aber bei Bewusstsein.

Alle vier sehen ehrfürchtig zu mir...oder besser gesagt auf das, was sich hinter mir befindet.

Ein riesiger Phoenix, gebildet aus meiner Magie, breitet seine mächtigen Schwingen aus. Sein eiskalter, rachsüchtiger Blick ruht ganz allein auf dem Schattenkrieger.

»Das ist unmöglich«, gibt er von sich.

Plötzlich klingt seine Stimme gar nicht mehr so angsteinflößend wie zuvor. Ich kann verstehen, dass er es nun mit der Angst zu tun bekommt.

Der Vollmond strahlt in seiner ganzen Pracht auf uns herab.

Irgendwann während des Kampfes hat sich mein Zopf gelöst. Meine langen silberblonden Haare fallen trotz der unzähligen Knoten in sanften Wellen über meinen Rücken. Sie reflektieren das Licht des Mondes.

»Wow«, höre ich Lucca flüstern.

Auch ihre Haare strahlen im Licht des Mondes und meiner Magie.

»Du hast dich mit der falschen Prinzessin angelegt«, konzentriere ich mich auf den Schattenkrieger.

»Jetzt bist du am Arsch«, kommentiert Levi und tritt von dem Schattenkrieger zurück.

Dieser schwingt sein Schwert durch die Luft. Er wird nicht freiwillig aufgeben. Dann werde ich ihn wohl dazu zwingen müssen.

Der Phoenix stößt einen unbeschreiblichen Laut aus. Er stößt sich vom Boden ab und steigt steil in den Himmel auf.

Levi, Zahra, Lucca und der Schattenkrieger folgen ihm mit ihren Blicken. Er verschmilzt mit dem Himmel und ist für das ungeübte Auge nicht länger zu erkennen.

Der Schattenkrieger wendet als erster seinen Blick ab und sieht mich abfällig an. Ein selbstgefälliges Grinsen erscheint auf seinem Gesicht.

»*Das* war alles was du zu bieten hast?«

Er beginnt zu lachen. Doch sein Lachen klingt nicht mehr so selbstbewusst wie zuvor. Ich höre seine Angst heraus.

Unauffällig gebe ich Levi ein Zeichen, dabei wende ich meinen Blick nicht vom Schattenkrieger ab. Meine Mundwinkel zucken und dann geht alles ganz schnell.

Levi sprintet die letzten Schritte zu Lucca und wirft sich neben sie, zieht sie sogar einige Meter weiter den Abhang hinunter. Zahra versucht, noch etwas mehr Distanz zwischen sich und unserem Gegner zu bekommen und kriecht über den Boden.

Der Schattenkrieger lässt sein Schwert durch die Luft sirren und kommt gemächlichen Schrittes auf mich zu.

Plötzlich erklingt der Schrei des Phoenix wieder. Der Schattenkrieger sieht nach oben in die Richtung, aus der der Schrei kommt. Ängstlich reißt er die Augen auf. Den Schrecken ins Gesicht geschrieben, sieht er zu mir.

Meine Mundwinkel zucken wieder. Der Schattenkrieger versucht auszuweichen, doch der Phoenix rast mit einer solchen Geschwindigkeit auf ihn zu, dass er nicht schnell genug ist.

In einer gleißenden Explosion aus silberblauen Licht prallt der Phoenix auf dem Boden und verschlingt den Schattenkrieger.

Ich spüre die Angst des Mannes, als er mit meiner Magie in Berührung kommt. Doch es ist nicht die Angst vor dem Tod, die durch ihn fließt, sondern die Angst jemanden zu enttäuschen, der ihm sehr wichtig ist.

Einen Wimpernschlag später ist das Licht verschwunden, ebenso wie der Schattenkrieger. Meine Magie kehrt wieder an ihren Platz in meiner Seele zurück und macht es sich gemütlich. Ein Teil kümmert sich wieder um das Schattengift in meinem Körper.

Vom Schattenkrieger fehlt jegliche Spur. Es scheint, als wäre er nie hier gewesen.

Mein Blick schweift zu Zahra, die langsam ihren Arm von ihren Augen nimmt. Damit hat sie sich wohl vor dem Licht geschützt. Sie sieht erstaunt zwischen mir und der Stelle, an der der Phoenix auf den Schattenkrieger traf, hin und her. Ein sanftes Lächeln spiegelt sich auf meinen Lippen.

Ich strecke meine Hand aus und lasse eine Wolke meiner Magie aus der Handfläche entweichen. Die Wolke schwebt auf sie zu. Zahra versucht ihr auszuweichen. Ich schüttle leicht den Kopf.

»Lass dir helfen, alte Frau«, mischt sich Levi ein.

Er hilft gerade Lucca auf die Fläche zurück zu klettern. Zahra hört auf sich zu wehren und ich heile ihre Verletzungen. Sie hat bis auf die Wunde am Kopf nichts weiter abbekommen.

Ich ziehe meine Magie zurück und sehe zu Levi und Lucca. Levi schüttelt leicht den Kopf.

»Uns geht's gut. Oder, Lucca?« Er sieht auf meine Schwester hinab, die zitternd neben ihm steht.

Meine Magiewolke schwebt auf sie zu und umkreist sie. Levi hat recht. Ihnen fehlt nicht. Lucca zittert wegen des Adrenalins, das noch immer durch ihre Adern schießt.

Ich nicke und will meine Wolke zurück kommen lassen. Lucca streckt eine Hand nach der silberblauen Wolke aus und berührt sie mit den Fingerspitzen. Ich spüre ihre Aufregung, ihre Angst, ihre

Begeisterung. So viele unterschiedliche Gefühle durchströmen ihren Körper, das es mir schwer fällt sie alle zu benennen. Meine Magiewolke kehrt zu mir zurück und strömt wieder in mich hinein.

»Das war echt der Hammer«, stößt Lucca aus.

»Wohl wahr«, stimmt ihr Levi wortkarg zu.

Ich lächele ihnen zu.

Plötzlich durchfährt mich ein unglaublicher Schmerz. Ich unterdrücke einen lauten Aufschrei, kneife die Lippen zusammen und stoße stattdessen ein schmerzverzerrtes Zischen aus. Meine Knie geben unter mir nach und ich verliere den Boden unter den Füßen.

Lucca kreischt erschrocken auf.

Kurz bevor ich auf den Steinen aufschlage, fängt mich Levi auf. Ich höre, wie Zahra auf uns zu gerannt kommt.

»Micah, Micah, was ist los?«, fragt mich Levi besorgt.

Er kniet mit mir in seinen Armen auf dem Boden. Lucca beugt sich über ihn. Zahra erscheint auf meiner rechten Seite. Sie nimmt meinen Arm in ihre Hände. Ich zucke zusammen. Sie schüttelt erschüttert den Kopf.

»Du hättest dich nicht so überanstrengen sollen«, tadelt sie mich.

»Überanstrengen? Was soll das bedeuten?«, fragt Lucca ängstlich.

Ich höre die Trauer in ihrer Stimme.

»Sieh hier.« Zahra streicht die rote Bluse etwas auseinander, sodass die schwarzen Äderchen des Schattengiftes auf meinem oberen Brustkorb zu sehen sind.

Erschrocken ziehen Lucca und Levi Luft ein. Lucca schlägt sich zudem die Hände vor den Mund.

»Wie viel?«, fragt Levi ernst.

Zahra schüttelt den Kopf.

»Ich weiß es nicht«, gibt sie zu.

»Wir müssen zum Portal«, melde ich mich zu Wort.

Levi nickt.

Kurzerhand umfasst er meine Schultern mit einer Hand und geht mit der anderen unter meine Knie. Er steht auf und hält mich auf seinem Arm.

»Sag mir, wo wir lang müssen«, sagt er zu mir.

»Ich kann selber laufen, Levi«, protestiere ich.

»Wo müssen wir lang«, richtet er sich diesmal an Lucca und ignoriert meine Einwände.

»Ich glaube, da lang«, murmelt meine Schwester und zeigt auf den Weg, der am Berg entlang nach oben führt.

»Gut, dann los«, bestimmt Levi.

»Levi, ich kann alleine laufen«, versuche ich es erneut.

Wieder ignoriert er mich. Strammen Schrittes geht er auf den Weg zu. Etwa zwanzig Schritte später hält er an und dreht sich um.

»Kommt ihr?«, fragt er an Zahra und Lucca gerichtet, die sich nicht von der Stelle bewegt haben.

Sie werfen sich zweifelnde Blicke zu. Ich verdrehe meine Augen und seufze.

»Das Portal ist am Ende des Weges«, bestätige ich Luccas Vermutung.

Das scheint die beiden aufzuwecken. Sie schließen zu Levi auf und gemeinsam folgen wir dem Weg am Berg entlang. Naja, Lucca, Zahra und Levi gehen, während ich getragen werde.

Meine Proteste stelle ich ein, er wird mich sowieso nicht runter lassen. So ist er nun einmal. Nach einer Weile bricht Lucca das Schweigen.

»Dieser Phoenix...war das...«, sie schluckt. »War das deine Magie?«, fragt sie mich.

Ich nicke. »Ja, sozusagen. Seit einiger Zeit kann ich meine Magie auf diese besondere Weise manifestieren, wenn ich sie einsetze.«

»Das ist echt cool«, gibt sie beeindruckt zu.

»Was kann...was ist eigentlich meine Magie?«

Levi verkrampft sich, verlangsamt jedoch nicht seine Schritte.

»Das haben wir dir doch schon gesagt«, mischt sich Zahra ein.

Lucca wirft ihr einen wütenden Blick zu.

»Du hast gesagt, dass du mir alles erklären würdest«, richtet sie sich wieder an mich.

»Also, erkläre mir meine Magie«, fordert sie.

Ich lächele.

Mein Blick schweift über die atemberaubende Aussicht. Das dunkle Meer glitzert im Mondlicht. Ich bin mir sicher, dass man hier im Tageslicht stundenlang stehen und die Aussicht bewundern könnte.

Abwesend fahre ich mit meiner Hand an meinen Hals. Meine Finger streichen über die zwei Ketten.

Moment...*zwei* Ketten?

Wann habe ich meinen Bogen wieder umgelegt?

»Micah?«, holt mich Levi wieder zurück in die Gegenwart.

Er sieht auf mich hinab und bemerkt meine Hand an meiner Kette. Er runzelt die Stirn.

»Da ist dein Bogen geblieben. Ich hab schon gedacht der Schattenkrieger hätte ihn zerstört.«

Mir kommt ein Gedanke. Ich erinnere mich an die Wunde, die mein Pfeil dem Schattenkrieger zugefügt hat. Ich schließe für einen Moment meine Augen und versuche mich an den Tag zu erinnern, als ich die Kette bekam. Meine Mutter schenkte ihn mir zu meinem elften Geburtstag.

»Dieser Bogen ist etwas besonderes, mein Kind«, sagte sie zu mir. »Er wurde nur für dich hergestellt, meine kleine Sternenkriegerin. So wie du, besteht er aus reinem Sternenlicht. Mit ihm wirst du nie wieder dein Ziel verfehlen. Von jetzt an ist er ein Teil von dir.«

Ich öffne meine Augen. Darum kommt er zu mir zurück, wenn ich ihn verliere. Er ist ein Teil von mir.

Aber deswegen weiß ich noch immer nicht, warum der Schatten-krieger so seltsam auf meinen Pfeil reagiert hat. Ich verdränge die Gedanken an den Schattenkrieger und meinen Bogen aus meinem Kopf und konzentriere mich auf die andere Kette, die um meinen Hals liegt.

»Lucca, du wurdest mit der Gabe des Feuers geboren«, beginne ich meiner Schwester zu erklären. »Das bedeutet, dass du Feuer erschaffen und kontrollieren kannst. Ich kenne die Ausmaße deiner Magie nicht. Die kannst nur du ganz alleine herausfinden.«

Sie sieht mich ernst an. »Wie?«

»Wenn du den Boden Aquilias berührst, wird sich Zahras Blockade auflösen. Von diesem Moment an kannst du wieder über deine Magie verfügen. Aber du wirst viel, sehr viel trainieren müssen, um sie zu kontrollieren. Ich kenne einige Lux, die dir dabei helfen können. Außerdem solltest du die Phoenixakademie besuchen. Dort kannst du noch viel mehr über dich selbst und deine Magie lernen. Und über unser Volk, den Lux. Aber habe keine Angst. Du wirst nie alleine sein müssen, wenn du es nicht willst.«

Sie nickt und starrt auf den Weg vor sich. Ich wüsste nur zu gerne, worüber sie sich gerade den Kopf zerbricht. Doch ich lasse ihr ihren Freiraum. Sie wird mit mir reden, wenn sie es will.

Mein Blick schweift zum Mond hinauf. Der Kampf hat uns einiges an Zeit gekostet, mehr als mir bewusst war.

Levi wird langsamer und hält an.

»Warum hältst du an?«, frage ich ihn.

»Der Weg ist zu Ende«, stellt er fest.

Schon?

Er lächelt auf mich hinab. »Du bist kurz eingeschlafen. Ich wollte dich nicht wecken. Du sahst so friedlich aus...und so niedlich.«

Ich schlage ihn auf die Schulter.

»Au, hey, wofür war das denn?«, fragt er gespielt empört.

»Dafür, dass du mich *niedlich* genannt hast.«

Er schmunzelt.

»Lass mich runter«, bitte ich ihn.

Nur widerwillig setzt er mich ab. Ich sehe mich um. Zwei der vier Seiten des Weges sind mit einem hüfthohen Zaun umgeben, die dritte Seite besteht aus massivem Stein und die vierte ist der Weg, der uns hierher geführt hat.

Zahra steht zweifelnd neben Levi und sieht zu mir. Lucca betastet ehrfürchtig das Gestein.

»Und? Wo ist dieses Portal?«, fragt Zahra streitsuchend.

»Es ist hier«, kommt mir Lucca zuvor.

Levi und Zahra sehen erstaunt zu Lucca, die noch immer mit den Fingern über die Steine fährt. Sie bemerkt ihre Blicke und sieht zu ihnen hinüber.

»Oh nein, nein. Nicht *hier* hier«, erklärt sie sich, »sondern hier.« Mit einer ausladenden Geste umfasst sie die Klippen.

Levi schlägt sich mit der Hand auf die Stirn.

»Du willst mich doch auf den Arm nehmen, oder?«, fährt Zahra sie an.

Lucca weicht einen Schritt vor der kleinen Wila zurück. Ich könnte schwören, dass aus ihren Ohren Dampf steigt. Das Schattengift scheint meine Sinne zu verwirren. Lächelnd schüttle ich den Kopf.

»Sie meint hier«, springe ich meiner Schwester bei und gehe auf den Zaun zu, der die Spitze dieses Aussichtspunktes umschließt.

Levi, Lucca und Zahra folgen mir mit ihren Blicken. Ich sehe auf das Meer hinaus. Friedlich spiegelt es das Mondlicht wieder.

Mein Blick schweift nach unten. Ein Lächeln breitet sich auf meinem Gesicht aus. Meine Gefährten treten zu mir an den Zaun. Sie folgen meinem Blick an den Klippen nach unten.

Steil fällt das Gestein hinab ins Meer. Levi kickt einen Stein über die Kante. Er prallt einmal vom Abhang ab, bevor er in Windeseile auf die Oberfläche des Meeres zurast. Weder sehen noch hören wir einen Aufprall. Es geht einfach viel zu tief hinab.

»Also ich kann nichts sehen«, bemerkt Zahra sarkastisch.

Ich sehe meine Schwester an. Sie kann es fühlen, genau wie ich. Das Portal befindet sich unter uns.

Aber es wird nicht leicht, es zu benutzen. Ich sehe nach oben zum Mond. Nur noch ein paar Augenblicke.

Ich klettere auf den Zaun. Schmerzhaft meldet sich meine Wunde und sorgt dafür, dass ich fast das Gleichgewicht verliere.

»Micah, was tust du da?«, fragt Levi bestürzt.

»Jetzt hat sie vollkommen den Verstand verloren«, murmelt Zahra abfällig.

»Nein, hat sie nicht«, verteidigt mich Lucca.

Sie klettert ebenfalls über den Zaun und stellt sich neben mich. Ich sehe sie dankbar an.

»Vertraust du mir?«, richte ich mich an Levi.

Er sieht mich bestürzt an.

»Du sagtest einmal, dass du immer hinter mir stehen würdest«, erinnere ich ihn.

Er nickt. Ich sehe, wie es in seinem Kopf arbeitet.

»Immer«, antwortet er schließlich und klettert zu uns auf die andere Seite des Zaunes.

»Ihr seid doch alle verrückt. Nur weil dieser Schattenfuzzi es nicht geschafft hat, uns umzubringen, wollt ihr euch jetzt in den Tod stürzen?«, beschwert sich Zahra bestürzt.

Doch sie ist nicht so aufgebracht, weil sie uns nicht vertraut, sondern vielmehr, weil sie Angst hat.

»Wir werden jetzt nach Hause zurückkehren. Entweder du vertraust mir und kommst mit uns oder du bleibst hier, alleine«, stelle ich sie vor die Wahl.

Ich sehe, wie sie ihre Entscheidung abwägt. Insgeheim weiß ich, dass sie ihre Entscheidung schon längst getroffen hat. Sie wusste, was sie will, als sie uns im Hotel ins Zimmer gebeten hatte.

»Aber nur, weil ihr es ohne mich niemals lebend bis zum Palast schaffen würdet«, sagt sie schließlich und klettert zu uns auf die andere Seite von Zaun.

»Du würdest mich vermissen, wenn du nicht mitkommen würdest«, zieht Levi sie auf.

Zahra schnaubt, antwortet aber nicht.

Ich sehe auf die Stelle unter uns, an der ich das Portal spüre. Wir müssen unser Timing perfekt abstimmen. Ich sehe zu Lucca.

»Bist du bereit?«

Sie schluckt, atmet tief ein und nickt. Ich reiche ihr meine Hand, die sie dankbar ergreift. Meine andere Hand reiche ich Levi, der sie fest umklammert.

»Ich halte doch nicht Händchen mit dir«, beschwert sich Zahra.

»Entweder das oder du landest irgendwo in Aquilia«, erklärt ihr Levi sachlich.

Sie merkt den Ernst in seiner Stimme und greift nach seiner Hand.

»Wehe, du lässt los«, ermahnt sie den Puk leise.

Seine Mundwinkel zucken. »Das würde mir *niemals* in den Sinn kommen.«

Ich sehe hinauf zum Mond. Glcich ist es soweit.

Ich drücke Luccas Hand. Sie erwidert den Druck.

Jetzt.

»Jetzt. Springt!«, fordere ich meine Freunde auf.

Gemeinsam drücken wir uns so stark es geht vom Felsen ab und springen in die Tiefe.

Der Wind peitscht um uns herum. Er zerrt an meinen Haaren, versucht mir meine Freunde zu entreißen.

Ich höre Zahra und Lucca wie wild kreischen.

Immer tiefer stürzen wir in die Tiefe. Das Meer kommt bedrohlich schnell auf uns zu.

»Bist du dir sicher...«, schreit Levi.

Er kann seine Frage nicht beenden.

Ein Wirbel erfasst uns und reißt uns mit sich.

Kapitel 25

Hart schlage ich auf dem Boden auf. Der Aufprall entreißt mir Levis und Luccas Hände. Ich versuche mich ab zu rollen und lande in der Hocke.

Der plötzliche Lichtwechsel zwingt mich, meine Augen zusammen zu kneifen. Langsam blinzelnd öffne ich sie.

Das Erste, was ich sehe, ist eine grüne, dicht bewachsene Hecke. Neben mir höre ich Zahra fluchen. Die Hecke beginnt zu rascheln und sich zu bewegen.

Ich richte mich auf und trete einige Schritte zurück. Prompt spüre ich eine scharfe Klinge in meinem Rücken.

»Keine Bewegung«, befiehlt eine raue männliche Stimme.

Ich bleibe stehen, sehe mich aber nach Lucca, Levi und Zahra um. Zahra quält sich mühsam aus der Hecke. In ihren Haaren haben sich Blätter verfangen und sie hört nicht auf zu fluchen. Abrupt bleibt sie stehen und erstarrt, als sie sieht, dass wir nicht alleine sind. Zweifelnd sieht sie zu mir.

Levi sitzt noch immer vor der Hecke und reibt sich den Kopf. Lucca hält ihren Blick starr auf mich gerichtet. Ihr steht der Schock ins Gesicht geschrieben, doch ansonsten scheint ihr nichts zu fehlen.

»Wer seid Ihr? Und wo kommt Ihr her?«, fragt diese raue Stimme.

Irgendwie kommt sie mir bekannt vor. Langsam drehe ich mich um. Erleichtert atme ich aus, als ich den Mann erkenne, der zu mir spricht.

Wir sind von einer kleinen Gruppe von vier Wächtern umzingelt. Sie haben alle ihre Schwerter gezogen und ihre Spitzen auf uns gerichtet. Der Mann, dessen Schwertspitze ich im Rücken hatte, ist der Hauptmann unserer Palastwache.

»Hauptmann Naze, es tut gut Sie zu sehen«, begrüße ich ihn.

Verwirrt blinzelnd sieht er mir ins Gesicht.

»Pri...Prinz...«, stottert er.

»Ja, das ist Prinzessin Micah Andriana Devin Arien, Tochter der Sternenkrieger«, stellt mich Levi überflüssigerweise vor und stellt sich neben mich.

Hauptmann Naze weiß sehr wohl, wer ich bin.

Ruckartig stößt er die Schwertspitze in den Boden und kniet sich dahinter. Die anderen Wächter folgen seinem Beispiel.

»Was ist denn jetzt los?«, fragt mich Lucca flüsternd.

»Die Wächter haben ihre Prinzessin erkannt und erweisen ihr den Respekt, den sie verdient«, erklärt Zahra und kommt zu uns.

»Bitte Hauptmann, erhebt Euch«, bitte ich den knienden Wächter.

Er folgt meinem Befehl und erhebt sich. Sein Schwert hält er lässig vor sich, die Klingenspitze zum Boden gerichtet. Die anderen Wächter spiegeln seine Haltung. Noch immer beobachten sie Zahra und Levi misstrauisch.

»Ihr seid zurückgekehrt«, stellt der Hauptmann fest.

Ich nicke. »Wie lange war ich fort?«

»Zwei Tage.«

Zwei Tage. Meine Eltern müssen durchgedreht sein vor Sorge.

»Eure Eltern haben alle Wächter ausgesendet, um Euch zu suchen«, bestätigt der Wächter meine Gedanken.

Wieder nicke ich.

»Wo seid Ihr nur gewesen?«

Ich lächle. »Das würdet Ihr mir nicht glauben.«

Ich werfe einen flüchtigen Blick auf Lucca, die gespannt unserem Gespräch folgt. Hauptmann Naze folgt meinem Blick. Erschrocken schnappt er nach Luft.

»Das...Ist das...«, stottert er.

»Ihre königliche Hoheit Prinzessin Lucca Kadira Dijan Arien, Tochter der Sternenkrieger«, komme ich Levi zuvor meine

Schwester vorzustellen.

Ein allgemeines Keuchen entfährt allen vier Wächtern. Dann fallen sie auch vor ihr auf die Knie. Ich sehe Lucca auffordernd an. Sie fährt erschrocken zusammen und erstarrt. Das wird schwieriger, als ich hoffte.

Ich setzte an, etwas zu sagen, doch ein plötzlicher Schwindel erfasst mich. Der Boden unter meinen Füßen bewegt sich. Ich taumle nach hinten und lande in Levis starken Armen.

Die Wächter springen auf und sehen mich bestürzt an.

»Prinzessin?«, fragt Hauptmann Naze bestürzt.

»Es geht ihr nicht gut. Sie wurde verletzt. Wir müssen sofort ins Schloss«, erklärt Levi für mich.

Der Hauptmann nickt und schickt einen Wächter in den Palast vor. Levi hebt mich hoch. Ich will wieder protestieren, schaffe es jedoch kaum ein Wort über meine Lippen zu bringen. Dabei gibt es noch so viel, was ich ihnen sagen muss.

Ich spüre, wie wir den Wegen durch den Garten folgen. Zum Glück hat uns das Portal im Palastgarten ausgespuckt.

Meine Arme werden schwer.

Mir läuft die Zeit davon.

Ich muss Lucca noch etwas geben.

Ich muss Levi noch etwas beichten.

Ich muss Zahra noch danken.

Doch ich schaffe nichts davon. Ich bin einfach zu schwach.

An den Rändern meines Gesichtsfeldes breitet sich bereits Dunkelheit aus. Ein Schauder lässt mich zittern. Levi drückt mich fester an sich und flüstert mir etwas zu, das ich schon nicht mehr verstehe.

Ich höre, wie sich große, schwere Türen öffnen. Ich höre Schritte von jemandem, der über den Kies rennt. Ich spüre die vertraute Präsenz meiner Eltern. Sie sind ganz in der Nähe. Vermutlich sind es sogar sie, die auf uns zu rennen.

Jemand spricht aufgeregt mit jemandem. Ich verstehe kein Wort von dem, was sie sagen.

Meine Lider werden schwer. Ich kämpfe gegen die Dunkelheit an, doch sie ist stärker als ich.

Du hast es geschafft, komm zu mir und ruhe dich aus, flüstert sie mir zu.

Ich will aber noch nicht, gebe ich zurück.

Nur kurz die Augen schließen und gleich wieder aufmachen...

Mein Blickfeld wird schwarz.

Ich verliere den Kampf gegen die Schwärze.

Ich kann nicht sagen, wie viel Zeit vergeht. Ich treibe in einer endlosen Dunkelheit, die jegliche Gefühle unterdrückt.

Wenn ich versuche, mich zu bewegen, komme ich weder ein Stück voran, noch zurück. Es fühlt sich unglaublich gut an, in diesem nichts zu schweben, und doch kommt es mir so unbeschreiblich falsch vor.

Ist es das?

Ist das das Ende?

»Das ist es nicht«, durchdringt eine sanfte Stimme die Stille.

Ich versuche herauszufinden, woher diese Stimme kommt, kann ihren Ursprung jedoch nicht finden.

»Wer ist da?«, frage ich schwach die Schatten.

Ein leises, klares Lachen erklingt. »Das hatten wir doch schon.«

»Aurora?«

Ein silberrotes Licht durchdringt die Schwärze. Ich drehe mich zu dem Licht um. Sanft schmeichelt das Leuchten einer Gestalt. Ich kneife meine Augen zusammen, um sie besser sehen zu können. Wieder erklingt dieses Lachen.

»Das funktioniert hier nicht, meine Süße.«

»Was funktioniert hier nicht?«, frage ich einfältig.

Aurora lacht erneut auf. »Du bist noch so jung. Du musst noch so viel lernen. Doch dir läuft die Zeit davon.«

»Wovon redest du?«

»Lass es mich dir zeigen.«

Die Gestalt schwebt auf mich zu, das Licht folgt ihr. Wie bei unserer ersten Begegnung scheint es aus ihrem Inneren zu kommen. Ihre feuerroten Haare wehen hinter ihr her. Kurz vor mir kommt sie zum Stehen.

»Gib mir deine Hand«, fordert sie mich auf und hält mir ihre Hand hin.

Ich sehe auf sie hinab. Ihre Haut strahlt in diesem seltsamen, berauschenden Licht.

»Komm schon Micah, vertraust du mir etwa nicht?«

Ich sehe auf. Ihre eisblauen Augen strahlen mich auffordernd an.

»Was soll ich dir antun? Ich bin seit fast eintausend Zyklen tot?«, spottet sie über meine Furcht.

Noch immer zögere ich.

Was wird passieren, wenn ich ihr jetzt meine Hand gebe?

Werde ich dann endgültig sterben?

Was wird dann aus meiner Schwester?

Aus meinem Volk?

Auf Auroras Lippen breitet sich ein mitfühlendes Lächeln aus. »Ich kann deine Ängste verstehen. Bitte glaube mir, wenn ich dir versichere, dass ich nicht hier bin, um dich mitzunehmen. Ganz im Gegenteil. Ich will dir zeigen, auf was du dich vorbereiten musst. Warum es so wichtig war, dass du deine Schwester wieder nach Hause geholt hast. Also, gibst du mir deine Hand? Vertraust du mir?«

Wie kann ich ihr vertrauen, wenn ich sie doch gar nicht kenne?

Was, wenn das alles nur ein Trick ist?

»Das kannst du nur auf eine Weise herausfinden«, ermutigt sie mich.

»Weißt du eigentlich, wie unheimlich das ist, dass du auf meine Gedanken antwortest, ohne dass ich sie ausspreche?«

Aurora schmunzelt, doch sie antwortet mir nicht.

Ich schlucke vergeblich an dem Kloß, der sich in meinem Hals gebildet hat und schließe meine Augen. Vor mir erscheinen die Gesichter meiner Eltern, meiner Freunde, meiner Mitschüler, meiner Schwester. Für sie werde ich dieses Risiko eingehen. Es gibt nichts, was ich nicht für sie tun würde. Ich öffne meine Augen und sehe direkt in Auroras. Sie sind mir so vertraut. Ich atme tief ein und aus und lege zögerlich meine Hand in Auroras.

Ein gleißendes Licht durchbricht die Dunkelheit und zwingt mich, meine Augen zu schließen. Vor Schreck lasse ich Auroras Hand los, doch sie umklammert die meine dafür nur umso fester. Auch hinter meinen geschlossenen Lidern sehe ich die Intensität des Lichts. Langsam klingt sie ab und ich traue mich, meine Augen wieder zu öffnen.

Erschrocken schnappe ich nach Luft. Was ich dort sehe, kann ich mir noch nicht einmal in meinen kühnsten Träumen vorstellen. Aurora schwebt neben mir und zeigt mir einen Teil von Aquilia, den ich zuvor noch nie gesehen habe.

»Was ist das?«, frage ich ängstlich, wobei ich mir nicht einmal sicher bin, ob ich die Antwort überhaupt hören will.

»Der Teil von Aquilia, den deine Eltern vor dir verbergen, vor euch allen.«

Schockiert sehe ich sie an. »Meine Eltern wissen davon?«

Aurora nickt traurig. »Sie hätten es verhindern können.«

»Was? Das glaube ich dir nicht.«

Ich wende meinen Blick wieder auf das, was unter mir liegt. Was meine Augen sehen, kann mein Verstand nicht verarbeiten.

Unter mir breitet sich eine schwarze Ader aus. Sie durchzieht das Land, wie das Schattengift meinen Körper. Sie vergiftet es und zerstört alles um sich herum. Entlang dieser Ader gibt es keinerlei Leben, das kann ich spüren. Unaufhörlich wächst sie, verschlingt alles, immer auf der Suche nach mehr.

Ich schüttele den Kopf, erst ganz langsam, dann immer energischer.

Das kann nicht wahr sein.

Das darf nicht wahr sein.

»Und doch ist es wahr. Du musst es akzeptieren, Micah.«

»Wie kann ich so etwas einfach so akzeptieren? Wie kannst du das von mir verlangen?«

»Ich verlange gar nichts von dir. Ich zeige dir nur wie es ist.«

Ich wende mich Aurora zu. »Wie kann ich es aufhalten?«

»Gar nicht«, schmettert sie all meine Hoffnungen eiskalt nieder.

Ich schnappe nach Luft und weiche vor ihr zurück.

»Warum hast du mir das dann gezeigt?«

»Damit du die Wahrheit siehst.«

»Und was ist die Wahrheit?«

»Aquilia wird sterben und alles Leben wird vernichtet werden.«

Ein Schauder durchfährt mich. Verzweifelt senke ich den Blick wieder auf die zerstörerische Ader unter uns.

»Wie...wie lange noch?«, flüstere ich.

Aurora sieht mich bedauernd an. »Das weiß ich nicht.«

»Wie kannst du das nicht wissen? Ich dachte, du seist mit diesem Land verbunden?«, fahre ich sie empört an.

Wut steigt in mir hoch und lässt meine Glieder unkontrolliert zittern. Aurora lässt traurig den Blick über die schwarze Ader schweifen.

»Das war ich auch...«

»Wie lange?«

Sie sieht mich nicht an, wendet ihren Blick nicht von der Zerstörung ab. Ich folge mit den Augen der Ader. Wir stehen ziemlich weit am Ende der Zerstörung. Der Ausgang liegt irgendwo am Horizont.

»Ich will sehen, wo es beginnt«, breche ich schließlich das Schweigen.

Aurora sieht mich an. »Bist du dir sicher?«

Ich nicke selbstbewusst. »Wenn ich weiß wo es begonnen hat, finde ich vielleicht einen Weg es aufzuhalten.«

»Aber es gibt keine Möglichkeit, es aufzuhalten. Aquilia wird sterben.«

Ich sehe stur auf den Punkt, wo sich die schwarze Ader und der Horizont berühren.

»Es gibt immer einen Weg. Auch wenn er jetzt noch im Verborgenen liegt, werde ich ihn finden. Ich lasse nicht zu, dass Aquilia stirbt.«

Aurora nickt.

»Ich habe keine andere Antwort erwartet«, erwidert sie stolz.

Erstaunt sehe ich sie an. Sie sieht lächelnd auf mich herab.

»Es gibt tatsächlich einen Weg. Doch wenn du dich beschließt auf ihn zu wandeln, wird sich das Leben, so wie du es kennst, für immer verändern. Bist du bereit, das zu opfern, was dir am Herzen liegt? Bist du bereit, das zu verlassen, was dir am meisten bedeutet? Bist du bereit, alles zu tun, was nötig ist?«

Das zu opfern, was dir am Herzen liegt...

Bin ich bereit meine Schwester zu opfern?

Bin ich bereit, sie erneut gehen zu lassen?

»Ja«, antworte ich selbstsicher. »Wenn ich so Aquilia retten kann.«

Aurora nickt und wendet ihren Blick wieder dem Horizont zu.

»Lass nicht los«, fordert sie mich auf.

Ich umschließe ihre Hand etwas fester. Ihre Haut fühlt sich so natürlich, so vertraut auf der meinen an. Aurora zieht mich mit sich über das Land.

In einer rasenden Geschwindigkeit fliegen wir über die schwarze Ader hinweg, den Blick immer auf das vor uns liegende gerichtet. Ich kann noch immer nicht glauben, wie weit sich diese Vergiftung bereits ausgebreitet hat.

Es dauert eine Ewigkeit, bis wir schließlich ihren Ursprung erreichen. Aurora hält inne und lässt uns über der Quelle der Vergiftung zum Stehen kommen. Um uns herum ist das Land in tiefste Schwärze getaucht. Es existiert kein natürliches Leben und doch spüre ich etwas, das mich an die Lebensenergie eines Lux erinnert.

»Sieh genau hin«, fordert mich Aurora auf.

Ich folge ihrer Anweisung und richte meinen Blick auf den Ursprung der Krankheit. Es verschlägt mir den Atem.

Im Zentrum wächst ein riesiger schwarzer Kristall direkt aus der Erde. Seine Spitzen ragen in alle Himmelsrichtungen. Von ihm geht eine Macht aus, die mich selbst in meinem aktuellen Zustand erschaudern lässt.

»Was ist das?«

»Ihr nennt es Schattenonyx.«

»Was?«

»Schattenonyx. Das Gestein, dem du auch deine Vergiftung zu verdanken hast.«

»Aber wie kann das hier wachsen? Ich dachte, es wären gefallene Sterne?«

»Auch.«

»Aber?«

Aurora verfällt in Schweigen und beobachtet missmutig den Kristall. Ich denke nicht, dass ich auf meine Frage noch eine Antwort bekommen werde. Das werde ich wohl selbst herausfinden müssen.

»Wie lange noch? Wie lange hat Aquilia noch?«, frage ich stattdessen und beobachte Aurora aufmerksam.

Mir soll nicht die kleinste ihrer Reaktionen entgehen. Traurigkeit spiegelt sich in ihrem Gesicht, als sie meinen Blick endlich erwidert.

»Wenn der volle Mond das vierzehnte Mal seinen Zenit erreicht, wird alles Leben auf Aquilia sein Ende finden«, prophezeit sie.

Erschrocken lasse ich Auroras Hand los. Die Landschaft unter mir verschwindet. Ich falle wieder in diese unbeschreibliche Dunkelheit zurück.

»Aurora? Aurora?«, rufe ich.

»Geh wieder zurück zu deiner Schwester. Gemeinsam könnt ihr einen Weg finden, Aquilia zu retten«, antwortet mir ihre Stimme.

Ich versuche mich zu drehen und ihre Gestalt ausfindig zu machen, doch ihr Licht durchdringt die Schatten nicht. Ich bin wieder allein.

»Geh zurück zu deiner Schwester«, höre ich erneut Aurora flüstern.

Leichter gesagt als getan. Wie soll ich denn zu ihr zurückkehren, wenn ich nicht einmal weiß, wo ich hier bin.

Ich atme tief durch und schließe meine Augen. Plötzlich spüre ich etwas. Es ist ein leichtes Ziehen, das mich von hier fort locken will.

Meine Finger berühren einen weichen Stoff. Ich spüre einen sanften Druck auf meinen Beinen und meinem Oberkörper. Ein unangenehmes Kribbeln durchfährt meinen rechten Arm. Ich konzentriere mich auf all diese Empfindungen, denn sie sind es, die mich in die reale Welt zurückführen können.

»Vertraue nur deiner Magie«, flüstert Aurora mir zu.

Ich will ihr antworten, darauf reagieren, doch ich spüre, dass ich bereits nicht mehr in dieser unbeschreiblichen Schwärze bin. Ich spüre die weiche Matratze eines Bettes unter mir, den sanften Stoff einer Decke über meinen Beinen.

Bei jedem Atemzug erfüllt der Geruch vom Meer meine Nasen. Sonnenstrahlen kitzeln meine Nasenspitze.

Ich spüre Fingerspitzen, die mir sanft eine Strähne aus der Stirn streichen.

»Komm zurück zu mir«, flüstert eine Stimme mir zu.

Eine Stimme, die mir in den letzten Tagen so vertraut geworden ist, wie meine eigene.

Es ist ihre Stimme, die mich dazu bringt, meine Augen zu öffnen und ihr direkt in die eisblaue Iris zu sehen.

Epilog

Die Schatten weichen vor ihm zurück und umschließen ihn gleichzeitig.

Sie sind wie ein kleines Haustier, das mit ihm spielen will. Doch er hat jetzt keine Zeit zum Spielen. Er muss dringend seiner Königin berichten.

»Ich hoffe, du bringst gute Neuigkeiten mit«, erklingt eine klare Stimme vom anderen Ende des Saals.

Eiligen Schrittes geht er auf die Stimme zu.

»Das tue ich«, antwortet er.

Am Ende des Saals ragt eine riesige Kristallformation hervor, die wie ein prachtvoller Thron geformt ist. Auf diesem Thron sitzt der Ursprung der Stimme und auch der Ursprung der Schatten.

Eine Frau von solch anmutiger Schönheit, dass sie gar nicht in diese karge, ausgestorbene Landschaft passt. Und doch scheint sie genau hierher zu gehören. Er kann es gar nicht in Worte fassen.

»Hast du den Schlüssel gefunden?«, fragt seine Königin geduldig.

Es ist ungewohnt, sie so friedfertig anzutreffen. Normalerweise ist sie aufbrausender, ungeduldiger, unberechenbarer.

»Ja, das habe ich«, antwortet er, ohne den Blick zu heben.

Er hat ihr noch nie direkt ins Gesicht gesehen. Es heißt, dass man davon verrückt wird. Einige behaupten sogar, dass man dann sein Augenlicht verliert. Wie viel Wahrheit hinter diesen Gerüchten steckt, kann er nicht sagen und er will es auch nicht herausfinden.

»Und? Wo ist er?«, fragt sie.

Ein leichtes Grollen schwingt in ihrer sonst so klaren Stimme mit. Sie wird ungeduldiger. Er sollte sie nicht weiter reizen.

»Er ist hier, in Aquilia. Genau genommen im Palast.«

Einen Moment legt sich eine unheimliche Stille über den Raum. Er wagt es kaum zu atmen.

Hat er etwas falsches gesagt?

Hätte er den Schlüssel mit Gewalt herbringen sollen?

Er beginnt an sich selbst zu zweifeln und setzt zu einer Frage an, als ein glockenklares Lachen erklingt und die Stille durchbricht.

Er zuckt zusammen.

Jede Faser seines Körpers will ihn dazu überreden auf zu sehen, doch er kann sich zusammenreißen und den Blick gesenkt halten.

Mit einem Schlag ist das Lachen verklungen und Ernsthaftigkeit breitet sich aus. Die Schatten um ihn herum beginnen aufgeregt zu pulsieren. Sie spiegeln die Empfindungen ihrer Gebieterin wider.

»Weiß sie es?«, fragt diese nun leise, so leise, dass er glaubt, die Frage nicht richtig gehört zu haben.

Soll er nachhaken?

»Nein«, antwortet eine neue Stimme neben ihm.

Er wagt es, die Schatten aus dem Augenwinkel zu beobachten. Aus ihnen löst sich eine große Gestalt. Ein Bild von einem Mann. Lediglich in einer einfachen, schwarzen Leinenhose bekleidet, tritt er vor den Thron. Ein breites Grinsen dominiert sein Gesicht.

»Bist du dir sicher, mein Sohn?«, wendet sich die Frau an den Mann.

»Ja, ganz sicher, Mutter. Sie hat absolut keine Ahnung.«

»Sie ist ja so herrlich naiv«, bringt die Frau hervor, bevor beide zu lachen beginnen.

Es ist kein fröhliches Lachen, das einen dazu bringt mit einzustimmen. Es ist ein dunkles, tiefes Lachen, das einem das Blut in den Adern gefrieren lässt. Es lässt ihn erschaudern.

»Und was ist mit ihm«, fragt die Mutter ihren Sohn.

Dieser sieht auf ihn herab, das kann er spüren, ohne den Blick zu heben. Seine Glieder werden langsam steif.

»Er kann zu ihr zurückkehren. Er wird von ihr nichts zu befürchten brauchen.«

»Dann geh zurück zu ihr«, befiehlt die Frau ihm. »Geh zu ihr zurück und warte auf weitere Anweisungen.«

Er nickt und erhebt sich langsam. Ihn quält ein ungutes Gefühl.

Ist es wirklich das Richtige?

»Kein Sorge. Sie wird es verstehen«, meint der Sohn, doch das beruhigt ihn nicht im geringsten.

Dennoch verlässt er den Saal und taucht ein in die Schatten.

Der nächste Mondzyklus wird alles verändern.

Nichts wird mehr so sein wie bisher.

Dies ist der Anfang vom Ende.

Danksagung

Ich kann es noch immer kaum glauben, dass ich diese Geschichte wirklich veröffentlicht habe. Micahs und Luccas Geschichte ist die erste, die ich wirklich zu Ende geschrieben habe - zumindest fast. Trotzdem wäre dieses Buch vermutlich nie entstanden, wenn es nicht ein paar Menschen in meinem Leben gäbe, die mich immer ermutigt und unterstützt haben.

Eine Freundin machte mich darauf aufmerksam, wie wichtig eine Danksagung sein kann. So möchte ich ein paar Zeilen meines ersten Buches mit Worten der Dankbarkeit füllen.

Mein größter Dank gilt meinem ersten und vermutlich größten Fan. Elena, ich kann dir gar nicht oft genug dafür danken, dass du immer für mich da bist. Du hast dir stundenlang meine Ideen angehört. Du hast mich jeden Tag aufs Neue von meinen Geschichten erzählen lassen und jedes Mal zugehört. Du hast dich nicht von meinen vielen Nachrichten abschrecken lassen. Du hast mir geholfen, diese Geschichte zum Leben zu erwecken. Dafür danke ich dir.

Natürlich sollte ich auch meinen Eltern danken. Obwohl ihr dieses Buch nicht einmal vor der Veröffentlichung gelesen habt, habt ihr trotzdem bei euren Freunden und Kollegen dafür geworben. Vielleicht hättest du, meine liebe Leserin oder Leser, dieses Buch gar nicht in der Hand, wenn meine Eltern nicht dafür geworben hätten. Man weiß ja nie, welche glücklichen Zufälle dieses Buch in deine Hände geführt haben.

Damit komme ich auch schon zu dir, meine liebe Leserin, mein lieber Leser. Ich hoffe sehr, dass dir diese Geschichte gefallen hat. Dass du mit Micah hoffen und zweifeln konntest. Ich kann dir versichern, dass Micahs Geschichte noch lange nicht zu Ende ist. Wann es weitergeht, weiß ich leider noch nicht, aber ich verspreche dir, dass diese Geschichte noch die ein oder andere Überraschung für dich bereit hält. Doch jetzt schweife ich vom Thema ab. Es wird Zeit, dass ich mich bei dir bedanke. Danke, dass du mein Buch gelesen hast! Danke, dass du dich von mir in eine andere Welt hast mitnehmen lassen. Danke, dass du Micah in eine für sie fremde Welt gefolgt bist. Danke.

Zu guter Letzt möchte ich mich noch bei meinen Freundinnen bedanken - Marie, Lina, Marieke, Nicola, Pia und Anna. Danke, dass ihr mein Buch noch vor allen anderen haben wolltet. Danke, dass ihr die Veröffentlichung kaum erwarten konntet. Ohne eure Unterstützung wäre ich vermutlich kurz vor dem letzten Schritt abgesprungen und das Buch wäre nie so publiziert worden. Ich danke euch.

Über die Autorin

Lia Stricker studiert Informatik in Berlin, wo sie Anfang April 2000 geboren wurde. Noch heute lebt sie im Umkreis der Hauptstadt. Schon während ihrer Schulzeit schrieb sie an ihren ersten Geschichten. Die Inspirationen für »Das Geheimnis der Phoenixmagie« fand Lia bei einem Urlaub in Marseille.